Robin Cook ist Absolvent der medizinischen Fakultät der Columbia University. Seine Assistentenzeit leistete er an der Harvard University ab. Als es ihm schon mit seinem ersten Roman gelang, die internationalen Bestsellerlisten zu erobern, ließ er sich von seinen Aufgaben beim »Massachusetts Eye and Ear Institute« beurlauben. Zur Zeit lebt Robin Cook mit seiner Frau Barbara in Florida.

Von Robin Cook sind außerdem erschienen:

Pharmakon (Band 2845)
Virus (Band 67012)

Dieses Buch wurde auf chlor- und säurefreiem Papier gedruckt.

Vollständige Taschenbuchausgabe August 1994
Droemersche Verlagsanstalt Th. Knaur Nachf., München

Titel der Originalausgabe »Mortal Fear«
Aus dem Amerikanischen von Diethard H. Klein
Umschlaggestaltung: Manfred Waller, Reinbek
Umschlagfoto: Mall, Stuttgart
Druck und Bindung: Elsnerdruck, Berlin
Printed in Germany
ISBN 3-426-60292-X

2 4 5 3 1

Robin Cook

TODES ANGST

Knaur

Für meinen älteren Bruder Lee und
meine jüngere Schwester Laurie.
Ich habe nie zwei liebenswertere Menschen gekannt.

DANK DES AUTORS

Dieses Buch hätte nicht geschrieben werden können ohne die Hilfe und Ermutigung meiner Freunde, die mir in schwieriger Zeit beigestanden haben.

Ihr wißt alle, wen ich meine, und ich danke Euch von ganzem Herzen.

PROLOG

Mittwoch, 11. Oktober, nachmittags

Das plötzliche Auftreten der fremden Proteine entsprach im Molekularbereich den Anzeichen des Schwarzen Todes. Es war ein Todesurteil ohne jede Chance auf Begnadigung, und doch hatte Cedric Harring keine Ahnung von den dramatischen Ereignissen, die sich von diesem Augenblick an in seinem Körper abspielten.

Ganz im Gegensatz dazu war es den einzelnen Zellen seines Körpers völlig klar, mit welch verheerenden Folgen sie nun zu rechnen hatten. Diese unheimlichen neuen Proteine, die da in ihren Kern und ihre Membranumhüllungen eindrangen, waren übermächtig, und die wenigen Enzyme, die es mit ihnen hätten aufnehmen können, waren ihnen zahlenmäßig hoffnungslos unterlegen. In Cedric Harrings Hirnanhangdrüse würden sich diese tödlichen neuen Proteine mit den Repressoren verbinden, welche den Genen zugeordnet waren, um dort die Produktion des verderbenbringenden Hormons zu blockieren. Sie würden diese Blockade aufheben, und die Folge wäre unausweichlich: Das todbringende Hormon würde in nie dagewesenem Umfang erzeugt werden. Über die Blutbahnen würde es seinen ganzen Körper überschwemmen, keine einzige Zelle war immun dagegen. Das Ende war nur eine Frage der Zeit – Cedric Harrings rascher, unaufhaltsamer und vollständiger Zerfall stand fest.

1

Der Schmerz traf ihn wie ein weißglühendes Messer in die Brust und breitete sich in krampfartigen Wellen aus, die seine Kiefer und seinen rechten Arm lähmten. Schlagartig schnürte ihm eine mörderische Angst vor dem Tod die Kehle zu. Niemals zuvor hatte Cedric Harring ein derartiges Gefühl verspürt.

Ganz automatisch umklammerte er das Lenkrad seines Wagens fester, und während er nach Atem rang, gelang es ihm irgendwie, das schon ins Schleudern geratene Fahrzeug wieder unter Kontrolle zu bekommen. Er war gerade von der Berkeley Street im Zentrum Bostons auf den Storrow Drive eingebogen, um in westlicher Richtung mit dem brausenden Bostoner Verkehrsstrom mitzuschwimmen. Das Bild der Straße vor ihm wurde undeutlich und schien dann zurückzuweichen, als ob es sich am Ende eines langen Tunnels befände.

Mit äußerster Willensanstrengung gelang es Cedric, die Dunkelheit zu überwinden, die sich über ihn zu senken drohte. Allmählich wurde es wieder klarer um ihn – er lebte noch. Sein Instinkt sagte ihm, nicht am Bordstein anzuhalten, sondern so schnell wie möglich in ein Krankenhaus zu fahren. Zum guten Glück befand er sich zufällig in der Nähe des Krankenhauses seiner Privatkrankenversicherung »Good Health Plan«, des GHP-Hospitals. Du mußt durchhalten, sagte er sich.

Die Schmerzen wurden begleitet von einem furchtbaren Schweißausbruch, der auf der Stirn begann, sich aber bald über den ganzen Körper ausbreitete. Die Schweißtropfen liefen ihm in die Augen, doch er wagte nicht, seine Hand vom Lenkrad zu nehmen, um sie abzuwischen. Er bog vom Highway ab in Richtung auf Fenway, ein parkartiges Bostoner Stadtgebiet. Da kam der Schmerz wieder und schnürte ihm die Brust zusammen wie eine Schlinge aus Stahldraht. Die Wagen vor ihm verlangsamten vor einer Ampel ihre Geschwindigkeit. Doch er durfte, er konnte nicht anhalten – dafür war jetzt keine Zeit. Er drückte auf die Hupe, überholte sie alle und schoß über die Kreuzung, wobei er nur um Millimeter den Zusammenstoß mit anderen Fahrzeugen vermeiden konnte. Er nahm die erschreckten und empörten Gesichter der Fahrer wahr und war dann auf dem Park Drive, mit den Back Bay Fens und ihren ehemals gutbürgerlichen, jetzt vergammelten Gärten zu seiner Linken. Der Schmerz war nun andauernd und nahezu unerträglich.

Dort vorne rechts lag das Krankenhaus, an der Stelle eines ehemaligen Versandhauskomplexes. Nur noch eine kurze Strecke – o bitte... Endlich leuchtete eine große weiße Tafel mit einem roten Pfeil und den Worten NOTFALLAUFNAHME vor ihm auf. Cedric bog in die Einfahrt ein, konnte jedoch nicht mehr rechtzeitig bremsen und schlitterte an die begrenzende Betonwand. Dabei schlug er nach vorne auf Lenkrad und Hupe und rang nach Luft.

Als erstes stürzte der Pförtner auf seinen Wagen zu. Er riß die Tür auf und rief nach kurzem Blick auf das erschreckend bleiche Gesicht des Fahrers sofort nach Hilfe. Die Stationsschwester, Hilary Barton, erschien und forderte sogleich ein Rollbett an. Sobald die Schwester und der Pförtner Cedric Harring aus seinem Wagen gezogen hatten, tauchte auch schon einer der diensthabenden Ärzte auf und griff mit zu, um ihn auf die Bahre zu legen. Sein Name war Emil Frank, und er gehörte erst seit vier Monaten zum Ärzteteam. Auch ihm fiel sofort Harrings wächserne Gesichtsfarbe und dessen übermäßige Schweißabsonderung auf.

»Schweißausbruch«, stellte er gewichtig fest. »Wahrscheinlich ein Herzanfall!«

Schwester Hilary verdrehte die Augen. Natürlich war das ein Herzanfall – was denn sonst. Sie schob den Patienten rasch hinein und kümmerte sich nicht weiter um Dr. Frank, der sich sein Stethoskop in die Ohren gesteckt hatte und versuchte, Cedric Harrings Herztöne abzuhorchen.

Auf der Station angekommen, verlangte die Schwester sofort nach Sauerstoff, einer Infusion und dem EKG-Gerät, klebte die Elektroden auf die Brust des Patienten und schloß ihn an den EKG-Monitor zur Überwachung der Herzaktion an. Zugleich schlug sie Dr. Frank, der inzwischen die Infusion vorbereitete, vor, als erstes vier Milligramm Morphium intravenös zu verabreichen.

Als daraufhin der Schmerz etwas nachließ, konnte Cedric Harring wieder klarer denken. Gesagt hatte es ihm zwar niemand, aber es war ihm klar, daß er einen Herzanfall gehabt hatte. Außerdem war ihm bewußt, daß er nur sehr knapp dem Tod entronnen war. Und auch jetzt noch, mit der Sauerstoffmaske auf dem Gesicht, den Infusionsschläuchen am Körper und dem EKG-Gerät neben sich, hatte er das Gefühl, nie zuvor im Leben derart gefährdet gewesen zu sein.

»Wir werden Sie jetzt auf die Station für Herzerkrankungen bringen«, sagte Schwester Hilary zu ihm. »Das kriegen wir schon alles wieder in Ordnung.« Sie tätschelte beruhigend seine Hand, und er versuchte zu lächeln. »Ihre Frau haben wir auch verständigt. Sie ist schon unterwegs hierher.«

Die Intensivstation auf der Abteilung für Herzerkrankungen unterschied sich, was die Betreuung von Cedric Harring betraf, praktisch nicht von der Notfallstation – und sie war auch genauso beängstigend. Der Raum war angefüllt mit geheimnisvollem, offensichtlich modernstem Gerät auf der höchsten Stufe der Elektroniktechnologie. Über einen Verstärker war sein Herzschlag zu hören, und wenn er den Kopf auf die Seite drehte, konnte er dessen optische Aufzeichnung als regelmäßige grüne Kurve auf einem Bildschirm verfolgen.

Auch wenn all diese Geräte irgendwie beängstigend wirkten, war es doch auch wieder beruhigend zu wissen, daß diese ganz hochmoderne Ausstattung für ihn zur Verfügung stand. Noch beruhigender allerdings war die Tatsache, daß gerade sein persönlicher Arzt, Dr. Jason Howard, den man sofort nach Cedric Harrings Einlieferung benachrichtigt hatte, die Intensivstation betrat.

Dr. Howard war schon seit mehr als fünf Jahren »sein« Arzt. Das hatte damit begonnen, daß sein Arbeitgeber, die Boston National Bank, darauf bestanden hatte, daß ihre leitenden Angestellten sich mindestens einmal jährlich gründlich untersuchen ließen. Als dann einige Zeit darauf Dr. Howard seine Privatpraxis aufgab und sich dem Ärzteteam des GHP-Krankenhauses anschloß, war ihm Cedric Harring getreulich dorthin gefolgt. Das hatte für Harring einen Wechsel der Krankenversicherung bedeutet, eben von seiner bisherigen zur GHP-Versicherung; Harring hatte dem Arzt gegenüber kein Hehl daraus gemacht, daß keineswegs das Angebot der GHP ihn zum Wechsel veranlaßte, sondern ausschließlich Dr. Jason Howard beziehungsweise der Wunsch nach weiterer Betreuung durch ihn.

»Nun, wie geht's denn?« fragte Dr. Howard und griff dabei nach Cedric Harrings Arm, während seine Hauptaufmerksamkeit allerdings dem EKG-Gerät galt.

»Nicht... besonders«, stieß Harring keuchend hervor, wobei er mehrmals tief Luft holen mußte, um auch nur diese beiden Worte herauszubringen.

»Versuchen Sie, sich zu entspannen!«

Harring schloß die Augen. *Entspannen – was für ein Witz!*

»Haben Sie starke Schmerzen?«

Harring nickte, Tränen liefen ihm über die Wangen.

»Noch eine Dosis Morphium«, ordnete Dr. Howard an.

Wenige Minuten nach Verabreichung der zweiten Morphiumdosis wurden die Schmerzen etwas erträglicher. Dr. Howard unterhielt sich mit dem Stationsarzt und vergewisserte sich, daß man die nötigen Blutuntersuchungen schon veranlaßt hatte; außerdem fragte er nach einer bestimmten Art von Katheter. Harring beobachtete ihn, wobei ihm allein schon der Blick auf das sympathische, kühn geschnittene Gesicht des Arztes und das von ihm ausgehende Gefühl von Selbstvertrauen und Autorität zu einer gewissen Beruhigung verhalfen. Vor allem aber konnte er Dr. Howards echte Anteilnahme spüren – er war persönlich um ihn besorgt.

»Wir müssen eine gezielte Untersuchung durchführen«, sagte Dr. Howard. »Und zwar wollen wir eine Spezialsonde einführen, die uns einen Blick in Ihr Innenleben ermöglicht. Da wir mit örtlicher Betäubung arbeiten, werden Sie das nicht spüren.«

Harring nickte dazu nur. Was ihn betraf, konnte Dr. Howard alles mit ihm anstellen, was er für nötig hielt – da hatte er volles Vertrauen. Im übrigen gefiel ihm, daß Dr. Howard niemals von oben herab mit seinen Patienten sprach. Das war auch vor drei Wochen so gewesen, als er wegen seiner jährlichen Gesamtuntersuchung bei ihm gewesen war, obwohl er ihn wegen seiner dem Cholesterinspiegel nicht förderlichen Ernährungsweise, seiner üblichen zwei Päckchen Zigaretten pro Tag und seinem Mangel an körperlicher Bewegung hatte ermahnen müssen. *Wenn ich nur auf ihn gehört hätte,* warf sich Harring jetzt vor. Immerhin hatte ihm Dr. Howard trotz dieser grundsätzlichen Ermahnungen bestätigen können, daß die Untersuchungsergebnisse nicht bedenklich waren. Sein Cholesterinspiegel lag noch im Normbereich, und das Elektrokardiogramm war auch in Ordnung gewesen. Dadurch beruhigt, hatte Harring seine Vorsätze, weniger zu rauchen und ein bißchen Sport zu treiben, wieder aufgeschoben.

Dann aber, knapp eine Woche nach dieser Untersuchung, hatte Harring sich so gefühlt, als ob eine Grippe im Anzug sei. Das war allerdings erst der Anfang gewesen – kurz darauf schien ihm seine Verdauung irgendwie nicht in Ordnung zu sein, und er hatte üble Schmerzen verspürt, die ihn an Arthritis denken ließen. Außerdem hatte er das Gefühl, nicht mehr so gut zu sehen. Er erinnerte sich daran, daß er seiner Frau gesagt hatte, er komme sich um dreißig Jahre gealtert vor. All diese Symptome hatte sein Vater während seiner letzten Monate im Altersheim beklagt. Jedesmal, wenn ihm unversehens diese Anzeichen bewußt wurden, war es ihm, als stehe auf einmal der Geist des alten Mannes vor ihm.

Trotz des Morphiums verspürte Harring plötzlich einen stechenden, alles auslöschenden Schmerz. Er schien in einen dunklen Tunnel hineinzufahren, ganz wie er das im Auto empfunden hatte. Zwar konnte er Dr. Howard noch sehen, aber er wirkte weit weg, und auch seine Stimme kam wie aus weiter Ferne. Dann begann der Tunnel sich mit Wasser zu füllen, Harring bekam furchtbare Angst und wollte zur Oberfläche schwimmen – seine Arme wirbelten durch die Luft.

Etwas später tauchte er für wenige Augenblicke nochmals aus der Bewußtlosigkeit auf. Während er mühsam zur Besinnung kam, spürte er etwas in seiner Kehle und einen ab- und anschwellenden Druck auf der Brust. Jemand drückte ihm mit den Händen rhythmisch die Brust zusammen. Harring wollte einen Schrei ausstoßen, als es plötzlich in seiner Brust zu einer Explosion kam und Dunkelheit wie ein eiserner Vorhang sich über ihn senkte.

Den Tod hatte Dr. Jason Howard immer als seinen Gegner betrachtet. Während seiner Zeit am Allgemeinkrankenhaus von Massachusetts hatte er sich so in diese Haltung hineingesteigert, daß ihn bei einem Herzstillstand seine

Vorgesetzten jedesmal förmlich zwingen mußten, seine Bemühungen aufzugeben.

Auch jetzt wollte er nicht glauben, daß dieser fünfundsechzigjährige Mann, den er noch vor drei Wochen untersucht und im großen und ganzen für gesund erklärt hatte, ihm hier unter den Händen wegstarb. Er betrachtete das als persönlichen Affront.

Während er einen Blick zum EKG-Gerät hinüberwarf, das weiterhin normale Herztätigkeit anzeigte, griff Dr. Howard nach Harrings Halsschlagader – kein Pulsschlag spürbar. »Eine Punktionsnadel!« rief er, und dann: »Blutdruck messen!« Man reichte ihm eine große Hohlnadel, während er Harrings Brust nach der richtigen Einstichstelle am Brustbein abtastete. »Kein Blutdruck feststellbar!« berichtete Philip Barnes, der Narkosearzt, der auf den sofort bei Cedric Harrings Einlieferung ausgelösten automatischen Ruf nach einem Anästhesisten hin herbeigeeilt war. Er hatte in Harrings Luftröhre einen Tubus eingeführt, worüber dieser künstlich beatmet wurde.

Für Dr. Howard stand die Diagnose fest: Herzwandriß. Elektronische Herzaktionen waren noch auf dem EKG-Monitor, während das Herz seine Pumparbeit eingestellt hatte. Eine Kammer des Herzens mußte aufgeplatzt sein wie eine zerquetschte Frucht. Um eine Bestätigung für diese erschreckende Diagnose zu bekommen, stieß Dr. Howard die Hohlnadel durch Cedric Harrings Brust unmittelbar in den Herzbeutel. Die Kanüle füllte sich sofort mit Blut. Zweifellos, wenn sich im Herzbeutel Blut befand, mußte eine Herzwand geplatzt sein.

»Sofort in den OP!« rief Dr. Howard und griff gleich selbst nach dem einen Ende des Bettes. Dr. Barnes warf Judith Reinhart, der Oberschwester der Herzabteilung, verzweifelte Blicke zu – sie wußten beide, daß das vergeblich sein würde. Allenfalls könnten sie den Mann dort an die Herz-Lungen-Maschine anschließen, doch was dann?

Philip Barnes stellte die künstliche Beatmung des Patienten ein. Aber statt anschließend beim Wegrollen des Bettes zu helfen, trat er auf Dr. Howard zu, legte ihm einen Arm um die Schulter und sagte: »Das hat doch keinen Zweck. Herzwandruptur – Sie wissen Bescheid, ich weiß Bescheid. Den müssen wir abschreiben.«

Dr. Howard wollte protestieren, aber sein Kollege verstärkte den Griff um Jason Howards Schulter. Dieser warf einen Blick auf Cedric Harrings wächsernes Gesicht und wußte, daß Dr. Barnes recht hatte. So schwer es ihm auch fiel, das zuzugeben – der Patient war verloren.

»Sie haben recht«, räumte er schließlich ein und ließ sich von seinem Kollegen und der Oberschwester aus dem Raum geleiten, während sich die anderen Schwestern der sterblichen Hülle von Cedric Harring annahmen.

Auf dem Weg zum Aufnahmeraum beschäftigte Dr. Jason Howard der Gedanke, daß Cedric Harring nun schon der dritte Patient war, der innerhalb weniger Wochen gestorben war, nachdem er ihm nach einer gründlichen Gesamtuntersuchung noch einen guten Gesundheitszustand bescheinigt hatte. Der erste hatte ebenfalls einen Herzanfall erlitten, der andere einen schweren Schlaganfall. »Vielleicht muß ich doch meinen Beruf wechseln«, scherzte Dr. Howard gezwungen. »Auch bei einigen meiner hier stationär behandelten Patienten lief es nicht sonderlich.«

»Na ja, das war halt Pech«, sagte Dr. Barnes und klopfte Jason Howard beruhigend auf die Schulter. »Jeder von uns hat schließlich mal schlechte Zeiten. Das wird sich schon wieder ändern.«

»Hoffentlich«, meinte Dr. Howard etwas lahm.

Philip Barnes verabschiedete sich, um in den OP zurückzukehren.

Dr. Jason Howard fand einen leeren Sessel und ließ sich schwer hineinfallen. Es war ihm bewußt, daß er sich jetzt darauf vorbereiten mußte, Cedric Harrings Frau gegenüberzutreten, die sicher in wenigen Minuten hier im

Krankenhaus eintreffen würde. Er fühlte sich ausgelaugt. »Dabei sollte man doch meinen, daß ich inzwischen etwas vertrauter mit dem Tod geworden bin«, sagte er laut.

»Gerade, daß das nicht so ist, beweist doch, daß Sie ein guter Arzt sind«, meinte Schwester Judith, die auf die Formulare wartete, deren Ausfüllung immer mit einem Todesfall verbunden war.

Dr. Howard tat das Kompliment gut, aber er wußte auch, daß sein Verhältnis zum Tod weit über das Berufliche hinausging. Vor zwei Jahren nämlich hatte ihm der Tod alles geraubt, was ihm lieb und teuer gewesen war. Als ob es gestern gewesen sei, erinnerte er sich an jenen Telefonanruf kurz nach 24 Uhr in einer dunklen Novembernacht. Er war eingeschlafen, während er sich in seinem Arbeitszimmer noch durch ein paar Fachzeitschriften quälte. Er nahm an, daß es seine Frau Danielle sei, die ihn aus dem Kinderkrankenhaus anriefe, weil es später würde. Sie war Kinderärztin und an jenem Abend wegen eines Notfalls nochmals in die Klinik gerufen worden. Aber es war die Verkehrspolizei gewesen. Sie hatten ihm mitgeteilt, daß ein aus Albany kommender Sattelschlepper mit einer Aluminiumladung bei einem mißglückten Überholmanöver die Mittelleitplanke durchbrochen und den Wagen seiner Frau frontal gerammt hatte. Sie hatte keinerlei Chance gehabt.

Noch immer hatte Dr. Howard die Stimme des Polizeibeamten im Ohr. Zuerst hatten bei ihm Schock und Unglaube geherrscht und dann Wut. Schließlich aber hatte er sich selbst entsetzlich schuldig gefühlt. Wenn er nur, wie er das gelegentlich tat, Danielle begleitet und dann in der Bibliothek des Krankenhauses gelesen hätte. Oder wenn er wenigstens darauf bestanden hätte, daß sie im Krankenhaus bliebe, um dort zu übernachten.

Ein paar Monate später hatte er das Haus verkauft, das ihn zu sehr an Danielle erinnerte, und auch die Privatpraxis aufgegeben, die er dort gemeinsam mit ihr betrieben hatte. Damals hatte er sich auf Empfehlung seines Freundes Patrick Quillan, eines Psychiaters, dem Ärzteteam der GHP-Klinik angeschlossen. Aber immer noch waren Schmerz und Zorn in seinem Inneren.

»Dr. Howard, bitte entschuldigen Sie!«

Er blickte auf und sah über sich das freundliche Gesicht der Abteilungssekretärin, Kay Ramn.

»Mrs. Harring ist im Wartezimmer. Ich sagte ihr, daß Sie kommen würden, um mit ihr zu reden.«

»O Gott, ja«, antwortete Dr. Howard und rieb sich die Augen. Das Gespräch mit den Angehörigen nach dem Tod eines Patienten fiel jedem Arzt schwer, aber seit Danielles Tod empfand er den Schmerz dieser Menschen wie seinen eigenen.

Der Abteilung für Herzkrankheiten gegenüber lag ein kleiner Raum mit veralteten Zeitschriften, kunststoffbezogenen Sesseln und Plastikpflanzen. Mrs. Harring starrte dort aus dem Fenster, das nach Norden auf den Fenway Park und den Charles River hinausging. Sie war eine zierliche Frau mit natürlich ergrautem Haar. Als Jason Howard eintrat, blickte sie ihm mit rotgeränderten, angsterfüllten Augen entgegen.

»Ich bin Dr. Howard«, stellte er sich vor und bat sie mit einer Geste, Platz zu nehmen. Sie tat das, aber nur auf der äußersten Kante eines Sessels.

»Es steht also schlecht...« begann sie; doch dann versagte ihr die Stimme.

»Es tut mir sehr leid«, sagte Dr. Howard, »aber ich habe eine schlechte Nachricht für Sie: Ihr Gatte ist soeben verstorben. Wir haben alles getan, was in unseren Kräften stand. Er mußte wenigstens nicht leiden.« Jason Howard haßte sich für diese übliche fromme Lüge – er wußte, daß Cedric Harring gelitten hatte. Er hatte die Todesangst auf seinem Gesicht gesehen. Sterben war fast immer ein heftiger Kampf und nur selten jenes friedliche Verlöschen des Lebens, das so gern im Film dargestellt wird.

Die Farbe wich aus Mrs. Harrings Gesicht, und für einen Augenblick fürchtete der Arzt, daß sie ohnmächtig werden würde. Schließlich stieß sie hervor: »Ich kann es einfach nicht glauben.«

Dr. Howard nickte: »Ich weiß.« Und es war ihm ganz ernst damit.

»Da stimmt doch einfach etwas nicht«, sagte sie. Ihr Gesicht wurde ganz rot, und sie schaute Dr. Howard anklagend an. »Ich meine, weil Sie ihm doch vor kurzem noch bestätigten, er sei vollkommen gesund. Sie haben doch alle diese Untersuchungen durchgeführt, und es hat sich nichts Negatives dabei ergeben. Warum haben Sie denn da nichts feststellen können? *Sie hätten das verhindern müssen!*«

Dr. Howard akzeptierte ihren Zorn als vertrauten Vorläufer des Schmerzes. Er hatte echtes Mitgefühl mit ihr. »Genaugenommen habe ich ihm nicht hundertprozentige Gesundheit bestätigt«, sagte er daher freundlich. »Die Untersuchungsergebnisse waren zwar in Ordnung, aber ich warnte ihn, wie schon des öfteren, wegen seiner Ernährungsgewohnheiten und seines starken Rauchens. Und ich erinnerte ihn daran, daß auch sein Vater an einem Herzanfall gestorben sei. Wegen all dieser Faktoren mußte er trotz seiner befriedigenden Laborwerte der Risikogruppe zugeordnet werden.«

»Aber sein Vater war schließlich vierundsiebzig, als er starb. Cedric ist doch erst fünfundsechzig! Was hat denn eine solche gründliche Untersuchung überhaupt für einen Sinn, wenn mein Mann dann drei Wochen später stirbt?«

»Es tut mir wirklich leid«, sagte Dr. Howard weich. »Aber unsere Möglichkeiten der Vorhersage sind einfach begrenzt. Wir wissen das selbst auch und können immer nur das Bestmögliche tun.«

Mrs. Harring seufzte und stieß schwer den Atem aus. Ihre schmalen Schultern fielen nach vorn. Dr. Howard fühlte deutlich, wie ihr Zorn schwand – an seine Stelle trat niederschmetternde Traurigkeit. Als sie wieder sprach, zitterte ihre Stimme. »Ich weiß ja, daß Sie Ihr Bestes taten. Bitte entschuldigen Sie.«

Dr. Howard beugte sich vor und legte ihr die Hand auf die Schulter. Sie fühlte sich zerbrechlich an unter dem dünnen Seidenstoff ihres Kleides. »Ich weiß, wie schwer das für Sie ist.«

»Kann ich ihn sehen?« fragte sie unter Tränen.

»Aber sicher.« Dr. Howard stand auf und streckte ihr die Hand hin.

»Wissen Sie überhaupt, daß Cedric sich einen Termin bei Ihnen hat geben lassen?« fragte Mrs. Harring, als sie auf den Gang hinaustraten. Mit einem Taschentuch, das sie aus ihrer Handtasche genommen hatte, wischte sie sich die Tränen weg.

»Nein, das wußte ich nicht«, mußte Dr. Howard zugeben.

»Für nächste Woche – das war der früheste Termin, den er bekommen konnte. Er fühlte sich einfach nicht gut.«

In Dr. Howard stieg das unangenehme Gefühl auf, sich verteidigen und vielleicht auf der Hut sein zu müssen. Wenn er sich auch keiner Versäumnisse bewußt war, so schützte ihn das dennoch nicht davor, sich vielleicht zur Wehr setzen zu müssen.

»Klagte er über Brustschmerzen, als er um einen Termin bat?« fragte er. Vor der Tür zur Abteilung für Herzerkrankungen blieb er stehen.

»Nein, nein. Mehr so ein Auftreten ganz verschiedener Symptome, eher in Richtung auf einen Erschöpfungszustand.«

Dr. Howard stieß einen Seufzer der Erleichterung aus.

»Seine Gelenke schmerzten ihn«, fuhr Mrs. Harring fort. »Und auch seine Augen machten ihm Sorgen. Er hatte auf einmal Probleme, in der Nacht Auto zu fahren.«

Schwierigkeiten, nachts Auto zu fahren? Obwohl so etwas nun mit einer Herzattacke überhaupt nicht in Zusammenhang stand, löste diese Bemerkung einen noch unbestimmten Gedanken, eine Art ungewisser Erinnerung bei Dr. Howard aus.

»Außerdem wurde seine Haut so trocken. Und die Haare fielen ihm plötzlich aus...«

»Haar ersetzt sich immer wieder von selbst, das ist ganz natürlich«, sagte der Arzt fast mechanisch. Offensichtlich konnte diese ganze Litanei unbestimmter Beschwerden nichts zu tun haben mit dem schweren Herzanfall des Mannes. Er stieß die dicke Tür zur Herzabteilung auf und bat die Frau mit einer Geste, ihm zu folgen. Dann führte er sie in den entsprechenden Raum.

Man hatte inzwischen Cedric Harrings Leiche mit einem sauberen weißen Tuch zugedeckt. Mrs. Harring legte ihre dünne, knochige Hand auf den Kopf ihres Mannes.

»Möchten Sie einen Blick auf sein Gesicht werfen?« fragte Dr. Howard.

Mrs. Harring nickte, während ihr wieder die Tränen in die Augen traten. Dr. Howard schlug das Tuch zurück und trat einen Schritt zur Seite.

»O Gott!« rief sie aus. »Er sieht ja aus wie sein Vater damals, als er starb!« Sie wandte sich ab und murmelte vor sich hin: »Ich hätte nie gedacht, daß der Tod einen Menschen soviel älter erscheinen läßt.«

Normalerweise tut er das auch nicht, dachte Dr. Howard. Jetzt erst, da er sich nicht mehr auf Cedric Harrings Herz konzentrieren mußte, fielen ihm die Veränderungen in dessen Gesicht auf. Das Haar war dünn geworden, und die Augen waren tief in die Höhlen gesunken; dadurch wirkte das Gesicht eingefallen und ausgemergelt und erinnerte nur noch entfernt an das des Mannes, der vor drei Wochen in seiner Praxis gewesen war. Dr. Howard zog das Tuch über das Gesicht des Toten und brachte Mrs. Harring wieder in den kleinen Warteraum zurück. Er bat sie, nochmals Platz zu nehmen, und zog sich einen Stuhl heran, um sich ihr gegenüberzusetzen.

»Ich weiß, daß das jetzt zwar nicht der geeignete Augenblick dafür ist«, sagte er, »aber wir müssen Sie um Erlaubnis für eine Obduktion bitten. Vielleicht können wir dadurch doch etwas feststellen, das einem anderen Menschen in der Zukunft hilft.«

»Nun ja, wenn das anderen helfen kann...« Mrs. Harring nagte an ihren Lippen. Wie schwer fiel es ihr schon, überhaupt zu denken – und nun sollte sie auch noch eine solche Entscheidung treffen...

»Das wird es«, versicherte ihr Dr. Howard. »Wir wären Ihnen für dieses Entgegenkommen wirklich sehr dankbar. Wenn Sie sich noch einen Augenblick gedulden können, werde ich jemanden bitten, die nötigen Formulare zu holen.«

»Na gut«, sagte Mrs. Harring schließlich resignierend.

Jason Howard ging zu Schwester Judith, um ihr zu sagen, daß Mrs. Harring einer Obduktion zugestimmt habe.

Schwester Judith ihrerseits berichtete ihm, daß sie inzwischen schon mit der Leichenschaubehörde gesprochen habe. »Ich hatte dort eine Frau Dr. Danforth am Apparat, und die meinte, sie würden sich die Sache gern selbst ansehen.«

»Na gut, aber stellen Sie bitte sicher, daß wir alle Untersuchungsergebnisse erhalten.« Dr. Howard zögerte. »Haben Sie an Mr. Harring irgend etwas Ungewöhnliches beobachtet? Ich meine, wirkte er irgendwie auffällig alt für einen Fünfundsechzigjährigen?«

»Das ist mir nicht aufgefallen«, antwortete Schwester Judith und eilte davon. Bei einer Abteilung mit elf Patienten mußte sie sich bereits wieder mit einem anderen Fall beschäftigen.

Es war Dr. Howard bewußt, daß ihm Cedric Harrings Einlieferung den ganzen Tagesplan durcheinanderbringen würde, aber dennoch beschäftigte ihn dessen unerwarteter Tod noch weiter. Er überlegte einen Augenblick und rief dann Frau Dr. Danforth an, deren tiefe, klangvolle Stimme ihm auffiel. Er überzeugte sie davon, daß die Obduktion auch hier im Hause gemacht werden könne, zumal die Todesart in Übereinstimmung stehe mit einer langen Familientradition von Herzerkrankungen und er gern den Obduktionsbefund vergleichen wolle mit den entsprechenden EKG-Aufzeichnungen. Die erforderliche Genehmigung wurde schließlich erteilt.

Bevor er die Abteilung verließ, wollte Dr. Jason Howard, nachdem er nun schon einmal da war, gleich noch nach einem anderen seiner Patienten sehen, dem es nicht sonderlich gutging.

Auch der einundsechzigjährige Brian Lennox war Opfer eines Herzanfalls geworden. Man hatte ihn vor drei Tagen eingeliefert, und obwohl sein Befinden anfänglich recht ordentlich gewesen war, hatte es sich plötzlich ganz erheblich verschlechtert. Noch heute morgen, als Dr. Howard seine übliche Runde gemacht hatte, war er überzeugt gewesen, daß Lennox die Herzabteilung bald verlassen könne, dann aber trat ein Linksherzversagen auf. Das war ein schwerer Schlag für Dr. Howard, denn es bedeutete, daß er Brian Lennox auf die Liste seiner stationären Patienten setzen mußte, deren Krankheitsverlauf negativ war. Statt die Verlegung anzuordnen, hatte Dr. Howard eine intensivmedizinische Behandlung veranlassen müssen.

Jede Hoffnung Howards auf eine baldige Besserung von Lennox schwand schlagartig, als er den Patienten sah. Er saß aufgerichtet im Bett und sog, eine Sauerstoffmaske vor dem Gesicht, flach und hektisch den Atem ein. Sein Gesicht trug schon die unheilverkündende graue Blässe, die Dr. Howard zu fürchten gelernt hatte. Die ihn pflegende Schwester, die gerade die Infusionsschläuche überprüft hatte, richtete sich auf.

»Wie steht's denn?« fragte Dr. Howard und zwang sich

dabei zu einem Lächeln. Aber er hätte nicht zu fragen brauchen. Lennox hob schwach die Hand. Er konnte nicht sprechen; alle seine Anstrengungen waren darauf gerichtet, Luft zu bekommen.

Die Schwester, deren Namensschild sie als Miß Levay, staatlich geprüfte Krankenschwester, auswies, zog den Arzt vom Bett des Patienten weg in die Mitte des Zimmers. »Es scheint nichts anzuschlagen«, meldete sie besorgt. »Trotz unserer Bemühungen steigt der Druck in den Lungenarterien weiter an. Wir haben ihm schon ein Diuretikum, Hydralazin und Nitroprussidnatrium gegeben – ich weiß nicht, was wir noch tun sollen.«

Dr. Howard warf über die Schulter der Schwester einen Blick hinüber zu Lennox, der keuchte wie eine überbeanspruchte Dampflokomotive. Ihm fiel auch nichts mehr ein außer einer Transplantation – und die kam keinesfalls in Frage. Der Mann war ein schwerer Raucher und hatte zweifellos schon ein Emphysem und Herzbeschwerden gehabt. Aber trotzdem hätte er auf die Medikamente ansprechen müssen. Das einzige, was er sich vorstellen konnte, war, daß der vom Herzanfall in Mitleidenschaft gezogene Bereich des Herzens sich ausgeweitet hatte.

»Wir sollten die Herzspezialisten zu einer gemeinsamen Konsultation herbitten. Vielleicht können sie feststellen, inwieweit die Herzkranzgefäße geschädigt sind. Das ist das einzige, was ich mir noch vorstellen kann. Vielleicht kann man ihm mit einem Bypass helfen.«

»Nun ja, das ist immerhin eine Möglichkeit«, meinte die Schwester und ging mit leichtem Zögern in die Zentrale, um dort einen entsprechenden Ausruf zu veranlassen.

Howard kehrte ans Bett von Brian Lennox zurück, um ihn wenigstens seine Anteilnahme spüren zu lassen. Er wünschte, er könnte ihm noch etwas zu seiner Erleichterung geben, aber ein Diuretikum zum Flüssigkeitsentzug hatte er schon erhalten und ebenso Hydralazin und Nitroprussidnatrium zur Gefäßerweiterung. All dies hätte schon dazu führen müssen, den Arbeitsaufwand des Herzens zum Durchpumpen des Blutes zu vermindern. Es hätte zur Heilung des Herzens von den Schäden des Herzanfalls beitragen müssen. Aber es schlug nicht an. Mit Lennox ging es trotz aller Bemühungen und allen medizintechnischen Aufwands bergab. Seine Augen waren eingesunken und wirkten glasig.

Dr. Howard legte seinem Patienten die Hand auf die Stirn und wischte ihm den Schweiß von den Brauen. Zu seinem Schrecken blieben ihm Brauenhaare an der Hand kleben. Einen Augenblick lang starrte er sie verstört an und zupfte dann an ein paar weiteren Haarbüscheln. Sie ließen sich ohne jeden Widerstand herausziehen. Bei einem Blick auf das Kissen im Nacken von Lennox sah Dr. Howard dort weitere Haare. Er machte sich Gedanken darüber, ob irgendeines der verabreichten Medikamente als Nebenwirkung wohl zu Haarausfall führen könne, und nahm sich vor, am Abend darüber in Fachbüchern nachzuschlagen. In einem solchen Stadium war Haarausfall natürlich nicht gerade ein drängendes Problem, aber es erinnerte ihn an die Bemerkung, die Mrs. Harring diesbezüglich gemacht hatte. Merkwürdig!

Nachdem er eine Nachricht hinterlassen hatte, daß man ihn nach der Konsultation der Herzspezialisten rufen möge, und nachdem er einen letzten, ihn bedrückenden Blick auf die verhüllte Leiche von Cedric Harring geworfen hatte, verließ Dr. Howard die Abteilung für Herzkrankheiten und fuhr mit dem Aufzug hinunter in den ersten Stock, wo der Verbindungsgang zum Nebengebäude mit den Praxisräumen für nichtstationäre Patienten lag. Das GHP-Versorgungskrankenhaus war die eindrucksvolle zentrale Einrichtung dieser großen Krankenversicherung. Dazu gehörte ein Vierhundert-Betten-Krankenhaus mit chirurgischer Ambulanz, ein Gebäude mit Praxisräumen für jene Patienten, die zu Untersuchungen kamen oder nicht auf Krankenhausbehandlung angewiesen waren, ein kleiner Flügel für Forschungsarbeiten und ein Stockwerk für die Verwaltung. Das Hauptgebäude, das ehemals der Kauf- und Versandhauskette Sears Roebuck gehört hatte, wies einen Anflug von Jugendstilarchitektur auf. Es war renoviert und innen total umgebaut worden, um das Krankenhaus und die Verwaltung aufzunehmen. Das Gebäude für die ambulanten Patienten und die Forschungsabteilung war neu errichtet, aber stilistisch dem Hauptbau angeglichen worden, einschließlich vieler architektonischer Details. Man hatte es auf Pfeiler gestellt, um den Platz darunter für Parkplätze zu nutzen. Howards Sprechzimmer befand sich im zweiten Stock, ebenso wie die Praxisräume weiterer Internisten.

Insgesamt gab es hier im GHP-Zentrum sechzehn Fachärzte für innere Medizin. Die meisten waren Spezialisten, obwohl einige ebenso wie Dr. Jason Howard als Allgemeinpraktiker tätig waren. Dr. Howard hatte nie Zweifel daran gehabt, daß die ganze Breite menschlicher Krankheiten ihn mehr interessierte als einzelne Fachgebiete.

Die Sprechzimmer der Ärzte waren rund um einen Mittelplatz angeordnet, auf dem um einen zentralen Empfangsschalter Wartebereiche mit bequemen Sesseln gruppiert waren. Untersuchungsräume befanden sich zwischen den jeweiligen Sprechzimmern. Am einen Ende lagen kleine Behandlungszimmer. Es gab eine Stammbesatzung von Schwestern und Sekretärinnen, die eigentlich grundsätzlich für jeden tätig sein sollten; in der Praxis aber war es ihnen lieber, für einen bestimmten Arzt zu arbeiten. Das erwies sich auch deshalb schon als effizient und sinnvoll, weil sich die einzelnen Mitarbeiter auf die Eigenarten bestimmter Ärzte einstellen konnten. Für Jason Howard waren vorwiegend Sally Baunan als Schwester und Claudia Mockelberg als Sekretärin tätig. Er kam mit beiden gut zurecht, in besonderem Maße aber mit Claudia Mockelberg, die nahezu mütterlich um sein

Wohlbefinden bemüht war. Sie hatte ihren einzigen Sohn in Vietnam verloren und behauptete trotz des Altersunterschieds, daß Dr. Howard ihm sehr ähnlich sehe.

Die beiden Frauen sahen Dr. Howard kommen und folgten ihm in sein Sprechzimmer. Sally hatte ein Bündel von Unterlagen über wartende Patienten auf dem Arm. Bei ihr mußte alles seine Ordnung haben, und Dr. Howards Wegbleiben hatte ihren Tagesplan völlig durcheinandergebracht. Ihr ging es jetzt nur darum, daß »die Dinge nun über die Bühne gehen konnten«, aber Claudia beruhigte sie und schickte sie erst einmal hinaus.

»War es wirklich so schlimm, wie man es Ihrem Gesicht nach glauben muß?« fragte sie.

»Sieht man mir das so sehr an?« fragte Dr. Howard seinerseits, während er sich an dem kleinen Becken in der Ecke des Zimmers die Hände wusch.

»Sie sehen aus, als seien Sie sozusagen gefühlsmäßig vom Zug überfahren worden«, sagte sie mit einem Kopfnicken.

»Cedric Harring ist gestorben«, berichtete er. »Erinnern Sie sich an ihn?«

»So halbwegs«, meinte Claudia. »Als Sie in die Notaufnahme gerufen wurden, habe ich schon mal seine Krankenkarte herausgesucht. Sie liegt auf Ihrem Schreibtisch.«

Dr. Howard blickte auf den Schreibtisch und sah die Karte dort liegen. Manchmal konnte einem Claudias Tüchtigkeit fast auf die Nerven gehen.

»Setzen Sie sich doch erst mal ein paar Minuten in Ruhe hin«, schlug Claudia vor. Mehr als sonst jemand am GHP-Zentrum kannte Claudia Dr. Howards Verhältnis zum Tod. Sie war eine von den zwei Personen hier im Haus, denen sich Dr. Howard nach dem tödlichen Unfall seiner Frau anvertraut hatte.

»Aber wir liegen bestimmt schrecklich hinter unserem heutigen Zeitplan zurück«, meinte er. »Sally ist sicher schon ganz nervös.«

»Ach Gott, Sally... die wird doch wohl auch einmal fünf gerade sein lassen können.« Claudia kam um Dr. Howards Schreibtisch herum und schubste ihn sanft in seinen Stuhl. »Sally wird sich wohl noch ein paar Minuten gedulden können.«

Dr. Howard mußte trotz allem lächeln. Er beugte sich nach vorn und nahm Cedric Harrings Unterlagen zur Hand. »Erinnern Sie sich an die beiden anderen, die letzten Monat kurz nach ihrer gründlichen Untersuchung starben?«

»Briggs und Connoly«, antwortete Claudia ohne jedes Zögern.

»Schauen wir uns doch auch mal deren Unterlagen an. Diese Entwicklung gefällt mir überhaupt nicht.«

»Aber nur, wenn Sie mir versprechen, sich nicht...« Claudia suchte nach dem passenden Ausdruck und setzte den Satz fort mit: »...in die Sache hineinzusteigern. Die Leute sterben eben. Leider ist das so. Das liegt in der Natur der Sache. Stimmt doch, oder? Trinken Sie lieber erst mal 'ne Tasse Kaffee.«

»Die Krankenblätter«, wiederholte Dr. Howard.

»Na gut, na gut«, antwortete Claudia und ging hinaus.

Dr. Howard öffnete das Mäppchen mit den Unterlagen über Cedric Harring und informierte sich nochmals über die bisherigen Eintragungen und die Daten der letzten Untersuchung. Doch außer dem Hinweis auf seine der Gesundheit grundsätzlich abträglichen Lebensgewohnheiten fand sich nichts irgendwie Bemerkenswertes. Er überprüfte ein weiteres Mal die bisherigen EKG-Ergebnisse und die Daten des Belastungs-EKGs. Doch obwohl er sorgfältig alles durchging, fand sich selbst in Kenntnis des tragischen Ausgangs keinerlei Vorzeichen dafür.

Claudia kam, ohne anzuklopfen, wieder herein. Dr. Howard konnte draußen Sally flehen hören: »Claudia...« Doch diese schlug ihr die Tür vor der Nase zu, trat an Dr. Howards Schreibtisch und knallte ihm die Mäppchen mit den Aufzeichnungen über die Patienten Briggs und Connoly auf den Tisch.

»Gleich kommt's zum Aufstand!« sagte sie im Hinausgehen.

Dr. Howard überflog die Eintragungen. Briggs war an einer schweren Herzattacke gestorben, ähnlich vielleicht jener von Harring. Der Obduktionsbefund hatte stark fortgeschrittene Verengung aller Herzkranzgefäße ergeben, obwohl das EKG vier Wochen vor seinem Tod genauso normal ausgefallen war wie das von Harring. Auch sein Belastungs-EKG war, ebenfalls wieder ganz wie das von Harring, ohne jede Auffälligkeit gewesen. Dr. Howard schüttelte ungläubig den Kopf – mehr noch als das normale EKG mußte doch das Belastungs-EKG Hinweise auf solche Anzeichen starker Gefährdung geben. Der Verlauf dieser beiden Fälle bewies im Grunde die völlige Nutzlosigkeit der durchgeführten Untersuchungen. Sie hatten nicht nur keinerlei Hinweise auf diese bedrohlichen Symptome erbracht, sondern auch noch den Patienten ein falsches Bild der Sicherheit vermittelt. Da die Untersuchungsergebnisse völlig normal wirkten, führten sie auch nicht zu einer Änderung der ungesunden Lebensgewohnheiten. Briggs war Ende Fünfzig gewesen und, wie Harring, starker Raucher ohne ausreichende körperliche Betätigung.

Der andere Patient, Rupert Connoly, war an einem schweren Schlaganfall gestorben. Auch bei ihm war der rasche Tod kurze Zeit nach einer gründlichen Untersuchung eingetreten, die ebenfalls keinerlei Hinweise auf irgend etwas Ungewöhnliches ergeben hatte. Zusätzlich zu einer auch schon so ungesunden Lebensweise mußte man Connoly als starken Trinker bezeichnen, wenn auch nicht als Alkoholiker. Dr. Howard wollte gerade das Mäppchen wieder schließen, als ihm etwas auffiel, was ihm bisher entgangen war: Im Autopsiebefund hatte der Pathologe auf fortgeschrittenen grauen Star verwiesen. Zunächst glaubte Dr. Howard, er habe sich das Alter des Patienten falsch gemerkt, und blätterte zurück zu den persönlichen Daten – doch, Connoly war achtundfünfzig gewesen. Nun war zwar diese Augenkrankheit bei Leuten dieses Alters nicht völlig unbekannt, aber als typische Alterserscheinung doch recht ungewöhnlich. Der Arzt verglich nochmals seine Eintragungen der Untersuchungsergebnisse – hatte er dort die Anzeichen des grauen Stars notiert? Zu seiner Bestürzung konnte er nichts darüber finden – er hatte vielmehr festgehalten, daß Augen, Ohren, Nase und Rachen ohne Befund seien. Dr. Howard fragte sich, ob er denn tatsächlich schon nachlässig oder vergeßlich werde. Aber dann stellte er fest, daß er ausdrücklich vermerkt hatte, die Netzhaut sei an beiden Augen in normalem, gesundem Zustand. Nachdem er sich die Netzhaut angeschaut hatte, hätte ihm auf jeden Fall der Star auffallen müssen – auch wenn er kein Augenarzt war und sich über seine diesbezüglichen Grenzen durchaus klar war. Er fragte sich, ob es unter Umständen Erscheinungsformen dieser Linsentrübung gäbe, die trotz allem in starkem Maße lichtdurchlässig wären. Er nahm sich vor, auch das eingehend zu überprüfen.

Dr. Howard schob die drei Mäppchen zusammen. Drei offenkundig gesunde Männer waren innerhalb eines Monats nach ihrer regelmäßigen jährlichen Untersuchung gestorben. *Um Himmels willen,* dachte er. Bisher schon hatten die Leute Angst davor, ins Krankenhaus zu gehen. Wenn das nun bekannt würde, bekämen sie vielleicht auch Angst davor, sich regelmäßig untersuchen zu lassen.

Dr. Howard klemmte sich die drei Patientenmäppchen unter den Arm und verließ sein Sprechzimmer. Er sah, wie Sally am zentralen Empfangsschalter aufstand und ihm erwartungsvoll entgegenblickte. Er flüsterte ihr zu: »Noch ein paar Minuten« und durchschritt, den wartenden Patienten nach rechts und links zulächelnd und zunickend, den Raum. Dann wandte er sich dem Gang zu, der zu Roger Wanamakers Sprechzimmer führte. Dieser war ein auf Herzkrankheiten spezialisierter Internist, dessen Meinung Dr. Howard hoch schätzte. Er erwischte ihn, als er gerade aus einem der Untersuchungszimmer heraustrat. Wanamaker war ein feister Mann mit dem Gesicht eines alten Jagdhundes, auf dessen Seiten die Haut in dikken Falten herunterhing.

»Hätten Sie bitte mal einen Augenblick Zeit für eine kurze Kollegenberatung?« fragte er ihn.

»Wenn ich Ihnen 'ne dicke Rechnung schicken darf«, scherzte Dr. Wanamaker. »Worum geht's denn?«

Jason Howard folgte dem Kollegen in dessen unordentlich wirkendes Sprechzimmer.

»Um eine merkwürdige Übereinstimmung, die mir sehr zu schaffen macht«, sagte er. Dabei schlug er in den Mäppchen seiner drei verstorbenen Patienten die Seiten mit den EKG-Notierungen auf und legte sie vor seinen Kollegen hin. »Es fällt mir nicht leicht, darüber zu reden. Aber mir sind drei Männer mittleren Alters gestorben, kurz nachdem ihre Routineuntersuchung bei mir ihnen einen guten Gesundheitszustand bestätigt hat. Einer heute – Herzwandruptur nach schwerem Myokardinfarkt. Ich habe ihn vor drei Wochen seiner üblichen Jahresuntersuchung unterzogen und muß sagen, daß ich selbst jetzt im nachhinein nicht das geringste Anzeichen für diesen Ausgang finden konnte. Was halten Sie davon?«

Einen Augenblick lang herrschte Schweigen, während Dr. Wanamaker die EKG-Eintragungen überflog. »Willkommen im Club«, sagte er schließlich.

»Wie bitte?« fragte sein Kollege verwirrt.

»Diese EKGs sind völlig in Ordnung«, antwortete Dr. Wanamaker. »Wir alle haben schon die gleiche Erfahrung gemacht. Bei mir selbst gab es innerhalb der letzten Monate vier solcher Fälle. Jeder, der bereit ist, das offen zuzugeben, kann auf wenigstens einen oder zwei derartige Fälle verweisen.«

»Und wieso ist das bisher nicht herausgekommen?«

»Ja, warum wohl?« sagte Roger Wanamaker mit einem schiefen Lächeln. »Sie haben die Sache ja bisher auch nicht an die große Glocke gehängt, oder? Das ist irgendwie wie schmutzige Wäsche. Es wäre uns wohl allen viel lieber, wenn da kein großes Aufhebens darum gemacht wird. Aber Sie sind doch zur Zeit Gruppensprecher – warum berufen Sie nicht eine Sitzung ein?«

Dr. Howard nickte bedrückt. Unter der Herrschaft der GHP-Verwaltung, die alle wesentlichen organisatorischen Entscheidungen von sich aus fällte, war das Amt des Gruppensprechers nicht gerade erstrebenswert. Es wechselte alljährlich unter den Internisten des Hauses, und vor zwei Monaten war es Jason Howard zugefallen.

»Ich glaube wirklich, daß ich das tun sollte«, meinte er und sammelte seine Patientenmäppchen wieder ein. »Selbst wenn weiter nichts dabei herauskommt, sollten die Kollegen doch wenigstens wissen, daß sie nicht allein von diesen Vorgängen betroffen sind.«

»Hört sich gut an«, sagte Dr. Wanamaker und wuchtete seinen mächtigen Leib auf die Beine. »Aber setzen Sie nicht voraus, daß die anderen genauso offen sind wie Sie selbst.«

Jason Howard eilte zurück zum Empfangsschalter und gab dort Sally zu verstehen, daß sie nun den ersten Patienten zu ihm schicken könne. Dann wandte er sich an Claudia: »Claudia, ich muß Sie um einen Gefallen bitten. Erstellen Sie mir eine Liste aller Patienten, bei denen ich im Laufe des Jahres die übliche Untersuchung vorgenommen habe; legen Sie mir die Unterlagen dazu heraus, und fragen Sie den derzeitigen Gesundheitszustand ab. Ich möchte sichergehen, daß bei keinem der anderen ernsthafte gesundheitliche Probleme aufgetreten sind. Offenbar hat es auch bei den Kollegen hier ähnliche Vorgänge gegeben. Das ist etwas, mit dem wir uns eingehender beschäftigen müssen.«

»Das wird aber eine Mordsliste«, warnte Claudia.

Dr. Howard war das durchaus klar. Im Bemühen um das, was die GHP-Versicherung »vorbeugende Medizin« nannte, hatte sie diese regelmäßigen Jahresuntersuchungen stark propagiert und deren Ablauf so schematisiert, daß man sie an einer möglichst großen Zahl von Mitgliedern durchführen konnte. Dr. Howard selbst nahm, wie er wohl wußte, durchschnittlich fünf bis zehn solcher Untersuchungen pro Woche vor.

Während der nächsten Stunden widmete sich Jason Howard seinen Patienten, die ihn mit einem nicht endenden Strom von Problemen und Klagen überhäuften. Sally war unermüdlich damit beschäftigt, immer neue Patienten in die Untersuchungsräume zu schicken, kaum daß die vorhergehenden Besucher sie verlassen hatten. Dadurch, daß Dr. Howard seine Mittagspause ausfallen ließ, konnte er den entstandenen Zeitverlust einigermaßen wieder einbringen.

Als er dann im Laufe des Nachmittags gerade einen der Behandlungsräume verließ, wo er eine Dickdarmspiegelung bei einem Patienten mit ständig wiederkehrender Dickdarmentzündung vorgenommen hatte, gab ihm Claudia durch eine Handbewegung zu verstehen, daß er zu ihr an das Empfangspult kommen möge. Als er zu ihr trat, gestattete sie sich ein spöttisches Lächeln – er wußte, da braute sich was zusammen.

»Sie haben einen Ehrengast«, sagte Claudia und imitierte dabei mit ihrem Schmollmund eine vom Fernsehen bekannte Schauspielerin.

»Wen denn?« fragte der Arzt und blickte sich unwillkürlich im Raum um.

»Er ist in Ihrem Sprechzimmer«, antwortete Claudia.

Dr. Howard warf einen Blick zu seinem Sprechzimmer hinüber – dessen Tür war geschlossen. Es entsprach so gar nicht Claudias Art, jemanden dort hineinzusetzen. »Claudia?« fragte er daher so gedehnt, als ob ihr Name aus sehr viel mehr als diesen drei Silben bestehe. »Wie kommen Sie dazu, einfach jemanden in mein Sprechzimmer zu setzen?«

»Er bestand darauf«, gab sie zurück, »und wer bin ich denn, um ihm das abzuschlagen?«

Es war klar – wer immer das sein mochte, er hatte sie beleidigt. Dafür kannte Jason Howard sie nun gut genug. Und wer immer es war – er mußte eine wichtige Position hier im Haus einnehmen. Aber dennoch – er war dieses Spiel jetzt leid. »Wären Sie bitte so gütig, mir nun zu sagen, um wen es sich handelt, oder soll das eine Überraschung für mich sein?«

»Dr. Alvin Hayes«, säuselte Claudia, schlug die Augen nieder und zog eine Schnute. Agnes, die Sekretärin von Dr. Wanamaker, die neben ihr stand, kicherte.

Dr. Howard wandte sich ärgerlich ab und eilte seinem Sprechzimmer zu. Ein Besuch von Dr. Alvin Hayes war ein außergewöhnliches Ereignis. Er war der Starforscher und das Aushängeschild der GHP, den sie aus Imagegründen angeworben hatte. Es war ein Coup gewesen, der der Anstellung des bekannten Kunstherz-Spezialisten William DeVries bei der Humana-Versicherung entsprach und sozusagen die Antwort darauf war. Als Gesundheitsvorsorge-Unternehmen betrieb die GHP eigentlich nicht unmittelbar Forschung, aber sie hatte Hayes durch ein hohes Gehaltsangebot an sich gebunden, um damit ihre Attraktivität zur Gewinnung neuer Mitglieder zu erhöhen und ihr Image insbesondere in den Intellektuellenkreisen Bostons aufzupolieren. Immerhin war Dr. Hayes ein Molekularbiologe von Weltruf und hatte das Titelbild der *Times* geziert, nachdem er eine Methode zur Gewinnung menschlichen Wachstumshormons durch DNA-Rekombination entwickelt hatte. Entscheidend dabei war, daß das nach seiner Methode gewonnene Hormon genau dem natürlichen menschlichen Hormon entsprach. Frühere Versuche hatten demgegenüber immer nur Hormone erbracht, die ähnlich, aber eben nicht absolut gleich waren. Daher wurde seine Leistung als wirklich wichtiger Durchbruch gewertet.

Dr. Howard erreichte sein Sprechzimmer und öffnete die Tür. Er konnte sich beim besten Willen nicht vorstellen, was ihm die Ehre eines Besuches von Dr. Alvin Hayes verschaffte. Hayes hatte ihn mehr oder weniger ignoriert, seit er vor gut einem Jahr von der GHP angestellt worden war, obgleich sie in Harvard im selben Semester Medizin studiert hatten. Nach ihrem Studienabschluß waren sie getrennte Wege gegangen, doch als dann Alvin Hayes von der GHP eingestellt worden war, hatte ihn Dr. Howard aufgesucht und persönlich willkommen geheißen. Dr. Hayes hatte sich distanziert gezeigt, offensichtlich eingenommen von seiner eigenen Bedeutung und nunmehrigen Berühmtheit und voller Geringschätzung für Jason Howards Entscheidung, weiterhin als praktischer Arzt zu arbeiten. Abgesehen von einigen eher zufälligen Zusammentreffen, waren sie sich aus dem Weg gegangen. Tatsächlich ignorierte Alvin Hayes jedoch eigentlich jeden bei der GHP und wurde mehr und mehr zu einem Typ, den die Volksmeinung als »verrückten Wissenschaftler« einstuft. Er hatte es so weit getrieben, daß er auch seine Kleidung und sein äußeres Erscheinungsbild vernachlässigte, indem er ständig ausgebeulte und zerknautschte Sachen trug und sein ungepflegtes Haar lang wachsen ließ wie ein Hippie in den sechziger Jahren. Obwohl die Leute darüber spöttische und abfällige Bemerkungen machten und er auch kaum Freunde hatte, zollte man Hayes als Wissenschaftler Respekt. Er arbeitete meist bis tief in die Nacht und produzierte eine Unmenge von Schriftstücken und wissenschaftlichen Beiträgen.

Alvin Hayes hing in einem Sessel gegenüber Dr. Howards altem Schreibtisch. Er war etwa so groß wie Jason Howard und hatte fast noch knabenhafte, aber schwammige Gesichtszüge. Das Haar fiel ihm strähnig ins Gesicht, das seinem Gegenüber fahler vorkam als je zuvor. Es hatte schon immer diese besondere Akademikerblässe gehabt, an der man Wissenschaftler erkennen kann, die ihre ganze Zeit am Schreibtisch oder in einem Laboratorium verbringen. Aber Jason Howards geschultes Medizinerauge erkannte doch diese bestimmte gelbliche Fahlheit und eine Schlaffheit, die Hayes krank und über die Maßen erschöpft wirken ließen. Er fragte sich, ob dieser Besuch ihm als Arzt galt.

»Entschuldigen Sie bitte die Störung«, sagte Hayes und erhob sich mühsam. »Ich weiß, daß Sie sehr beschäftigt sind.«

»Nicht so schlimm«, log Dr. Howard höflich, ging um seinen Schreibtisch herum und nahm dahinter Platz. Er legte das Stethoskop ab, das ihm um den Hals hing, und fragte: »Nun, was können wir für Sie tun?«

Hayes wirkte nervös und so erschöpft, als hätte er seit mehreren Tagen nicht mehr geschlafen. »Ich muß mit Ihnen reden«, sagte er, wobei er die Stimme senkte und sich wie ein Verschwörer nach vorn beugte.

Dr. Howard lehnte sich zurück. Hayes' Atem war übelriechend, seine Augen waren unstet und glasig, und er machte einen ziemlich verwirrten Eindruck. Sein weißer Arbeitskittel war zerknautscht und voller Flecken, die Ärmel waren bis zum Ellbogen aufgekrempelt, und die Armbanduhr baumelte ihm so locker ums Handgelenk, daß Dr. Howard sich wunderte, daß er sie nicht schon längst verloren hatte.

»Was haben Sie denn auf dem Herzen?«

Hayes beugte sich noch weiter vor und stützte die Hände auf Dr. Howards Schreibunterlage. »Nicht hier«, flüsterte er. »Ich muß Sie heute abend sprechen – aber außerhalb des GHP.«

Einen Augenblick lang herrschte beklemmende Stille. Hayes' Verhalten war zweifellos nicht normal, und der Arzt fragte sich, ob er den Mann nicht zu seinem Freund

Patrick Quillan schicken müsse, weil er einen Psychiater brauche. Wenn Hayes sich mit ihm außerhalb des Krankenhauses unterhalten wollte, konnte es indessen nicht um seine Gesundheit gehen.

»Es ist wirklich wichtig«, beharrte Hayes und klopfte ungeduldig auf die Schreibtischplatte.

»Also gut«, sagte Dr. Howard nun rasch in der Sorge, sein Besucher könne sonst vielleicht hysterisch werden oder einen Wutanfall bekommen. »Wir könnten irgendwo gemeinsam zu Abend essen.« Es war ihm wichtig, mit dem Mann an einem öffentlichen Ort zusammenzutreffen.

»Ja, in Ordnung; und wo?«

»Mir ist das egal«, antwortete Jason Howard mit einem Achselzucken. »Wie wär's mit irgendeinem italienischen Restaurant in der Nordstadt?«

»Prima – wo und wann also?«

Dr. Howard ging im Geist rasch die Liste italienischer Restaurants durch, die er in der Bostoner Nordstadt kannte, einem Viertel mit krummen, verwinkelten Straßen, in denen man sich vorkam, als sei man plötzlich auf wunderbare Weise in den Süden Italiens versetzt worden. »Wie wäre es denn mit dem ›Carbonara‹?« schlug er dann vor. »Das liegt am Rachel-Revere-Platz, direkt gegenüber dem Paul-Revere-Haus.«

»Kenn ich«, antwortete Hayes. »Und um welche Zeit?«

»Sagen wir um acht?«

»Das paßt prima«, gab Hayes zurück und ging dann irgendwie unsicher zur Tür. »Aber bringen Sie niemanden mit. Ich muß mit Ihnen unter vier Augen sprechen.« Ohne auf Antwort zu warten, ging er und zog die Tür hinter sich ins Schloß.

Dr. Howard schüttelte verblüfft den Kopf und wandte sich dann erneut seinen Patienten zu.

Innerhalb weniger Minuten war er wieder voll in seine Arbeit vertieft und hatte das merkwürdige Gespräch mit

Hayes aus seinen Gedanken verbannt. Der Rest des Nachmittags verging rasch ohne weitere unwillkommene Überraschungen. Wenigstens seine ambulanten Patienten schienen zu genesen und auf die Medikamente anzusprechen, die er ihnen verordnet hatte. Das gab seinem Selbstvertrauen, das durch die Geschichte mit Harring einen bedenklichen Stoß erlitten hatte, wieder den notwendigen Auftrieb. Als er auf dem Weg von einem der Behandlungszimmer, wo er einen kleinen chirurgischen Eingriff vorgenommen hatte, zu seinem Sprechzimmer durch den Warteraum kam, sah er dort nur noch zwei Patienten sitzen, um die er sich zu kümmern hatte. Dann erblickte er am zentralen Empfangsschalter, ehe er gerade wieder in sein Sprechzimmer zurückkehrte, um dort die entsprechenden Anweisungen zu diktieren, Shirley Montgomery, die mit den Arztsekretärinnen plauderte. Inmitten der sterilen Krankenhausatmosphäre wirkte sie wie Aschenbrödel auf dem Ball. Im Gegensatz zum anderen weiblichen Personal, das weiße Röcke und Blusen oder weiße Hosenanzüge trug, hatte sie ein konservativ wirkendes Seidenkleid an, das ihre attraktive Figur eher betonte als verbarg. Obwohl das die wenigsten Leute, die sie sahen, vermutet hätten, war Shirley Montgomery die Vorstandsvorsitzende der gesamten GHP-Versicherung. Sie hatte eine Figur wie ein Modell, an der Universität von Columbia den Doktortitel in Krankenhausverwaltung erworben und obendrein den Magister in Betriebswirtschaft an der berühmten Harvard Business School gemacht.

Angesichts all ihrer körperlichen und geistigen Vorzüge hätte Shirley Montgomery leicht einschüchternd wirken können – aber das war keineswegs der Fall. Sie war einfühlsam und konnte auf die Leute zugehen, und daher kam sie mit allen gleichermaßen gut zurecht – mit dem Wartungspersonal, den Schwestern, den Sekretärinnen und sogar den Ärzten. Ein beträchtlicher Teil vom guten Betriebsklima bei GHP und vom reibungslosen Funktionieren der Organisation ging auf das persönliche Konto von Shirley Montgomery.

Als sie Jason Howard erblickte, entschuldigte sie sich bei den Sekretärinnen und schritt mit der Leichtigkeit und Grazie einer Tänzerin auf ihn zu. Ihr volles braunes Haar war aus der Stirn gekämmt und bildete zu beiden Seiten des Gesichts eine prächtige Mähne. Ihr Make-up war so perfekt, daß man hätte meinen können, sie sei überhaupt nicht geschminkt. Aus ihren großen blauen Augen strahlte geistige Kraft.

»Verzeihen Sie, Dr. Howard«, sagte sie förmlich, während ganz außen in ihren Mundwinkeln die schwache Andeutung eines Lächelns sichtbar wurde. Was dem Personal verborgen geblieben war: Sie und Dr. Howard waren sich auch persönlich nähergekommen und trafen sich seit ein paar Monaten mehr oder weniger regelmäßig. Es hatte bei einer der üblichen Halbjahrestagungen der leitenden Mitarbeiter begonnen, wo sie bei einem Cocktail miteinander ins Gespräch gekommen waren. Als Dr. Howard erfahren hatte, daß ihr Mann vor einiger Zeit an Krebs gestorben war, hatte er sogleich ein Gefühl der Gemeinsamkeit verspürt.

Während des Abendessens, das sich dem Cocktailempfang anschloß, hatte sie Dr. Howard erzählt, vor etwa drei Jahren sei ihr Mann eines Morgens mit ungewöhnlich heftigen Kopfschmerzen erwacht. Ein paar Monate später sei er dann an einem Gehirntumor gestorben, der auf keinerlei Behandlung angesprochen hätte. Zu dieser Zeit seien sie beide am Humana-Krankenhaus tätig gewesen. Anschließend habe sie dann, genau wie dies auch Jason Howard empfunden hatte, den Zwang zur Veränderung gespürt und sei nach Boston umgezogen. Ihr Schicksal hatte ihn so stark berührt, daß auch er die Mauer des Schweigens gebrochen hatte, die er um sich errichtet hatte. Am selben Abend noch hatte er ihr seine Verzweiflung wegen des tödlichen Unfalls seiner Frau anvertraut.

Auf der Grundlage dieser ungewöhnlichen Schicksalsgleichheit und der Übereinstimmung der dadurch ausgelösten Empfindungen hatte sich zwischen den beiden eine Beziehung entwickelt, die irgendwo zwischen Freundschaft und Liebe schwebte. Jeder von ihnen wußte, daß der andere seine Erinnerungen und Gefühle noch nicht so weit verwunden hatte, um die Dinge rasch voranzutreiben.

Dr. Howard war überrascht – noch nie war sie so direkt auf ihn zugegangen. Gewöhnlich hatte er nur eine äußerst vage Vorstellung davon, was in ihrem so offen wirkenden Geist tatsächlich vorging. In vieler Beziehung war sie die komplizierteste Frau, die er jemals kennengelernt hatte. »Kann ich Ihnen irgendwie behilflich sein?« fragte er und suchte angestrengt nach einem Hinweis auf ihre Absichten.

»Ich weiß, daß Sie sehr beschäftigt sind«, sagte sie, »aber ich möchte Sie trotzdem fragen, ob Sie vielleicht heute abend Zeit hätten.« Sie senkte ihre Stimme und wandte Claudia den Rücken zu, um deren unverwandtem Blick auszuweichen. »Ich habe heute abend ein improvisiertes Essen mit ein paar alten Bekannten von der Harvard Business School. Ich fände es nett, wenn Sie dazukommen könnten. Wie sieht es aus?«

Jason Howard bedauerte sofort, daß er sich mit Alvin Hayes zum Essen verabredet hatte. Warum hatte er nicht einfach ein Treffen bei einem Drink vorgeschlagen!

»Ich weiß ja, daß das sehr kurzfristig ist«, räumte Shirley Montgomery ein, die sein Zögern spürte.

»Das ist nicht das eigentliche Problem. Das Problem besteht vielmehr darin, daß ich mich mit Alvin Hayes zum Abendessen verabredet habe.«

»Unser Dr. Hayes?« fragte sie mit sichtlicher Überraschung.

»Der und kein anderer. Ich weiß, daß das merkwürdig klingt, aber er kam mir ziemlich verwirrt vor. Und obwohl er keineswegs sonderlich freundlich war, tat er mir irgendwie leid. Daher habe ich ihm ein gemeinsames Abendessen vorgeschlagen.«

»Zu schade«, sagte Shirley. »Diese Leute hätten Ihnen bestimmt gefallen. Nun, dann ein anderes Mal...«

»Ich hoffe, aufgeschoben ist nicht aufgehoben«, antwortete Dr. Howard. Sie wandte sich schon zum Gehen, als ihm sein Gespräch mit Roger Wanamaker einfiel. »Ach übrigens, ich muß Ihnen noch sagen, daß ich eine Sitzung unserer Internistengruppe einberufen möchte. Einige unserer Patienten sind an Herzversagen verstorben, ohne daß unsere Regeluntersuchungen den geringsten Hinweis darauf gegeben hätten. Als derzeitiger Gruppensprecher hielt ich es für richtig, der Sache nachzugehen. Wenn die Leute innerhalb eines Monats sterben, nachdem sie bei uns gründlich untersucht worden sind, ist das für unser Image nicht gerade gut.«

»Um Himmels willen«, sagte Shirley Montgomery, »verbreiten Sie bloß nicht derartige Gerüchte!«

»Nun, das geht einem schon ganz schön auf die Nerven, wenn jemand, den man hier mit allen uns zur Verfügung stehenden Methoden sorgfältig untersucht und ihn anschließend für im wesentlichen gesund erklärt hat, dann in katastrophalem Zustand eingeliefert wird und stirbt. So etwas zu verhindern ist ja der erklärte Zweck unserer Untersuchungen. Mir scheint, wir müssen die Methoden unserer Belastungsprüfung verfeinern.«

»Das ist eine sehr lobenswerte Zielsetzung«, stimmte Shirley zu. »Alles, worum ich Sie bitten möchte, ist lediglich, das nicht an die große Glocke zu hängen. Gerade diese Regeluntersuchungen spielen eine beträchtliche Rolle bei unseren Bemühungen, zu Abschlüssen mit großen Firmen hier in der Gegend zu kommen. Wir sollten das zunächst als internes Problem behandeln.«

»Völlig einverstanden«, antwortete Dr. Howard und fügte hinzu: »Wegen heute abend tut es mir wirklich leid.«

»Mir auch«, sagte Shirley Montgomery, wobei sie die Stimme senkte. »Übrigens hatte ich immer angenommen, daß Dr. Hayes nicht gerade kontaktfreudig ist. Was ist denn los mit ihm?«

»Ich habe nicht die geringste Ahnung«, mußte Jason Howard zugeben. »Aber ich werde es Sie wissen lassen.«

»Bitte tun Sie das«, bat sie ihn. »Ich war die Haupttriebfeder dafür, daß Dr. Hayes hierher zu GHP kam, und fühle mich irgendwie für ihn verantwortlich. Wir sprechen uns bald wieder.« Sie ging davon, wobei sie den in der Nähe sitzenden Patienten zulächelte.

Dr. Howard sah einen Moment hinter ihr her und fing dann Claudias nachdenklichen Blick auf. Schuldbewußt schaute sie sofort wieder auf ihre Arbeit nieder. Dr. Howard fragte sich, ob es mit dem Geheimnis jetzt vorbei sei. Dann wandte er sich mit einem Achselzucken dem vorletzten seiner Patienten zu.

2

Dr. Jason Howard empfand den Spätherbst in Boston immer als eine prächtige Jahreszeit, obwohl er einen rauhen Winter ankündigte. Mit seinem weichen Filzhut im Stil von Indiana Jones und seinem so richtig schön »eingetragenen« Trenchcoat fühlte er sich bestens geschützt vor der kühlen Oktobernacht.

Windböen wirbelten die gelb gewordenen, zu Boden gefallenen Ulmenblätter um seine Füße, als er die Mt. Vernon Street hinauftrottete und dann den säulenbestandenen Durchgang unter dem Parlamentsgebäude durchquerte. Er kreuzte die Promenade vor dem Government Center, kam am Faneuil Hall Marketplace mit seinen Straßenkünstlern vorbei und gelangte in die Nordstadt, Bostons Klein-Italien. Überall waren Leute: An den Straßenecken standen die Männer und unterhielten sich mit lebhaften Gesten; die Frauen hingen aus den Fenstern und schwatzten mit ihren Nachbarinnen auf der gegenüberliegenden Straßenseite. In der Luft lag der Duft von frischgemahlenem Kaffee und Mandelgebäck. Wie in Italien selbst bot das Volksleben den Sinnen eine Fülle von Genüssen.

Zwei Häuserblocks die Hanover Street hinunter bog Jason Howard rechts ab und war bald in Sichtweite von Paul Reveres bescheidenem Holzschindelhaus. Der mit Kopfstein gepflasterte Platz wurde von einer schweren Ankerkette zwischen Metallpollern eingegrenzt. Direkt gegenüber von Paul Reveres Haus lag das ›Carbonara‹, eines von Dr. Howards Lieblingsrestaurants. An dem Platz befanden sich noch zwei weitere Restaurants, doch keines davon war so gut wie das ›Carbonara‹. Er stieg die Eingangstreppe hinauf und wurde drinnen vom Oberkellner begrüßt, der ihn zu einem Fensterplatz geleitete, von wo aus er einen Blick auf den idyllischen Platz draußen hatte. Wie manche Ecken in Boston machte die Szenerie draußen einen unwirklichen Eindruck, als ob sie künstlich für einen Park oder ein Freilichtmuseum aufgebaut worden wäre.

Jason Howard bestellte eine Flasche von dem weißen Gavi, den er so schätzte, und tat sich dann an einem Antipasti-Teller gütlich, während er auf das Erscheinen von Hayes wartete. Nach zehn Minuten kam ein Taxi vorgefahren, aus dem Hayes stieg. Noch ein paar Augenblicke lang – das Taxi war schon wieder weggefahren – blieb er auf dem Gehsteig stehen und starrte die North Street hinauf in die Richtung, aus der er gekommen war. Howard beobachtete ihn dabei und fragte sich, worauf der Mann wohl warte. Schließlich drehte er sich um und betrat das Restaurant.

Als der Oberkellner ihn an den Tisch zu Howard geleitete, fiel es diesem auf, wie wenig Hayes' Aufzug zu der eleganten Ausstattung des Lokals und den gepflegt gekleideten anderen Gästen paßte. Anstelle seines fleckigen Arbeitsmantels trug Hayes jetzt eine ausgebeulte Tweedjacke mit einem zerrissenen Ellbogenflicken. Er schien Schwierigkeiten mit dem Gehen zu haben, und Howard fragte sich, ob er wohl getrunken habe.

Ohne ein Wort zu Howard, ja förmlich ohne ihn zur Kenntnis zu nehmen, ließ sich Hayes auf den freien Stuhl am Tisch fallen und starrte zum Fenster hinaus, wieder die North Street hoch. Ein Pärchen kam herangeschlendert, Arm in Arm. Hayes beobachtete es argwöhnisch, bis es die Prince Street hinunter seinen Blicken entschwand. Die Augen des Mannes wirkten noch immer glasig, und Dr. Howard fiel ein Netz feiner Äderchen auf, das sich offenbar ganz neu über seine Nase ausgebreitet hatte. Seine Haut war elfenbeinfarben und ähnelte stark der von Harring, als Dr. Howard diesen auf der Herzabteilung gesehen hatte. Es war offenkundig, daß es Hayes nicht gutging.

Er wühlte in seinen ausgebeulten Jackentaschen und förderte schließlich ein zerknautschtes Päckchen filterloser Zigaretten zutage. Mit zitternden Händen zündete er sich eine davon an und sagte, während in seinen Augen eine seltsame Erregung glühte: »Irgend jemand verfolgt mich.«

Der Arzt wußte nicht, wie er sich verhalten sollte. »Sind Sie sicher?«

»Kein Zweifel«, antwortete Hayes und nahm einen tiefen Zug aus seiner Zigarette. Etwas glimmende Asche fiel auf das weiße Tischtuch. »So ein dunkler, weicher Typ – gepflegt gekleidet, Ausländer«, fügte er mit gehässigem Nachdruck hinzu.

»Sind Sie deswegen so in Sorge?« fragte Dr. Howard im Versuch, Psychiater zu spielen. Ganz abgesehen von allem anderen, litt sein Gegenüber offenkundig an Verfolgungswahn.

»Beim Himmel, ja!« schrie Hayes. Mehrere Köpfe fuhren zu ihm herum, und er senkte seine Stimme. »Wären Sie vielleicht nicht aufgeregt, wenn jemand Sie ermorden will?«

»Sie ermorden?« fragte Howard und war sich nun sicher, daß Hayes übergeschnappt sein mußte.

»Genau das – mich ermorden. Und meinen Sohn auch.«

»Ich wußte gar nicht, daß Sie einen Sohn haben«, sagte Howard. Tatsächlich hatte er bisher nicht einmal gewußt, ob Hayes verheiratet war. Im Krankenhaus gingen Gerüchte um, Hayes treibe sich in der Disko-Szene herum, wenn es ihm – in seltenen Fällen – um Unterhaltung zu tun sei.

Hayes drückte seine Zigarette im Aschenbecher aus

und zündete sich sofort eine neue an, den Rauch in kurzen, nervösen Stößen ausblasend. Howard spürte, daß der Mann am Ende seiner Kräfte war und er vorsichtig vorgehen mußte. Es war zu befürchten, daß Hayes kurz vor einem Nervenzusammenbruch stand.

»Es tut mir leid, wenn ich mich vielleicht etwas dumm anstelle«, sagte Howard, »aber ich möchte Ihnen wirklich gern helfen. Ich nehme an, daß Sie mich deshalb sprechen wollten. Und offen gesagt, Alvin, Sie sehen gar nicht gut aus.«

Hayes stützte den Kopf auf den Rücken seiner rechten Hand und den Ellbogen auf den Tisch. Seine brennende Zigarette befand sich in gefährlicher Nähe zu seinem zerzausten Haar. Howard war in Versuchung, ihm entweder die Zigarette wegzunehmen oder ihm das Haar zurückzustreichen; er konnte schließlich nicht zulassen, daß der Mann sich selbst wie eine Fackel anzündete. Aber mit Rücksicht auf Hayes' Zustand tat er weder das eine noch das andere.

»Möchten die Herrschaften bestellen?« fragte ein leise an den Tisch herangetretener Kellner.

»Um Himmels willen!« fuhr Hayes auf. »Sehen Sie denn nicht, daß wir etwas zu besprechen haben?«

»Bitte entschuldigen Sie, mein Herr«, sagte der Kellner mit einer Verbeugung und zog sich zurück.

Nach einem tiefen Atemzug wandte Hayes seine Aufmerksamkeit wieder Howard zu. »So, ich sehe also nicht gut aus?«

»Nein; Sie sind sehr blaß, und Sie wirken sowohl erschöpft als auch erregt.«

»Ah, der klarsichtige Arzt«, sagte Hayes sarkastisch. Dann fügte er hinzu: »Tut mir leid – ich wollte nicht bösartig sein. Sie haben recht – ich fühle mich überhaupt nicht gut. Um ehrlich zu sein – ich fühle mich fürchterlich.«

»Und was fehlt Ihnen?«

»Im Grunde genommen fehlt's überall. Arthritis, Magen- und Darmbeschwerden, Sehstörungen, trockene Haut. Meine Knöchel schmerzen mich so, daß ich verrückt werden könnte. Es ist so gut wie nichts mehr in Ordnung.«

»Wahrscheinlich wäre es doch besser gewesen, Sie wären in meine Praxis gekommen«, meinte Dr. Howard. »Wir sollten Sie ganz gründlich untersuchen.«

»Vielleicht später – aber das ist nicht der Grund, warum ich Sie sprechen wollte. Vielleicht ist es für mich ohnehin schon zu spät, aber wenn ich wenigstens meinen Sohn retten könnte...« Er brach ab und deutete zum Fenster. *»Da ist er!«* In seinem Stuhl herumfahrend, konnte Dr. Howard gerade noch eine Gestalt erkennen, die die North Street hinauf verschwand. Er wandte sich Hayes wieder zu und fragte ihn: »Woher wollen Sie denn wissen, daß er das war?«

»Er folgt mir schon, seit ich das GHP-Gebäude verlassen habe. Ich bin sicher, daß er weiterhin meine Ermordung plant.«

Der Arzt sah keine Möglichkeit, hier Wahrheit von Einbildung zu unterscheiden, und blickte seinen Kollegen prüfend an. Der Mann verhielt sich wie ein Verrückter, aber der alte Satz »Auch Paranoiker haben Feinde« kam ihm in den Sinn. Vielleicht verfolgte tatsächlich jemand Hayes. Er fischte die gekühlte Flasche mit dem Weißwein aus dem Eiskübel, goß seinem Gegenüber ein Glas ein und füllte sein eigenes. »Es wäre wohl besser, Sie würden mir jetzt mal die ganze Geschichte erzählen.«

Hayes stürzte den Wein hinunter wie ein Glas voll Schnaps und wischte sich dann mit dem Handrücken den Mund ab. »Das ist eine derart unglaubliche Geschichte... Wie wäre es mit noch einem Glas Wein?«

Howard füllte Hayes' Glas erneut, und dieser fuhr fort: »Ich nehme an, daß Sie nicht im einzelnen wissen, worauf meine Forschungen gerichtet sind...«

»Nun, eine gewisse Vorstellung davon habe ich schon.«

»Wachstum und Entwicklung«, erklärte Hayes. »Vereinfacht gesagt: wie die Gene ›eingeschaltet‹ und ›ausgeschaltet‹ werden. Zum Beispiel bei der Pubertät: Was veranlaßt bestimmte Gene, zu einem bestimmten Zeitpunkt ihre Wirksamkeit zu entfalten? Das herauszufinden wäre ein Riesenfortschritt. Wir könnten dadurch nicht nur bewußt Wachstum und Entwicklung steuern, sondern wären vielleicht auch in der Lage, das Wachstum von Krebszellen ›abzuschalten‹ oder nach Herzanfällen die Zellteilung ›einzuschalten‹, um den Herzmuskel nachwachsen zu lassen. Nun, wie auch immer, diesen ›Schaltmechanismen‹ der Wachstums- und Entwicklungsgene gilt jedenfalls mein Hauptinteresse. Aber wie so oft in der Forschungsgeschichte spielte auch hier der glückliche Zufall eine Rolle. Ungefähr vor vier Monaten machte ich im Laufe meiner Arbeiten eine völlig unerwartete Entdekkung, die ebenso erstaunlich wie paradox ist. Es geht dabei um eine wahre wissenschaftliche Revolution. Sie dürfen es mir glauben – das ist eine Geschichte, die nobelpreiswürdig ist!«

Howard war bereit, seine Ungläubigkeit zunächst einmal zurückzustellen, obwohl er sich fragte, ob nicht Hayes neben den Anzeichen des Verfolgungswahns nun auch solche von Größenwahn zeige.

»Was also haben Sie entdeckt?«

»Einen kleinen Moment bitte«, antwortete Hayes. Er legte seine Zigarette in den Aschenbecher und preßte die rechte Hand auf seine Brust.

»Sind Sie in Ordnung?« fragte Dr. Howard ihn. Hayes schien eine Spur grauer geworden zu sein, und an seinem Haaransatz zeigte sich eine feine Schweißlinie.

»Es geht schon«, beruhigte ihn Hayes. Er ließ seine Hand auf den Tisch fallen. »Ich habe über diese Entdekkung noch nichts geschrieben, weil ich überzeugt davon war, daß dies erst der erste Schritt zu einem noch weitaus umfassenderen Durchbruch war. Ich meine damit etwas von der Größenordnung meiner Entdeckung der Antibiotika oder der Helixstruktur der DNA. Ich war so fasziniert von der Sache, daß ich rund um die Uhr geschuftet habe. Aber dann fand ich heraus, daß meine Entdeckung gar kein Geheimnis mehr war – daß sie bereits genutzt wurde. Als mir der Verdacht kam, habe ich...« Hayes brach mitten im Satz ab. Er starrte Howard mit einem Ausdruck an, der rasch von Verwirrung in Angst umschlug.

»Alvin, was ist los mit Ihnen?« fragte der Arzt, doch Hayes antwortete nicht. Er preßte die rechte Hand gegen die Brust, ein Stöhnen entrang sich seinen Lippen, dann schossen seine beiden Hände nach vorn, krallten sich in das Tischtuch, und er riß es an sich. Die Weingläser fielen um, und Hayes versuchte auf die Beine zu kommen, doch er schaffte es nicht. Mit einem erstickten Hustenstoß spie er einen Strom von Blut über den Tisch, der das Tischtuch durchtränkte und Dr. Howard bespritzte, der im Zurückspringen seinen Stuhl umstieß. Der Blutstrom wollte nicht enden, Welle um Welle kam und bespritzte alles ringsum, während die Gäste im Lokal entsetzt durcheinanderschrien.

Als Arzt war es Howard sofort klar, was sich hier abspielte. Das Blut war hellrot und wurde förmlich aus Hayes herausgepumpt. Das bedeutete, daß es direkt aus einer Arterie kam. Während der folgenden Sekunden saß Hayes aufrecht auf seinem Stuhl, Verwirrung und Schmerz verdrängten die Furcht in seinen Augen. Dr. Howard ging um den Tisch herum und legte ihm den Arm um die Schulter. Mehr konnte er nicht machen – es gab keine Möglichkeit, den Blutstrom zu stoppen. Hayes mußte entweder verbluten oder an seinem Blut ersticken. Howard blieb nichts zu tun, als den Mann zu halten, während sein Leben verströmte.

Als Hayes zusammensackte, ließ Dr. Howard ihn zu Boden gleiten. Der Körper eines Erwachsenen enthält etwa sieben Liter Blut, aber das, was sich hier an Blut auf Tisch und Boden ausbreitete, schien erheblich mehr zu sein. Dr. Howard ging zu einem verlassenen Nebentisch und nahm von dort eine Serviette, um sich die Hände abzuwischen.

Erstmals seit Beginn dieses Dramas nahm Howard seine Umgebung wahr. Die Gäste des Restaurants waren von ihren Tischen geflohen und drängten sich im Hintergrund des Raumes zusammen. Einigen war schlecht geworden.

Der Oberkellner stand unsicher auf seinen Beinen, war grün im Gesicht, preßte die Hand vor den Mund und konnte mit Mühe gerade noch sagen: »Ich habe einen Krankenwagen gerufen!«

Jason Howard blickte auf Hayes hinunter. Ohne einen Operationssaal unmittelbar nebenan, ohne eine vorbereitete und sofort funktionsfähige Herz-Lungen-Maschine gab es nicht die geringste Chance zu seiner Rettung. Ein Krankenwagen in diesem Stadium war völlig nutzlos – er konnte nur noch die Leiche wegbringen. Mit einem zweiten Blick auf den jetzt still daliegenden Körper konstatierte Dr. Howard, daß der Mann wohl Lungenkrebs gehabt haben müsse. Ein Geschwür mußte die Hauptschlagader durchbrochen und dadurch den Blutsturz verursacht haben. Wie zum Hohn glimmte die Zigarette noch im Aschenbecher, in dem nun schaumiges Blut stand. Ein dünner Rauchfaden stieg langsam zur Decke.

Aus der Ferne hörte Dr. Howard die auf- und abschwellenden Sirenentöne eines sich nähernden Krankenwagens. Aber ehe dieser noch eintraf, hielt draußen ein Polizeiauto mit kreisendem Blaulicht, und zwei Polizisten in Uniform stürmten in den Raum. Angesichts der blutigen Szenerie prallten sie zurück. Der jüngere der beiden, ein blonder Bursche namens Peter Carbo, der aussah wie neunzehn, wurde sofort grün im Gesicht. Sein Begleiter, Jeff Mario, schickte ihn rasch zur Befragung der anderen Gäste. Er schien, um ein paar Jahre mehr oder weniger, so etwa in Dr. Howards Alter zu sein. »Was zum Teufel ist denn hier passiert?« fragte er, sichtlich verblüfft von der Unmenge von Blut.

»Ich bin Arzt«, sagte Howard. »Der Mann ist tot – verblutet. Es gab nichts, was man hätte tun können.«

Jeff Mario kauerte sich über den Körper von Hayes und versuchte zaghaft, ihm den Puls zu fühlen. Offenbar befriedigt, stand er dann auf und wandte seine Aufmerksamkeit Dr. Howard zu. »Ein Freund von Ihnen?«

»Eher ein Kollege«, antwortete Howard. »Wir sind beide im GHP-Krankenhaus tätig.«

»Also auch Arzt?« fragte Jeff Mario, mit seinem Daumen auf Hayes deutend. Jason Howard nickte.

»War er krank?«

»Ich weiß es nicht genau«, antwortete Dr. Howard. »Wenn ich raten müßte, würde ich sagen, daß er Krebs gehabt hat. Aber ich bin mir nicht sicher.«

Jeff Mario zog ein Notizbuch und einen Bleistift aus der Tasche. »Wie ist der Name des Mannes?«

»Alvin Hayes.«

»Hat er Familie?«

»Ich nehme an«, sagte Dr. Howard. »Um ehrlich zu sein, weiß ich kaum etwas über sein Privatleben. Er erwähnte einen Sohn, weswegen ich annehme, daß er Familie hat.«

»Kennen Sie seine Privatadresse?«

»Nein, tut mir leid.«

Der Polizeibeamte schaute Dr. Howard einen Augenblick nachdenklich an, beugte sich dann hinab und durchsuchte Hayes' Taschen. Er fand eine Brieftasche und blätterte Hayes' Papiere durch.

»Der Bursche hat offenbar keinen Führerschein«, sagte Jeff Mario und blickte Howard an, als erwarte er von ihm eine Bestätigung.

»Dazu kann ich Ihnen nichts sagen.« Jason Howard fühlte, wie er zu zittern anfing. Der Schreck über den Vorfall begann auf ihn zu wirken.

Der Sirenenton des Krankenwagens, der zunächst lauter und lauter geworden war, erstarb draußen vor dem Fenster. Ein rotes Blinklicht hatte sich jetzt zu dem blauen gesellt. Zwei Sanitäter in Uniform kamen herein, einer von ihnen hatte einen Metallkoffer bei sich, der an einen Werkzeugkasten erinnerte. Sie steuerten gleich auf Hayes zu.

»Der hier ist Arzt«, rief Jeff Mario ihnen zu und deutete mit seinem Bleistift auf Dr. Howard. »Er sagt, es ist alles schon vorbei. Er sagt, der Mann ist wegen eines Krebsgeschwürs verblutet.«

»Ich sagte ausdrücklich, ich sei mir nicht sicher, ob es sich um Krebs handle«, betonte Dr. Howard. Er sagte das lauter, als es eigentlich seine Absicht gewesen war. Jetzt zitterte er tatsächlich, und als es ihm bewußt wurde, verschränkte er seine Hände ineinander, um es die anderen nicht merken zu lassen.

Nach ein paar kurzen Fragen an Dr. Howard standen die Sanitäter auf, und der eine, der mit dem Metallkoffer hereingekommen war, wies den anderen an, hinauszugehen und die Bahre zu holen.

»Na also, hier ist die Adresse«, sagte Jeff Mario, der indessen die Durchsuchung von Hayes' Brieftasche fortgesetzt hatte. Er hob eine Karte hoch: »Er wohnt in der Nähe vom hiesigen städtischen Krankenhaus.« Er notierte sich die Anschrift in seinem Notizbuch. Sein jüngerer Kollege schrieb alle Namen und Anschriften der Gäste auf, einschließlich jener von Dr. Howard.

Als sie fertig waren, fragte Howard, ob er den Transport von Hayes' Leiche begleiten könne. Es wäre ihm fies vorgekommen, die Leiche seines Kollegen einfach so wegschaffen zu lassen. Die Polizisten sagten, für sie sei die Sache vorläufig erledigt. Als sie auf den Platz hinaustraten, bemerkte Howard, daß sich eine ansehnliche Menschenmenge angesammelt hatte. Nachrichten wie diese verbreiteten sich in der Nordstadt wie ein Lauffeuer, aber die Menschenmenge verhielt sich still, ergriffen vom Hauch des Todes.

Jason Howard fiel ein elegant gekleideter Mann auf, der sich gerade in der Menge zu verdrücken schien. Er sah wie ein Geschäftsmann aus und wirkte, besonders was seine Kleidung betraf, eher wie ein Lateinamerikaner oder Spanier als wie ein Italiener oder gar Amerikaner – und für einen Augenblick fand Howard es merkwürdig, daß ihm das überhaupt auffiel.

Der eine der beiden Sanitäter sagte: »Wollen Sie hinten neben Ihrem Freund sitzen?« Dr. Howard nickte und kletterte in den Krankenwagen. Er setzte sich dort neben die Füße von Hayes auf einen niedrigen Sitz, während der andere der Sanitäter neben dessen Kopf Platz nahm. Der Krankenwagen fuhr an, und aus dem Rückfenster sah Howard das Restaurant und die Menge davor kleiner werden. Als sie in die Hanover Street einbogen, mußte er sich festhalten. Der Fahrer hatte die Sirene ausgeschaltet, aber das Rotlicht blinkte weiter. Jason Howard sah dessen Widerschein in den Schaufenstern der Geschäfte, an denen sie vorbeifuhren.

Die Fahrt war nur kurz, nicht viel mehr als fünf Minuten. Der Sanitäter versuchte ein Gespräch anzuknüpfen, aber Dr. Howard ließ ihn spüren, daß er mit seinen Gedanken beschäftigt war. Während er auf den Körper von Alvin Hayes da vor sich starrte, versuchte er, sich ein Bild von der Sache zu machen. Er konnte sich den Gedanken nicht aus dem Kopf schlagen, daß der Tod ihn regelrecht verfolge. Das führte dazu, daß er sich auf seltsame Weise für Alvin Hayes verantwortlich fühlte, gerade so, als ob der Mann noch am Leben sein könnte, wenn er sich nicht ausgerechnet mit ihm getroffen hätte. Natürlich war es ihm klar, daß bei vernünftiger Betrachtung derartige Gedanken unsinnig waren. Aber Gefühle ließen sich nicht immer auf einen Nenner mit der Vernunft bringen.

Nach einer scharfen Linkskurve setzte der Krankenwagen etwas zurück und hielt dann an. Als die hintere Türe geöffnet wurde, wußte Dr. Howard gleich, wo sie waren. Es war der Hof des Allgemeinkrankenhauses von Massachusetts, ein Dr. Howard sehr vertrauter Ort. Hier hatte er vor Jahren seine Zeit als Assistenzarzt verbracht. Er kletterte hinaus, während die beiden Sanitäter routiniert die Leiche von Alvin Hayes ausluden. Das Fahrgestell klappte unter der Bahre heraus, und geräuschlos rollten sie die sterbliche Hülle des Forschers zunächst in den Notaufnahmeraum, wo eine Schwester sie nach ein paar Sätzen gleich in einen Raum für Verletzte weiterdirigierte.

Obwohl er Arzt war, war Dr. Howard nicht vertraut mit dem üblichen Ablauf der Dinge in einem Fall wie dem Tod von Hayes. Er war bereits darüber verblüfft gewesen, daß sie bei der Notaufnahme landeten, nachdem ja feststand, daß jede Hilfe für Hayes zu spät kam. Aber dann fiel ihm ein, daß Hayes ja erst einmal offiziell für tot erklärt werden mußte. Das hätte ihm aus seiner Zeit als Assistenzarzt noch in Erinnerung sein müssen.

Der Aufnahmeraum für Verletzte war in der üblichen Weise ausgestattet, mit jeder Art von sofort einsetzbarem Gerät. In einer Ecke war ein Waschbecken, und als erstes wusch sich Dr. Howard Hayes' Blut von den Händen. Ein kleiner Spiegel über dem Waschbecken zeigte ihm, daß er auch im Gesicht eine ganze Menge von getrockneten Blutspritzern hatte. Er wusch es ebenfalls und trocknete sich dann mit Papierhandtüchern ab. Auch auf seiner Jacke und der Vorderseite seines Hemdes und seiner Hose war Blut, aber dagegen konnte er im Augenblick nichts tun. Als er gerade seine Reinigung beendet hatte, kam ein diensttuender Arzt mit einem Klemmbrett herein. Er schlug nüchtern das Tuch zurück, das die Leiche von Alvin Hayes bedeckte, und nahm dann sein Stethoskop aus der Brusttasche, um sich dessen Oberteil in die Ohren zu stecken. Das Gesicht von Alvin Hayes wirkte grauenhaft bleich in dem grellen, fluoreszierenden Licht.

»Sie sind ein Verwandter?« fragte er beiläufig, während er das Stethoskop auf Hayes' Brust drückte.

Erst als der Arzt das Stethoskop aus den Ohren nahm, antwortete Howard. »Nein, ich bin ein Kollege. Wir waren gemeinsam am GHP-Krankenhaus tätig.«

»Sie sind also Arzt?« fragte der Mann nun mit etwas mehr Respekt.

Dr. Howard nickte.

»Was ist mit Ihrem Freund passiert?« Er leuchtete mit einer kleinen Lampe in die Pupillen von Hayes.

»Er verblutete beim Abendessen«, antwortete Howard bewußt schnoddrig, da ihn die gefühllose Art des Arztes einigermaßen ärgerte.

»Machen Sie keine Witze! Das ist ja eine tolle Geschichte. Na, jedenfalls ist er tot – keine Frage.« Er zog das Tuch wieder über Hayes' Kopf.

Dr. Howard mußte all seine Selbstbeherrschung aufbieten, um dem Arzt nicht zu sagen, was er von seiner Gefühllosigkeit halte, aber es wäre verschwendete Zeit gewesen. Statt dessen ging er hinaus und beobachtete das Treiben in der Notaufnahmestation, den Erinnerungen an seine eigene Zeit als Assistenzarzt nachhängend. Es schien schon so lange herzusein, aber nichts hatte sich geändert.

Dreißig Minuten später wurde die Leiche von Alvin Hayes wieder zu dem Krankenwagen gerollt. Dr. Howard folgte ihr und schaute zu, wie sie erneut eingeladen wurde.

»Macht es Ihnen etwas aus, wenn ich noch dabeibleibe?« fragte er, wobei er sich über seine Gründe dafür nicht klar war; vielleicht stand er einfach noch unter Schock.

»Wir fahren direkt zum Leichenschauhaus«, sagte der Fahrer, »aber wenn Sie mitfahren wollen...«

Als sie aus dem Hof hinausfuhren, kam es Dr. Howard zu seiner großen Überraschung so vor, als sehe er dort draußen denselben wie ein Geschäftsmann gekleideten und fremdländisch wirkenden Mann wieder, der ihm schon vor dem Restaurant aufgefallen war. Dann zuckte er die Schultern – das wäre doch wirklich ein zu merkwürdiger Zufall gewesen. Aber seltsam – der Mann hatte dieselben spanisch wirkenden Gesichtszüge.

Dr. Howard war noch nie im städtischen Leichenschauhaus gewesen. Als sie die Leiche von Alvin Hayes durch zerkratzte und verbeulte Schwingtüren schoben und dann in den Aufbewahrungsraum kamen, wünschte er sich, daß er nicht gerade in einer solchen Situation erstmals das Haus kennengelernt hätte. Die Atmosphäre war genauso abstoßend, wie er sich das in seiner Phantasie ausgemalt hatte. In dem großen Aufbewahrungsraum sah man zu beiden Seiten quadratische Türen wie von Kühlschränken, die ehemals wohl weiß gewesen waren. Wände und Boden bestanden aus alten, fleckigen und zersprungenen Fliesen. Eine Reihe von Rollbahren standen herum, auf einigen davon lagen Leichen, mit Tüchern bedeckt, von denen wiederum einige blutbefleckt waren. Der Raum war von einem antiseptischen, an faulen Fisch erinnernden Geruch erfüllt, so daß Howard kaum zu atmen wagte. Ein untersetzter, kräftiger Mann mit Gummischürze und Handschuhen kam heran und griff mit zu, um die Leiche von Hayes auf eine der alten Rollbahren zu legen. Dann verschwanden alle, um sich um den notwendigen Papierkram zu kümmern.

Für einige Augenblicke blieb Dr. Howard in der Leichenhalle stehen und dachte über das plötzliche Ende von Hayes' von Anerkennung begleitetem Leben nach. Dann folgte er, von der plötzlichen Erinnerung an seinen Weg ins Krankenhaus nach dem Tod von Danielle gepeinigt, den Sanitätern.

Als damals, vor gut einem halben Jahrhundert, das städtische Leichenschauhaus von Boston erbaut worden war, hatte es als hochmoderne Einrichtung gegolten. Während Jason Howard die breiten Stufen hinaufging, die zu den Büroräumen im ersten Stock führten, fielen ihm einige architektonische Details mit ägyptischen Motiven auf. Aber das Gebäude hatte unter dem Zahn der Zeit schwer gelitten; jetzt war es heruntergekommen, schmutzig und seiner Aufgabe nicht mehr angemessen. Es überstieg Howards Vorstellungskraft, was es wohl an Schrecklichem gesehen haben mochte.

In einem schäbigen Büroraum fand er die beiden Sanitäter und den untersetzten Mann wieder. Sie hatten die notwendigen Unterlagen ausgefüllt und unterschrieben und lachten jetzt fröhlich über irgend etwas, völlig unberührt von der bedrückenden Atmosphäre des Todes rings um sie.

Dr. Howard unterbrach ihre Unterhaltung mit der Frage, ob irgendeiner der für die Leichenschau zuständigen Ärzte im Augenblick da sei.

»Ja«, antwortete ihm der Leichenwärter, »Dr. Danforth muß sich im Autopsieraum gerade um einen dringenden Fall kümmern; sie wird wohl bald fertig sein.«

»Kann ich irgendwo auf sie warten?« fragte der Arzt; er war jetzt nicht in der Verfassung, zu ihr in den Autopsieraum zu gehen.

»Oben ist die Bibliothek«, sagte der Mann, »gleich rechts neben dem Büro von Frau Dr. Danforth.«

Die Bibliothek war ein dunkler, muffiger Raum mit in große Faszikel gebundenen Autopsieberichten, die bis ins achtzehnte Jahrhundert zurückreichten. In der Mitte des Raumes stand ein mächtiger Eichentisch mit sechs hochlehnigen Armstühlen drum herum. Was aber wesentlicher war – es stand ein Telefon darauf. Nach kurzer Überlegung beschloß Dr. Howard, Shirley Montgomery anzurufen. Es war ihm bewußt, daß er sie mitten aus einem fröhlichen Abend reißen würde, aber er war auch überzeugt davon, daß er sie unterrichten müsse.

»Jason!« rief sie, als er sich meldete. »Kommen Sie doch noch vorbei?«

»Leider nein. Ich rufe Sie an, weil es gewisse... Schwierigkeiten gab.«

»Schwierigkeiten?«

»Es wird vielleicht ein Schock für Sie sein«, warnte er. »Es ist wohl besser, wenn Sie sich hinsetzen.«

»Na, jetzt hören Sie aber auf«, gab Shirley zurück, wobei sich jedoch etwas Besorgnis in ihre Stimme mischte.

»Alvin Hayes ist gestorben.«

Am anderen Ende gab es eine Pause, in die aus dem Hintergrund fröhliches, mit Lachen vermengtes Stimmengewirr drang, das so gar nicht zu dieser Situation passen wollte.

»Was ist geschehen?«

»Ich weiß es noch nicht so ganz genau«, sagte Howard, der sie vor den schrecklichen Einzelheiten abschirmen wollte. »Irgendwelche inneren Verletzungen.«

»Ein Herzanfall oder so?«

»Irgendwas in der Art«, antwortete er ausweichend.

»Mein Gott! Der arme Mensch.«

»Wissen Sie etwas über seine Angehörigen? Ich bin danach gefragt worden, konnte aber keine Auskunft geben.«

»Viel weiß ich auch nicht. Er ist geschieden und hat Kinder, doch ich glaube, sie wurden der Mutter zugesprochen. Sie lebt irgendwo in der Nähe von Manhattan, aber das ist auch schon alles, was ich weiß. Der Mann war sehr verschlossen, was sein Privatleben betraf.«

»Es tut mir leid, daß ich Sie jetzt deswegen stören mußte.«

»Ach, reden Sie keinen Unsinn. Wo sind Sie denn überhaupt?«

»Im Leichenschauhaus.«

»Wie kommen Sie denn da hin?«

»Ich habe die Leiche von Hayes im Krankenwagen begleitet.«

»Ich komme vorbei und hole Sie!«

»Nein, vielen Dank, das ist wirklich nicht nötig«, antwortete Dr. Howard. »Ich werde mir ein Taxi nehmen, sobald ich hier mit dem Amtsarzt gesprochen habe.«

»Wie fühlen Sie sich denn?« fragte Shirley. »Es muß ein furchtbares Erlebnis für Sie gewesen sein.«

»Na ja«, gab Jason Howard zu, »ich hab mich schon besser gefühlt.«

»Das gibt sich wieder. Ich komme jetzt und hole Sie ab.«

»Und was ist mit Ihren Gästen?« protestierte er halbherzig. Er hatte Schuldgefühle, weil er ihr die Party verpatzt hatte, aber sie waren auch wieder nicht groß genug, um ihr Angebot abzulehnen. Es war ihm bewußt, daß er nach den Vorgängen dieses Abends jetzt nicht allein sein konnte.

»Die kommen schon ohne mich zurecht«, sagte Shirley. »Wo genau also sind Sie jetzt?«

Dr. Howard gab ihr die entsprechenden Auskünfte und legte dann auf. Er ließ den Kopf in seine Hände sinken und schloß die Augen.

»Verzeihung«, erklang da eine tiefe, durch einen leichten irischen Akzent gemilderte Stimme. »Sind Sie Dr. Jason Howard?«

»So ist es«, antwortete Howard hochschreckend.

Ein untersetzter Mann schob sich nun ganz in den Raum. Er hatte ein volles Gesicht mit einer breiten Nase und kräftigen Zähnen; die Augen lagen unter schweren Lidern, das Haar war dunkel mit einem rötlichen Schimmer. Er streckte eine mächtige, schwielige Pranke aus und stellte sich vor: »Ich bin Michael Curran von der Mordkommission.«

Dr. Howard ergriff die dargebotene Hand; das plötzliche Auftauchen des Kriminalbeamten machte ihn irgendwie nervös. Er merkte, daß er einer Bewertung unterzogen wurde, als die Augen des Mannes ihn von Kopf bis Fuß und dann nochmals zurück musterten.

»Streifenpolizist Mario hat uns gemeldet, daß Sie mit

dem Opfer zuletzt zusammen waren«, sagte Curran und zog sich einen Stuhl heran.

»Untersuchen Sie den Tod von Hayes?«

»Reine Routinesache«, schwächte der Kriminalbeamte ab. »Reichlich dramatische Szene jedenfalls nach dem, was die uniformierten Kollegen uns berichtet haben. Ich möchte einfach keinen Ärger mit meinem Vorgesetzten kriegen, falls da später irgendwelche Fragen auftauchen.«

»Ja gut, ich verstehe«, sagte Dr. Howard. Tatsächlich erinnerte ihn das Erscheinen des Kriminalbeamten an Hayes' Beteuerung, daß man ihn ermorden wolle. Obwohl der Tod des Mannes viel eher auf eine natürliche Ursache als auf einen Mord hinwies, mußte sich Dr. Howard gestehen, daß nicht zuletzt diese Befürchtung, die Hayes geäußert hatte, der Grund dafür war, daß er mit ins Leichenschauhaus gekommen war und Genaueres über die Todesursache wissen wollte.

»Ich muß Ihnen einfach die üblichen Routinefragen stellen«, sagte Curran. »Also: Mußte man mit Dr. Hayes' Tod rechnen? Ich meine, war er krank?«

»Davon war mir eigentlich nichts bekannt«, sagte Howard. »Aber als ich heute mittag mit ihm zusammentraf, hatte ich den Eindruck, er sei gar nicht gut beieinander – und heute abend war dieser Eindruck noch viel stärker.«

Curran hob die Brauen. »Wie meinen Sie das?«

»Er sah sehr schlecht aus. Und als ich ihn darauf ansprach, gab er zu, daß er sich tatsächlich ziemlich mies fühle.«

»Und um welche Symptome ging es da im einzelnen?« fragte der Kriminalbeamte, der inzwischen ein kleines Notizbuch aus der Tasche gezogen hatte.

»Erschöpfung, Magenbeschwerden, Gelenkschmerzen. Ich dachte auch, daß er vielleicht Fieber hätte, war mir aber dessen nicht ganz sicher.«

»Und was hielten Sie von diesen Symptomen?«

»Ich machte mir Sorgen darüber«, antwortete Dr. Howard. »Ich sagte ihm, daß ich es besser fände, wenn er zu mir in die Praxis käme, damit ich dort gleich ein paar Untersuchungen vornehmen könne. Aber er bestand darauf, daß wir uns außerhalb des Krankenhauses treffen sollten.«

»Und warum das?«

»Das weiß ich auch nicht so genau«, meinte Jason Howard und erzählte dann in groben Zügen, was ihm Hayes über seine Entdeckung berichtet habe; er fügte hinzu, daß er offenbar Anzeichen von Paranoia gehabt habe.

Curran hatte getreulich mitgeschrieben und blickte jetzt auf; er schien wachsamer geworden zu sein. »Was genau meinen Sie mit ›Paranoia‹?«

»Verfolgungswahn – er behauptete, es verfolge ihn jemand und wolle ihn und seinen Sohn töten.«

»Sagte er, wer?«

»Nein«, antwortete Dr. Howard. »Um ehrlich zu sein, hielt ich das für Einbildung. Sein Benehmen war ohnehin äußerst auffällig. Ich fürchtete, daß er knapp vor einer schweren Dekompensation stand.«

»Dekompensation?« echote Curran fragend.

»Einfacher ausgedrückt: einem Nervenzusammenbruch«, erklärte der Arzt.

»Ich verstehe«, sagte Curran und wandte seine Aufmerksamkeit wieder seinem Notizbuch zu, in das er, von Dr. Howard genau beobachtet, eifrig hineinkritzelte. Er hatte die merkwürdige Angewohnheit, in unregelmäßigen Abständen die Spitze seines Bleistifts mit der Zunge anzufeuchten.

In diesem Augenblick tauchte eine weitere Person auf. Sie ging um den Tisch herum auf Dr. Howard zu, der, ebenso wie der Kriminalbeamte, aufstand. Der Neuankömmling war eine zierliche Frau, nicht viel mehr als einen Meter fünfzig groß. Sie stellte sich als Dr. Margaret Danforth vor. In überraschendem Kontrast zu ihrer Figur stand ihre Stimme, die klangvoll den Raum füllte.

»Bitte nehmen Sie doch Platz«, sagte sie und lächelte dabei Curran zu, den sie offensichtlich kannte.

Jason Howard schätzte die Frau auf zweite Hälfte Dreißig. Sie hatte feingezeichnete Züge mit hohen, starkgewölbten Brauen, die ihrem Gesicht einen Ausdruck von Unschuld verliehen. Ihr Haar war kurz und sehr lockig. Sie trug ein schlichtes dunkles Kleid mit einem Spitzenkragen. Dr. Howard hatte Mühe, ihre äußere Erscheinung in Übereinstimmung zu bringen mit ihrer Position als bestallte Leichenschauärztin der Stadt Boston.

Sie kam ohne Umschweife zur Sache: »Worum geht's?« Sie hatte dunkle Ringe unter den Augen, und Howard war überzeugt davon, daß sie seit dem frühen Morgen auf den Beinen war.

Der Kriminalbeamte kippte seinen Stuhl nach hinten und begann darauf zu schaukeln. »Plötzlicher Tod eines Arztes in einem Restaurant in der Nordstadt. Offensichtlich hat er eine große Menge Blut erbrochen...«

»›Ausgehustet‹ träfe die Sache genauer«, unterbrach ihn Dr. Howard.

»Und warum das?« fragte Curran und ließ sich plumpsend wieder nach vorn fallen. Er leckte die Spitze seines Bleistiftes an, um eine Korrektur in seinen Eintragungen vorzunehmen.

»Erbrechen würde bedeuten, daß es aus seinem Verdauungstrakt kam«, erläuterte Howard. »Das Blut kam aber aus der Lunge – es war hellrot und schaumig.«

»Schaumig – ein schöner Ausdruck«, meinte Curran und trug die Ergänzung gewissenhaft in sein Notizbuch ein.

»Ich nehme also an, daß es arterielles Blut war«, sagte Dr. Danforth.

»Davon gehe ich aus«, bestätigte Dr. Howard.

»Und das bedeutet...?« fragte Curran.

»Wahrscheinlich ein Durchbruch der Aorta«, sagte die Ärztin. Sie hatte die Hände im Schoß gefaltet, als ob sie bei einem Tee-Empfang sitze. »Die Aorta ist die Hauptschlagader, die vom Herzen wegführt«, fügte sie zur Erläuterung für Curran hinzu. »Sie führt das mit Sauerstoff angereicherte Blut dem Körper zu.«

»Besten Dank«, sagte Curran.

»Das klingt entweder nach Lungenkrebs oder einem Aneurysma.« Und wieder an Curran gerichtet, erläuterte sie: »Ein Aneurysma ist die krankhafte Ausbeulung der Wand eines Blutgefäßes.«

»Herzlichen Dank«, sagte Curran. »Es ist immer sehr praktisch, wenn die Leute davon ausgehen, daß ich keine Ahnung habe.«

Vor Jason Howards geistigem Auge tauchte rasch das Bild des Schauspielers Peter Falk als ›Detektiv Columbo‹ auf. Er war ganz sicher, daß Curran alles andere als ahnungslos oder dumm war.

»Würden Sie mir diesbezüglich zustimmen, Herr Kollege?« wandte sich die Ärztin an Dr. Howard.

»Ich würde auf Lungenkrebs tippen«, meinte dieser. »Hayes war ein sehr starker Raucher.«

»Das erhöht natürlich die Wahrscheinlichkeit.«

»Ist irgendeine Möglichkeit für einen gewaltsamen Tod gegeben?« fragte Curran und schickte unter seinen schweren Lidern einen entsprechenden Blick zu der Ärztin hinüber.

Diese lachte kurz auf. »Wenn die Diagnose so ist, wie sie sich jetzt darstellt, kommen als Verantwortliche nur sein Schöpfer oder die Tabakindustrie in Frage.«

»Das habe ich mir eigentlich auch gedacht«, meinte der Kriminalbeamte, klappte sein Notizbuch zu und steckte den Bleistift ein.

»Machen Sie die Obduktion gleich jetzt noch?« fragte Howard.

»Um Gottes willen, nein«, antwortete Dr. Danforth. »Wenn ein dringender Grund vorläge, könnten wir das natürlich noch tun – aber das ist doch nicht der Fall. Wir machen es morgen früh als allererstes. Die Ergebnisse werden wohl so gegen halb elf vorliegen, falls Sie anrufen wollen.«

Curran stützte die Handflächen auf den Tisch, als ob er aufstehen wolle. Statt dessen aber sagte er: »Herr Dr. Howard hat erwähnt, daß Hayes glaubte, er werde von jemandem verfolgt, der ihn ermorden wolle. Das ist doch richtig so, Dr. Howard?«

Howard nickte.

»Also...« sagte Curran. »Ich wollte Sie nur bitten, das im Hinterkopf zu behalten, wenn Sie morgen die Autopsie machen.«

»Aber natürlich«, antwortete Dr. Danforth. »Wir sind in allen Fällen, die uns vorliegen, unvoreingenommen und aufmerksam. Das ist schließlich unsere Aufgabe. Und jetzt würde ich, wenn Sie mich entschuldigen wollen, wirklich gern nach Hause gehen. Ich hatte noch nicht einmal die Möglichkeit, einen Bissen zu Abend zu essen.«

Jason Howard verspürte einen Anflug von Ekel und fragte sich, wie Margaret Danforth Hunger haben konnte nach einem Tag, den sie mit dem Zerschnippeln von Leichen verbracht hatte. Curran äußerte sich in ähnlichem Sinne, als sie gemeinsam die Treppe zum Erdgeschoß hinunterstiegen. Der Kriminalbeamte bot ihm an, ihn mitzunehmen, aber Howard sagte, es käme schon jemand, um ihn abzuholen.

Kaum hatte er das gesagt, als die Haupteingangstüre aufging und Shirley Montgomery hereinkam. »Ah, ›jemand‹...« flüsterte Curran augenzwinkernd und ging.

Ein weiteres Mal stach Shirley Montgomery wie eine Fata Morgana von ihrer Umgebung ab. Für ihre Einladung hatte sie ein schmales rotes Hemdblusenkleid mit einem breiten schwarzen Ledergürtel angezogen. Ihre ganze Erscheinung strahlte soviel Leben und Vitalität aus, daß ihre Anwesenheit hier im Leichenschauhaus ein wahres Aufeinanderprallen von Gegensätzen darstellte. Howard verspürte das drängende Bedürfnis, sie so schnell wie nur irgend möglich von hier wegzubringen, um sie nur ja vor Unangenehmem zu bewahren. Aber sie widersetzte sich seinem Drängen. Sie legte die Arme um ihn und drückte seinen Kopf gegen den ihren in einer impulsiven Geste des Mitgefühls. Ihm wurde ganz weich zumute; seine Reaktion überraschte ihn selbst. Wie ein Heranwachsender mußte er aufsteigende Tränen unterdrücken. Er mußte um seine Fassung kämpfen.

Sie trat einen Schritt zurück und blickte ihm in die Augen. Er brachte ein schiefes Lächeln zustande. »Was für ein Tag!« stieß er hervor.

»Was für ein Tag!« wiederholte sie zustimmend. »Gibt es einen Grund, noch hierzubleiben?«

Er schüttelte den Kopf.

»Kommen Sie, ich bringe Sie nach Hause«, schlug sie vor und zog ihn nach draußen, wo ihr BMW im Halteverbot stand. Sie stiegen ein, und der Motor heulte auf.

»Geht's Ihnen soweit gut?« fragte Shirley ihn, als sie in Richtung Massachusetts Avenue fuhren.

»Es geht mir schon wieder viel besser.« Jason Howard betrachtete Shirleys Profil im wechselnden Licht der Straßenbeleuchtung. »Ich bin einfach stark betroffen von dieser Häufung von Todesfällen. Mich beschäftigt die Frage, ob ich da irgend etwas versäumt habe.«

»Sie dürfen nicht zu streng sich selbst gegenüber sein. Sie können sich doch nicht für jeden persönlich verantwortlich fühlen. Außerdem war Hayes ja gar nicht Ihr Patient.«

»Ich weiß.«

Eine Zeitlang fuhren sie schweigend dahin. Dann sagte Shirley: »Es ist wirklich eine Tragödie mit Hayes. Der Mann war nahezu ein Genie, und er kann nicht älter als fünfundvierzig gewesen sein.«

»Er war in meinem Alter«, antwortete Dr. Howard. »Wir waren im Medizinstudium im selben Semester.«

»Das wußte ich nicht«, sagte Shirley Montgomery. »Er wirkte ein ganzes Stück älter.«

»Besonders gegen Ende«, meinte Howard. Sie kamen an der Symphony Hall vorbei; offenbar war gerade ein Konzert zu Ende gegangen, denn Leute im Abendanzug traten auf die Treppe heraus.

»Was hat der Amtsarzt im Leichenschauhaus denn gesagt?« fragte Shirley.

»Vermutlich Krebs. Morgen früh wollen sie eine Autopsie durchführen.«

»Autopsie? Wer hat denn die Genehmigung erteilt?«

»Die ist nicht erforderlich, wenn der amtliche Leichenbeschauer der Meinung ist, es gebe wegen der Todesursache noch ungeklärte Fragen.«

»Was für Fragen sollen das denn sein? Sie sagten doch, der Mann hätte einen Herzinfarkt erlitten.«

»Das habe ich nicht ausdrücklich gesagt. Ich sagte, es sei etwas ›in dieser Art‹ gewesen. Wie auch immer, es ist einfach Vorschrift, bei einem unerwarteten Todesfall eine Autopsie vorzunehmen. Übrigens kam auch schon ein Kriminalbeamter, um mir Fragen zu stellen.«

»Hört sich alles nach ziemlicher Verschwendung von Steuergeldern an«, meinte Shirley, als sie gerade nach links in die Beacon Street einbogen.

»Wo fahren wir denn hin?« fragte Howard plötzlich.

»Ich bringe Sie zu mir nach Hause. Meine Gäste sind ja noch da, und ich meine, daß Ihnen das guttun wird.«

»Auf keinen Fall«, wandte Jason Howard ein. »Ich bin überhaupt nicht in der Verfassung, um noch unter Leute zu gehen.«

»Sind Sie da ganz sicher? Ich möchte Sie jetzt wirklich nicht Ihren Grübeleien überlassen. Meine Gäste haben bestimmt viel Verständnis für Ihre Situation.«

»Bitte nicht«, bat Howard. »Ich bin jetzt nicht in der Lage zu diskutieren. Ich brauche einfach Schlaf. Außerdem, schauen Sie mich doch an – ich bin ein Wrack!«

»Na gut, wenn Sie das so sehen«, gab Shirley nach. Sie bog nach dem nächsten Häuserblock wieder links ein, dann an der Commonwealth Avenue nochmals links, und fuhr zum Beacon Hill zurück. Nachdem sie eine Weile geschwiegen hatte, sagte sie: »Der Tod von Hayes wird ein schwerer Schlag für GHP sein. Wir setzten darauf, daß er einige großartige Forschungsergebnisse liefern würde. Sein Ausfall trifft mich besonders, da ich mich dafür stark gemacht hatte, ihn für GHP zu gewinnen.«

»Dann denken Sie bitte an den guten Rat, den Sie gerade vorhin mir gegeben haben«, meinte Dr. Howard. »Sie sind nicht verantwortlich zu machen für seinen Gesundheitszustand.«

»Das weiß ich schon. Aber versuchen Sie mal, das dem Aufsichtsrat klarzumachen.«

»In diesem Fall muß ich Ihnen noch was berichten. Es gibt da leider noch mehr schlechte Nachrichten«, sagte Howard. »Hayes war offensichtlich überzeugt davon, eine bahnbrechende Entdeckung auf medizinischem Gebiet gemacht zu haben. Irgend etwas von ganz außerordentlicher Bedeutung. Wissen Sie etwas darüber?«

»Kein bißchen«, sagte Shirley aufgeschreckt. »Sagte er Ihnen, worum es sich handelt?«

»Leider nein«, mußte Jason Howard gestehen. »Und ich war auch gar nicht sicher, ob ich ihm nun glauben sollte oder nicht. Er benahm sich recht merkwürdig und behauptete sogar, man wolle ihm ans Leben.«

»Glauben Sie, daß er einen Nervenzusammenbruch hatte?«

»Der Gedanke ist mir auch schon gekommen.«

»Der arme Mensch. Wenn er tatsächlich eine Entdekkung gemacht hat, ist sein Tod ein doppelter Verlust für GHP.«

»Aber wenn er wirklich eine dramatische Entdeckung gemacht hat, könnten Sie denn in diesem Fall nicht herausbekommen, was das war?«

»Offenbar kannten Sie Dr. Hayes nicht sonderlich gut. Er war ein außerordentlich verschlossener Mensch, sowohl was sein Privatleben als auch was seinen Beruf betraf. Die Hälfte von dem, was er wußte, trug er in seinem Kopf mit sich herum.«

Sie fuhren am Bostoner Stadtpark vorbei und nahmen dann die Umgehungsstraße zum Beacon Hill, einem Wohngebiet im Zentrum Bostons, dessen Einbahnstraßen ein Alptraum für die Autofahrer waren.

Nachdem sie die Charles Street überquert hatte, fuhr Shirley Montgomery die Mt. Vernon Street hinauf und bog auf den kopfsteingepflasterten Louisburg Square ein. Als er sich damals entschieden hatte, das Leben in der Vorstadt zugunsten des Wohnens in der Stadtmitte aufzugeben, war Jason Howard sehr glücklich gewesen, ein Einzimmerapartment mit Blick auf diesen Platz zu finden. Es befand sich in einem großen Wohnhaus, dessen Besitzer darin selbst eine Wohnung hatte, aber selten da war. Es war wirklich ein Glücksfall für Howard gewesen, denn das Apartment verfügte über etwas hier in der Stadt besonders Kostbares – einen eigenen Parkplatz.

Dr. Howard stieg aus und beugte sich ins offene Fenster auf der Fahrerseite. »Herzlichen Dank, daß Sie mich hergefahren haben. Es hat mir sehr gutgetan.« Er langte ins Wageninnere und tätschelte Shirleys Schulter.

Shirley Montgomery beugte sich rasch hinaus, zog Howards Kopf an seiner Krawatte zu sich heran und gab ihm einen festen, kurzen Kuß. Dann ließ sie den Motor an – und weg war sie.

Jason Howard stand an der Kurve im Lichtkegel einer Straßenlaterne und sah sie die Pinckney Street hinunter verschwinden. Er wandte sich zur Haustür und suchte nach seinem Schlüssel. Er war froh, daß sie in sein Leben getreten war, und zum ersten Mal dachte er sehr ernsthaft über die Möglichkeit einer festen und dauerhaften Beziehung zu ihr nach.

3

Es war keine gute Nacht für Jason Howard gewesen. Jedesmal war, sobald er die Augen geschlossen hatte, das Gesicht von Hayes vor ihm aufgetaucht mit diesem erschrocken in sich hineinhorchenden Ausdruck unmittelbar vor der Katastrophe, und immer wieder neu kam die Erinnerung an dieses bedrückende Gefühl der absoluten Hilflosigkeit, als dessen Blut stoßweise aus dem Mund quoll.

Die Szene verfolgte ihn auch noch auf dem Weg zu seinem Arbeitsplatz, und dabei fiel ihm ein, daß er sowohl gegenüber Curran als auch Shirley Montgomery etwas zu erwähnen vergessen hatte. Es ging um Dr. Hayes' Bemerkung, daß seine Entdeckung nicht mehr länger ein Geheimnis sei und bereits genutzt würde. Was mochte er wohl damit gemeint haben? Howard nahm sich vor, sofort nach seinem Eintreffen in der Klinik Curran deswegen anzurufen, doch sobald er das Gebäude betrat, wurde er auch schon ausgerufen mit der Bitte, sogleich in die Herzabteilung zu kommen.

Der Zustand von Brian Lennox hatte sich erheblich verschlechtert. Schon nach einer kurzen Untersuchung mußte sich Dr. Howard eingestehen, daß er hier kaum noch etwas tun konnte. Auch das Ergebnis der Beratung der Herzspezialisten, um die er am Vortag gebeten hatte, war nicht optimistisch, obwohl Dr. Harry Sarnoff noch eine Dringlichkeitsuntersuchung für diesen Morgen vorgesehen hatte. Nur eine sofortige Operation, bei der dann unmittelbar über die tatsächlich durchzuführende Maßnahme entschieden werden konnte, ließ noch einen kleinen Hoffnungsschimmer.

»Was machen wir, wenn es zum Herzstillstand kommt?« fragte die Schwester Dr. Howard. »Sollen wir ihn anschließen, um die Funktionen aufrechtzuerhalten? Auch die Nieren scheinen allmählich zu versagen.«

Dr. Howard haßte derartige Entscheidungen. Aber er betonte schließlich nachdrücklich, daß alles getan werden müsse, um den Patienten am Leben zu erhalten – zumindest bis das Ergebnis der anstehenden Untersuchung am offenen Herzen vorliege.

Auch der weitere Verlauf von Jason Howards Rundgang brachte eher niederschmetternde Ergebnisse. Seine zuckerkranken Patienten, bei denen inzwischen durchgängig auch andere Organe in Mitleidenschaft gezogen waren, ging es allesamt nicht gut. Bei zweien drohte nun auch Nierenversagen, und beim dritten mußte man ebenfalls in Kürze damit rechnen. Besonders schlimm war, daß keiner dieser drei Patienten aus diesem Grund eingeliefert worden war. Die drohende Gefährdung der Nieren war eingetreten, während Dr. Howard sie wegen anderer Symptome behandelte.

Auch die beiden Patienten, die er wegen einer Leukämie aufgenommen hatte, sprachen nicht so auf die Behandlung an, wie er das erwartet hatte. Beide wiesen jetzt auffällige Symptome in bezug auf die Herztätigkeit auf, obwohl sie eigentlich bei der Einlieferung über Atmungsprobleme geklagt hatten. Und die beiden AIDS-Fälle zeigten eine auffällige Verschlechterung ihres Gesundheitszustandes. Die beiden einzigen Patienten, denen es tatsächlich besserging, waren zwei junge Mädchen mit Gelbsucht. Der letzte von Dr. Howards Patienten war ein Mann Mitte Dreißig, der zu einer Überprüfung seiner Herzklappen eingeliefert worden war; als Kind hatte er unter rheumatischem Fieber gelitten. Gott sei Dank war sein Zustand wenigstens unverändert.

In seinem Zimmer angekommen, mußte Dr. Howard erst einmal ein ernstes Wort mit Claudia reden. Die Neuigkeit von Dr. Hayes' Tod hatte sich schon im gesamten GHP-Komplex herumgesprochen, und Claudia platzte fast vor Neugier. Dr. Howard machte ihr klar, daß er nicht vorhabe, mit ihr über die Sache zu reden, aber sie blieb hartnäckig. Schließlich warf er sie hinaus, doch später entschuldigte er sich bei ihr und berichtete ihr in verkürzter Form über den Ablauf der Geschichte. Um halb elf erreichte ihn ein Anruf von Dr. Harry Sarnoff mit niederschmetternden Nachrichten. Die Öffnung des Brustkorbs von Brian Lennox hatte gezeigt, daß seine Koronararterien in noch schlechterem Zustand waren, als man hatte befürchten müssen, doch ohne eine eigentliche Blockierung an einem bestimmten Punkt. Mit anderen Worten: Sie waren in ihrer Gesamtheit durch Arteriosklerose verengt, und zwar in einem erschreckenden Ausmaß, und es gab keine Möglichkeit, ihn durch einen operativen Eingriff zu retten. Dr. Sarnoff erklärte außerdem, er hätte noch nie eine derart rasche Entwicklung der Arteriosklerose gesehen und wolle das gern schriftlich festhalten. Er bat um Howards Einwilligung, und der sagte ihm, das sei ganz in seinem Sinne.

Nach Dr. Sarnoffs Anruf schloß sich Jason Howard für ein paar Minuten in seinem Zimmer ein. Als er seine Gefühle wieder im Griff hatte, rief er die diensthabende Schwester an, die auf der Herzstation für Brian Lennox zuständig war. Er besprach mit ihr das Ergebnis seiner Koronararterien-Untersuchung und teilte ihr dann mit, daß man seine Körperfunktionen nicht künstlich aufrechterhalten solle. Nachdem es keine Hoffnung gab, war es sinnlos, das Leiden des Mannes zu verlängern. Sie teilte seine Meinung. Nachdem er aufgelegt hatte, starrte er das Telefon an. In solchen Situationen fragte er sich, ob es vernünftig gewesen sei, sich für die Laufbahn als praktischer Arzt zu entscheiden.

Als die Mittagspause herannahte, entschloß sich Dr. Howard, sich an Ort und Stelle über das Ergebnis der Obduktion von Hayes' Leiche zu informieren. Bei Tageslicht war das Leichenschauhaus nicht mehr ganz so schreckenerregend – es war vielmehr ein unmodernes, heruntergekommenes, nicht allzu sauberes Gebäude wie manch andere auch. Sogar die ägyptisch wirkenden Ausstattungsdetails machten jetzt eher einen komischen als einen bedeutenden Eindruck. Trotzdem vermied es Dr. Howard, den Aufbewahrungsraum für die Leichen zu betreten, und begab sich unmittelbar in das kleine Büro von Dr. Danforth neben der Bibliothek. Sie saß dort, über ihren Schreibtisch gebeugt, und schlang etwas hinunter, was wie ein Hamburger aussah. Sie lud ihn mit einer Geste zum Hereinkommen ein und begrüßte ihn mit einem Lächeln.

»Bitte entschuldigen Sie die Störung«, sagte Dr. Howard und nahm auf ihre auffordernde Geste hin Platz. Aufs neue fiel ihm auf, wie zierlich und weiblich sie doch wirkte angesichts ihrer beruflichen Position.

»Sie stören keineswegs«, sagte sie. »Ich habe die Autopsie an Dr. Hayes gleich heute morgen durchgeführt.« Sie lehnte sich in ihrem Stuhl zurück, der ein leichtes Quietschen von sich gab. »Ich war ein wenig überrascht – er hatte mitnichten Krebs.«

»Was war es dann?«

»Ein Aneurysma. Aorten-Aneurysma, das zu einem Durchbruch im Tracheobronchialbereich führte. Der Mann hatte doch niemals Syphilis, oder?«

»Nicht daß ich wüßte«, sagte Dr. Howard und schüttelte den Kopf. »Genau weiß ich das natürlich nicht – aber es würde mich sehr wundern.«

»Nun, es war irgendwie merkwürdig«, fuhr Dr. Danforth fort. »Stört es Sie, wenn ich weiteresse? Ich muß in ein paar Minuten noch eine Autopsie machen.«

»Aber überhaupt nicht«, antwortete Jason Howard und

wunderte sich erneut, daß sie jetzt essen konnte. Schon bei dem Gedanken an eine Obduktion krampfte sich sein Magen zusammen. Das ganze Gemäuer war irgendwie von einem Geruch nach faulem Fisch erfüllt. »Was war denn merkwürdig?«

Dr. Danforth kaute noch ein wenig, schluckte dann den Bissen hinunter und sagte: »Die ganze Aorta wirkte irgendwie käsig, bröckelig. Und für die Luftröhre gilt genau das gleiche. Ich habe so etwas niemals vorher gesehen – mit einer Ausnahme: bei dem hundertvierzehnjährigen Burschen, den ich einmal obduziert hatte. Können Sie sich das vorstellen? Man hat im *Globe* darüber geschrieben – der Kerl war beim Ausbruch des Ersten Weltkriegs vierundvierzig. Unglaublich.«

»Wann können Sie mir einen Bericht mit Mikroskoppräparaten liefern?« fragte Dr. Howard.

»Frühestens in vierzehn Tagen«, gab sie mit einer Geste des Bedauerns zurück. »Wir sind einfach personell nicht ausreichend ausgestattet dafür. Es dauert immer eine ganze Weile mit den entsprechenden Präparaten.«

»Wenn Sie mir ein paar Proben geben, könnte ich bei uns in der Pathologie die Schnittpräparate machen lassen.«

»Es tut mir leid, aber das muß hier bei uns gemacht werden. Ich hoffe, Sie haben Verständnis dafür.«

»Ich nehme Ihnen das ja nicht übel. Ich dachte nur, wenn wir es machen würden, wäre es eben eine Zeitersparnis.«

»Na ja, eigentlich haben Sie ja recht«, gab Dr. Danforth zu. Dann stand sie, nochmals einen kräftigen Bissen von ihrem Hamburger nehmend, auf und winkte Dr. Howard, ihr zu folgen. Sie nahmen die Treppe und stiegen einen Stock höher zum Autopsieraum hinauf.

Es war ein langer rechteckiger Raum, in dem vier Tische mit einem Belag aus poliertem Stahl quer zur Längsrichtung standen. Der Geruch von Desinfektionsmitteln und weitere unaussprechliche Düfte erfüllten den Raum auf fast unerträgliche Weise. Zwei der Seziertische waren belegt, und die beiden anderen wurden gerade gesäubert. Margaret Danforth fühlte sich offensichtlich wie zu Hause in dieser Umgebung, kaute weiter an ihrem letzten Bissen und führte Jason Howard zu der Waschgelegenheit in einer Ecke des Raumes. Dann fischte sie aus einem Haufen von Behältern mit Plastikverschlüssen einige bestimmte heraus, nahm sich einen nach dem anderen vor und entnahm ihnen typische Stücke. Sie legte sie auf einen Zertrenntisch und säbelte davon jeweils ein Teil ab, wobei sie ein Messer benutzte, das einem ganz normalen Küchenmesser stark ähnelte. Dann holte sie neue Behälter, füllte sie mit Formaldehyd und legte die entsprechenden Proben hinein. Als sie damit fertig war, packte sie alles in eine braune Papiertüte und überreichte diese ihrem Kollegen. All das war nüchtern und eindrucksvoll zügig abgelaufen.

Sofort nach seiner Rückkehr in die Klinik eilte Dr. Howard in die dortige pathologische Abteilung, wo er auf Dr. Jackson Madsen traf, der über sein Mikroskop gebeugt war. Madsen war ein großer, magerer Mann, der mit seinen sechzig Jahren noch Marathonläufe bestritt und entsprechend stolz darauf war. Kaum war er Howards ansichtig geworden, als er ihm schon sein Bedauern über den Vorfall mit Hayes ausdrückte.

»Geheimnisse lassen sich hier wohl schwerlich wahren«, meinte Howard etwas säuerlich.

»Natürlich nicht«, antwortete ihm Dr. Madsen. »In dieser Hinsicht ist es hier am GHP wie in einer Kleinstadt. Der Klatsch blüht.« Dann fügte er, mit einem Blick auf die braune Papiertüte, hinzu: »Sie haben da wohl etwas für mich?«

»In gewisser Weise schon«, gab Dr. Howard zurück. Dann erläuterte er seinem Kollegen, worum es sich handle und daß es im städtischen Leichenschauhaus zwei Wochen dauern würde, bis die Schnittpräparate fertig wären. Schließlich fragte er, ob Dr. Madsen sie wohl hier am GHP machen lassen könne.

»Aber gar kein Problem«, antwortete ihm dieser. »Interessiert Sie übrigens das Untersuchungsergebnis im Fall Harring?«

Dr. Howard mußte kurz schlucken und sagte dann: »Aber natürlich!«

»Herzwandruptur. Der erste Fall, den ich seit Jahren gesehen habe. Die linke Herzkammer ist richtiggehend aufgeplatzt. Es schien, als ob der größte Teil des Herzens vom Infarkt betroffen wäre, und als ich das Herz sezierte, hatte ich den Eindruck, daß alle Koronargefäße gleichermaßen betroffen waren. Dieser Mann hatte die schlimmste Koronarinsuffizienz, die mir je begegnet ist.«

Da sieht man, was unsere großartigen Vorsorgetests wirklich wert sind, dachte Dr. Howard. Er fühlte sich so schuldbewußt, daß er Dr. Madsen versicherte, er habe sich ausdrücklich die Untersuchungsergebnisse von Harring nochmals angesehen und hätte bei der Überprüfung der EKG-Aufzeichnung, die erst vor einem Monat gemacht worden sei, nicht den geringsten Hinweis auf ein derartiges Problem finden können.

»Vielleicht müssen Sie einfach mal Ihre Geräte überprüfen«, sagte Dr. Madsen. »Ich kann Ihnen nur versichern, daß das Herz dieses Mannes in sehr schlechtem Zustand war. Ihre Präparate werden übrigens schon morgen vorliegen.«

Beim Verlassen des Pathologieraumes dachte Dr. Howard über die Bemerkung seines Kollegen nach. Auf die Idee, daß sein EKG-Gerät defekt sein könne, war er noch nicht gekommen. Aber als er in seinem Zimmer angelangt war, hatte er diesen Gedanken schon wieder verworfen. Das wäre längst irgendwie aufgefallen, wenn das EKG-Gerät tatsächlich nicht richtig funktionierte; dafür gab es eine ganze Reihe von Erkennungsmerkmalen. Außerdem wurden zwei verschiedene Geräte für das EKG im Ruhezustand und das EKG im Belastungszustand benutzt. Doch während er noch darüber nachdachte, fiel ihm etwas anderes ein. So wie er selbst mußte doch Alvin Hayes bei Aufnahme seiner Tätigkeit für GHP einer gründlichen Untersuchung unterzogen worden sein – das galt schließlich für jeden.

Nachdem Claudia ihn über die eingegangenen Anrufe informiert hatte, bat Dr. Howard sie nachzuprüfen, ob eine Patientenkarte für Dr. Alvin Hayes vorhanden sei, und wenn ja, sie ihm zu besorgen. In der Zwischenzeit ging er Sally aus dem Weg und begab sich direkt in die Röntgenabteilung. Mit Hilfe einer der dortigen Arzthelferinnen machte er die Unterlagen von Hayes ausfindig und warf einen Blick hinein. Wie er erwartet hatte, fand er dabei die übliche Röntgenaufnahme des Brustraums, die vor sechs Monaten gemacht worden war. Er schaute sie sich kurz an und suchte dann, mit der Aufnahme in der Hand, nach einem der vier Röntgenärzte der Abteilung. Als er Dr. Milton Perlman aus einer Tür treten sah, stürzte er auf ihn zu, schilderte ihm den Tod von Alvin Hayes und die Ergebnisse der Obduktion, und drückte ihm die Röntgenaufnahme in die Hand. Dr. Perlman nahm die Aufnahme mit in sein Zimmer, hängte sie an den Bildschirm, studierte sie eine ganze Minute lang sorgfältig und wandte sich dann an seinen Kollegen.

»Keinerlei Anzeichen für ein Aneurysma«, sagte er. Er kam aus West Virginia und sprach gerne so, als ob er gerade am Tag vorher einen Bauernhof dort verlassen hätte. »Die Aorta wirkt völlig normal, von Verkalkung ist nicht das geringste zu entdecken.«

»Ist das wirklich möglich?« fragte Dr. Howard.

»Stimmt schon so«, antwortete Milton Perlman. »Kann natürlich mal vorkommen, daß die Namen verwechselt werden, aber davon würde ich nicht ausgehen. Wenn der Mann wirklich an einem Aneurysma starb, muß sich das innerhalb des letzten Monats entwickelt haben.«

»Von so etwas habe ich aber noch nie gehört!«

»Was kann ich dazu schon sagen?« meinte der Röntgenarzt und breitete, mit den offenen Handflächen nach oben, die Arme aus.

Jason Howard ging in sein Arbeitszimmer zurück und grübelte über die Sache nach. Ein Aneurysma konnte sich rasch ausbeulen, besonders wenn der Patient gleichzeitig eine ausgesprochene Gefäßschwäche und hohen Blutdruck hatte. Aber als er die Untersuchungsergebnisse von Alvin Hayes nochmals durchgegangen war, hatten diese, wie er es erwartet hatte, völlig normale Werte für Blutdruck und Herzgeräusche gezeigt. Da es auch keinerlei Hinweise auf Gefäßschwäche gab, mußte sich Dr. Howard sagen, daß er im Augenblick nichts weiter tun könne, als auf die Plättchen mit den Gefäßschnitten zu warten. Vielleicht hatte sich sein Kollege irgendeine merkwürdige Infektion zugezogen, die sich auf seine Blutgefäße einschließlich seiner Aorta ausgewirkt hatte. Zum erstenmal fragte sich Dr. Howard, ob sie hier vielleicht auf eine neue und schreckliche Krankheit gestoßen seien.

Er tauschte seine Anzugjacke gegen einen weißen Arztkittel und trat, ihn gerade noch zuknöpfend, aus der Tür seines Büros. Dabei prallte er fast auf Sally, die sofort vorwurfsvoll sagte: »Sie sind zu spät dran!«

»Na und, was ist daran neu?« fragte er und eilte ins Untersuchungszimmer A.

Weil er sehr zügig arbeitete, aber auch einfach, weil er Glück hatte, gelang es Dr. Howard, die verlorene Zeit wieder einzuholen. Das Glück bestand darin, daß weder neue Patienten auftauchten, die sehr gründlich untersucht werden mußten, noch bisherige über neue Symptome klagten. So gegen drei gab es sogar eine kleine Pause, weil jemand abgesagt hatte.

Den ganzen Nachmittag über hatte Howard jedoch die Geschichte mit Hayes nicht aus seinen Gedanken verbannen können. Daher nutzte er sofort diese kleine Unterbrechung und die damit gewonnene Zeit, um in den fünften Stock zu eilen, wo die Arbeitsräume von Alvin Hayes lagen. Er hoffte, daß vielleicht dessen Assistentin eine Vorstellung davon hatte, worum es sich denn nun wirklich bei dem »großen Durchbruch«, von dem Dr. Hayes gesprochen hatte, handelte.

Dr. Howard trat aus der Aufzugtür und fühlte sich fast wie in einer anderen Welt. Als Anreiz für Alvin Hayes, für GHP tätig zu werden, hatte man ihm ein brandneues Labor eingerichtet, das einen guten Teil des fünften Stocks einnahm. Der Bereich vor dem Aufzug war ausgestattet mit bequemen Ledersesseln, dickflorigen Teppichen und sogar einem großen, mit Glastüren versehenen Bücherschrank, der gefüllt war mit neuerer Literatur auf dem Sektor Molekularbiologie. Hinter diesem Empfangsraum lag ein Raum als eine Art Schleuse; hier sollten Besucher lange Mäntel anziehen und Überschuhe anlegen. Dr. Howard versuchte die Tür zu öffnen – sie war nicht abgeschlossen, und er trat ein.

Er legte einen Schutzmantel und die Überschuhe an und drückte dann die Klinke der in den nächsten Raum führenden Tür nieder. Diese war jedoch abgeschlossen, womit er gerechnet hatte; daneben an der Wand befand sich ein Klingelknopf. Er drückte darauf und wartete. Über dem Türsturz leuchtete das rote Lämpchen einer Überwachungs-Fernsehkamera auf. Schließlich öffnete sich die Tür, und Dr. Howard konnte hineingehen.

Das Labor bestand aus zwei Abteilungen. Die erste war völlig mit weißem Resopal und weißen Kacheln ausgestattet und bestand aus einem großen Hauptraum und einigen an dessen einer Seite gelegenen Nebenräumen. Sehr helle Deckenbeleuchtung tauchte alles in blendendes Licht. Der Hauptraum war angefüllt mit modernstem wissenschaftlichem Gerät, von dem vieles Dr. Howard gänzlich unbekannt war. Den Zugang zur zweiten Abteilung versperrte eine mächtige Stahltür, neben der ein Schild verkündete: VERSUCHSTIERSTATION UND BAKTERIENINKUBATORENRAUM: KEIN EINTRITT.

An einem der ausladenden Labortische saß eine sehr blonde junge Frau, die Dr. Howard schon mehrfach in der Cafeteria der Klinik aufgefallen war. Sie hatte scharfgeschnittene Gesichtszüge und eine leicht gebogene Nase, ihr Haar war straff nach hinten gekämmt und dort zu einem großen Nackenknoten gebunden. Howard sah, daß ihre Augen gerötet waren, als ob sie heftig geweint hätte.

»Verzeihen Sie die Störung«, sagte er, »ich bin Dr. Jason Howard.« Er streckte ihr zur Begrüßung die Hand hin, und sie ergriff sie; ihre Haut war kühl.

»Helene Brennquivist«, stellte sie sich mit einem leichten skandinavischen Akzent vor.

»Hätten Sie vielleicht einen Augenblick Zeit für mich?« fragte Dr. Howard.

Sie antwortete nicht, schlug aber ihr Notizbuch zu und schob einen Stapel Petrischalen zur Seite.

»Ich würde Ihnen nämlich gerne ein paar Fragen stellen«, fuhr Howard fort. Es fiel ihm auf, daß sie es in einem geradezu unheimlichen Ausmaß verstand, einen absolut neutralen Gesichtsausdruck zu bewahren.

»Das ist, oder war, Dr. Hayes' Labor?« fragte er mit einer den Raum und seine Ausstattung umfassenden Armbewegung.

Sie nickte.

»Und Sie arbeiteten mit Dr. Hayes zusammen?«

Ein erneutes Nicken, etwas weniger nachdrücklich als das erste. Es schien Dr. Howard, als habe er bereits eine abwehrende Haltung heraufbeschworen.

»Ich nehme an, daß Sie die schlechten Nachrichten in bezug auf Dr. Hayes bereits kennen«, sagte der Arzt. Diesmal zwinkerte sie mit den Augen, und es kam ihm vor, als seien sie feucht von Tränen.

»Ich war mit Dr. Hayes im Augenblick seines Todes zusammen«, erläuterte Howard, während er sie aufmerksam betrachtete. Mit Ausnahme der feuchten Augen wirkte sie seltsam gefühllos, und er fragte sich, ob nicht gerade das ein Anzeichen besonderen Kummers sei. »Unmittelbar vor seinem Tod erklärte er mir, daß er eine bahnbrechende wissenschaftliche Entdeckung gemacht habe...«

Der Arzt ließ bewußt den Anfang seines Satzes in der Luft hängen in der Hoffnung, daß die Frau einhaken würde. Das aber tat sie keineswegs, sondern starrte ihm stillschweigend ins Gesicht.

»Nun, war das so?« fragte er und beugte sich dabei gespannt nach vorne.

»Es war mir nicht bewußt, daß Sie mit Ihrem Satz zu Ende waren«, wandte die Frau ein. »Es war ja auch eigentlich keine Frage, genaugenommen.«

»Nun gut«, räumte Dr. Howard ein. »Ich hoffte einfach, daß Sie hier einhaken würden. Und ich hoffe, Sie können mir erklären, wovon Dr. Hayes gesprochen hat.«

»Es tut mir leid – aber das kann ich nicht. Es waren schon andere Leute aus der Verwaltung bei mir und haben mir diese Frage gestellt. Leider habe ich wirklich gar keine Ahnung, was Dr. Hayes mit seiner Andeutung gemeint haben könnte.«

Es fiel Howard ein, daß wohl Shirley Montgomery gleich heute morgen als erstes Helene Brennquivist ausgefragt hatte.

»Sind Sie neben Dr. Hayes die einzige, die hier im Labor tätig ist?«

»So ist es«, antwortete sie. »Wir hatten zwar eine Sekretärin, aber Dr. Hayes warf sie vor drei Monaten hinaus. Er war der Meinung, sie schwätze zuviel.«

»Was fürchtete er denn, das sie ausplaudern könne?«

»Ach, alles und jedes. Dr. Hayes war ein außerordentlich verschlossener Mensch, besonders was seine Arbeit betraf.«

»Das habe ich nun schon mehrfach gehört«, sagte Jason Howard. Sein erster Eindruck, daß Hayes von einer Paranoia befallen worden sei, schien sich zu bestätigen. Dennoch bohrte er weiter: »Was machen Sie denn hier genau, Miß Brennquivist?«

»Ich bin als Molekularbiologin auf demselben Fachgebiet tätig wie Dr. Hayes, aber natürlich weit von seinen Fähigkeiten entfernt. Ich beschäftige mich damit, durch DNA-Rekombinationstechniken Kolibakterien umzuwandeln, um daraus bestimmte Proteine zu gewinnen, an denen Dr. Hayes interessiert war.«

Jason Howard nickte, als ob ihm das alles ganz klar sei. Dabei hatte er von der DNA-Rekombination zwar schon gehört, aber doch eher eine recht vage Vorstellung davon, wie das tatsächlich ablief. Seit er sein Medizinstudium abgeschlossen hatte, hatten sich die Dinge gerade auf diesem Gebiet nahezu explosionsartig entwickelt. Dennoch erinnerte er sich an etwas recht genau – und das war die Furcht davor, daß durch derartige Rekombinationstechniken neue Bakterien entstehen könnten, die neue und unbekannte Krankheiten auszulösen vermochten. Im Gedanken an den plötzlichen Tod von Hayes fragte er daher: »Ist es denkbar, daß bei Ihrer Arbeit vielleicht neue und möglicherweise gefährliche Arten entstanden?«

»Nein«, antwortete sie ohne jedes Zögern.

»Wie können Sie da so sicher sein?«

»Aus zwei Gründen. Der erste: Diese ganze Rekombinationsarbeit wurde von mir durchgeführt und nicht von Dr. Hayes. Und der zweite: Wir benutzen hier eine Art von Escherichia-Koli, die außerhalb des Labors gar nicht lebensfähig ist.«

»Aha«, bemerkte Dr. Howard und nickte ihr aufmunternd zu.

»Das besondere Interesse von Dr. Hayes galt dem Wachstum und der Entwicklung. Er widmete den größten Teil seiner Arbeitszeit der Isolierung der Wachstumshormone aus dem Hypothalamus-Hypophysen-System, das Pubertät und Geschlechtsreife regelt. Wachstumshormone sind Proteine – ich nehme an, daß Ihnen das geläufig ist.«

»Aber gewiß«, sagte Dr. Howard. Was er dabei dachte, war: *Welch eine seltsame Frau.* Ihre Unterhaltung war zunächst so schwer angelaufen – jedes Wort hatte man ihr aus den Zähnen ziehen müssen. Doch nun, da man sich auf wissenschaftlichem Gebiet bewegte, war sie außerordentlich mitteilsam.

»Dr. Hayes nannte mir ein bestimmtes Protein, und meine Aufgabe war es dann, es durch entsprechende DNA-Rekombination zu erzeugen. Genau darum drehte sich meine Arbeit hier.« Sie wandte sich dem Stapel von Petrischalen zu, nahm eine davon und zog den Deckel herunter. Dann streckte sie sie Dr. Howard hin. Auf der Oberfläche schwammen weißliche Klumpen von Bakterienkolonien.

Helene Brennquivist ordnete die Schale anschließend wieder im Stapel ein und fuhr fort: »Was Dr. Hayes besonders faszinierte, war der Ein- und Ausschaltmechanismus der Gene, das Gleichgewicht zwischen Genexpression und Genrepression und die Rolle der Repressorproteine und ihre Anbindung an die DNA. Er hat das Wachstumshormon dabei sozusagen als Prototyp behandelt. Möchten Sie dazu vielleicht einmal sein letztes Diagramm von Chromosom 17 sehen?«

»Aber natürlich«, antwortete Howard und zwang sich zu einem Lächeln.

Da erklang ein Warnton im Labor und übertönte für einen kurzen Moment das Summen der elektronischen Ausstattung. Ein Bildschirm vor Helene Brennquivist leuchtete auf und zeigte draußen vor der Tür vier Menschen und einen Hund. Zwei der Besucher erkannte Howard sofort: Shirley Montgomery und Michael Curran, den Kriminalbeamten. Die beiden anderen waren ihm unbekannt.

»Na, so was«, sagte Dr. Hayes' Assistentin und drückte auf den Einlaßknopf.

Jason Howard erhob sich, als die Neuankömmlinge eintraten. Shirley Montgomery stutzte bei seinem Anblick kurz, stellte dann aber ohne eine weitere Bemerkung der jungen Frau den Kriminalbeamten vor. Als dieser sofort Helene Brennquivist auszufragen begann, zog Shirley Dr. Howard am Arm in das nächstgelegene Büro, von dem dieser annahm, daß es wohl das von Alvin Hayes sein müsse. Die Wände waren bedeckt mit Großaufnahmen der menschlichen Genitalien in den verschiedenen Stadien der Pubertät, alle säuberlich gerahmt mit schmalen Edelstahlleisten.

»Welch hübsche Dekoration!« kommentierte Dr. Howard abschätzig.

Shirley Montgomery beachtete die Aufnahmen gar nicht, oder tat zumindest so. Ihr gewöhnlich sehr ruhiges Gesicht hatte nun einen Ausdruck von Besorgnis und Unruhe. »Diese ganze Geschichte scheint aus dem Ruder zu laufen.«

»Wie meinen Sie das?« fragte er.

»Offensichtlich hat die Polizei heute nacht einen anonymen Hinweis bekommen, daß Dr. Hayes mit Drogen zu tun hatte. Sie durchsuchten seine Wohnung und fanden eine erhebliche Menge Heroin, Kokain und auch Bargeld. Nun haben sie einen Durchsuchungsbefehl für sein Labor.«

»Aber um Gottes willen!« sagte Dr. Howard – jetzt war ihm auch klar, warum man den Hund mitgebracht hatte.

»Und als ob das nicht schon schlimm genug wäre, hat man auch noch herausbekommen, daß er mit einer Frau namens Carol Donner zusammenlebte.«

»Der Name kommt mir bekannt vor«, meinte Howard.

»Sollte er eigentlich nicht«, sagte Shirley Montgomery streng, »sie ist Stripteasetänzerin im ›Club Cabaret‹ im Rotlichtbezirk.«

»Ach, du meine Güte!« Dr. Howard mußte ungewollt kichern.

»Jason!« fauchte sie. »Da gibt es nichts zu lachen!«

»Ich lache ja gar nicht«, verteidigte er sich. »Ich bin lediglich erstaunt.«

»Na, wenn Sie schon erstaunt sind, was glauben Sie wohl, was unser Aufsichtsrat dazu sagt? Wenn ich bloß daran denke, daß ich es war, die auf den Abschluß mit Hayes drängte. Der Tod des Mannes war schon schlimm genug. Jetzt entwickelt sich die Geschichte in bezug auf unser Image direkt zum Alptraum.«

»Was wollen Sie denn jetzt unternehmen?« fragte Dr. Howard.

»Ich habe noch nicht die leiseste Ahnung«, mußte sie zugeben. »Im Augenblick sagt mir mein Gefühl, je weniger wir tun, um so besser ist es.«

»Was halten Sie denn von seiner angeblich bahnbrechenden Entdeckung?«

»Ich glaube eigentlich eher, daß Hayes sich das eingebildet hat«, antwortete sie. »Wenn ich bloß daran denke, daß er offenbar mit Drogen handelte und sich mit einer Stripteasetänzerin eingelassen hat!«

Aufgebracht kehrte sie in den Hauptraum zurück, wo sich Curran weiterhin ausführlich mit Helene Brennquivist unterhielt. Die beiden anderen Männer durchsuchten mit Hilfe des Hundes sorgfältig das Labor. Jason Howard schaute ihnen kurz zu und entschuldigte sich dann mit der Erklärung, daß er sich noch um Patienten kümmern müsse. Es waren noch eine Reihe nichtstationärer Patienten bei ihm angemeldet, und außerdem mußte er seinen Rundgang in der Klinik machen.

Auf dem Rückweg in seine Praxisräume ging Dr. Howard – obwohl er mehr als je zuvor davon überzeugt war, daß Alvin Hayes weit eher vor einem Nervenzusammenbruch gestanden war als vor einem bedeutenden wissenschaftlichen Durchbruch – in die Bibliothek und holte sich dort ein schmales Bändchen mit dem Titel *DNA-Rekombination – eine Einführung für den interessierten Laien.*

Der abendliche Bostoner Stoßverkehr war wie üblich geprägt vom Kampf aller gegen alle, und als Jason Howard auf seinem heimischen Parkplatz endlich die Bremse anziehen konnte, fühlte er wieder die übliche Erleichterung, daß er diesem Gerangel ohne ernstliche Schäden entkommen war. Er nahm seine Aktentasche mit hinauf in seine Wohnung und legte sie auf den Tisch in dem kleinen Arbeitszimmer, dessen Fenster auf den Platz vor dem Haus hinausging. Die inzwischen blattlosen Ulmen ragten wie Skelette gegen den nächtlichen Himmel. Die Sommerzeit war schon vorüber, und daher war es draußen bereits dunkel, obwohl es erst drei Viertel sieben war. Howard schlüpfte rasch in seinen Jogginganzug und trabte dann die Mt. Vernon Street hinunter, überquerte den Storrow Drive auf der Arthur-Fiedler-Brücke und lief dann den Charles River entlang. Diesem folgte er bis zur Universitätsbrücke und kehrte dann um. Im Gegensatz zum Sommer waren jetzt nur wenige Jogger unterwegs. Auf dem Rückweg kaufte er etwas frischen Fisch, Zutaten für einen gemischten Salat und eine Flasche kalifornischen Chardonnay-Wein.

Kochen zählte zu Dr. Howards Hobbys. Nachdem er geduscht hatte, bereitete er den Fisch mit kaltgepreßtem Olivenöl und ein wenig Knoblauch zu, richtete den Salat an und nahm die Weinflasche aus dem Kühlschrank. Er goß sich ein Glas davon ein, stellte alles auf ein Tablett und trug es in das Arbeitszimmer. Dann nahm er sich das kleine Buch über Rekombination vor und machte es sich gemütlich.

Der erste Teil des Buches bot eine Art Einführung in die grundsätzlichen Voraussetzungen. Natürlich war es Dr. Howard geläufig, daß die Desoxyribonukleinsäure, üblicherweise abgekürzt mit DNA oder auch DNS, ein Molekül war, das gewöhnlich in Form eines Doppelstranges vorlag. Es bestand aus einer Reihe gleichartiger Untereinheiten, Basen genannt, welche die Eigenschaft hatten, sich auf spezifische Weise zu Basenpaaren zu verbinden. Bestimmte Abschnitte der Stränge nannte man Gene, und jedes Gen war für die Erzeugung eines bestimmten Proteins zuständig.

Howard nahm einen Schluck von dem Wein und fühlte sich ermutigt. Das Buch war gut und leichtverständlich geschrieben. Auch die kleinen Nebenbemerkungen gefielen ihm – so etwa der Hinweis darauf, daß jede menschliche Zelle vier Milliarden solcher Basenpaare enthielt. Der nächste Abschnitt des Buches befaßte sich mit Bakterien und der Tatsache, daß diese sich sehr rasch und leicht vermehren. Innerhalb weniger Tage können sich dabei aus einer einzigen Zelle Billionen völlig gleicher Zellen entwickeln. Dies war ganz entscheidend, denn bei der Gentechnologie dienten Bakterien als Träger kleiner Abschnitte der DNA-Stränge. Diese »fremden« DNA-Bausteine werden der eigenen DNA der Bakterien eingegliedert und dann durch die Zellteilung immer wieder reproduziert. Die Bakterie mit dem neu eingesetzten DNA-Baustein ist eine Rekombinations-Wirtszelle, das neue DNA-Molekül ein rekombiniertes DNA-Molekül. So weit, so gut. Dr. Howard beendete sein Mahl und wandte sich dem nächsten Kapitel des Buches zu, in dem es schon etwas komplizierter wurde. Es ging darum, wie die jeweiligen Gene in dem DNA-Molekül ihre jeweiligen Proteine erzeugten. Der erste Teil des Kapitels erläuterte hierzu, daß ein bestimmtes Enzym eine Bausteingruppe »abliest« und als übertragbare »Boten-Ribonukleinsäure« oder kurz Boten-RNA »kopiert«. Die RNA bringt ihre Botschaft, also ihren Befehl zur Produktion bestimmter Proteine, zu den sogenannten Ribosomen, den »Baumeistern« der Proteine – und diese befolgen den Befehl.

Dr. Howard nahm einen Schluck Wein und wandte sich dem Rest des Kapitels zu, der besonders interessant war, weil er die komplizierten Mechanismen zu erläutern versuchte, die die Gene »ein-« und »ausschalteten«.

Der Arzt stand auf und ging quer durch das Wohnzimmer in die Küche. Er öffnete den Kühlschrank und goß sich ein weiteres Glas Wein ein. In sein Arbeitszimmer zurückgekehrt, schaute er zum Fenster hinaus und auf die Lichter des Margareten-Klosters auf der gegenüberliegenden Seite des Platzes. Es belustigte ihn immer wieder, daß hier auf einem der begehrtesten Plätze von Boston ein Kloster stand: Verlaß die materielle Welt, werde Nonne und komm nach Louisburg! Jason Howard lächelte und blickte auf das Buch hinunter. Dann setzte er sich wieder hin und las den Abschnitt über den Ablauf bei der Gen-Expression nochmals durch. Es war schwierig, aber faszinierend. Es gab da also eine Gruppe von Proteinen, die als Repressoren bestimmte Genfunktionen unterdrückten. Sie hefteten sich an die DNA-Stränge und brachten diese sozusagen dazu, sich einzurollen und die betreffenden Gene abzuschirmen.

Howard klappte das Buch zu – für einen Abend war das genug. Außerdem war gerade der Abschnitt über die Steuerung der Genfunktionen das gewesen, wonach er unbewußt gesucht hatte. Denn die Lektüre ebendieser Passagen hatte ihn an die Äußerung von Hayes erinnert, sein Hauptinteresse gelte der Frage, wie die Genfunktionen veranlaßt und wie sie ausgeschaltet werden. Und Helene Brennquivist, seine Assistentin, hatte das gleiche gesagt, nur in etwas anderen Worten.

Mit seinem Weinglas in der Hand wanderte der Arzt in sein Wohnzimmer hinüber. Geistesabwesend fingerte er an den Wandleuchten aus geschliffenem Glas in der Kaminecke herum; seine Gedanken beschäftigten sich mit den verschiedenen Möglichkeiten. Was konnte Alvin Hayes wohl im Sinn gehabt haben, als er von einem großen wissenschaftlichen Durchbruch sprach? Für den Augenblick ließ Howard den Gedanken, daß es nur ein Anflug von Größenwahn gewesen sein könne, ganz beiseite. Sachlich betrachtet war Hayes ein bedeutender Forscher, und er hatte sich wie ein Wilder in seine Arbeit gestürzt. Es gab also durchaus die Möglichkeit, daß er die Wahrheit gesagt hatte. Wenn er eine Entdeckung gemacht hatte, dann mußte es dabei um das »An- und Abschalten« der Gene gegangen sein, und wahrscheinlich hatte es irgendwas mit Wachstum und Entwicklung zu tun. Die Fotos im Büro von Alvin Hayes schoben sich für einen Moment vor Howards inneres Auge.

Ein Telefonanruf riß ihn aus seinen Gedanken. Es war die leitende Schwester der Herzstation: »Brian Lennox ist gerade gestorben. Er hatte nochmals eine ganz schwere Herzrhythmusstörung, die schließlich zum Herzstillstand führte.«

»Ich komme sofort«, erklärte Howard. Er legte den Hörer auf und dachte über die kühle, klinische Ausdrucksweise der Schwester nach – zweifellos war es eine gefühlsbezogene Schutzhaltung. Und wieder hing der Schatten des Todes über ihm wie eine unheildrohende Wolke.

4

Sein Radiowecker riß Jason Howard aus dem Schlaf. Er hatte ihn extra laut gestellt aus Angst, zu verschlafen. Einen Großteil der Nacht hatte er damit verbracht, der Witwe von Brian Lennox Trost zuzusprechen. Er holte die Morgenzeitung herein, duschte kurz und rasierte sich, während schon seine Kaffeemaschine ihr allmorgendliches Wunder vollbrachte. Sobald er angezogen war, erfüllte bereits der Duft des frischgebrühten Kaffees die Wohnung. Mit dem Kaffeetopf in der Hand zog er sich in sein Arbeitszimmer zurück und wandte sich dem *Boston Globe* zu.

Er wollte eigentlich die Seiten mit den Sportnachrichten aufschlagen, doch sein Blick blieb an einer dicken Schlagzeile auf der Titelseite hängen: DOKTOR, DROGEN, STRIPTEASEMIEZE. Sie stand über einem wenig schmeichelhaften Artikel über Dr. Alvin Hayes, in welchem sein drastisch geschilderter Tod in unschöner Weise in Verbindung gebracht wurde mit den in seiner Wohnung gefundenen Drogen. Und sein angebliches Verhältnis zu dieser Stripteasetänzerin wurde sogar in Bezug gesetzt zu dem ehemaligen Fall eines Professors an der medizinischen Fakultät, der des Mordes an einer Prostituierten überführt worden war. In den Bericht waren zwei Fotos eingebaut: das Titelbild der *Times* mit Dr. Hayes und eines von einer Frau, die gerade den ›Club Cabaret‹ betrat, mit der Unterschrift »Carol Donner begibt sich an ihren Arbeitsplatz«. Howard versuchte sich einen Eindruck vom Aussehen Carol Donners zu verschaffen, aber es war unmöglich: Sie hatte ihr Gesicht mit der Hand abgeschirmt. Im Hintergrund war ein Schild zu erkennen, auf dem es hieß: COLLEGE-MÄDCHEN OBEN OHNE. *Na klar*, dachte Howard lächelnd.

Er las den Artikel zu Ende, und es tat ihm leid wegen Shirley Montgomery. Die Polizei hatte berichtet, daß eine erhebliche Menge Heroin und Kokain in der Wohnung im South End gefunden worden sei, in der Hayes gemeinsam mit Carol Donner gelebt hatte.

Bei seiner Ankunft in der GHP-Klinik mußte Dr. Howard feststellen, daß seine dort befindlichen Patienten allesamt nicht in sonderlich gutem Gesundheitszustand waren. Matthew Cowen, an dem man am Vortag eine Herzkatheterisierung vorgenommen hatte, wies Symptome auf, die erschreckend denen des jüngst verstorbenen Cedric Harring ähnelten: Arthritis, Verstopfung, trokkene Haut. Nichts davon für sich allein hätte normalerweise die erhebliche Besorgnis von Dr. Howard erregt. Aber im Hinblick auf das, was bisher vorgefallen war, fühlte er sich unwohl dabei. All das beschwor das Gespenst irgendeiner neuen, bisher unbekannten Infektionskrankheit herauf, die er nicht im Griff hatte. Er hatte das unangenehme Gefühl, daß auch der Gesundheitszustand von Matthew Cowen sich zu verschlechtern drohte.

Nachdem er eine dermatologische Untersuchung bei Matthew Cowen angeordnet hatte, ging Dr. Howard in düsterer Stimmung hinunter in seine Praxisräume, wo ihn Claudia mit der Nachricht begrüßte, daß sie alle Untersuchungsergebnisse bis zu den Patienten mit dem Anfangsbuchstaben P durchgegangen sei. Sie hätte alle angerufen, und nur zwei hätten sich über gesundheitliche Probleme beklagt.

Dr. Howard ließ sich die entsprechenden Unterlagenmäppchen geben und öffnete sie. Im ersten Fall ging es um Holly Jennings, im zweiten um Paul Klingler. Bei beiden hatte die letzte Generaluntersuchung vor etwa einem

Monat stattgefunden. »Rufen Sie sie nochmals an«, sagte Dr. Howard, »und bitten Sie sie, noch mal hier vorbeizuschauen – aber so, daß sie sich nicht unnötig aufregen.«

»Das dürfte ein bißchen schwierig werden. Was soll ich ihnen denn sagen?«

»Sagen Sie ihnen einfach, wir müßten eine Untersuchung wiederholen. Lassen Sie sich irgend etwas einfallen.«

Später am Tag entschloß er sich zu dem Versuch, unter Einsatz seines Charmes ein paar weitere Informationen aus der Assistentin von Dr. Hayes herauszukitzeln; aber sobald er mit ihr zusammentraf, wurde deutlich, daß sie kein bißchen in der Stimmung war, sich von seinem Charme beeindrucken zu lassen.

»Hat die Polizei irgend etwas gefunden?« fragte er und wußte im voraus, daß die Antwort »Nein« lauten würde – Shirley Montgomery hatte ihn nach dem Besuch der Polizei angerufen und ihm mit dem erleichterten Zusatz, man müsse Gott auch für kleine Gefälligkeiten dankbar sein, vom negativen Ergebnis der Durchsuchung berichtet.

Helene Brennquivist schüttelte den Kopf.

»Ich weiß ja, daß Sie sehr beschäftigt sind«, sagte Howard, »aber hätten Sie vielleicht nicht doch einen Augenblick Zeit für mich? Ich möchte Ihnen nur noch ein paar Fragen stellen.«

Sie ließ schließlich ihre Arbeit liegen und wandte sich ihm zu.

»Herzlichen Dank«, sagte er mit einem gewinnenden Lächeln. Ihr Gesichtsausdruck aber änderte sich nicht. Er war nicht unfreundlich, jedoch völlig neutral.

»Es ist mir unangenehm, weiter auf der Sache herumzureiten«, fuhr er fort, »aber ich muß immer daran denken, was Dr. Hayes wegen dieses ›entscheidenden Durchbruchs‹ erwähnte. Sind Sie ganz sicher, daß Ihnen nichts dazu einfällt, worum es sich da handeln könnte? Es wäre doch tragisch, wenn eine wichtige medizinische Entdekkung auf diese Weise verlorenginge.«

»Ich habe Ihnen alles gesagt, was ich weiß«, antwortete Helene Brennquivist knapp. »Ich könnte Ihnen lediglich sein letztes Diagramm von Chromosom 17 zeigen. Meinen Sie, daß Ihnen das irgendwie helfen könnte?«

»Nun, lassen Sie's uns mal versuchen.«

Die Assistentin ging auf dem Weg in das Büro von Dr. Hayes voraus. Sie gönnte den auffälligen Fotos an den Wänden keinen Blick, aber Dr. Howard konnte das nicht. Er fragte sich, was für eine Art Mensch das gewesen sein mußte, der in einer solchen Umgebung arbeiten konnte. Helene Brennquivist förderte ein umfangreiches Diagramm zutage, auf dem die Folge von Basenpaaren des DNA-Moleküls eingezeichnet war, die einem Teil des Chromosoms 17 entsprachen. Die Anzahl der Basenpaare war überwältigend – Hunderttausende.

»Dr. Hayes beschäftigte sich gezielt mit diesem Abschnitt«, sagte die junge Frau und wies auf einen großen Bereich, in welchem die Basenpaare in Rot eingezeichnet waren. »Das sind die Gene, die für das Wachstumshormon zuständig sind. Es ist sehr komplex.«

»Da haben Sie recht«, sagte Howard. Es war ihm klar, daß er noch intensive Lektüre betreiben mußte, bis das alles für ihn einen Sinn ergab.

»Besteht irgendeine Möglichkeit, daß dieses Diagramm der Ausgangspunkt für eine bahnbrechende wissenschaftliche Entdeckung sein könnte?« fragte er.

Helene Brennquivist überlegte einen Augenblick und schüttelte dann den Kopf. »Diese Technik ist schon seit geraumer Zeit bekannt.«

»Wie steht's mit Krebs?« fragte Dr. Howard und ließ damit einen Versuchsballon los. »Könnte Dr. Hayes irgend etwas hinsichtlich Krebs entdeckt haben?«

»Mit Krebs haben wir uns hier überhaupt nicht beschäftigt«, erklärte die junge Frau.

»Aber nachdem er sich so für Zellteilung und Wachstum interessierte, könnte es doch trotzdem sein, daß er irgend etwas in bezug auf Krebs entdeckt hat. Besonders, nachdem er sich so stark für das ›Ein- und Ausschalten‹ der Gene interessiert hat.«

»Möglich wäre es ja immerhin«, meinte Helene Brennquivist ohne große Begeisterung.

Howard war überzeugt davon, daß sie ihm weniger behilflich war, als sie es hätte sein können. Als Assistentin von Dr. Hayes mußte sie mehr Einblick in seine Arbeit gehabt haben. Aber er sah keinen Weg, sie zu intensiverer Zusammenarbeit zu zwingen.

»Wie sieht es denn mit seinen Laboraufzeichnungen aus?«

Helene Brennquivist kehrte an ihren Platz am Labortisch zurück. Sie zog eine Schublade auf, förderte eine dicke Kladde zutage und reichte sie ihm. »Das ist alles, was ich habe.«

Das Buch war zu zwei Dritteln vollgeschrieben. Howard stellte beim ersten Blick fest, daß lediglich bestimmte Daten eingetragen waren, ohne Aufzeichnungen über die durchgeführten Experimente; ohne diese waren die Eintragungen nutzlos.

»Gibt es denn keine anderen Aufzeichnungen?«

»Es gab schon welche«, räumte die Assistentin ein, »aber Dr. Hayes hat sie immer mitgenommen, besonders während der drei letzten Monate. Er hatte meist alles im Kopf. Er hatte ein unwahrscheinliches Gedächtnis, vor allem für Zahlen...« Für einen Augenblick leuchteten ihre Augen auf, und Howard hoffte, daß sie aus sich herausgehen würde, aber seine Hoffnung erfüllte sich nicht.

Sie verfiel vielmehr in Schweigen, nahm Dr. Howard die Kladde ab und verstaute sie wieder in der Schublade.

»Gestatten Sie mir noch eine Frage«, sagte Howard und kämpfte noch wegen der richtigen Formulierung mit sich. »Hat sich Dr. Hayes während der letzten Wochen ungewöhnlich verhalten? Er wirkte ängstlich und übermüdet, als ich mich mit ihm traf.«

»Auf mich wirkte er ganz normal«, antwortete Helene Brennquivist matt.

Ach, du meine Güte, dachte Howard. Jetzt war er sich ganz sicher, daß sie ihm gegenüber nicht offen war. Unglücklicherweise konnte er nicht das geringste dagegen unternehmen. Daher bedankte er sich bei ihr, entschuldigte sich nochmals und verließ dann Dr. Hayes' Labor. Er fuhr im Aufzug hinunter. Um Sally nicht in die Arme zu laufen, ging er zum Hauptgebäude hinüber und begab sich dort geradewegs in die Pathologie.

Er fand Dr. Madsen im Chemielabor, wo es irgendwelche Schwierigkeiten mit dem automatischen Gerät gab. Zwei Kundendiensttechniker waren deswegen gerade an der Arbeit, und Jackson Madsen kam es sehr gelegen, daß er mit seinem Kollegen in sein Büro zurückkehren konnte, um ihm dort die Objektträger mit den Gewebeschnitten von Harrings Herzen übergeben zu können.

»Warten Sie mal, bis Sie das hier gesehen haben«, sagte er und schob einen Objektträger unter das Mikroskop, wo er ihn mit Daumen und Zeigefinger zurechtrückte. Dann trat er einen Schritt zurück, um seinem Kollegen einen Blick durchs Mikroskop zu ermöglichen.

»Sehen Sie das da?« fragte er, und Dr. Howard nickte. »Da ist so gut wie kein Hohlraum mehr da; das ist so ziemlich die schwerste Arteriosklerose, die ich jemals zu Gesicht bekam. Sehen Sie die rosarote Masse dort? Das sieht mir nach Amyloid aus – also Gewebsentartung durch Eiweißkörper-Einlagerung. Das ist unglaublich, insbesondere, da Sie versichern, sein EKG sei in Ordnung gewesen. Aber ich muß Ihnen noch etwas zeigen.« Er legte einen anderen Objektträger ein und sagte: »Jetzt schauen Sie sich das mal an.«

Howard trat ans Mikroskop und fragte: »Was sollte mir denn auffallen?«

»Beachten Sie mal, wie aufgetrieben die Zellkerne sind«, antwortete Dr. Madsen. »Und hier wieder diese rötliche Masse – ganz ohne Zweifel Amyloid.«

»Und was bedeutet das?«

»Unmedizinisch ausgedrückt sozusagen, daß das Herz dieses Mannes einem regelrechten Belagerungszustand ausgesetzt war. Achten Sie doch mal auf diese typischen Entzündungszellen.«

Da er an Beobachtungen durch das Mikroskop nicht gewöhnt war, waren die Besonderheiten, auf die sein Kollege ihn aufmerksam gemacht hatte, Dr. Howard bisher entgangen. Jetzt aber fielen sie ihm auf, und er fragte den Pathologen: »Was schließen Sie aus alldem?«

»Ich bin mir da noch nicht so ganz sicher. Wie alt, sagten Sie, war der Mann?«

»Sechsundfünfzig.« Howard richtete sich auf. »Besteht Ihrer Meinung nach irgendeine Gefahr, daß wir es hier mit einer bisher unbekannten Infektionskrankheit zu tun haben?«

Dr. Jackson Madsen dachte einen Augenblick nach und schüttelte dann den Kopf. »Nein, die Anzeichen einer Entzündung sind dafür eigentlich nicht ausreichend. Das wirkt eher stoffwechselbedingt, aber das ist auch schon alles, was ich dazu sagen kann.« Dann setzte er hinzu: »Doch da ist noch etwas.« Er nahm einen neuen Objektträger, stellte das Mikroskop schärfer ein und sagte: »Hier haben wir ein Stück vom Nucleus ruber in der Mittelhirnhaube. Sagen Sie mir, was Sie da sehen.« Er machte Platz für seinen Kollegen, und der blickte durch das Mikroskop. Er sah eine Nervenzelle, in deren Mitte ein stark vorragender Kern zu erkennen war und dazu ein dunkelgefleckter granulärer Bereich. Dr. Howard schilderte dem Pathologen, was er sah.

»Lipofuszin«, sagte Dr. Madsen, »typisches Alterspigment.« Er zog das Präparat wieder unter dem Mikroskop hervor.

Dr. Howard richtete sich erneut auf. »Und was bedeutet das alles?«

»Das wüßte ich auch gerne«, antwortete ihm sein Kollege. »Das ist alles nicht sehr spezifisch, würde aber eigentlich bedeuten, daß Ihr Mr. Harring ein kranker Mummelgreis gewesen sein muß. Diese Aufnahmen könnten von meinem Großvater sein.«

»Das ist nun schon das zweitemal, daß ich etwas Derartiges höre«, meinte Dr. Howard bedächtig. »Könnten Sie mir denn nicht etwas Genaueres sagen?«

»Tut mir wirklich leid«, antwortete Dr. Madsen. »Ich wünschte mir wirklich, Ihnen mehr sagen zu können und Ihnen eine größere Hilfe zu sein. Ich kann lediglich einige weitere Untersuchungen durchführen, um ganz sicher zu sein, daß es sich bei diesen rötlichen Ablagerungen im Herzen und an anderer Stelle wirklich um Amyloid handelt. Ich gebe Ihnen dann Bescheid.«

»Herzlichen Dank«, sagte Howard. »Und wie steht es mit den Präparaten von Hayes?«

»Die sind noch nicht fertig«, antwortete der Pathologe.

Dr. Howard kehrte in den ersten Stock zurück und begab sich in den Bereich zur Behandlung der nichtstationären Patienten. Als Arzt hatte er zwar immer gewisse Bedenken im Hinblick auf die Zuverlässigkeit gewisser Testergebnisse gehabt, ebenso wie in bezug auf bestimmte Medikamente oder Behandlungsmethoden. Aber er hatte sich doch noch niemals veranlaßt gesehen, ganz allgemein an seiner Kompetenz zu zweifeln. Im Gegenteil – er war eigentlich in jeder Situation davon ausgegangen, doch eher etwas mehr als nur durchschnittlich befähigt zu sein. Jetzt jedoch war er sich dessen nicht mehr so sicher. Derartige Bedenken, die ihm da plötzlich kamen, waren höchst unwillkommen, besonders da er seit Danielles Tod die Arbeit praktisch zur einzigen Quelle seiner Selbstbestätigung gemacht hatte.

»Wo sind Sie denn nur gewesen?« fragte Sally, die sich

sofort auf ihn gestürzt hatte, als er versucht hatte, unbemerkt in sein Büro zu schlüpfen. Innerhalb weniger Minuten hatte sie ihn mit einem Haufen alltäglicher Probleme zugedeckt, die glücklicherweise seine ganze Aufmerksamkeit erforderten. Als er wieder etwas verschnaufen konnte, war es bereits kurz nach zwölf. Er kümmerte sich um seinen letzten Patienten, der ein paar Ratschläge und die notwendigen Impfungen für eine Indienreise erbeten hatte, und dann hatte er erst mal frei.

Claudia versuchte ihn zu überreden, mit ihr und ein paar anderen Sekretärinnen zum Mittagessen zu gehen, doch er lehnte ab. Er zog sich in sein Büro zurück und brütete vor sich hin. Was ihm immer am meisten zu schaffen machte, war Frustration. Er spürte, daß irgend etwas nicht stimmte, und zwar auf ganz schreckliche Weise, aber er wußte nicht, was es war oder was er hätte tun können. Ein Gefühl der Verlassenheit ergriff ihn.

»Verdammt noch mal«, murmelte Howard vor sich hin und schlug mit der flachen Hand auf die Platte seines Schreibtischs, daß ein paar Papiere davonflatterten. Er mußte sich davor hüten, in Depressionen zu verfallen – er mußte einfach etwas unternehmen. Er zog seinen Arztkittel aus und schlüpfte in seine Jacke, steckte seinen Piepser ein und ging zu seinem Wagen hinunter. Er fuhr um den Fenway-Park herum, am Gardner-Museum und am Kunstmuseum vorbei, dann auf dem Storrow Drive nach Süden. Schließlich bog er in Richtung Arlington ab – sein Ziel war die Bostoner Polizeizentrale.

Dort schickte ihn ein Polizeibeamter in den vierten Stock, wo er gleich beim Heraustreten aus dem Aufzug auf den Mann stieß, den er suchte. Curran trug eine große Tasse voll Kaffee in der Hand, hatte die Jacke ausgezogen, den obersten Knopf an seinem Hemd geöffnet und die Krawatte ein ordentliches Stück gelockert. Unter seiner linken Achsel baumelte ein abgewetztes Lederholster. Als er Howard auf sich zutreten sah, mußte er sich erst einen

Augenblick besinnen, bis dieser ihn daran erinnerte, daß sie im Leichenschauhaus und im GHP-Gebäude miteinander gesprochen hatten.

»Ach ja«, sagte er dann, »der Fall Alvin Hayes.«

Er bat seinen Besucher, mit ihm in sein Büro zu kommen, das mit dem Metallschreibtisch und den Aktenschränken aus Stahlblech äußerst nüchtern wirkte. An der Wand hing ein Kalender mit dem Terminplan der Baseballmannschaft Celtic. »Wie wär's mit einem Schluck Kaffee?« fragte der Kriminalbeamte und stellte erst einmal seine eigene Tasse ab.

»Nein, vielen Dank«, antwortete Dr. Howard.

»Sie sind vernünftig«, meinte Curran. »Jeder klagt über die ständige Kaffeetrinkerei, aber der Kram hier ist auch absolut tödlich.« Er zog einen Stuhl heran und forderte den Arzt mit einer Handbewegung auf, Platz zu nehmen. »Also, Herr Doktor, was kann ich für Sie tun?«

»So genau weiß ich das eigentlich auch nicht. Diese Geschichte mit Dr. Hayes geht mir im Kopf herum. Sie erinnern sich, daß ich Ihnen sagte, er hätte mir von einer bahnbrechenden Entdeckung erzählt? Inzwischen bin ich der Meinung, daß da wirklich etwas dran sein könnte. Immerhin war der Mann ein weltbekannter Forscher, und er war auf einem sehr vielversprechenden Gebiet tätig.«

»Einen Augenblick bitte. Sagten Sie mir nicht auch, daß Sie überzeugt davon seien, der Mann hätte einen Nervenzusammenbruch?«

»Zu der Zeit war ich der Überzeugung, daß der Mann ein anormales Verhalten zeigte; ich ging davon aus, daß er verwirrt und paranoid war«, sagte Howard. »Jetzt bin ich mir da nicht mehr so sicher. Was wäre, wenn er tatsächlich eine derart bahnbrechende Entdeckung gemacht hätte, aber noch nicht darüber berichten wollte, weil er noch an ihrer Verbesserung arbeitete? Stellen Sie sich mal vor, irgend jemand sei dahintergekommen und wollte das, aus welchen Gründen auch immer, verhindern?«

»Und deswegen hat er ihn dann umgebracht?« unterbrach ihn Curran gönnerhaft-väterlich. »Aber, Herr Doktor – vergessen Sie doch bitte nicht eine ganz wesentliche Tatsache: Hayes starb eines natürlichen Todes. Es gab keinerlei Hinweise auf Fremdverschulden – keine Einschüsse im Kopf, kein Messer im Rücken. Und obendrein war der Mann ein Dealer. Wir fanden Heroin, Kokain und einen Haufen Bargeld in seinem Südstadt-Nest. Kein Wunder, daß er da paranoid wirkte. In der Drogenszene geht's heiß her.«

»War denn dieser anonyme Hinweis nicht ein bißchen merkwürdig?« fragte Howard, plötzlich neugierig geworden.

»Ach, das kommt immer wieder mal vor. Irgendwer hat sich über irgendwas geärgert, und dann gibt er uns einen Tip, um es jemandem heimzuzahlen.«

Der Arzt schaute den Detektiv nachdenklich an. Er dachte darüber nach, daß diese Drogengeschichte eigentlich nicht zu Hayes' Charakter paßte, hätte aber auch wieder nicht sagen können, warum. Als nächstes fiel ihm ein, daß sein Kollege immerhin auch mit einer Stripteasetänzerin zusammengelebt hatte. Wer weiß – vielleicht lag er doch schief, was die Unvereinbarkeit mit Hayes' Charakter betraf.

Als ob er die Gedanken seines Gesprächspartners gelesen hätte, meinte Curran: »Hören Sie, Herr Doktor, ich weiß es zu schätzen, daß Sie sich die Zeit genommen haben und hergekommen sind – aber Tatsachen sind nun einmal Tatsachen. Ich kann nicht beurteilen, ob dieser Bursche nun eine Entdeckung gemacht hat oder nicht. Aber eines kann ich Ihnen sagen: Wenn er mit Drogen gehandelt hat, dann hat er auch welche genommen. Das ist meistens so. Ich habe die Kollegen vom Drogen- und Sittendezernat um Überprüfung gebeten; sein Name ist zwar dort nicht gespeichert, aber für mich heißt das nur, daß man ihn noch nicht erwischt hatte. Eigentlich kann er froh sein, daß er eines natürlichen Todes starb. Ich kann es nicht verantworten, unter den vorliegenden Umständen Zeit auf eine Morduntersuchung zu verwenden.«

»Und ich bin immer noch der Überzeugung, daß da mehr dahintersteckt«, beharrte Howard.

Doch Curran schüttelte den Kopf.

»Dr. Hayes versuchte, mir etwas mitzuteilen«, sagte Howard. »Ich bin sicher, daß er Hilfe brauchte.«

»Na klar«, erwiderte der Kriminalbeamte, »der wollte Sie wahrscheinlich in seine Drogengeschichte mit reinziehen. Hören Sie auf meinen Rat, Herr Doktor – vergessen Sie die Sache.« Er stand auf und machte damit klar, daß für ihn das Gespräch beendet war.

Jason Howard kehrte zu seinem Wagen zurück und steckte, ohne sich groß darüber aufzuregen, den unter dem Scheibenwischer hängenden Strafzettel wegen falschen Parkens in seine Jackentasche. Er schlüpfte hinter das Lenkrad und ließ sich die Unterhaltung mit Curran durch den Kopf gehen. Der Mann war durchaus freundlich gewesen, aber hatte wohl nicht allzuviel auf seine Überlegungen und seine Intuition gegeben. Als er den Wagen anließ, fiel ihm noch etwas anderes ein, was Hayes im Hinblick auf seine Entdeckung gesagt hatte – er hatte sie »paradox« genannt. Das war ja nun wirklich eine seltsame Charakterisierung für eine entscheidende Entdekkung – und besonders merkwürdig für den Fall, daß die Sache nur erfunden sein sollte.

In den GHP-Komplex zurückgekehrt, widmete sich Dr. Howard wieder seinen Patienten. Er wechselte von einem Untersuchungszimmer ins andere, hörte den Leuten zu, tastete sie ab, ging auf sie ein und beriet sie sachkundig. Das war es, was ihm an seinem Beruf Spaß machte. Die Menschen öffneten sich ihm gegenüber – in übertragenem und auch in ganz wörtlichem Sinn. Er fühlte sich gebraucht und auch irgendwie ausgezeichnet; sein Selbstvertrauen kehrte zurück.

Gegen vier stand er vor Untersuchungsraum C und griff nach dem bereitgelegten Unterlagenmäppchen. Er erinnerte sich an den Namen – Paul Klingler. Das war der Mann, der nochmals herbestellt worden war, um die vor einem Monat gemachte Untersuchung zu überprüfen. Ehe er eintrat, überflog Dr. Howard rasch die Eintragungen. Der Mann schien gesund zu sein: Cholesterinspiegel normal, desgleichen die Triglyceridwerte; auch das EKG war in Ordnung gewesen.

Klingler war schlank und rotblond und zeigte das gelassene Selbstvertrauen eines von Haus aus begüterten Bürgers. »Was stimmte denn mit meiner Untersuchung nicht?« fragte er sofort.

»So kann man das nicht sagen...«

»Aber Ihre Sekretärin sagte mir doch, ich solle heute vorbeikommen, weil Sie bestimmte Untersuchungen wiederholen wollten.«

»Tut mir leid – kein Grund zur Aufregung. Sie fand einfach, daß wir Sie uns mal anschauen sollten, nachdem Sie erwähnt hatten, Sie fühlten sich nicht ganz auf der Höhe.«

»Ich habe lediglich eine kleine Grippe hinter mir; die Kinder hatten sie aus der Schule heimgeschleppt. Es geht mir schon wieder viel besser. Das einzige Problem ist, daß ich jetzt deshalb seit einer Woche keinen Sport getrieben habe.«

Wegen der Grippe machte sich Dr. Howard keine Sorgen – gesunde Leute starben an so etwas nicht. Aber er untersuchte Paul Klingler sorgfältig und wiederholte die verschiedenen Herztests. Schließlich sagte er ihm, daß er ihn anrufen würde, falls die vorgenommene Blutsenkung irgend etwas Ungewöhnliches zeigen würde.

Nachdem er zwei weitere Patienten drangenommen hatte, stand Dr. Howard vor Holly Jennings, einer vierundfünfzigjährigen Angestellten bei einer der größten Werbeagenturen von Boston. Es paßte ihr offenbar gar nicht, daß sie hatte herkommen müssen, und sie war auch keineswegs geneigt, das zu verhehlen. Obwohl ein großes Schild das ausdrücklich verbot, hatte sie im Untersuchungsraum geraucht, während sie hatte warten müssen.

»Was wollen Sie von mir, zum Teufel?« polterte sie los, als Dr. Howard eintrat. Die Untersuchung vor einem Monat hatte ihr zwar einen durchaus ordentlichen Gesundheitszustand bestätigt, aber Howard hatte ihr dringend empfohlen, mit dem Rauchen aufzuhören und zu versuchen, die über zwanzig überflüssigen Pfunde loszuwerden, die sie sich im Verlauf der letzten fünf Jahre angefuttert hatte.

»Ich hörte, daß Sie sich nicht ganz wohl fühlen«, sagte Dr. Howard ruhig. Er bemerkte, daß sie erschöpft aussah, und die Ringe unter ihren Augen entgingen ihm nicht.

»Und das ist alles?« fauchte sie ihn an. »Ihre Sekretärin sagte mir, daß Sie ein paar Untersuchungen wiederholen wollten. Was stimmte denn daran nicht?«

»Keine Rede davon; wir möchten nur das eine oder andere nochmals überprüfen. So, und jetzt erzählen Sie mir erst mal, wie Sie sich fühlen.«

»Na, so was! Da hetzen Sie mich hierher, jagen mir einen Mordsschrecken ein, veranlassen mich, zwei wichtige Kundengespräche sausenzulassen – und das alles, um sich mit mir zu unterhalten. Hätte sich das denn nicht am Telefon machen lassen?«

»Nun, nachdem Sie ja schon einmal da sind, könnten Sie mir doch einfach erzählen, wie Sie sich fühlen.«

»Müde und abgeschlafft!«

»Und was sonst?«

»Einfach so allgemein mies. Ich kann nicht gut schlafen, und Appetit habe ich auch nicht. Aber nichts im besonderen... das heißt, etwas gibt's da noch: Mit den Augen habe ich Probleme. Ich mußte immer wieder die Sonnenbrille aufsetzen, sogar im Büro.«

»Sonst noch etwas?« fragte Howard, und er fühlte eine noch unbestimmte Furcht in sich aufsteigen.

Die Frau zuckte mit den Schultern. »Mein Haar wird dünner, aus welch gottverdammtem Grund auch immer.«

Dr. Howard untersuchte die Patientin mit größter Gewissenhaftigkeit und Sorgfalt. Ihr Puls und ihr Blutdruck waren erhöht, doch konnte das an der Aufregung liegen. Die Haut war trocken, besonders an Armen und Beinen. Als er nochmals ihr EKG aufnahm, schienen ihm einige nicht sehr starke Abweichungen beim Belastungs-EKG vorzuliegen, was auf verminderte Sauerstoffzufuhr im Herzen schließen ließ. Als er ihr vorschlug, einen weiteren Belastungstest durchzuführen, lehnte sie ab.

»Können wir das nicht auf ein andermal verschieben?«

»Ich würde es wirklich lieber jetzt machen«, sagte Howard. »Am besten wäre es, Sie blieben ein paar Tage zur Beobachtung im Krankenhaus.«

»Das kann doch nicht Ihr Ernst sein! Dafür habe ich keine Zeit. Und außerdem – so schlecht fühle ich mich auch wieder nicht. Was veranlaßt Sie denn überhaupt zu einem solchen Vorschlag?«

»Einfach, damit wir nichts versäumen. Ich hätte gern, daß Sie von einem Herzspezialisten und einem Augenarzt gründlich untersucht werden.«

»Also sagen wir nächste Woche – Montag oder Dienstag. Ich hab nämlich ein paar ganz dringende Termine am Hals.«

Widerstrebend ließ Dr. Howard die Frau gehen, nachdem er ihr noch Blut abgenommen hatte. Er konnte sie schließlich nicht zwingen, dazubleiben, und er hatte auch nichts in der Hand, womit er sie davon hätte überzeugen können, daß wirklich Anlaß zur Sorge bestand. Es war nur so ein Gefühl – ein sehr ungutes Gefühl.

Seiner Gewohnheit gemäß drehte Jason Howard nach der Rückkehr in seine Wohnung seine übliche Joggingrunde, besorgte sich dann ein schönes Hühnchen, steckte es in den Ofen, duschte und zog sich anschließend mit einem kühlen Bier in sein Arbeitszimmer zurück. Dort machte er es sich gemütlich und vertiefte sich wieder in sein Buch über DNA-Rekombination. Allmählich begann er zu begreifen, wie Alvin Hayes bestimmte Gene isolieren konnte. Darum hatte es sich wohl bei dem, was ihm Helene Brennquivist diesen Morgen gezeigt hatte, gehandelt. Sobald man einmal die geeignete Bakterienkolonie ausfindig gemacht hatte, brachte man sie dazu, Trillionen weiterer Bakterien zu erzeugen. Unter Zuhilfenahme von Enzymen wurde dann die Bakterien-DNA herausgelöst und zergliedert, und das gewünschte Gen wurde isoliert und gereinigt. Später konnte es in die DNA-Stränge anderer Bakterien wieder »eingebaut« werden, und zwar in Bereiche, die vom Forscher »eingeschaltet« werden konnten. Auf diese Weise wurden die betreffenden Bakterien zu winzigen Fabriken, in denen das Protein produziert wurde, zu dessen Erzeugung das neu eingesetzte Gen sozusagen den Befehl gab. Auf diese Weise hatte Hayes sein menschliches Wachstumshormon erzeugen lassen. Zunächst hatte er aus der menschlichen DNA das für die Erzeugung des Wachstumshormons zuständige Gen herausgelöst. Dann hatte er es mit Hilfe von Bakterien »geklont«, also in großer Anzahl absolut identisch vervielfältigt, und dann wieder in eine Bakterien-DNA »eingespleißt« in einem Bereich, der von einem Gen beherrscht wurde, das auf die Verwertung von Laktose programmiert war. Und wenn nun die Bakterienkultur mit Laktose »gefüttert« wurde, konnte Hayes sie dazu veranlassen, die Produktion menschlichen Wachstumshormons aufzunehmen – er hatte sie »eingeschaltet«.

Jason Howard leerte sein Glas und ging in die Küche, um sich Nachschub zu holen. Er war überwältigt von dem, was er da eben in sich aufgenommen hatte. Eigentlich war es kein Wunder, daß Wissenschaftler wie Dr. Hayes bei alldem etwas merkwürdig wurden. Schließlich war ihnen bewußt, daß sie tatsächlich die Macht hatten, das Leben zu verändern. Diese plötzliche Erkenntnis faszinierte Howard, und zugleich erfüllte sie ihn mit Unruhe. Die Gentechnologie bot eine außerordentliche Fülle von Möglichkeiten, die sich gleichermaßen positiv wie negativ nutzen ließen. Die Richtung aber, so dachte er, die man dabei einschlug, war ausschlaggebend – und war sie nicht von so vielen Entscheidungen abhängig, war sie nicht eine Art von Vabanquespiel?

Im Licht dieser neuen Erkenntnisse neigte Dr. Howard mehr als je zuvor zu der Annahme, daß Alvin Hayes, auch wenn er unter allgemeiner Erschöpfung gelitten hatte, in diesem Punkt die Wahrheit gesagt hatte – zumindest in bezug darauf, was er hinsichtlich einer bahnbrechenden Entdeckung geäußert hatte. Weniger sicher war er schon im Hinblick auf Hayes' Meinung, irgend jemand wolle seinen Tod. Er wünschte sich wirklich, daß er während der letzten Monate mehr Zeit für den Mann gehabt hätte – daß er einfach mehr über ihn wüßte.

Dr. Howard warf einen Blick in den Ofen – das Huhn brutzelte vor sich hin und sah sehr verlockend aus. Er setzte Wasser für den Reis auf und kehrte in seine Klause zurück. Dort legte er die Füße bequem auf seinen Schreibtisch, kippte seinen Stuhl zurück und widmete sich dem nächsten Kapitel in seinem Buch. Darin ging es um die Labortechniken der Gentechnologie, und zunächst um die Methoden, durch welche mit Enzymen, die man Restriktions-Endonukleasen nannte, die Moleküle aufgespalten wurden. Diese Passagen mußte er mehrmals lesen – das war nicht so ganz leicht zu verstehen.

Plötzlich jaulte die Rauchwarnanlage. Jason Howard fuhr aus seinem Stuhl auf – er war über der komplizierten Lektüre eingeschlafen. Er rannte in die Küche – das Wasser für den Reis war total verkocht, der Teflonbelag des Topfbodens qualmte und erfüllte die Küche mit Rauch. Howard riß den Topf von der Kochplatte und warf ihn in die Spüle; er goß Wasser in den Topf, daß es zischte und spritzte. Dann riß er ein Fenster im Wohnzimmer auf und schaltete den Ventilator ein. Allmählich verzog sich der Qualm, und die Rauchwarnanlage verstummte. Howard war heilfroh, daß der Hausbesitzer, wie meist, verreist war.

Als sein Abendessen, wenn auch ohne Reis, fertig war, trug Jason Howard es in den Arbeitsraum und stellte es dort auf seinen Schreibtisch, wo er dafür Platz machte, indem er Blätter und Bücher zur Seite schob. Als er es zu verzehren begann, ertappte er sich dabei, wie er auf die Titelseite des *Boston Globe* mit der Schlagzeile DOKTOR, DROGEN, STRIPTEASEMIEZE starrte. Er nahm die Zeitung mit der linken Hand hoch und schaute sich nochmals das Bild von Carol Donner an. Die Vorstellung, daß sein Kollege mit einem solchen Mädchen zusammengelebt hatte, verblüffte ihn einfach. Howard fragte sich, ob Hayes wohl ein Opfer der uralten Männerphantasie von der Rettung des leichten Mädchens geworden sei, das sich trotz seines Berufes ein goldenes Herz bewahrt hatte. Doch wenn er daran dachte, daß Hayes ein Kollege war mit genau dem gleichen Hintergrund wie er selbst, einschließlich derselben medizinischen Fakultät, dann kam ihm eine solche Vorstellung völlig an den Haaren herbeigezogen vor. Aber hatte nicht Curran gesagt, Tatsachen seien schließlich Tatsachen? Offensichtlich hatte Alvin Hayes nun einmal mit dem Mädchen zusammengelebt. Howard schob die Zeitung beiseite.

Nachdem er noch rasch durchgelesen hatte, was er über trockene Haut hatte finden können – es war nicht sonderlich viel –, trug er das benutzte Geschirr in die Küche und spülte es dort ab. Dabei konnte er das Foto von Carol Donner, die ihr Gesicht mit der Hand abschirmte, nicht aus seinen Gedanken verdrängen. Er warf einen Blick auf seine Armbanduhr – es war halb elf. »Warum eigentlich nicht«, sagte er dann laut. Alles in allem – wenn Alvin

Hayes mit dieser Frau zusammengelebt hatte, dann konnte sie ihm vielleicht einen Hinweis darauf geben, was dieser mit seiner Bemerkung über eine bahnbrechende Entdeckung tatsächlich gemeint haben mochte. Verlieren konnte er dabei jedenfalls nichts. Jason Howard zog sich einen dünnen Pullover an und eine Tweedjacke darüber und verließ das Haus.

Vom Beacon Hill zum Vergnügungsviertel brauchte man nicht mehr als eine Viertelstunde. Der äußerliche und gesellschaftliche Unterschied war jedoch weit größer als der zeitliche Abstand. Beacon Hill war der Inbegriff von bürgerlicher Behäbigkeit, Solidität und Wohlanständigkeit, mit seinen Gaslaternen und den gepflasterten Straßen. Das Rotlichtviertel dagegen war das trübe absolute Gegenteil. Jason Howard gelangte dorthin vorbei am alten Park Boston Common über die Boylston Street und landete an der Washington Street mit ihren schmierigen Bars. Dort vermengten sich ungezwungen herumstreunende Gruppen von Leuten aus dem dortigen Milieu mit neugierig bummelnden Studenten und lederjackenbekleideten Arbeitern aus Dorchester. Das ›Club Cabaret‹ lag etwa in der Mitte eines Straßenblocks, eingerahmt von einem Sexfilmkino und einem Laden mit Büchern »nur für Erwachsene«. Das Hinweisschild COLLEGE-MÄDCHEN OBEN OHNE verkündete in Leuchtschrift weithin seine Botschaft.

Dr. Howard stieg die Stufen zum Eingang hinauf und ging hinein. Er fand sich in der Bar, einem langgestreckten, dunklen Raum, dessen Lichtquellen in der Mitte konzentriert waren, wo sie einen hölzernen Laufsteg anstrahlten. Die Theke war U-förmig um den Laufsteg herumgebaut. Dahinter befanden sich schmale Nischen; Rockmusik aus großen Lautsprechern zu beiden Seiten der Stufen, die von einer erhöhten Bühne auf den Laufsteg führten, erfüllte den Raum.

Die Luft war geschwängert mit Zigarettenrauch und

diesem besonderen Geruch nach billigem Raum-Deodorant. Das Lokal war ziemlich dicht besetzt mit Männern, die an der Bar vor ihrem Drink saßen. In die Nischen war nur schwer hineinzusehen, aber Howard konnte dort beim Vorbeischlendern eine Reihe von Mädchen in betont kurzen Kleidern mit Spaghettiträgern erkennen. Schließlich fand er einen freien Stuhl an der Bar. Eine Kellnerin in engen schwarzen Shorts und einem weißen anliegenden Oberteil nahm sehr prompt seine Bestellung entgegen.

Als sie das von ihm gewünschte Bier und ein Glas brachte, kam eine halbnackte Tänzerin die Stufen herunter und stakste den Laufsteg entlang. Howard betrachtete sie, und sie warf ihm einen kurzen Blick zu. Sie schien gelangweilt; ihr Gesicht war stark geschminkt, ihr gebleichtes Haar wirkte wie Stroh. Howard schätzte sie auf gut Dreißig – ein College-Mädchen war das jedenfalls nicht.

Dr. Howard schaute sich ein bißchen um und entdeckte den gleichen Ausdruck von Langeweile auch auf den Gesichtern der Männer, während ihre Augen die Bewegungen der Tänzerin auf dem Laufsteg verfolgten. Der Arzt trank sein Bier aus der Flasche – an einem Ort wie diesem schien es ihm nicht ratsam, seine Lippen mit einem Glas in Berührung zu bringen.

Als das Musikstück, in dessen Rhythmus sie sich bewegt hatte, ausklang, ließ sich die junge Frau für einen Augenblick vornüber zusammensacken. Dann richtete sie sich, den nächsten Einsatz erwartend, wieder hoch auf und verlagerte ihr Gewicht von einem ihrer hochhackigen Pumps auf den anderen. Jason Howard fiel ein tätowiertes Herz auf ihrem rechten Oberschenkel auf.

Wuchtige Trommelschläge kündigten die nächste Nummer an, und die Blondine setzte ihre Vorführung fort. Dabei entledigte sie sich des knappen Kleidungsstücks, das bisher noch ihren Oberkörper verhüllt hatte. Nun trug sie außer ihren Schuhen nur noch einen winzigen Slip. Die Männer an der Bar wirkten weiterhin, als seien sie aus Holz. Die einzigen Bewegungen, die man an ihnen wahrnehmen konnte, bestanden darin, daß sie ihre Gläser oder Zigaretten an die Lippen führten. Das änderte sich erst, als die Tänzerin auf dem Laufsteg unmittelbar vor ihnen ankam – dann zogen manche Männer Dollarnoten heraus.

Dr. Howard betrachtete sich das Schauspiel ein Weilchen und überflog dann wieder den Raum insgesamt. Ein paar Schritte entfernt fiel ihm eine Nische auf, in der ein Mann in einem dunklen Anzug mit einer Zigarre saß und durch eine dunkle Brille irgendwas in einem Ordner studierte. Der Arzt konnte sich nicht vorstellen, wie man dort überhaupt etwas lesen konnte, kam aber zu dem Schluß, daß der Mann wohl so eine Art Geschäftsführer sein müsse. Ein paar stiernackige Schlägertypen mit mächtigen Muskelpaketen standen, gekleidet in weiße T-Shirts, zu beiden Seiten dieser Nische und beobachteten, die bloßen Arme vor der breiten Brust verschränkt, alles, was vorging; ihre regelmäßigen Kopfbewegungen verrieten, daß ihre Blicke dabei ganz systematisch Streifen für Streifen des Raumes abtasteten.

Als die Musik endete, raffte die Tänzerin ihr Zeug zusammen und verschwand über die Treppe nach oben. Dünner Beifall begleitete sie dabei. Kurz darauf setzte die Musik erneut ein, und eine andere Tänzerin kam die Treppe herunter und wirbelte über den Laufsteg. Sie trug ein weit ausschwingendes, dramatisches Zigeunerinnenkostüm und hätte eine Schwester der vorigen Tänzerin sein können – eine ältere Schwester wohlgemerkt.

Schon nach kurzer Zeit fand Dr. Howard das Programm höchst langweilig. Der Ablauf war bei jedem Auftritt gleich: Ein Mädchen kam in irgendeinem wilden Kostüm auf den Laufsteg und zog sich während ihrer Nummer Stück für Stück aus. Nach einer Dreiviertelstunde fragte Howard sich, ob Carol Donners Auftritt überhaupt an diesem Abend auf dem Programm stand. Daher wandte er sich an eine der Bedienungen, und diese antwortete ihm: »Sie ist als nächste dran. Darf ich Ihnen noch was bringen?«

Der Arzt schüttelte den Kopf. Er wollte sich mit dem einen Bier begnügen. Während er sich umsah, bemerkte er, daß sich einige der Stripperinnen im Raum verteilt hatten. Sie wechselten gewöhnlich ein paar Worte mit dem Geschäftsführer – wofür Howard den Mann mit der dunklen Brille hielt – und schlenderten dann herum, um die Gäste anzusprechen. Jason Howard versuchte sich Dr. Alvin Hayes, den weltberühmten Forscher, als ständigen Gast dieses Etablissements vorzustellen. Doch sosehr er sich auch bemühte – es wollte ihm nicht gelingen.

Die Musik wurde für eine kleine Weile unterbrochen, und die auf den Laufsteg gerichteten Strahler erloschen. Zum erstenmal war das Knacken und Knistern einer Lautsprecheranlage zu vernehmen, über welche der nächste Auftritt angekündigt wurde: »Unsere berühmte Carol Donner!« Die an der Bar aufgereihten gelangweilten Typen schienen plötzlich aufzuwachen, einige anerkennende und ermunternde Pfiffe ertönten.

Die Musik wechselte auf einen sanfteren Rockrhythmus über, und eine Gestalt betrat den Laufsteg. Als die Strahler wieder eingeschaltet wurden, war Howard echt erstaunt. Zu seiner angenehmen Überraschung entpuppte sich Carol Donner als schöne junge Frau. Ihre glatte, schimmernde Haut strahlte Frische und Gesundheit aus, und ihre Augen glänzten. Sie trug einen Bodysuit, Legwarmers und ein Stirnband, als ob sie zu einer Aerobic-Vorführung gekommen sei; sie war barfüßig. Schwerelos und graziös lief sie den Laufsteg entlang, und Howard fiel auf, daß ihr Lächeln ungekünstelt und natürlich war.

Während ihrer Vorführung legte sie zunächst die Legwarmers ab, dann eine Seidenschärpe um die Taille und schließlich den Bodysuit. Als sie an der Treppe nochmals ihren niedlichen Körper den Blicken darbot, ertönten aus dem bisher so gelangweilt wirkenden Publikum sogar Bravorufe. Kaum war Carol Donner jedoch verschwunden, breitete sich wieder das Gefühl lähmender Langeweile aus. Dr. Howard wartete darauf, daß sie sich wie die anderen Mädchen auch unter die Besucher mische, aber sie kam nicht. Daher trat er, nachdem er zwanzig Minuten lang vergeblich nach ihr Ausschau gehalten hatte, auf den Mann mit der Sonnenbrille zu. Einer der Muskelmänner machte sich schon bereit, ihm den Weg zu versperren, doch Dr. Howard fragte höflich: »Verzeihung, besteht vielleicht die Möglichkeit, mit Carol Donner zu sprechen?«

Der Mann nahm die Zigarre aus dem Mund und fragte: »Wer sind denn Sie, zum Teufel?« Howard zögerte, seinen wahren Namen zu nennen, und während er noch überlegte, gab der Mann mit der dunklen Brille einem der Rausschmeißer ein Zeichen. Howard fühlte sich von kräftigen Händen am Arm gepackt und zur Tür gedrängt. »Aber ich wollte doch nur...« Mehr zu sagen hatte er keine Gelegenheit. Man schleifte ihn mehr als man ihn führte zum Eingang, und mit einem widerlichen Gefühl der Erniedrigung fand er sich auf die Straße hinausbefördert.

5

Nachdem ihn sein Wecker aus dem Schlaf geklingelt hatte, mußte sich Jason Howard erst einmal ein paar Minuten lang unter den kräftigen Strahl der Dusche stellen, ehe er dem Tag ins Auge sehen konnte. Am Abend vorher war er, nachdem er von seinem höchst unangenehm beendeten Besuch im ›Club Cabaret‹ nach Hause zurückgekehrt war, noch einmal ins Krankenhaus gerufen worden. Einer von seinen AIDS-Patienten, ein Mann namens Harvey Rachman, war eingeliefert worden. Als Howard in der Klinik eintraf, war man bereits mit Wiederbelebungsversuchen beschäftigt. Sie setzten ihre diesbezüglichen Bemühungen noch zwei Stunden lang fort, ehe sie sich geschlagen geben mußten. Die Bemerkung der Oberschwester, daß der Mann wenigstens nicht mehr hatte leiden müssen, war kein sonderlicher Trost für einen niedergeschlagenen Dr. Howard gewesen. Ein weiteres Mal bedrückte ihn das Gefühl, daß er im Kampf mit dem Tod den kürzeren gezogen hatte.

Im Laufe des Vormittags war dann bei seinem Rundgang bei den in der Klinik befindlichen Patienten das einzig Positive, daß man eines der an Gelbsucht erkrankten Mädchen entlassen konnte. Howard bedauerte das fast, denn nun verblieb ihm nur noch ein einziger Patient, der auf dem Wege der Genesung war.

Auf der Herzstation nämlich ging es Matthew Cowen kein bißchen besser. Zusätzlich zu den bisherigen Beschwerden klagte er nun auch noch über Sehstörungen. Dieses Symptom alarmierte Dr. Howard; auch Harring und Lennox hatten über Doppelsichtigkeit in den Wochen vor ihrem Tod geklagt, und erneut zog die Furcht vor einer unbekannten, den ganzen Organismus befallenden Krankheit durch seine Gedanken. Er ordnete die Untersuchung durch einen Augenspezialisten an. Nachdem Howard seinen Rundgang beendet hatte, eilte er in die Pathologie-Abteilung, um dort zu fragen, wie es inzwischen mit den Schnittpräparaten von Hayes stünde. Vielleicht konnten sie eine Erklärung dafür liefern (oder wenigstens zu einer Erklärung dafür beitragen), warum so viele scheinbar gesunde Leute plötzlich einen tödlichen Zusammenbruch des Herz-Kreislauf-Systems erlitten.

Howard mußte sich einen Augenblick gedulden, während sein Kollege das Ergebnis einer Gefrierschnitt-Untersuchung telefonisch durchgab. Es ging um eine Brust-Biopsie, und das Ergebnis war positiv.

»Da fühle ich mich immer ganz übel dabei«, bekannte der Pathologe, nachdem er aufgelegt hatte. Dann fügte er, mit weniger bedrückter Stimme, hinzu: »Sie kommen bestimmt wegen der Präparate von Hayes.« Er kramte ein bißchen auf seinem Schreibtisch herum, bis er den richtigen Umschlag fand. Ihm entnahm er einen Objektträger, schob ihn unter das Mikroskop und sagte zu seinem Kollegen: »Schauen Sie sich erst mal das da an!«

Während Howard durch das Mikroskop sah, erklärte ihm der Pathologe: »Das ist die Hauptschlagader von Alvin Hayes.« Der Zellzerfall war selbst für das ungeschulte Auge von Dr. Howard klar erkennbar. »Kein Wunder, daß diese platzte«, fuhr Dr. Madsen fort. »Ich habe noch niemals derartige Veränderungen bei irgend jemandem unter siebzig gesehen, ausgenommen es lag eine gesicherte Erkrankung vor. Und jetzt zeige ich Ihnen noch etwas.« Er wechselte das Glasplättchen gegen ein anderes aus. »Das ist von seinem Herzen. Schauen Sie sich die Herzkranzgefäße an – wie bei Cedric Harring. Alle Herzkranzgefäße sind nahezu verschlossen. Wenn bei Hayes nicht die Aorta geplatzt wäre, wäre er an einer Herzattacke gestorben. Der Mann war eine lebende Zeitbombe. Und das ist nicht alles – er hatte obendrein eine Entzündung der Schilddrüse, ebenfalls genau wie Harring. Tatsächlich gibt es so viele Übereinstimmungen, daß ich mir Harrings Aorta noch einmal anschaute. Und was glauben Sie? Auch bei Harring wäre die Aorta in Kürze geplatzt!«

»Und was genau bedeutet das alles?«

Dr. Madsen breitete die Hände aus. »Ich weiß es nicht. Es gibt seltsame Parallelen zwischen beiden Fällen. Die ausgebreitete Entzündung – aber ich glaube nicht, daß sie infektiös bedingt war. Es kommt mir eher wie Autoimmun-Krankheit vor, als ob ihr Immunsystem sich gegen ihre eigenen Organe gewandt hätte.«

»Sie meinen wie bei der Hauttuberkulose?«

»Ja, so ähnlich. Wie auch immer, Alvin Hayes war in einem schrecklichen Zustand. Mehr oder weniger jedes seiner Organe war irgendwie befallen. Der Mann stand vor dem förmlichen Zerfall.«

»Er sagte, er fühle sich nicht recht wohl.«

»Na!« rief Dr. Madsen. »Das würde ich als die Untertreibung des Jahres bezeichnen!«

Jason Howard verließ die Pathologie und versuchte sich einen Reim auf die Ausführungen seines Kollegen zu machen. Wieder grübelte er, trotz der gegenteiligen Meinung des Pathologen, über die Möglichkeit einer bisher unbekannten Infektionskrankheit nach. Welche Autoimmunprozesse konnten sich schon so rasch und umfassend auswirken? Dr. Howard gab sich selbst die Antwort: kein einziger.

Er entschloß sich, noch einmal im Labor von Hayes vorbeizuschauen, ehe er sich den in der Praxis auf ihn wartenden Patienten zuwandte. Nicht daß er angenommen hätte, Helene Brennquivist sei inzwischen eher zur Zusammenarbeit bereit; aber er dachte, es würde sie vielleicht interessieren, daß ihr Chef in den letzten Wochen vor seinem Tod so schwer krank gewesen sei. Zu seiner Überraschung stellte er fest, daß sie schon wieder geweint hatte.

»Was ist denn los?«

Helene Brennquivist schüttelte nur den Kopf. »Nichts.«

»Sind Sie denn nicht an der Arbeit?«

»Ich habe aufgehört damit«, antwortete sie.

Plötzlich begriff Dr. Howard, daß sie ja ohne Hayes, der ihr die entsprechenden Anweisungen gab, völlig aufgeschmissen war. Offensichtlich hatte sie keinen Einblick in die größeren Zusammenhänge. Das stimmte ihn pessimistisch im Hinblick auf seine Hoffnung, daß sie doch irgend etwas über Hayes' große Entdeckung wissen könnte – falls es denn eine solche wirklich gab. Die Neigung des Mannes zur Geheimniskrämerei würde zu einem Verlust für die Menschheit führen.

»Könnten wir uns einen Moment unterhalten?« fragte Howard.

»Ja«, antwortete sie in ihrer lakonischen Art und bat ihn mit einer Handbewegung in Hayes' Büro. Dr. Howard folgte ihr und war erneut von den Großfotos an den Wänden irritiert.

»Ich komme gerade aus der Pathologie«, begann er, nachdem beide Platz genommen hatten. »Offensichtlich war Dr. Hayes ein schwerkranker Mann. Sind Sie sich ganz sicher, daß er niemals darüber klagte, sich krank zu fühlen?«

»Doch, das tat er«, gab die junge Frau zu und korrigierte damit ihre frühere Aussage. »Er sagte mehrfach, er fühle sich erschöpft und geschwächt.«

Howard blickte sie aufmerksam an. Sie schien heute weicher und wirkte offener, und es fiel ihm auch auf, daß sie nun nicht mehr ihr Haar straff nach hinten gekämmt hatte, sondern es offen auf die Schultern fallen ließ.

»Letztes Mal behaupteten Sie noch, sein Verhalten sei unverändert gewesen«, sagte er.

»Das war es auch. Aber er sagte, daß er sich ziemlich mies fühle.«

Verärgert über diese spitzfindige Unterscheidung, war Howard von neuem überzeugt, daß sie irgend etwas vor ihm verbarg. Doch obwohl er nicht hätte sagen können, warum, war er sich sicher, daß es ihn nicht weiterbringen würde, wenn er sie in die Zange nehmen würde.

»Miß Brennquivist«, sagte er daher geduldig, »ich muß Sie einfach noch einmal danach fragen: Sind Sie absolut sicher, daß Sie keinerlei Idee davon haben, was Dr. Hayes gemeint haben könnte, als er mir andeutete, daß er eine bahnbrechende Entdeckung gemacht hätte?«

Sie schüttelte den Kopf. »Ich kann Ihnen beim besten Willen dazu nichts sagen. Es war in Wahrheit sogar so, daß die Dinge hier im Labor in letzter Zeit gar nicht gut liefen. Vor etwa drei Monaten begannen die Ratten, denen wir die Befehlsübermittler zur Produktion von Wachstumshormonen übertrugen, auf mysteriöse Weise einzugehen.«

»Woher stammten denn diese ›Befehlsübermittler‹?«

»Dr. Hayes gewann sie selbst aus Rattenhirnen, gewöhnlich aus dem Hypothalamus. Dann klonte ich sie durch DNA-Rekombination.«

»Diese Experimente erwiesen sich also als Fehlschlag?«

»Voll und ganz«, gab Helene Brennquivist zu. »Aber Dr. Hayes ließ sich, wie jeder große Forscher, nicht entmutigen. Er kniete sich vielmehr noch intensiver in die Sache hinein. Er versuchte es mit anderen Proteinen, aber leider war auch hier das Ergebnis negativ.«

»Können Sie sich vorstellen, daß Dr. Hayes mich angelogen hat, als er von einer bahnbrechenden Entdeckung sprach?«

»Dr. Hayes hat niemals gelogen!« antwortete die junge Frau empört.

»Nun, wie erklären Sie sich das dann?« fragte Dr. Howard. »Zunächst dachte ich ja, er hätte einen Nervenzusammenbruch. Jetzt bin ich mir da nicht mehr so sicher. Was ist denn Ihre Meinung dazu?«

»Dr. Hayes hatte keinen Nervenzusammenbruch«, sagte Helene Brennquivist und stand auf, um anzudeuten, daß das Gespräch beendet sei. Howard hatte eine empfindliche Stelle getroffen. Sie war nicht geneigt, sich etwas anzuhören, was für sie wie eine Beleidigung ihres verstorbenen Chefs wirkte.

Frustriert kehrte Jason Howard in seine Praxisräume zurück, wo Sally schon mit zwei Patienten auf ihn wartete, die zu einer Untersuchung gekommen waren. Dazwischen konnte er wenigstens für einen Augenblick entwischen, um sich die Laborwerte von Holly Jennings anzusehen. Die einzige Veränderung gegenüber der vorigen Untersuchung waren erhöhte Gammaglobulinwerte, was Dr. Howard wieder an eine Infektionskrankheit denken ließ, die zwar nichts mit AIDS zu tun hatte, aber sich auf das Autoimmunsystem auswirkte. Während bei AIDS das Immunsystem ausgeschaltet wurde, konnte es hier vielleicht umgekehrt so sein, daß es mit zerstörerischer Wirkung in Gang gesetzt wurde.

Im Laufe des späteren Vormittags erreichte Jason Howard dann ein Anruf von Dr. Danforth. Ohne große Vorrede teilte sie ihm mit: »Ich meine, Sie sollten wissen, daß im Urin von Dr. Hayes Spuren von Kokain gefunden wurden.«

Also hatte Curran doch recht gehabt, dachte Howard und legte auf. Hayes hatte Drogen genommen. Aber ob das irgendwie etwas zu tun hatte mit seiner Behauptung, eine wichtige Entdeckung gemacht zu haben, oder mit seiner Meinung, er werde verfolgt, oder schließlich mit seinem plötzlichen Tod – das vermochte Howard nicht zu sagen.

Der mächtige Andrang von Patienten, der ihn immer mehr in Rückstand brachte, zwang ihn, all seine Spekulationen vorerst einmal ganz zurückzustellen. Sein Gefühl, unter Druck zu stehen, wurde noch verstärkt durch einen

Anruf von Shirley Montgomery, die offenbar von seinem Besuch bei Helene Brennquivist erfahren hatte.

»Jason«, sagte sie mit einer leichten Schärfe in der Stimme, »stochern Sie bitte nicht weiter in der Sache herum. Wir sollten die Geschichte zur Ruhe kommen lassen.«

»Ich bin aber überzeugt davon«, entgegnete er, »daß Helene Brennquivist mehr weiß, als sie uns bisher mitgeteilt hat.«

»Auf welcher Seite stehen Sie eigentlich?« fragte sie.

»Schon gut, schon gut«, sagte er und legte etwas abrupt auf, zumal er sich gerade um Madaline Krammer kümmern mußte, eine alte Patientin von ihm, die man als dringenden Fall eingeschoben hatte. Bisher hatte man ihren Herzzustand gut im Griff gehabt, aber plötzlich klagte sie über geschwollene Knöchel und ein Rasseln in der Brust. Ihre hochdruckbedingte Herzschwäche hatte sich trotz regelmäßiger Medikamentierung in einem Ausmaß verschlechtert, daß Dr. Howard auf einer Aufnahme ins Krankenhaus bestand.

»Aber doch nicht diese Woche!« protestierte sie. »Mein Sohn kommt aus Kalifornien herüber mit seinem jüngsten Baby. Und ich habe meine Enkelin noch nie gesehen. Bitte, Herr Doktor!«

Madaline Krammer war eine lebensfrohe Frau Mitte Sechzig mit silbergrauem Haar. Der Arzt hatte sie immer gern gehabt, denn sie hatte sich kaum einmal beklagt und war stets sehr dankbar für seine Fürsorge gewesen.

»Liebe Mrs. Krammer, es tut mir wirklich leid. Ich würde nicht darauf bestehen, wenn ich nicht überzeugt davon wäre, daß es wirklich sein muß. Aber der einzige Weg, auf dem wir Ihre medikamentöse Versorgung überprüfen und neu regeln können, besteht darin, daß wir Sie ein paar Tage zur Beobachtung hierbehalten.«

Madaline Krammer maulte zwar noch ein bißchen herum, gab es aber schließlich auf und willigte ein. Dr.

Howard versicherte ihr, daß er später noch einmal nach ihr schauen würde, und überließ sie dann Claudias bewährten Händen. Gegen vier lag Howard dann wieder halbwegs in seinem Zeitplan. Als er aus der Tür seines Büros trat, stieß er auf Roger Wanamaker, dessen mächtige Gestalt fast den engen Gang versperrte.

»Diesmal bin ich an der Reihe«, sagte er. »Hätten Sie wohl mal einen Augenblick Zeit für ein kurzes Gespräch?«

»Aber klar«, antwortete Howard, der sich eigentlich nie einem Kollegen verweigerte. Er bat Dr. Wanamaker in sein Büro, und dort legte dieser ihm mit einer gewissen Förmlichkeit ein Unterlagenmäppchen auf den Schreibtisch.

»Damit Sie sich nicht so einsam fühlen«, meint er dazu. »Das sind die Unterlagen über einen dreiundfünfzigjährigen Angestellten von Data General, der vorhin mausetot auf unserer Notaufnahmestation eingeliefert wurde. Vor noch nicht drei Wochen habe ich eine unserer berühmten gründlichen Gesamtuntersuchungen bei ihm durchgeführt.«

Jason Howard öffnete das Mäppchen und schaute sich die Eintragungen an, einschließlich der notierten Laborwerte und der EKG-Aufzeichnung. Die Cholesterinwerte waren relativ hoch, aber keineswegs beängstigend. »Ein weiterer Herzanfall?« fragte er und überflog dabei noch den Bericht über das Ergebnis der Röntgenaufnahme des Brustraums. Auch sie hatte nichts Auffälliges ergeben.

»Keineswegs«, sagte Dr. Wanamaker, »schwerer Schlaganfall. Der Mann brach mitten in einer Vorstandssitzung zusammen. Seine Frau kommt fast nicht darüber hinweg. Das Gespräch mit ihr hat mich selbst sehr mitgenommen. Sie sagte mir, er hätte sich mehr oder weniger genau seit dem Zeitpunkt mies gefühlt, als er zur Untersuchung bei uns gewesen sei.«

»Und worüber klagte er?«

»Nichts Spezifisches«, antwortete Wanamaker. »Vorwiegend Schlaflosigkeit und Unruhe, also genau das, worüber leitende Angestellte immer irgendwie zu klagen haben.«

»Was, verdammt noch mal, ist da bloß los?« fragte Jason Howard mehr rhetorisch.

»Das wüßte ich weiß Gott auch gerne«, antwortete der massige Mann. »Aber jedenfalls beschleicht mich ein ungutes Gefühl – als ob wir es irgendwie mit einer Epidemie oder so etwas Ähnlichem zu tun bekämen.«

»Ich habe diesbezüglich schon mit Madsen in der Pathologie gesprochen. Ich habe ihn ausdrücklich hinsichtlich der Möglichkeit einer bisher unbekannten Infektionskrankheit befragt. Aber er sagte nein dazu. Er meinte, es müsse metabolisch sein, irgendwie mit Autoimmunität zu tun haben.«

»Ich bin der Meinung, daß wir unbedingt etwas unternehmen müssen. Wie sieht es denn mit der gemeinsamen Sitzung aus, die Sie vorgeschlagen haben?«

»Ich habe sie noch nicht einberufen«, mußte Howard zugeben. »Ich habe meine Mitarbeiterin veranlaßt, mir alle Namen von den Patienten herauszusuchen, die im Laufe des letzten Jahres untersucht wurden, und diese wegen ihres derzeitigen Gesundheitszustandes abzufragen. Vielleicht sollten Sie das auch machen.«

»Gute Idee.«

»Wie sieht es denn mit einer Obduktion im vorliegenden Fall aus?« fragte Howard und reichte das Unterlagenmäppchen seinem Kollegen zurück.

»Muß beim offiziellen Leichenbeschauer gemacht werden.«

»Dann lassen Sie mich bitte wissen, was er feststellt.«

Nachdem Roger Wanamaker ihn verlassen hatte, machte sich Dr. Howard eine Notiz, zu Beginn der kommenden Woche eine Sitzung der Internisten an der Klinik einzuberufen. Selbst wenn er nicht nur einfach hätte erfahren wollen, wie verbreitet die Todesfälle dieser Art waren, konnte er nicht tatenlos zusehen, wie Patienten, denen noch kurz zuvor ein tadelloser Gesundheitszustand an ihrer Klinik bestätigt worden war, im Leichenschauhaus landeten.

Während er sich zu seinem letzten Besucher an diesem Tag in das Untersuchungszimmer begab, ertappte sich Howard beim Gedanken an Carol Donner. Plötzlich schoß ihm eine Idee durch den Kopf, und er trat an den zentralen Empfangsschalter, wo er Claudia traf. Er bat sie, hinunter in die Personalabteilung zu gehen und sich dort die Privatadresse von Dr. Alvin Hayes geben zu lassen. Er war sich sicher – wenn sie jemand beschaffen konnte, dann bestimmt Claudia.

Bei der Rückkehr in die Praxisräume wunderte sich Howard selbst darüber, daß es ihm nicht früher eingefallen war, sich die Privatanschrift von Hayes zu besorgen. Wenn Carol Donner mit dem Mann zusammengelebt hatte, war es doch viel einfacher, sich mit ihr in der Wohnung zu unterhalten statt im ›Club Cabaret‹, wo man ja sichtlich außerordentlich bemüht war, sie abzuschirmen. Vielleicht hatte sie irgendwelche Vorstellungen über Hayes' wichtige Entdeckung; wenn nicht, vermochte sie doch sicherlich etwas über seinen Gesundheitszustand zu sagen. Als Howard die Untersuchung seines letzten Patienten abgeschlossen hatte, konnte ihm Claudia tatsächlich die Privatadresse von Hayes vorlegen. Es war irgendwo in der Südstadt.

Nachdem er mit seinen nichtstationären Patienten durch war und den notwendigen Schreibkram dazu diktiert hatte, fuhr Dr. Howard hinauf, um nach seinen in der Klinik befindlichen Schützlingen zu schauen.

Als erstes kam Madaline Krammer an die Reihe. Sie fühlte sich bereits ein bißchen besser – ein wassertreibendes Mittel hatte schon die Schwellungen ihrer Hände und Füße gemildert. Doch als er sie sich genauer anschaute, stellte er zu seiner Überraschung fest, daß ihre Pupillen stark geweitet wirkten und auf Licht kaum reagierten. Er notierte dies auf ihrem Krankenblatt und setzte seinen Rundgang fort.

Bevor er an das Bett von Matthew Cowen herantrat, klappte Dr. Howard das Unterlagenmäppchen des Patienten auf, um nachzulesen, was der Augenarzt notiert hatte. Zu seinem Erstaunen las er: »Leichter Katarakt auf beiden Augen. Neuerliche Überprüfung in sechs Monaten.« Jason Howard konnte das nicht glauben – Star mit fünfunddreißig? Er erinnerte sich daran, daß man bei der Obduktion von Connoly ebenfalls Star festgestellt hatte. Und jetzt gerade waren ihm bei Madaline Krammer auch die unnatürlich geweiteten Pupillen aufgefallen. Was zum Teufel war denn da bloß los? Noch verwirrter wurde er, als er sich schließlich mit Cowen unterhielt.

Der nämlich fragte den Arzt sofort: »Was gebt ihr mir da eigentlich für Zeug?«

»Wieso? Was meinen Sie damit?«

»Weil mir das Haar ausfällt.« Zum Beweis zupfte er an ein paar Strähnen, und sie blieben ihm sofort in der Hand. Er ließ sie auf die Bettdecke fallen.

Howard nahm eine hoch, zwirbelte sie langsam zwischen Daumen und Zeigefinger und betrachtete sie sorgfältig. Sie sah normal aus – vielleicht abgesehen von einem Anflug von Grau an den Haarwurzeln. Dann schaute er sich sorgfältig Cowens Kopfhaut an. Dort war nichts Auffälliges zu bemerken, weder eine Entzündung noch eine wunde Stelle.

»Wie lange geht das schon?« fragte er, indem er sich erschreckend deutlich an Brian Lennox erinnerte und auch an die Bemerkung von Mrs. Harring, daß sie an ihrem Mann einen auffallenden Haarausfall festgestellt hätte.

»Es hat sich gerade im Laufe des heutigen Tages stark verschlimmert«, antwortete Cowen. »Ich will ja nicht herumjammern, aber es scheint mir doch, daß so einiges bei mir zusammenkommt.«

»Das muß ein Zufall sein«, versicherte der Arzt und versuchte, sein eigenes Selbstvertrauen damit ebenso zu stärken wie das seines Patienten. »Ich werde veranlassen, daß ein Hautarzt nochmals eine genaue Untersuchung durchführt. Vielleicht hängt das auch mit Ihrer trockenen Haut zusammen. Ist es damit etwas besser geworden?«

»Es hat sich höchstens verschlechtert, falls irgendeine Veränderung eingetreten ist. Ich wäre wohl besser nicht ins Krankenhaus gegangen!«

Jason Howard war in Versuchung, ihm zuzustimmen, besonders angesichts der Tatsache, daß es so vielen seiner Patienten hier im Haus gar nicht sonderlich ging. Als er seinen Rundgang beendet hatte, fühlte er sich erschöpft. Fast hätte er vergessen, daß einige wohlmeinende Freunde darauf bestanden hatten, ihn für diesen Abend zu einem Essen einzuladen, um ihn dort mit einer netten vierunddreißigjährigen Rechtsanwältin namens Penny Lambert zusammenzubringen. Da ihm bis dahin nur noch eine Stunde verblieb, fand er, daß es sich nicht lohne, vorher noch nach Hause zu fahren. Statt dessen zog er den Stadtplan von Boston zu Rate, den er immer im Auto liegen hatte, und suchte die Springfield Street heraus, wo die Wohnung von Hayes lag; das war in der Nähe der Washington Street. Er nahm an, daß die Zeit günstig wäre, um Carol Donner dort zu erwischen, und beschloß, sofort hinzufahren. Doch das war leichter gesagt als getan. Er wandte sich nach Süden, blieb aber bald im Verkehrsgewühl der Massachusetts Avenue stecken. Er ließ sich nicht entmutigen, kam schließlich doch zur Washington Street und bog von dort nach links ab und ein Weilchen später nochmals nach links. Er erblickte das entsprechende Gebäude und fand in unmittelbarer Nähe auch einen Parkplatz.

Die Nachbarschaft bestand aus einer Mischung aus renovierten und heruntergekommenen Häusern. Das Haus, in dem Hayes offenbar gewohnt hatte, zählte zu der zweiten Kategorie. Neben dem Eingang waren Grafitti aufgesprüht. Howard trat in den Hausflur und stellte fest, daß einige der Briefkästen offenstanden und die innere Tür unverschlossen war. Genauer gesagt – offenbar war vor längerer Zeit einmal das Schloß aufgebrochen und niemals ersetzt worden. Die Wohnung von Alvin Hayes lag im zweiten Stock. Der Arzt stieg die kärglich beleuchtete Treppe hinauf.

Das Gebäude war ziemlich geräumig, und auf jedem Stockwerk befanden sich ein paar Wohnungen. Im zweiten Stock stolperte Howard über ein paar Tageszeitungen, die da noch in ihren Plastikschutzhüllen herumlagen. An der Wohnungstür fand er keine Klingel, also klopfte er. Als keine Antwort kam, klopfte er nochmals, diesmal etwas kräftiger. Die Tür öffnete sich quietschend einen kleinen Spalt. Beim Hinunterblicken bemerkte Howard, daß das Türschloß vor kurzem aufgebrochen worden sein mußte und daß ein Stück des Türpfostens daneben fehlte. Er stieß mit dem Zeigefinger gegen die Tür, und sie schwang mit einem klagenden Quietschton etwas weiter auf. Er rief »Hallo«, doch es kam keine Antwort. Daraufhin trat er ein und wiederholte: »Hallo!« Es war nichts zu hören, nur eine offenbar defekte Toilette verriet sich durch das Geräusch rieselnden Wassers. Er schloß die Wohnungstür hinter sich und ging durch den dunklen Flur auf eine geöffnete Zimmertür zu.

Als er einen Blick durch diese Tür warf, prallte er zurück. Das Zimmer bot ein Bild der Verwüstung; offenbar hatte man die Wohnung auf den Kopf gestellt. Die Schubladen der Möbel waren herausgerissen und ihr Inhalt auf dem Boden verstreut worden. Man hatte die Sofakissen aufgeschlitzt und auch die Bücher aus einem großen Bücherschrank zu Boden geworfen.

Dr. Howard bahnte sich behutsam einen Weg durch das Chaos und betrat das anschließende kleine Schlafzimmer, in dem es ganz ähnlich aussah wie im Wohnzimmer. Dieser Raum war offenbar eine Art Gästezimmer, denn auf der anderen Seite des Flurs lag ein weiteres und größeres Schlafzimmer, das sich ebenfalls in einem schlimmen Zustand befand. Jedes Schubfach war herausgerissen worden, die Kleidungsstücke im eingebauten Wandschrank hatte man von den Bügeln gezerrt und auf den Boden geschmissen. Als er ein paar davon aufhob, fiel ihm auf, daß es sich ausschließlich um Männerkleidung handelte.

Plötzlich hörte er das Quietschen der Eingangstür; das Geräusch jagte ihm einen Angstschauer über den Rücken. Er ließ die Kleidungsstücke, die er in der Hand hielt, zu Boden fallen. Er wollte gerade noch einmal »Hallo« rufen in der Hoffnung, daß es Carol Donner sein könnte, aber für einen Augenblick war er so erstarrt, daß er keinen Ton herausbrachte. Regungslos lauschte er. Vielleicht war es nur ein Luftzug gewesen, der die Tür bewegt hatte... Dann aber hörte er ein kleines Geräusch, als ob jemand mit dem Schuh gegen ein herumliegendes Buch oder eine der herausgerissenen Schubladen gestoßen wäre. Da war eindeutig jemand in der Wohnung, und Howard hatte das Gefühl, daß der Betreffende auch wußte, daß er hier war. Der Schweiß trat ihm auf die Stirn. Currans Warnung, daß die Drogenszene voller Gefahren sei, schoß ihm durch den Kopf. Er fragte sich, ob er wohl irgendwie entkommen könne. Dann fiel ihm ein, daß er hier ja im letzten Zimmer der Wohnung am Ende des Flurs war. Plötzlich füllte eine massige Gestalt die offene Tür aus. Trotz der Dunkelheit war sich Howard völlig sicher, daß sie eine Schußwaffe in der Hand hielt.

Panik überfiel Jason Howard, und sein Herz raste. Aber noch immer stand er da wie erstarrt. Eine zweite, kleinere Gestalt gesellte sich zu der ersten, und gemeinsam betraten sie nun den Raum. Unaufhaltsam kamen sie auf Howard zu, Schritt für Schritt. Ihm erschien es wie eine Ewigkeit – er wollte schreien, wollte weglaufen – doch keines von beidem konnte er...

6

Im nächsten Augenblick glaubte Jason Howard, jetzt sei es um ihn geschehen, denn da war ein jäher Blitz. Dann ging ihm auf, daß dieser nicht aus der Waffe gekommen sein konnte – man hatte ihm vielmehr einen leichten Hieb über den Kopf versetzt. Er war noch am Leben, und zwei uniformierte Polizisten standen vor ihm. Vor Erleichterung hätte der Arzt ihnen um den Hals fallen mögen.

»Was bin ich froh, daß ihr da seid!« sagte er.

»Umdrehen!« befahl der größere der beiden, ohne auf Howards Begrüßung einzugehen.

»Darf ich Ihnen erklären...« begann Dr. Howard, erhielt jedoch knurrend zur Antwort, er solle gefälligst den Mund halten und sich mit erhobenen Händen gegen die Wand lehnen, die Füße dabei hübsch weit auseinander.

Dann durchsuchte ihn der zweite Polizist und nahm seine Brieftasche an sich. Als sie sich davon überzeugt hatten, daß er unbewaffnet war, legten sie ihm Handschellen an und führten ihn ohne eine weitere Erklärung oder Frage aus der Wohnung, die Treppen hinunter und auf die Straße hinaus. Einige Passanten beobachteten interessiert, wie Howard auf den Rücksitz eines nicht als Polizeifahrzeug gekennzeichneten Wagens geschubst wurde.

Auch während der Fahrt zur Polizeistation verschwendeten die beiden Männer kein Wort an ihn. Howard seinerseits befand, daß es wohl überhaupt keinen Zweck hätte, ihnen etwas erklären zu wollen – zumindest hatte es Zeit bis zum Eintreffen auf dem Revier. Er begann nun, nachdem er sich einigermaßen beruhigt hatte, darüber nachzudenken, was jetzt am besten zu tun sei. Als erstes sollte er wohl telefonieren – das würde ihm sicher gestattet werden. Er überlegte, ob er sich besser an Shirley Montgomery wandte oder an den Rechtsanwalt, der ihn damals beim Verkauf seines Hauses und seiner Praxis beraten hatte.

Doch als sie auf dem Revier ankamen, verfrachteten die beiden Polizisten den Arzt stracks in einen kleinen kahlen Raum und schlossen ihn dort ein. Er war nie vorher im Gefängnis gewesen und hätte nicht sagen können, daß er sich gut dabei fühlte.

Die Minuten verrannen, und Jason Howard wurde allmählich der Ernst der Lage klar. Shirley Montgomerys Bitte, nicht weiter in der Sache herumzustochern, fiel ihm ein. Was würde das wieder für einen Eindruck in der Klinik machen, wenn herauskäme, daß man ihn eingesperrt hatte.

Nach einiger Zeit öffnete sich die Tür, und es erschien – Michael Curran, gefolgt von dem kleineren der beiden Polizisten. Jason Howard war richtiggehend glücklich, den Kriminalbeamten zu sehen, aber er konnte sogleich erkennen, daß seine diesbezüglichen Gefühle von diesem keineswegs geteilt wurden. Die Sorgenfalten in Currans Gesicht schienen vielmehr tiefer als je zuvor.

»Handschellen abnehmen!« kommandierte er kurz und ohne jedes Lächeln. Howard stand auf und streckte dem Polizisten die gefesselten Hände hin. Er durchforschte dabei Currans Gesicht, doch vergeblich – aus dessen undurchdringlicher Miene ließ sich nicht das geringste entnehmen.

»Ich möchte unter vier Augen mit ihm reden«, wandte sich Curran an den uniformierten Kollegen. Dieser nickte und ging hinaus.

»Da haben Sie Ihre verdammte Brieftasche wieder«, knurrte der Kriminalbeamte und drückte sie Dr. Howard in die Hand. »Von guten Ratschlägen halten Sie wohl nicht viel, wie? Was soll ich denn noch tun, um Sie davon zu überzeugen, daß diese ganze Drogenszene ein gefährliches Pflaster ist?«

»Es ging mir einzig und allein darum, mich mit Carol Donner zu unterhalten...«

»Aha. Und deshalb trampeln Sie da rein und vermasseln uns alles.«

»Wieso das?« fragte der Arzt, der allmählich wütend wurde.

»Die Leute vom Sitten- und Drogendezernat hatten die Wohnung von Hayes überwacht, seit der Einbruch bemerkt worden war. Wir hatten gehofft, dort jemanden zu erwischen, der ein bißchen interessanter für uns wäre als Sie.«

Der Arzt schüttelte zerknirscht den Kopf. »Das tut mir aber wirklich leid.«

»Na ja«, meinte Curran resignierend, »es hätte noch schlimmer kommen können. Schließlich hätte Ihnen auch selbst was Ernstliches passieren können. Aber bitte, Herr Doktor, tun Sie mir einen Gefallen – beschränken Sie sich in Zukunft auf Ihre medizinische Arbeit!«

»Heißt das, daß ich gehen kann?« fragte Howard mit einem gewissen ungläubigen Erstaunen.

»Ja«, antwortete Curran und wandte sich dabei schon zur Tür. »Ich lasse Sie gar nicht erst eintragen. Wozu sollen wir unsere Zeit verschwenden.«

Dr. Howard spazierte also aus der Polizeistation hinaus und erwischte bald ein Taxi, das ihn zurück in die Straße brachte, in der er seinen Wagen abgestellt hatte. Er warf noch einen Blick zur Wohnung von Alvin Hayes hinauf und schüttelte sich dabei. Dieses Erlebnis hatte ihn wirklich Nerven gekostet.

Sein Adrenalinspiegel war jetzt so hoch, daß er sich zugetraut hätte, eine Meile in vier Minuten zu schaffen. Daher kam es Howard sehr gelegen, daß der Abend verplant war. Gute Bekannte, die Alics, hatten ihn zusammen mit ein paar anderen Leuten zum Abendessen eingeladen. Essen und Getränke erwiesen sich als ausgezeichnet. Die junge Frau, mit der man ihn bei dieser Gelegenheit zusammenbringen wollte, Penny Lambert, trug ein etwas streng geschnittenes blaues Kostüm mit einer riesigen Seidenschleife. Howard reihte sie in die Kategorie »Yuppie« ein, doch sie war fröhlich und gesprächig. Ihr heiteres Geplauder brachte den Arzt schließlich so weit, zumindest vorübergehend die Gedanken an die Wohnung von Alvin Hayes und seinen Wunsch, sich mit Carol Donner zu unterhalten, zu verdrängen. Als man noch einen Kaffee und einen Abschiedsschluck zu sich genommen hatte, hatte Jason Howard einen Einfall. Wenn er Penny Lambert anbot, sie nach Hause zu fahren, konnte er sie vielleicht dazu bringen, mit ihm einen kurzen Besuch im ›Club Cabaret‹ zu machen. Offensichtlich wohnte Carol Donner nicht mehr in der Wohnung von Hayes, und Howard stellte sich vor, daß es seine Chance, mit ihr dort im ›Club Cabaret‹ zu sprechen, verbessern würde, wenn er von einer Frau begleitet wäre. Penny Lambert nahm gern seine Einladung, sie nach Hause zu bringen, an; im Auto fragte er sie dann, ob sie noch zu einem kleinen Abenteuer aufgelegt sei.

»Abenteuer welcher Art?« fragte sie vorsichtig.

»Vielleicht hätten Sie Lust, mal eine andere Seite von Boston kennenzulernen?«

»Meinen Sie Diskos und so?«

»Na ja, so in der Art«, antwortete der Arzt etwas unbestimmt. Fast ein bißchen sarkastisch fand er, ein solches Erlebnis könne ihr eigentlich nur guttun; sie war nett, aber vielleicht doch ein bißchen brav und sachlich.

Sie lehnte sich bequem in den Sitz zurück und schwatzte entspannt mit Howard, während sie sich dem Ziel näherten. Auf dem Weg dorthin machte er sie mit seinen Hintergedanken für diesen Besuch vertraut und erklärte ihr, daß es wichtig für ihn sei, dieses Mädchen sprechen zu können, mit dem Dr. Hayes eine Beziehung gehabt habe. Penny kannte die Geschichte aus der Zeitung, und die war eigentlich nicht sonderlich geeignet, ihr Vertrauen in die Absichten ihres Begleiters zu stärken. Aber durch Schmeicheln und Zureden brachte dieser sie dann doch dazu mitzugehen.

Als sie einen Parkplatz gefunden hatten, zögerte sie nochmals. »Halten Sie das wirklich für eine gute Idee?« fragte sie. Doch er meinte nur: »Ach, kommen Sie schon!«

Am Freitagabend war offenbar besonders viel los. Dr. Howard ergriff die Hand seiner Begleiterin und drängte sich in den Raum, sorgsam bemüht, weder dem Mann mit der dunklen Brille noch einem seiner beiden Rausschmeißer aufzufallen. Mit Hilfe eines Geldscheins brachte er eine Kellnerin dazu, ihnen einen Platz in einer der Wandnischen nahe dem Laufsteg zu geben. So hatten sie ihrerseits einen guten Blick auf die Tänzerinnen, waren für diese aber weitgehend verdeckt durch die beiden Reihen von Männern an der Bar.

Sie waren während einer Pause hereingekommen. Doch gerade als sie ihre Getränke bestellt hatten, erwachten die Lautsprecher wieder zum Leben. Howards Augen hatten sich inzwischen an die Dunkelheit gewöhnt, und er studierte Penny Lamberts Gesicht. Soweit er das bei der schwachen Beleuchtung erkennen konnte, drückte es eine gewisse Skepsis darüber aus, was sie hier wohl zu sehen bekäme.

Eine Stripperin erschien in einer Wolke durchsichtigen Tülls. Es gab ein paar Pfiffe und Bravorufe. Penny verhielt sich schweigend. Als er bei der Bedienung die Getränke zahlte, fragte er diese, ob Carol Donner heute auftrete. Er erhielt zur Antwort, ihr Auftritt käme dann bald. Dr. Howard war erleichtert – zumindest hatte man sie nicht auch noch weggeschleppt, als man die Wohnung von Alvin Hayes umkrempelte. Als die Kellnerin kassiert hatte, trug die Tänzerin nur noch ein winziges glitzriges Dreieck, und

Penny Lambert hatte die Lippen streng zusammengekniffen.

»Ich finde das ordinär«, preßte sie hervor.

»Na ja«, gab er zu, »mit einem Konzert des Bostoner Sinfonieorchesters ist es vielleicht nicht unbedingt zu vergleichen.«

»Die hat ja sogar Zellulitis!«

Dr. Howard schaute sich die Frau daraufhin genauer an, als sie die Stufen hinaufstieg. Tatsächlich, an der Rückseite der Oberschenkel wirkte die Haut wie zerknittert. Er mußte lächeln – was Frauen doch so alles auffiel!

»Gefällt den Männern denn das wirklich?« fragte Penny Lambert, sichtlich unangenehm berührt.

»Eine gute Frage. Ich weiß es auch nicht. Die meisten von ihnen wirken ziemlich gelangweilt.«

Doch mit der Langeweile war es, ganz wie am Abend vorher, vorbei, als Carol Donner auftrat. Das Publikum wurde plötzlich lebendig und aufmerksam.

»Was sagen Sie zu ihr?« fragte Howard.

»Sie kann wenigstens tanzen. Aber ich kann mir nicht vorstellen, daß Ihr Bekannter ein Verhältnis mit ihr gehabt hat.«

»Genau das dachte ich mir eben auch«, sagte der Arzt. Aber im Grunde genommen war er sich da jetzt gar nicht mehr so sicher. Denn Carol Donner hatte doch eine ganz eigene Ausstrahlung, die Persönlichkeit verriet. Er hatte das so nicht erwartet.

Auch diesmal kam das Mädchen nach Beendigung ihrer Vorführung nicht herunter, um sich wie ihre Kolleginnen unter das Publikum zu mischen, und Dr. Howard gab es nach einiger Zeit auf. Auch Penny Lambert drängte zum Aufbruch. Auf der Heimfahrt verlor sie kaum ein Wort, und für Howard stand es fest, daß der Besuch im ›Club Cabaret‹ wohl keinen großen Eindruck auf sie gemacht hatte. Als er sich vor ihrer Wohnungstür von ihr verabschiedete, hatte er nicht einmal Lust, ihr zu sagen, daß er mal wieder anrufen würde. Die Alics wären nun, da war er sich sicher, bestimmt sehr enttäuscht; aber er sagte sich auch, daß sie es hätten besser wissen müssen: Jemand mit so einer Seidenschleife war gewiß nicht sein Typ.

In seine Wohnung zurückgekehrt, zog sich Howard aus, holte sich das Buch über DNA-Rekombination aus seinem Arbeitszimmer und legte sich ins Bett. Beim Gedanken daran, wie erschöpft er sich schon am Nachmittag gefühlt hatte, war er sicher, über der komplizierten Lektüre bald einzuschlafen. Aber das war keineswegs der Fall. Er informierte sich über Bakteriophagen, jene Viren, die Bakterien befallen, und über ihren Einsatz bei der Gentechnologie. Dann las er ein Kapitel über Plasmide, von denen er vor Beginn seiner Lektüre über DNA überhaupt noch nichts gewußt hatte. Er prägte sich ein, daß Plasmide winzige ringförmige DNA-Moleküle waren, die sich als Bestandteil der Bakterien getreulich reproduzierten, wenn man Bakterien als solche reproduzierte, also durch Zellteilung vieltausendfach vervielfältigte. Sie hatten eine ganz entscheidende Funktion bei der Aufgabe, bestimmte DNA-Segmente auf Bakterien zu übertragen.

Noch immer hellwach, warf Jason Howard einen Blick auf seine Uhr. Es war nun schon nach zwei, und an Schlaf war überhaupt nicht zu denken. Er stand auf, ging ins Wohnzimmer hinüber und blickte durchs Fenster auf den Louisburg Square hinunter. Ein Auto kam herangefahren; es war der Mieter der Erdgeschoßwohnung hier im Haus. Er war ebenfalls Mediziner, und obwohl sie ein durchaus freundliches Verhältnis miteinander hatten, wußte Howard kaum etwas über den Mann; es waren ihm lediglich seine ständigen Bekanntschaften mit attraktiven Frauen aufgefallen. Wie fast nicht anders zu erwarten, stieg auch jetzt wieder eine hübsche Blondine aus, und mit halblautem Kichern verschwand er mit ihr im Haus. Der unvermutete Beobachter hörte, wie die Haustür ins Schloß fiel, dann kehrte wieder Stille ein.

Jason Howard konnte die Gedanken an Carol Donner nicht verdrängen; mehr denn je zuvor wünschte er sich, mit ihr reden zu können. Er warf einen weiteren Blick auf die Uhr und hatte plötzlich eine Idee. Rasch zog er sich an und stieg nochmals ins Auto.

Trotz gewisser Bedenken wegen der Dinge, die ihn dort vielleicht erwarteten, fuhr der Arzt ins Vergnügungsviertel zurück. Im Gegensatz zum Rest der Stadt herrschte dort noch reger Betrieb. Er fuhr wieder zum ›Club Cabaret‹, dann aber bewußt daran vorbei, wendete und suchte sich in einer gegenüber einmündenden Straße einen Parkplatz. Er schaltete die Zündung aus und schaute sich etwas um. Einige wenig vertrauenerweckende Gestalten, die auf dem Gehsteig herumlungerten oder in Hauseingängen standen, veranlaßten ihn, sorgfältig zu prüfen, ob auch alle Wagentüren verriegelt waren.

Von seinem Platz aus konnte er den hell erleuchteten Eingang des ›Club Cabaret‹ sehen.

Nachdem er eine Weile so in seinem Wagen gesessen hatte, sah er einen Pulk von Leuten aus dem ›Club Cabaret‹ kommen und sich nach allen Seiten verstreuen. Kurze Zeit darauf folgte ihnen ein Schwarm von Mädchen. Sie schwatzten vor dem Ausgang noch ein wenig miteinander und gingen in verschiedenen Richtungen davon; Carol Donner war nicht unter ihnen gewesen. Gerade als Howard sich besorgt zu fragen begann, ob er sie wohl irgendwie verpaßt hätte, kam sie in Begleitung eines der Muskelmänner heraus. Er hatte eine Lederjacke über sein T-Shirt gezogen, doch der Reißverschluß war offen. Die beiden wandten sich nach rechts, Richtung Washington Street.

Der Arzt ließ den Motor an und war sich noch nicht schlüssig, was er tun sollte. Er war froh, daß noch ziemlich viel Verkehr herrschte, sowohl von Fußgängern wie von Autos. Um Carol nicht aus den Augen zu verlieren, mußte er aus seiner Parklücke herausfahren. Er fuhr langsam ganz rechts die Straße entlang, doch ein Polizist winkte ihm, schneller zu machen. Carol Donner und ihr Begleiter bogen nach links in die Boylston Street ein; kurz darauf traten sie an einen dort geparkten großen schwarzen Cadillac und stiegen ein.

Gott sei Dank, so kann man sie wenigstens im Auge behalten, dachte Howard. Aber da er noch nie jemanden verfolgt hatte, fand er schnell heraus, daß das keineswegs so leicht war, wie er sich das vorgestellt hatte, zumal, wenn man dabei nicht selbst entdeckt werden wollte. Der Cadillac fuhr am Boston Common entlang die Charles Street hoch und bog kurz darauf links in die Beacon Street ein, vorbei am Hampshire House. Ein paar Häuserblocks weiter fuhr er zur linken Straßenseite hinüber und parkte dort in zweiter Reihe. Sie befanden sich nun in jenem Stadtviertel, das man Back Bay nannte und für das Jahrhundertwende-Häuser aus rötlichem Sandstein typisch waren; die meisten davon hatte man in teuer vermietete Renditehäuser umgewandelt oder in Eigentumswohnungen aufgeteilt. Howard fuhr gerade in dem Augenblick an dem Cadillac vorbei, als Carol ausstieg. Er verlangsamte die Geschwindigkeit noch mehr und konnte im Rückspiegel sehen, wie sie die Treppen eines Gebäudes mit einem großen Fenstererker hinauflief. Der Arzt merkte sich das Haus, fuhr weiter und bog erst an der Exeter Street und dann nochmals an der Marlborough Street jeweils links ab. Er wartete fünf Minuten, fuhr dann um den Block herum und war wieder in der Beacon Street. Der Cadillac vor dem Haus, in das Carol Donner hineingegangen war, war verschwunden.

Dr. Howard parkte einen halben Block weiter vor einem Hydranten. Jetzt um drei Uhr morgens war Back Bay wie ausgestorben – kein Fußgänger zu sehen, und nur ein vereinzeltes Auto kam vorbeigefahren. Er lief die kurze Strecke zurück und blickte die sechsstöckige Fassade des Hauses hinauf – nirgends brannte Licht. Er trat in die Vorhalle und studierte dort die Namensschilder neben den Klingeln. Es gab vierzehn davon, aber zu seiner Enttäuschung trug keines den Namen Donner.

Howard trat wieder hinaus und überlegte sich, was er jetzt tun solle. Da fiel ihm ein, daß hinter der Beacon Street ein schmaler Fußweg entlanglief. Also ging er um den Block herum und zählte die Häuser ab, bis er hinten vor jenem stand, in das das Mädchen hineingegangen war. Im dritten Stock drang Licht aus einem Fenster. Dort mußte Carol wohnen, denn es war ganz unwahrscheinlich, daß um diese Zeit irgend jemand sonst auf war.

In der Absicht, zur Vorderfront des Hauses zurückzukehren und dort den entsprechenden Klingelknopf zu drücken, kehrte Howard um und lief den Fußweg zurück. Er sah sofort die einsame Gestalt, ging aber weiter in der Annahme, der Mann würde einfach vorbeigehen. Doch als er näher kam, wurden seine Schritte langsamer, und schließlich blieb er stehen. Denn er erkannte in dem Mann zu seiner Überraschung den Rausschmeißer aus dem ›Club Cabaret‹. Der Reißverschluß seiner ledernen Motorradjacke war offen und ließ darunter ein weißes T-Shirt erkennen, das sich eng über mächtige Muskeln spannte. Es war derselbe Bursche, der ihn am Abend vorher aus dem ›Club Cabaret‹ hinausbefördert hatte.

Der Mann kam auf Jason Howard zu, und seine Hände öffneten und schlossen sich rhythmisch in spürbarer Vorfreude darauf, daß sie etwas zu tun bekämen. Howard schätzte ihn auf Mitte Zwanzig; sein geschultes Medizinerauge ließ ihn bei einem Blick auf sein volles Gesicht vermuten, daß er muskelbildende Präparate zu sich nahm. Es kündigte unübersehbar Ärger an, und die Hoffnung des Arztes, daß der Mann ihn nicht wiedererkennen würde, verflog bei dessen Worten: »Was treibst du Scheißkerl denn hier?«

Das reichte, um Howard auf dem Absatz kehrtmachen und den Fußweg in die andere Richtung hinunterrennen zu lassen. Aber mit seinen eleganten lederbesohlten Halbschuhen war er dem Muskelmann in Turnschuhen hoffnungslos unterlegen. Der brüllte »Verdammter Lüstling!« und hatte ihn im Nu am Wickel.

Howard schlug einen Haken und versuchte den Mann am Bein zu packen, um ihn zu Fall zu bringen. Doch das war so, als ob er nach dem Bein eines Konzertflügels gegriffen hätte. Howard fühlte sich vielmehr in die Höhe gerissen, und da ihm die ungleichen Chancen für eine körperliche Auseinandersetzung sofort schmerzlich bewußt wurden, versuchte er es lieber mit einem Wortgefecht. Verzweifelt schrie er seinen Gegner an: »Warum raufen Sie denn nicht lieber mit jemandem, der Ihnen ebenbürtig ist!«

»Weil ich Spanner nicht leiden kann!« war die Antwort des Muskelprotzes, und er riß ohne jede Mühe Howard von den Füßen.

Der aber wand sich äußerst schnell erst nach links und dann nach rechts aus seiner Jacke heraus, die seinem Angreifer in den Händen blieb, und rannte dann wie ein Blitz den schmalen Weg hinunter, wobei er seinem Gegner noch eine Mülltonne in den Weg kippte.

»Ich werd dich lehren, hinter Carol herzuschnüffeln!« schrie der Rausschmeißer und nahm Howards Verfolgung auf, die Mülltonne ohne Anstrengung zur Seite kikkend. Doch jetzt zahlte sich Howards jahrelanges Jogging aus. Obwohl der Muskelprotz erstaunlich schnell war, konnte der Arzt hören, wie sein Atem immer angestrengter ging. Howard hatte schon fast das Ende des Fußwegs erreicht, als er auf ein paar feuchten Abfällen ausrutschte und für einen Augenblick das Gleichgewicht verlor. Er war gerade wieder sicher auf den Beinen, als eine schwere Hand auf seine Schulter krachte und ihn herumwirbelte.

7

»Stehenbleiben! Polizei!« zerriß plötzlich eine Stimme die nächtliche Stille von Boston. Jason Howard erstarrte, und desgleichen der Muskelmann. Die Türen eines Wagens, der offenbar ein nicht gekennzeichnetes Polizeifahrzeug war und gegenüber der Einmündung des Fußwegs geparkt war, öffneten sich, und drei Männer, offensichtlich Polizeibeamte in Zivil, sprangen heraus. Schon wieder wurde Dr. Howard aufgefordert: »Hände hoch und gegen die Wand! Beine spreizen!« Er gehorchte sofort. Nicht so der Rausschmeißer; der zögerte erst einen Augenblick und zischte dann Howard zu: »Daß ein Scheißkerl wie du immer noch so Glück hat!« Erst dann kam er dem Befehl nach.

»Maul halten!« schrie einer der Polizisten. Der Arzt und sein Verfolger wurden rasch und sorgfältig durchsucht, dann forderte man sie auf, sich umzudrehen und die Hände hinter dem Kopf zu verschränken. Einer der Polizisten in Zivil überprüfte im Schein einer Taschenlampe ihre Papiere.

»Bruno DeMarco?« fragte er und richtete den Strahl der Lampe auf den Muskelprotz. Dieser nickte, und der Lichtstrahl traf den Arzt.

»Dr. Jason Howard?«

»Ja, das bin ich.«

»Was geht hier vor?« fragte der Beamte.

»Dieser Typ hier hat mein Mädchen belästigt«, behauptete DeMarco in dramatischem Tonfall. »Er hat sie verfolgt!«

Der Polizist ließ seinen Blick zwischen dem Rausschmeißer und dem Arzt hin und her wandern und ging schließlich zum Wagen. Er öffnete die hintere Tür und nahm etwas vom Rücksitz. Als er zurückkam, überreichte er DeMarco dessen Brieftasche und empfahl ihm, nach Hause zu gehen und sich schlafen zu legen.

Zunächst tat dieser so, als hätte er nicht recht verstanden, aber schließlich nahm er seine Papiere an sich.

»Dein Gesicht werde ich mir merken, du Arschloch!« rief er Howard noch zu, ehe er sich in Richtung Beacon Street davonmachte.

Dieser seinerseits war völlig verblüfft. Er konnte nicht glauben, daß die Polizisten seinen Angreifer laufenließen und nicht ihn. Doch es kam noch schlimmer.

»Und Sie –«, der Polizeibeamte richtete seinen Zeigefinger auf den Arzt, »in den Wagen mit Ihnen!«

Howard wollte protestieren, doch der Beamte packte ihn am Arm und schubste ihn in das Polizeifahrzeug.

»Sie können einem weiß Gott auf den Wecker gehen!« erklang die Stimme von Michael Curran. Er saß auf der Rückbank des Autos, grantig vor sich hin paffend. »Ich hätte wirklich warten sollen, bis dieser Kerl da Sie durchgewalkt hat.«

Dr. Jason Howard war für einen Augenblick wirklich sprachlos.

»Ich hoffe«, fuhr der Kriminalbeamte fort, »daß Sie wenigstens den Hauch einer Vorstellung davon haben, wie Sie in dieser Angelegenheit alles vermasseln. Zunächst beobachten wir die Wohnung von Alvin Hayes – da tauchen Sie auf und versauen uns das. Dann beschatten wir Carol Donner – und schon wieder kommen Sie und machen die Sache kaputt. Jetzt können wir genausogut die ganze Angelegenheit abblasen. Unter diesen Umständen kriegen wir sicher nichts mehr heraus. Wo zum Teufel haben Sie Ihren Wagen stehen? Ich nehme doch an, daß Sie mit dem Auto herkamen?«

»Gleich dort vorne um die Ecke«, sagte Howard kleinlaut.

»Ich empfehle Ihnen dringend, sich reinzusetzen und nach Hause zu fahren«, sagte Curran mühsam beherrscht. »Und weiter empfehle ich Ihnen dringend, sich endlich Ihrer ärztlichen Tätigkeit zu widmen und diese Untersuchung uns zu überlassen. Sie erschweren uns nur unsere Arbeit.«

»Es tut mir furchtbar leid«, begann Howard. »Ich wollte wirklich nicht...«

»Hauen Sie ab!« schnaubte Curran und scheuchte ihn mit einer Handbewegung aus dem Wagen.

Jason Howard stieg aus und fühlte sich ziemlich belämmert. Natürlich hatten sie Carol beschattet – auf die Idee hätte er ja nun wirklich selbst kommen können. Wenn sie mit Alvin Hayes zusammenlebte, stand sie selbstverständlich auch unter Verdacht, in diese Drogengeschichte irgendwie verwickelt zu sein. Ihre Tätigkeit im ›Club Cabaret‹ konnte einen solchen Verdacht nur noch verstärken. Als er in seinen Wagen stieg, dachte er noch einen Augenblick an seine Jacke. »Pfeif drauf«, murmelte er dann vor sich hin und fuhr nach Hause.

Es war halb vier, als er die Stufen zu seiner Wohnung hinauftrottete. Trotzdem rief er pflichtbewußt seinen Telefonservice an. Er hatte nämlich versäumt, seinen Piepser einzustecken, als er sich so plötzlich entschloß, nochmals ins Rotlichtviertel zu fahren, und er hoffte, daß keine Anrufe gekommen waren. Jetzt war er wirklich zu fertig, um auch noch einen Notfall zu verkraften. Glücklicherweise war von der Klinik kein Anruf gekommen. Aber Shirley Montgomery hatte ihn zu erreichen versucht und um sofortigen Rückruf gebeten, unabhängig davon, wieviel Uhr es sei. Es sei absolut dringend.

Verblüfft wählte Jason Howard Shirleys Nummer. Sie meldete sich sofort: *»Wo um Himmels willen haben Sie bloß gesteckt?«*

»Das ist eine Geschichte für sich.«

»Ich muß Sie um einen Gefallen bitten. Kommen Sie bitte sofort zu mir!«

»Aber es ist halb vier Uhr morgens!« wandte Dr. Howard ein.

»Wenn es nicht wirklich nötig wäre, würde ich Sie nicht darum bitten!«

Der Arzt zog sich rasch eine andere Jacke über, ging wieder zu seinem Wagen hinunter und fuhr hinaus nach Brookline, wobei er sich fragte, was das für ein dringender Fall sein mochte, der nicht noch ein paar Stunden Zeit gehabt hätte. Das einzige, was er sich vorstellen konnte, war, daß es wieder mit Hayes zu tun hatte.

Shirley Montgomery wohnte in der Lee Street, einer Straße, die sich um das Brookline-Reservoir herumwand und dann zu einem Villenviertel mit schönen alten Häusern hochstieg. Ihr Haus war aus Bruchsteinen gemauert und hatte ein Mansarddach mit Zwerchgiebeln; auch fiel es durch seine ausgewogenen Proportionen auf. Als Dr. Howard die kopfsteingepflasterte Einfahrt hinauffuhr, sah er, daß das Haus hell beleuchtet war. Er parkte direkt vor dem Eingang, und als er ausstieg, stand Shirley Montgomery schon in der geöffneten Haustür.

»Herzlichen Dank, daß Sie gekommen sind«, sagte sie und umarmte ihn. Sie trug ausgebleichte Jeans und einen weißen Kaschmirpullover und schien völlig durcheinander – das erstemal, seit Howard sie kennengelernt hatte.

Sie führte ihn in ein geräumiges Wohnzimmer und stellte ihn zwei leitenden GHP-Angestellten vor, die ihrerseits sichtlich erregt waren. Sie machte ihn zunächst mit Bob Walthrow bekannt, einem kleinen, schon ziemlich kahlköpfigen Mann, und dann mit Fred Ingelnook, der eine gewisse Ähnlichkeit mit dem bekannten Schauspieler Robert Redford hatte.

»Wie wär's mit einem Cocktail?« fragte die Hausherrin. »Sie sehen aus, als ob Sie einen vertragen könnten.«

»Für mich nur Mineralwasser bitte«, antwortete Howard. »Ich bin wirklich ziemlich erledigt. Was ist denn los?«

»Noch mehr Ärger. Ich bekam eine Nachricht von unserem Wachdienst. Man ist heute nacht in das Labor von Dr. Hayes eingebrochen und hat es völlig verwüstet.«

»Aus Zerstörungswut?«

»Wir wissen es nicht genau.«

»Kaum«, sagte Bob Walthrow. »Es wurde durchsucht.«

»Wurde irgend etwas entwendet?« fragte Dr. Howard.

»Wir wissen es noch nicht«, antwortete Shirley Montgomery. »Aber das ist nicht das eigentliche Problem. Wichtig ist, daß wir das aus der Presse heraushalten müssen. GHP kann sich im Augenblick keine Negativ-Publicity mehr leisten. Wir stehen zur Zeit mit zwei Großunternehmen kurz vor einem Betreuungsabschluß. Die könnten abgeschreckt werden, wenn sie erfahren, daß man Dr. Hayes' Labor nach Drogen durchsucht hat.«

»Könnte schon sein«, räumte Howard ein. »Vom städtischen Leichenschauamt wurde mir mitgeteilt, daß man Spuren von Kokain in Hayes' Urin gefunden hat.«

»Das fehlt uns gerade noch«, stöhnte Bob Walthrow auf. »Da können wir nur beten, daß die Presse nichts davon erfährt.«

»Entscheidend ist jetzt die Schadensbegrenzung«, gab Shirley zu bedenken.

»Und was schlagen Sie diesbezüglich vor?« fragte Howard und überlegte sich, warum man ihn wohl hergebeten haben mochte.

»Der Aufsichtsrat erwartet von uns, daß dieser letzte Vorfall nicht an die Öffentlichkeit dringt!«

»Das dürfte nicht so ganz einfach sein«, wandte Howard ein und nahm einen Schluck von seinem Mineralwasser. »Die Presse wird das vermutlich den Polizeimeldungen entnehmen können.«

»Das genau ist der entscheidende Punkt«, sagte Shirley.

»Wir haben uns entschlossen, keine Meldung bei der Polizei zu erstatten. Aber wir wollten Ihre Meinung dazu hören.«

»Meine Meinung?« fragte Dr. Howard überrascht.

»Nun«, sagte Shirley Montgomery, »wir wollen einfach dazu auch die Meinung unserer ärztlichen Mitarbeiter. Und da Sie ja zur Zeit einer der Sprecher sind, dachten wir, Sie könnten unauffällig herausbekommen, wie Ihre Kollegen in dieser Sache denken.«

»Nun ja, vielleicht«, meinte Howard zögernd und fragte sich, wie er es wohl anstellen solle, seine Kollegen nach ihrer Meinung zu fragen und dennoch die Angelegenheit im verborgenen zu lassen. »Aber wenn meine persönliche Meinung Sie interessiert, dann muß ich Ihnen sagen, daß ich das nicht für eine gute Idee halte. Und im übrigen wird die Versicherung den Schaden nicht ersetzen, wenn keine Meldung bei der Polizei erfolgt.«

»Da ist natürlich was dran«, räumte Fred Ingelnook ein.

»Richtig«, gab Shirley Montgomery zu, »aber das wiegt bei weitem nicht so schwer wie die Gefahr eines Imageverlusts. Für den Augenblick wollen wir die Meldung jedenfalls unterlassen. Das Problem wegen der Versicherung werden wir überprüfen, und wir werden die Meinung der Abteilungsleiter einholen.«

»Das scheint mir vernünftig«, meinte Fred Ingelnook dazu, und Bob Walthrow beschränkte sich auf ein knappes »Gut«.

Das Gespräch endete nun rasch, und die beiden Männer verabschiedeten sich. Shirley bat Jason Howard, als er ebenfalls gehen wollte, noch einen kurzen Augenblick zu warten, und fragte ihn dann, als Ingelnook und Walthrow weg waren, ob sie sich wohl um acht nochmals treffen könnten. »Ich habe Helene Brennquivist um diese Zeit zu einem gemeinsamen Gespräch gebeten. Vielleicht können wir zusammen etwas herausbekommen, um ausfindig zu machen, was da los ist.«

Dr. Howard nickte, wunderte sich aber immer noch, daß sie ihn deshalb extra hatte kommen lassen – das hätte sie ihm doch wohl alles auch am Telefon sagen können. Aber er war zu müde, um sich weiter deswegen den Kopf zu zerbrechen. Daher verabschiedete er sich von ihr mit einem kurzen Kuß auf die Wange, stakste hinaus zu seinem Auto und freute sich darauf, wenigstens noch zwei oder drei Stunden Schlaf zu bekommen.

8

Kurz nach acht an diesem Samstag morgen betrat Dr. Howard mit kleinen Augen das Büro von Shirley Montgomery. Es war mit dunklem Mahagoni getäfelt, hatte einen grünen Teppichboden und Messingbeschläge und wirkte insgesamt eher wie das Büro eines Bankiers als das der Leiterin einer Krankenversicherung. Shirley hing schon am Telefon und hatte einen Versicherungssachverständigen am Apparat; Howard nahm Platz und wartete. Nachdem sie aufgelegt hatte, sagte sie: »Sie hatten recht, was die Versicherung betrifft. Sie sind nicht bereit, Schadenersatz zu zahlen, wenn der Einbruch nicht offiziell gemeldet wird.«

»Na, dann melden Sie ihn eben.«

»Wir wollen lieber erst mal sehen, wie hoch der Schaden ist und was eigentlich fehlt.«

Sie gingen gemeinsam in den anderen Bau hinüber und fuhren zum fünften Stock hinauf. Ein Mann vom Wachdienst wartete schon auf sie und schloß die Innentür für sie auf. Das Anlegen der Schutzmäntel und Überschuhe schenkten sie sich.

Genau wie es die Wohnung von Alvin Hayes gewesen war, war nun auch sein Labor ein einziges Chaos. Alle Schubladen und Schränke hatte man ausgeräumt und ihren Inhalt auf den Boden geworfen. Die teure technische Ausstattung aber hatte man offenbar nicht angerührt, und so stimmten die beiden darin überein, daß es bei dem nächtlichen Besuch nicht um Zerstörung gegangen sein konnte, sondern daß man etwas gesucht hatte. Howard warf einen Blick in das Büro von Hayes; dort sah es genauso aus, auch da hatte man die Schubladen herausgerissen und alles darin auf dem Boden verstreut, und das gleiche war mit dem Inhalt der Aktenschränke geschehen.

In der Tür zur Tierstation erschien Helene Brennquivist mit bleichem und abgespanntem Gesicht. Wiederum war ihr Haar streng und straff nach hinten gekämmt, doch da sie diesmal nicht den üblichen formlosen Laborkittel anhatte, fiel auf, daß sie eine attraktive Figur hatte.

»Können Sie schon sagen, ob irgend etwas fehlt?« fragte Shirley Montgomery.

»Nun, ich kann meine Kladden mit den Eintragungen nirgends finden«, sagte Helene Brennquivist, »und auch ein paar von den Kolibakterien-Kolonien sind verschwunden. Das Schlimmste aber ist mit den Tieren geschehen.«

»Was ist mit ihnen?« fragte der Arzt, der bemerkte, daß ihr sonst so unbewegtes Gesicht nun von Schreck und Abscheu erfüllt war.

»Das müssen Sie sich selbst anschauen. Man hat sie alle getötet!«

Dr. Howard ging um die Assistentin herum und betrat durch die schwere Stahltür die Tierstation. Sofort überfiel ihn ein starker, beizender Geruch wie in einem Zirkus oder Zoo. Er machte das Licht an und fand sich in einem ziemlich großen Raum, der etwa zehn auf zwanzig Meter messen mochte. Die Käfige waren in Reihen aufgestellt und aufeinandergestapelt, manchmal bis zu sechs Stück hoch.

Der Arzt warf einen Blick in die ihm zunächst stehenden Käfige; die Tür fiel hinter ihm mit einem nachdrücklichen Laut ins Schloß. Helene Brennquivist hatte nicht übertrieben – alle Tiere waren tot, in verzerrter Haltung schrecklich verrenkt, oft mit blutiger Zunge, als ob sie sie im Todeskampf zerbissen hätten.

Howard ging die Käfigreihe weiter hinunter und sah plötzlich etwas, was ihm fast den Magen umdrehte – in einer Gruppe größerer Käfige waren Ratten von einer Größe, wie er sie nie zuvor gesehen hatte. Sie waren so groß wie Schweine, und ihre kahlen, peitschenartigen Schwänze waren so dick wie Howards Handgelenk. Ihre hervorstehenden Zähne waren zehn Zentimeter lang. Beim Weitergehen stieß er auf Kaninchen, die etwa ebenso groß waren, und auf weiße Mäuse von der Größe kleiner Hunde.

Diese Seite der Gentechnologie entsetzte den Arzt. Obwohl er sich erschreckt fragte, was er wohl noch alles zu sehen bekäme, trieb ihn eine gewisse morbide Neugier weiter. In anderen Käfigen sah er so schlimme Mißbildungen vertrauter Lebewesen, daß ihm übel zu werden begann. Das war für ihn aus der Bahn geratene Forschung: Kaninchen mit mehreren Köpfen und Mäuse mit zusätzlichen Gliedmaßen und doppelten Augenpaaren. Für Dr. Howard waren Veränderungen an Bakterien einerseits und solche Einwirkungen auf Säugetiere andererseits entschieden zwei Paar Stiefel.

Er kehrte in den Hauptraum zurück, wo die beiden Frauen in der Zwischenzeit dabei waren, den Bestand an Wachstumskulturen zu überprüfen.

»Haben Sie die Tiere gesehen?« wandte sich der Arzt voll Abscheu an Shirley Montgomery.

»Ja, leider, als Curran hier war. Erinnern Sie mich lieber nicht daran.«

»Hat denn das GHP derartige Experimente gestattet?« fragte er.

»Nein«, gab sie zurück. »Wir haben Hayes niemals danach gefragt. Wir kamen gar nicht auf die Idee, das tun zu müssen.«

»Die Macht des Ruhms«, warf Howard spöttisch ein.

»Die Tierversuche waren Bestandteil von Dr. Hayes' Forschungen auf dem Gebiet der Wachstumshormone«, sagte Helene Brennquivist verteidigend.

»Nun ja, wie auch immer«, antwortete der Arzt. Er war

im Augenblick nicht an einer Auseinandersetzung über ethische Maßstäbe interessiert. »Jedenfalls sind sie alle tot.«

»Wirklich alle?« fragte Shirley Montgomery. »Das ist merkwürdig. Was ist Ihrer Meinung nach passiert?«

»Gift«, gab Dr. Howard zurück. »Aber was mich beschäftigt, ist die Frage, welches Interesse jemand, der nach Drogen sucht, daran haben kann, Versuchstiere zu töten.«

»Haben Sie irgendeine Erklärung für all das?« wandte sich nun Shirley Montgomery an die jüngere Frau.

Diese schüttelte den Kopf, wobei ihre Augen nervös durch den Raum irrten.

Die Chefin starrte Helene Brennquivist eindringlich an, die nun unruhig von einem Fuß auf den anderen trat. Der Arzt schaute interessiert auf die Szene, wobei er sich über Shirleys plötzliche Aggressivität wunderte.

»Es wäre bestimmt besser«, sagte die nämlich, »wenn Sie endlich einmal offen mit uns reden würden, sonst werden Sie garantiert Schwierigkeiten bekommen. Dr. Howard ist überzeugt davon, daß Sie etwas vor uns verheimlichen. Ich hoffe, Sie sind sich darüber klar, was das beruflich für Sie bedeutet, wenn es stimmt und wir es herausbekommen.«

Helene Brennquivists Furcht war schließlich nicht mehr zu übersehen. »Ich habe mich nur an die Anweisungen von Dr. Hayes gehalten«, sagte sie trotzig.

»Was für Anweisungen?« fragte Shirley Montgomery mit drohend gesenkter Stimme.

»Nun, wir haben einiges an selbständiger Arbeit hier gemacht...«

»Welcher Art?«

»Dr. Hayes arbeitete nebenher für eine Firma namens ›Gene Incorporated‹ an der Entwicklung eines Rekombinationsstammes von Kolibakterien zur Hormongewinnung.«

»War Ihnen denn nicht bekannt, daß der Vertrag mit Dr. Hayes derartige Nebentätigkeiten ausdrücklich untersagte?«

»Doch, er hat es mir gesagt«, gab Helene Brennquivist zu.

Shirley Montgomery schaute sie ein Weilchen nachdenklich an und sagte schließlich: »Ich möchte auf keinen Fall, daß Sie mit irgend jemandem über die Sache sprechen. Sie machen mir jetzt eine genaue Liste über jeden Gegenstand und jedes Tier hier, der oder das beschädigt oder entwendet oder getötet wurde, und bringen sie mir persönlich. Ist das klar?«

Hayes' Assistentin nickte.

Dr. Howard folgte Shirley Montgomery, als sie das Labor verließ. Sie hatte geschafft, was ihm bisher mißlungen war – Miß Brennquivists Abwehrpanzer zu durchbrechen. Aber sie hatte die falschen Fragen gestellt, oder jedenfalls nicht die wirklich wichtigen.

»Warum haben Sie denn nicht auch wegen seiner Erfindung nachgesetzt?« fragte er sie vor dem Aufzug. Sie drückte, offenbar wütend, mehrmals auf den Knopf und antwortete:

»Ich habe einfach nicht daran gedacht. Jedesmal, wenn ich denke, die Geschichte mit Hayes sei jetzt unter Kontrolle, taucht etwas Neues auf. Ich hatte ausdrücklich diese Klausel wegen des Verbots der Nebentätigkeit in seinen Vertrag hineingeschrieben.«

»Das ist ja jetzt wohl nicht mehr wichtig«, meinte Howard, als er hinter ihr in den Aufzug trat. »Der Mann ist tot.«

Sie seufzte. »Ach, Sie haben ja recht. Wahrscheinlich rege ich mich zu sehr auf. Ich möchte nichts sehnlicher, als die ganze Geschichte endlich vom Hals zu haben.«

»Und ich bin immer noch der Meinung, daß Miß Brennquivist uns etwas verheimlicht – oder jedenfalls mehr weiß, als wir bisher von ihr erfahren haben.«

»Nun gut, ich werde noch mal mit ihr reden.«

»Und Sie denken, nachdem Sie jetzt die Tiere gesehen haben, auch weiterhin nicht daran, die Polizei zu rufen?«

»Mit der Polizei kommt auch die Presse«, erinnerte sie ihn. »Und mit den Zeitungen kommt der Ärger. Wenn wir von den Tieren mal absehen, scheint es übrigens nicht so, als sei was Wertvolles zerstört worden.«

Howard sagte dazu nichts weiter. Offenbar war die Frage der Meldung des Einbruchs eine Verwaltungsentscheidung. Was ihn viel mehr interessierte, war, etwas über Hayes' Entdeckung herauszubekommen, und dabei würden ihm, das war ihm klar, weder Polizei noch Presse helfen. Er überlegte sich, ob die Entdeckung von Dr. Hayes wohl etwas mit diesen monströsen Tieren zu tun hätte, und der Gedanke jagte ihm einen Schauder über den Rücken.

Seinen heutigen Klinikrundgang begann der Arzt bei Matthew Cowen. Hier hatte es leider erneut eine ungünstige Veränderung gegeben. Zusätzlich zu seinen sonstigen Beschwerden verhielt sich der Patient nun auch noch verwirrt. Erst vor wenigen Minuten hatten ihn die Schwestern dabei angetroffen, daß er durch die Gänge lief und Unverständliches vor sich hin murmelte. Als Dr. Howard sein Zimmer betrat, lag er angeschnallt im Bett und starrte ihm entgegen wie einem Fremden. Der Mann war eindeutig desorientiert in bezug auf Zeit, Ort und Personen. Für Dr. Howard konnte das nur eines bedeuten – es mußten Embolien, also Blutgerinnsel, aus den geschädigten Herzklappen des Mannes ins Gehirn geschwemmt worden sein. Mit anderen Worten, er hatte einen Schlaganfall oder mehrere kleine Schläge erlitten.

Ohne Zögern ließ Howard einen Neurologen zur Beratung anrufen. Ebenso bat er den Herzspezialisten, der den Fall schon kannte, zu kommen. Obwohl er die sofortige Verabreichung von gerinnungshemmenden Mitteln erwog, entschied er sich, damit noch bis zum Eintreffen seines Kollegen aus der Neurologie zu warten. In der Zwischenzeit gab er erst einmal Aspirin und Persantin, um die Gefahr eines Aneinanderklebens der Blutplättchen zu verringern. Das Auftreten von Schlaganfällen war eine bedenkliche Entwicklung und ein sehr schlechtes Zeichen.

Dr. Howard brachte den Rest seines Rundgangs rasch hinter sich und wollte sich gerade auf den Nachhauseweg machen, um noch zu ein paar dringend benötigten Stunden Schlaf zu kommen, als er von der Notaufnahme wegen einer Patientin angepiepst wurde. Keuchend und vor sich hin fluchend, rannte er nach unten und gab sich der Hoffnung hin, daß das Problem, worum immer es sich handeln mochte, kurz und schmerzlos zu lösen sei. Aber leider zeigte sich rasch, daß damit keineswegs zu rechnen war.

Als er atemlos im Behandlungsraum ankam, stieß er dort auf eine Gruppe von Mitarbeitern, die sich um die kardiopulmonale Wiederbelebung einer im Koma liegenden Frau bemühten. Ein rascher Blick auf den EKG-Monitor zeigte ihm, daß die Herztätigkeit völlig zum Erliegen gekommen war.

Dr. Howard trat zu Judith Reinhart, die ihm berichtete, die Patientin sei bewußtlos von ihrem Mann gefunden worden, als er sie am Morgen hatte aufwecken wollen.

»Haben die Geräte irgendeine Herz- oder Atmungstätigkeit angezeigt?«

»Nein«, antwortete die Schwester. »Ich würde behaupten, daß sie bereits kalt ist.«

Howard legte eine Hand auf das Bein der Frau und mußte Judith Reinhart zustimmen. Ihr Gesicht war abgewandt, so daß er sie nicht erkennen konnte.

»Wie ist der Name der Patientin?« fragte er und wappnete sich unbewußt gegen den Schlag.

»Holly Jennings.«

Er fühlte sich, als ob er einen heftigen Schlag in die Magengrube bekommen hätte. »Mein Gott!« murmelte er.

»Sind Sie soweit in Ordnung?« fragte die Schwester besorgt.

Dr. Howard nickte, doch bestand er weit über jede vernünftige Zeit hinaus darauf, die Wiederbelebungsbemühungen fortzusetzen. Mit Problemen hatte er gerechnet, als er am Donnerstag die Frau untersucht hatte – aber mit etwas Derartigem nun doch nicht. Er war nicht bereit, die Tatsache einfach hinzunehmen, daß Holly Jennings – ganz wie Cedric Harring – innerhalb eines Monats gestorben war, nachdem ihre am GHP-Krankenhaus durchgeführte umfassende Untersuchung ihr einen ordentlichen Gesundheitszustand bestätigt hatte. Und zwei Tage, nachdem er sie erneut untersucht hatte!

Verunsichert griff Howard zum Telefon und rief Margaret Danforth an.

»Schon wieder einmal kein normaler Herztod?« fragte sie.

»So ist es.«

»Was macht ihr bloß dort«, sagte sie.

Dr. Howard ging nicht darauf ein. Er wollte von ihr eine Ausnahmegenehmigung haben, um die Autopsie am GHP-Krankenhaus selbst vornehmen zu lassen, aber diesmal zögerte sie.

»Wir machen es noch heute«, versicherte Dr. Howard ihr, »Anfang nächster Woche haben Sie den Bericht.«

Dr. Danforth hatte ihre Entscheidung getroffen und antwortete: »Nein, es tut mir leid. Mir gehen da ein paar Fragen im Kopf herum, und ich halte mich für verpflichtet, die Obduktion von Gesetzes wegen hier durchzuführen.«

»Na gut, ich habe Verständnis dafür. Aber ich darf doch wohl davon ausgehen, daß Sie uns Gewebeproben überlassen, damit wir sie wieder hier präparieren können.«

»Nun, das wird wohl gehen«, gestand sie ohne große Begeisterung zu. »Um ehrlich zu sein, bin ich mir nicht mal so sicher, ob das im Rahmen der Vorschriften liegt.

Ich muß das noch überprüfen. Ich hatte neulich einfach keine Lust, vierzehn Tage auf die Schnittpräparate zu warten.«

Dr. Howard fuhr nach Hause und legte sich schleunigst ins Bett. Nach vier Stunden wurde er aus tiefem Schlaf gerissen durch einen Anruf des Neurologen, der sich um Cowen gekümmert hatte. Er wollte ihm weiter gerinnungshemmende Mittel geben und ein Schädelcomputertomogramm durchführen. Howard bat ihn, das zu tun, was er für das Vernünftigste hielt, und nichts unversucht zu lassen.

Anschließend versuchte er, nochmals einzuschlafen, aber vergebens. Er fühlte sich erschreckt und geschockt; schließlich stand er auf. Es war ein trüber Spätherbsttag mit einem leichten Nieselregen, und Boston wirkte ziemlich düster. Er mußte mit deprimierter Stimmung kämpfen und lief in seiner Wohnung auf und ab, wobei er sich überlegte, was ihn wohl ablenken könnte. Eines stand jedenfalls fest, er durfte nicht einfach in der Wohnung herumhocken. Und so zog er sich lässige Freizeitkleidung an und ging zu seinem Wagen hinunter. Er sagte sich, daß er vielleicht wieder Ärger deshalb kriegen würde, entschloß sich aber trotzdem, zur Beacon Street hinüberzufahren, und parkte dort vor Carol Donners Wohnung.

Als ob das Schicksal sich endlich entschlossen hätte, ihm eine Chance zu geben, tauchte Carol tatsächlich zehn Minuten später auf. In ihren Jeans und einem Pullover mit einem gewaltigen Schildkrötenkragen, ihr üppiges braunes Haar zu einem Pferdeschwanz gebunden, entsprach sie wirklich dem Bild einer Studentin, das vom ›Club Cabaret‹ von ihr entworfen worden war. Zum Schutz gegen den leichten Nieselregen öffnete sie einen geblümten Regenschirm und trabte munter die Straße hoch, mit nur wenigen Schritten Abstand vorbei an Jason Howard, der sich in dem ganz unnötigen Gefühl, vielleicht von ihr erkannt zu werden, tief in seinen Autositz verkroch.

Howard ließ ihr einen ordentlichen Vorsprung und stieg dann aus, um ihr zu Fuß zu folgen. An der Dartmouth Street verlor er sie aus den Augen, aber an der Commonwealth Avenue hatte er sie wieder im Blick. Während er sie verfolgte, hielt er vorsichtig Ausschau nach Typen wie Bruno DeMarco oder Curran. An der Kreuzung der Dartmouth mit der Boylston Street blieb er stehen und blätterte in einer Zeitschrift, die dort an einem Zeitungsstand hing. Das Mädchen ging an ihm vorbei, wartete an der Ampel auf Grün und überquerte dann die Boylston Street. Howard musterte sorgfältig Autos und Menschen in der Umgebung und hielt Ausschau nach irgendwem, der verdächtig sein könnte. Doch nichts wies darauf hin, daß Carol Donner von jemand anderem als ihm verfolgt wurde.

Sie ging jetzt an der Stadtbücherei vorbei, und Howard nahm an, daß sie zum Einkaufszentrum Copley Plaza unterwegs sei. Er kaufte sich schnell eine Zeitschrift, den *New Yorker*, und schlenderte weiter hinter ihr her. Als das Mädchen ihren Schirm zusammenklappte und tatsächlich in das Einkaufszentrum hineinging, beschleunigte er seinen Schritt. Es war ein großer Hotel- und Einkaufskomplex, und es war ihm klar, daß er sie dort leicht aus den Augen verlieren konnte.

Für die nächste Dreiviertelstunde beschäftigte sich der Arzt damit, so zu tun, als betrachte er die Schaufenster, lese in seinem *New Yorker* oder schaue sich ein wenig die Leute an. Carol trabte fröhlich von einem Laden in den anderen: von *Louis Vuitton* zu *Ralph Lauren* und *Victorias Secret*. Einmal glaubte Howard, sie befände sich nun in Begleitung, aber es zeigte sich, daß lediglich ein junger Mann offenbar versucht hatte, mit ihr Bekanntschaft zu schließen. Sie hatte ihn sichtlich abblitzen lassen, denn er machte sich schließlich davon.

Kurz nach halb vier zog sich das Mädchen mit ihrem Schirm und ein paar Einkaufspäckchen unter dem Arm ins *Au Bon Pain* zurück. Jason Howard folgte ihr hinein und konnte, da er unmittelbar hinter ihr stand, als sie sich an der Theke anstellte, ausgiebig ihr hübsches ovales Gesicht, ihren zart olivenfarbigen Teint und ihre schönen dunklen Augen bewundern. Sie war wirklich ein hübsches junges Ding; der Arzt schätzte sie auf etwa vierundzwanzig.

»Der rechte Tag für einen guten Kaffee«, sagte er in der Hoffnung, mit ihr ins Gespräch zu kommen.

»Ich mag Tee lieber.«

Howard lächelte ein bißchen dümmlich. Anbändeln oder auch nur ein nettes unverbindliches Gespräch zählten nicht gerade zu seinen starken Seiten. »Tee ist natürlich auch nicht schlecht«, meinte er verlegen und fürchtete, daß er wohl reichlich dämlich wirke.

Carol bestellte eine Suppe, einen Tee und ein einfaches Hörnchen und trug dann ihr Tablett zu einem der größeren Tische.

Jason Howard ließ sich einen Cappuccino geben und trat dann zögernd, indem er tat, als könne er keinen freien Platz finden, an ihren Tisch.

»Sie gestatten?« fragte er und zog einen Stuhl zurück. Einige der Leute an dem Tisch blickten auf, einschließlich des Mädchens. Ein Mann räumte seine Einkaufstüten zur Seite. Dr. Howard setzte sich und lächelte unverbindlich in die Runde.

»Welch ein Zufall«, wandte sich Howard an Carol Donner. »Wir haben uns schon mal gesehen.«

Das Mädchen schaute ihn über den Rand ihrer Teetasse an, ohne ein Wort zu sagen. Das war auch gar nicht nötig – ihr Blick verriet ausreichend Ärger und Ablehnung.

Sofort wurde es dem Arzt klar, daß seine Worte wie ein plumper Annäherungsversuch wirken mußten und daß sie ihn wohl gleich abblitzen lassen würde. »Entschuldigen Sie bitte«, sagte er daher, »ich will Sie wirklich nicht belästigen. Mein Name ist Dr. Jason Howard. Ich war ein Kollege von Dr. Alvin Hayes. Sie sind doch Carol Donner, und ich müßte dringend mit Ihnen sprechen.«

»Sie gehören zum GHP?« fragte sie mißtrauisch.

»Ich bin der derzeitige Chef des ärztlichen Personals.« Es war das erstemal, daß Howard diesen Titel benutzte. In einer Universitätsklinik war das natürlich eine bedeutende Funktion, aber am GHP-Krankenhaus wurde es eher als lästiger Posten betrachtet.

»Und woher weiß ich, daß das auch stimmt?« fragte das Mädchen.

»Ich zeige Ihnen meinen Ausweis!«

»Also gut.« Howard wollte seine Brieftasche herausziehen, doch sie hielt seinen Arm zurück.

»Lassen Sie nur«, sagte sie, »ich glaube Ihnen. Alvin hat gelegentlich von Ihnen gesprochen. Er hielt Sie für den besten Kliniker dort.«

»Ich fühle mich geschmeichelt«, antwortete der Arzt. Vor allem war er überrascht angesichts des geringen Kontakts, den er mit seinem Kollegen gehabt hatte.

»Verzeihen Sie, daß ich so mißtrauisch war«, sagte Carol, »aber ich muß einfach aufpassen, besonders in den letzten Tagen. Worüber wollen Sie denn mit mir reden?«

»Über Dr. Hayes«, antwortete er. »Zunächst darf ich Ihnen versichern, daß sein Tod ein schwerer Verlust für uns war. Ich darf Ihnen auch persönlich mein Beileid aussprechen.«

Carol Donner zuckte die Schultern.

Howard wußte nicht, wie er diese Reaktion werten sollte. »Ich kann immer noch nicht glauben, daß Dr. Hayes mit Drogen zu tun gehabt haben soll. Wußten Sie etwas davon?« fragte er.

»Ja – aber die Zeitungen haben das ganz falsch wiedergegeben. Alvin nahm in ganz geringem Ausmaß Drogen, gewöhnlich Marihuana und gelegentlich mal ein bißchen Kokain. Auf gar keinen Fall aber Heroin.«

»Und Dealer war er nicht?«

»Ganz sicher nicht. Glauben Sie mir – das hätte ich gewußt.«

»Aber man hat doch eine Menge Drogen und sehr viel Bargeld in seiner Wohnung gefunden!«

»Die einzige Erklärung, die ich dafür habe, ist die, daß die Polizei sowohl die Drogen als auch das Geld selbst in seine Wohnung praktiziert hat. Alvin war immer an beidem knapp. Sobald er einmal Geld übrig hatte, schickte er es seiner Familie.«

»Sie meinen: seiner Exfrau?«

»Ja; sie hat das Sorgerecht für seine Kinder.«

»Aber warum sollte denn die Polizei so etwas tun?« fragte Dr. Howard, den ihre Bemerkung an die von ihm bei Hayes vermutete Paranoia erinnerte.

»Das weiß ich wirklich nicht. Aber ich kann mir nicht vorstellen, auf welch andere Weise die Drogen dorthin gekommen sein sollen. Ich kann Ihnen jedenfalls versichern, daß keine Drogen in der Wohnung waren, als ich Alvin am selben Abend um neun Uhr verließ.«

Dr. Howard senkte seine Stimme und beugte sich vor. »In der Nacht, als Dr. Hayes starb, berichtete er mir, daß er eine bahnbrechende Entdeckung gemacht hätte. Hat er Ihnen darüber irgend etwas erzählt?«

»Er erwähnte etwas dergleichen; aber das war schon vor drei Monaten.«

Für einen Augenblick flackerte Hoffnung in Jason Howard auf. Doch dann sagte das Mädchen, daß es auch nicht wüßte, worum es sich dabei handle.

»Hat er Ihnen denn nicht vertraut?«

»Wir hatten uns zuletzt etwas auseinandergelebt.«

»Aber sie lebten doch zusammen – oder wurde das vielleicht von der Presse auch falsch wiedergegeben?«

»Nein, das stimmt schon«, gab Carol zu, »aber am Schluß war es eher wie in einer Wohngemeinschaft. Unser Verhältnis hatte sich einfach gewandelt, weil er sich verändert hatte. Es ging nicht darum, daß er sich körperlich nicht wohl fühlte; seine ganze Persönlichkeit hatte sich verändert. Er wirkte zerstreut, ja fast paranoid. Er sprach davon, daß er sich mit Ihnen treffen müsse, und ich redete ihm zu.«

»Aber Sie haben tatsächlich keine Idee, worum es sich bei seiner Entdeckung gehandelt haben könnte?« beharrte Howard.

»Es tut mir wirklich leid«, versicherte das Mädchen und breitete die Hände mit einer entschuldigenden Geste aus. »Das einzige, woran ich mich erinnere, ist, daß er seine Entdeckung ›paradox‹ nannte. Ich erinnere mich deshalb daran, weil ich es so merkwürdig fand, diesen Ausdruck für eine erfolgreiche Entdeckung zu verwenden.«

»Zu mir sagte er genau dasselbe.«

»Nun, zumindest war er konsequent. Sein einziger weiterer Kommentar, den ich behalten habe, war, daß ich sie – vorausgesetzt, alles liefe gut – zu schätzen wissen würde, weil ich schön sei. Das genau waren seine Worte.«

»Er hat das nicht weiter ausgeführt?«

»Das war alles, was er sagte.«

Der Arzt nahm ein Schlückchen von seinem Cappuccino und starrte dem Mädchen ins Gesicht. Was konnte eine ›paradoxe‹ Entdeckung ihrer Schönheit nützen? Sein Hirn arbeitete daran, diese Äußerung in Übereinstimmung zu bringen mit seiner eigenen Einschätzung, daß Hayes' Entdeckung etwas mit der Heilung von Krebs zu tun haben müsse. Doch es gelang ihm nicht.

Carol Donner trank ihren Tee aus und erhob sich. »Es war nett, daß wir uns kennengelernt haben«, sagte sie und streckte ihm die Hand hin.

Der Arzt sprang auf und mußte rasch nach seinem Stuhl greifen, um diesen am Umfallen zu hindern. Er war von ihrem plötzlichen Aufbruch überrascht.

»Ich möchte nicht unhöflich sein«, erläuterte sie, »aber ich habe eine Verabredung. Ich hoffe, daß Sie dem Rätsel auf die Spur kommen. Alvin war ein verbissener Arbeiter. Es wäre eine Tragödie, wenn er eine entscheidende Entdeckung gemacht hätte und diese verlorenginge.«

»Das ist auch ganz meine Meinung«, sagte Dr. Howard, außer sich darüber, daß sie ihm nun wieder entwischte. »Können wir uns nochmals treffen? Es gibt so vieles, was ich mit Ihnen noch besprechen müßte.«

»Ich denke schon, aber im Augenblick bin ich wirklich furchtbar in Eile. Wann dachten Sie denn?«

»Wie wäre es morgen?« schlug Howard eifrig vor. »Sagen wir zu einem ausgiebigen Sonntagsfrühstück?«

»Das müßte aber ziemlich spät sein. Ich arbeite nachts, und am Samstag geht es am wildesten zu.«

Das konnte sich der Arzt sehr gut vorstellen. »Bitte«, sagte er, »es könnte sehr wichtig sein.«

»Na gut, sagen wir um zwei. Und wo?«

»Wie wäre es mit dem Hampshire House?«

»Einverstanden«, meinte das Mädchen, griff rasch nach ihrem Schirm und den Päckchen und verließ mit einem Abschiedslächeln das Café.

Nach einem Blick auf ihre Armbanduhr beschleunigte Carol Donner ihre Schritte. Die Begegnung mit Dr. Howard war in ihrem knappen Zeitplan nicht vorgesehen gewesen. Sie durfte zur Besprechung mit ihrem Doktorvater nicht zu spät kommen. Sie hatte gestern das dritte Kapitel ihrer Doktorarbeit nochmals überarbeitet und war gespannt auf seine Reaktion. Während sie mit der Rolltreppe zur Straßenebene hinunterfuhr, dachte sie über ihr Gespräch mit Dr. Howard nach.

Es war schon sehr merkwürdig gewesen, so plötzlich dem Mann zu begegnen, von dem ihr Alvin des öfteren erzählt hatte. Sie wußte von ihm, daß Dr. Howard seine Frau durch einen Unglücksfall verloren und versucht hatte, die Tragödie zu überwinden, indem er seine Lebensumstände total veränderte und sich in seine Arbeit vergrub. Sie hatte sich sehr für die Geschichte interessiert, zufällig ging es in ihrer Arbeit um die ›Psychologie der Trauerarbeit‹. Sein Schicksal und sein Verhalten stellten eine perfekte Fallstudie dar.

Der Pfiff des Portiers vom Weston Hotel, der ihr freundlicherweise ein Taxi beschaffte, gellte so in ihren Ohren, daß sie zusammenzuckte. Als der Taxifahrer vor ihr anhielt, gestand sie sich ein, daß ihr Interesse an Dr. Jason Howard vielleicht doch ein bißchen über das rein ihre Doktorarbeit Betreffende hinausging. Sie hatte den Mann ungewöhnlich attraktiv gefunden und mußte bei sich zugeben, daß ihr Wissen um sein Schicksal und seine Verletzlichkeit seine Anziehungskraft auf sie noch erhöhte. Auch sein spürbares Pflichtbewußtsein und soziales Gewissen waren ihr wohltuend aufgefallen.

»Harvard Square«, nannte sie als Fahrziel, als sie einstieg. Sie sah dem morgigen Treffen mit Jason Howard erwartungsvoll entgegen.

Der Arzt saß indessen vor seinem kalt werdenden Kaffee und mußte sich eingestehen, daß er völlig überwältigt war vom Charme und der spürbaren Intelligenz dieser Carol Donner. Damit hatte er nicht gerechnet. Er hatte vielmehr ein unbedarftes Kleinstadtmädchen erwartet, das vielleicht irgendwie durch Geld und Drogen von der höheren Schule gelockt worden war. Statt dessen war er auf eine liebenswürdige, gescheite junge Frau gestoßen, die jeder gehobenen Unterhaltung gewachsen war. Welch eine Tragödie, daß ein Mädchen mit ihren unzweifelhaften Gaben in dieses bedenkliche und anstößige Milieu geraten war, in dem sie jetzt lebte... Der hartnäckig quäkende Ton seines Piepsers holte den Arzt wieder in die Realität zurück. Er schaltete den Ton aus und schaute auf das optische Anzeigefeld. Dort leuchtete zweimal das Wort

DRINGEND auf, gefolgt von einer Telefonnummer, die ihm nicht geläufig war. Nachdem er sich als Arzt ausgewiesen hatte, ließ ihn der Geschäftsführer des *Au Bon Pain* das Telefon hinter der Kasse benutzen.

»Vielen Dank für Ihren Anruf, Herr Doktor! Hier ist Mrs. Farr. Mein Mann, Gerald, hat plötzlich schreckliche Brustschmerzen und klagt über Atemnot!«

»Bitte rufen Sie einen Krankenwagen«, wies Howard sie an. »Veranlassen Sie, daß er ins GHP-Krankenhaus gefahren wird. Ist Ihr Mann einer meiner Patienten?« Es kam dem Arzt so vor, als ob ihm der Name bekannt sein müsse, aber er konnte ihn nicht unterbringen.

»Ja«, antwortete die Frau. »Sie haben vor zwei Wochen eine Generaluntersuchung bei ihm gemacht. Er ist leitender Vizepräsident der Boston Banking Company.«

O nein, dachte Dr. Howard beim Auflegen des Hörers, *jetzt geht das schon wieder los!* Er entschloß sich, seinen Wagen erst mal an der Beacon Street stehenzulassen, jedenfalls bis nach Erledigung dieses Notfalls, verließ das Café, lief über den Fußgängerüberweg zur Hotelseite des Copley-Plaza-Komplexes hinüber und sprang dort in ein Taxi.

Er traf noch vor dem Ehepaar Farr in der Notaufnahmestation des GHP-Krankenhauses ein. Er teilte Schwester Judith mit, was zu erwarten sei, und orderte vorsorglich einen Anästhesiearzt herbei; er war froh, als er hörte, Philip Barnes hätte als solcher heute Dienst.

Sobald er Gerald Farr zu sehen bekam, war Dr. Howard sofort klar, daß seine schlimmsten Befürchtungen sich bestätigten. Der Mann lag bereits im Todeskampf; sein Gesicht war bläulichweiß wie Magermilch, auf seiner Stirn standen kristalline Schweißperlen.

Das sofortige EKG wies darauf hin, daß ein großer Bereich des Herzens geschädigt war. Keine Frage, daß das ein ganz schwieriger Fall werden würde. Sauerstoff und Morphium sorgten zunächst für eine gewisse Beruhigung des Mannes. Als Vorsorge gegen Herzarrhythmie wurde

Lidocain verabreicht. Aber trotz aller Bemühungen besserte sich der Zustand des Patienten nicht. Ein zweites EKG ließ vielmehr darauf schließen, daß der befallene Bereich des Herzens sich ausgedehnt hatte.

Dr. Howard, völlig verzweifelt, ließ nichts unversucht. Aber es war alles vergeblich. Fünf Minuten vor vier sanken Gerald Farrs nach oben rollende Augen tief in sein Gesicht zurück, und sein Herz hörte auf zu schlagen.

Wie immer wollte Howard den Kampf nicht aufgeben und befahl Wiederbelebungsversuche. Es gelang mehrfach, das Herz zur Aufnahme seiner Tätigkeit zu bewegen, aber jedesmal versagte es nach kurzer Zeit erneut seinen Dienst. Gerald Farr kam nicht wieder zu Bewußtsein. Um Viertel nach sechs erklärte schließlich Dr. Howard den Patienten für tot.

»Scheiße!« sagte der Arzt voller Abscheu sich selbst und dem Leben im allgemeinen gegenüber. Man hörte ihn sonst nie fluchen, und daher hatte dieser Ausbruch besonderes Gewicht. Er blieb nicht ohne Wirkung auf Judith Reinhart; sie lehnte ihren Kopf an die Schulter des Arztes und legte den Arm tröstend um seinen Nacken.

»Sie haben wirklich alles getan, was in Ihren Kräften stand«, sagte sie weich. »Niemand hätte mehr tun können. Aber unseren Möglichkeiten sind nun einmal Grenzen gesetzt.«

»Der Mann ist erst achtundfünfzig«, sagte Howard und mußte Tränen der Enttäuschung zurückhalten.

Schwester Judith scheuchte die anderen Mitarbeiter aus dem Raum. Dann trat sie wieder zu Dr. Howard und legte ihm die Hand auf die Schulter. »Schauen Sie mich bitte an!« sagte sie.

Widerstrebend wandte der Arzt ihr sein Gesicht zu. Eine einzelne Träne rann ihm aus dem Augenwinkel die Nase entlang. Behutsam, aber doch nachdrücklich machte die Schwester ihm klar, daß er diese Dinge nicht so persönlich nehmen dürfe. »Ich weiß, daß zwei derartige Fälle an einem Tag eine schreckliche Belastung sind«, fügte sie hinzu. »Aber da können doch Sie nichts dafür!«

Howards Verstand sagte ihm, daß sie natürlich recht hatte, aber gefühlsmäßig war das wieder eine ganz andere Sache. Außerdem wußte Schwester Judith noch gar nicht, in welch schlechtem Zustand seine in die Klinik aufgenommenen Patienten waren, besonders Matthew Cowen, und er traute sich kaum, ihr das zu sagen. Zum erstenmal in seinem Leben dachte er ernsthaft daran, seine Laufbahn als Arzt aufzugeben. Leider hatte er aber nicht die geringste Vorstellung davon, was er sonst tun könnte. Er hatte schließlich niemals etwas anderes gelernt.

Nachdem er Judith Reinhart versichert hatte, er sei schon wieder soweit in Ordnung, ging Howard hinaus, um Farrs Frau die schlimme Nachricht zu überbringen. Er wappnete sich gegen erwartete Vorwürfe, doch sie nahm in der Schwere ihres Kummers entschlossen die Schuld auf sich selbst. Ihr Mann, sagte sie, hätte schon seit etwa einer Woche über Unwohlsein und Schmerzen geklagt, aber sie hätte das nicht so ernst genommen, da er, sie sage es frei heraus, schon immer etwas zur Hypochondrie geneigt hätte. Dr. Howard versuchte die Frau zu trösten, so wie er gerade selbst von Judith Reinhart getröstet worden war, und er hatte dabei etwa den gleichen Erfolg wie diese.

In der Überzeugung, daß der beamtete Leichenbeschauer die Angelegenheit ohnehin an sich ziehen würde, verschonte der Arzt die Witwe mit der Bitte um Genehmigung einer Obduktion. Von Gesetzes wegen brauchte der Leichenbeschauer nämlich keine Genehmigung dazu, wenn die Todesumstände zweifelhaft waren. Aber um ganz sicher zu sein, rief Howard Dr. Danforth an. Ihre Antwort fiel aus wie erwartet – ja, es liege ihr an einer Untersuchung des Falles. Und da sie ihn gerade am Apparat hatte, nutzte sie die Gelegenheit, um ihn auch wegen Holly Jennings anzusprechen.

»Ich ziehe meine bösartige Frage von heute morgen zurück«, sagte sie. »Ihr habt offenbar einfach Pech. Holly Jennings war ebenso schlecht beieinander wie Cedric Harring. Alle ihre Gefäße waren in einem verheerenden Zustand, keineswegs nur die Herzkranzgefäße.«

»Sonderlich tröstlich ist das leider nicht«, antwortete der Arzt. »Ich hatte ihr erst kürzlich nach einer Generaluntersuchung versichert, daß alles in Ordnung sei. Und erst am Donnerstag hatte ich erneut ein EKG gemacht, aber das wies auch nur auf nicht sehr wesentliche Änderungen hin.«

»Ist das Ihr Ernst? Dann warten Sie mal, bis Sie die Gewebeproben sehen. Zusammenfassend kann ich sagen, daß die Koronargefäße zu neunzig Prozent verschlossen waren, und das nicht etwa an einzelnen Stellen, sondern durchgängig. Eine Operation hätte nicht das geringste gebracht. Ach, übrigens habe ich die Vorschriften überprüft. Es geht in Ordnung, daß Sie von uns kleinere Gewebeproben im Fall Jennings erhalten. Aber ich müßte eine offizielle schriftliche Anforderung haben.«

»Das ist kein Problem. Gilt das auch im Fall Farr?«

»Durchaus.«

Dr. Howard ließ sich in einem Taxi zu seinem Wagen bringen und fuhr nach Hause. Trotz des nebligen und regnerischen Wetters brach er nach seiner Heimkehr zu einer Joggingrunde auf. Dreckbespritzt und naß, aber doch auch etwas entspannt, kehrte er heim. Nach einer warmen Dusche fühlte er sich nicht mehr so bedrückt von depressiven Gefühlen und belastenden Vorwürfen. Gerade als er sich Gedanken über das Abendessen machte, rief Shirley Montgomery an und fragte, ob er nicht zum Essen herüberkommen wolle. Seine erste Regung war, nein zu sagen, aber dann wurde er sich darüber klar, daß seine depressive Stimmung sicher wiederkehren würde, wenn er allein bliebe, und er nahm die Einladung an. Nachdem er sich etwas gepflegter angezogen hatte, ging er zu seinem Wagen hinunter und fuhr nach Westen in Richtung Brookline los.

Flug Nr. 409 der Eastern Airlines, nonstop von Miami nach Boston, war pünktlich – um 19.37 Uhr setzte die Maschine auf. Minuten vorher, als die Maschine zum Landeanflug ansetzte, hatte Juan Díaz seine Zeitschrift zugemacht und einen Blick hinaus auf die dunstverhangene Stadt geworfen. Es war sein zweiter Besuch in Boston, und er war kein bißchen begeistert davon. Er konnte nicht verstehen, daß Menschen freiwillig in einer solchen Stadt lebten, in der schlechtes Wetter so sicher war wie das Amen in der Kirche. Schon bei seinem ersten Besuch vor ein paar Tagen hatte es geregnet. Er blickte hinunter auf den Belag der Rollbahn, wo Wind und Regen die Pfützen bewegten, und dachte wehmütig an Miami, wo ein milder Herbst kürzlich erst die glühende Sommerhitze beendet hatte.

Juan Díaz zog seine Tasche unter dem Sitz vor ihm hervor und fragte sich, wie lange er wohl diesmal in Boston bleiben müsse. Beim letztenmal waren es nur zwei Tage gewesen, und er hatte eigentlich gar nichts zu tun gehabt. Er überlegte, ob er es diesmal wohl wieder so gut treffen würde. Seine fünftausend Dollar bekam er ja auf alle Fälle.

Das Flugzeug rollte langsam zum Terminal. Díaz blickte mit einem gewissen Stolz um sich. Jetzt hätte ihn seine in Kuba gebliebene Familie sehen müssen! Die würden Augen machen – hier saß er, Juan Díaz, in der ersten Klasse. Dabei hatte ihn die Castro-Regierung lebenslänglich hinter Gitter geschickt. Aber nach nur acht Monaten war er freigelassen und auf dem Weg über Mariel zu seinem allergrößten Erstaunen in die USA geschickt worden. Als Strafe für mehrfachen Mord und Vergewaltigung in die USA geschickt zu werden – wo er doch hier dieser Art von Gewerbe viel leichter nachgehen konnte! Er mußte dem

Mann, der inzwischen als Erdnußfarmer irgendwo in Georgia lebte, grenzenlos dankbar sein.

Noch einmal heulten die Motoren der Maschine auf, dann stand sie still. Juan Díaz erhob sich reckend, nahm sein Handgepäck und schritt zur Kofferausgabe. Nachdem er dort seinen Koffer in Empfang genommen hatte, nahm er sich ein Taxi und ließ sich zum Royal Sonesta Hotel bringen, wo er sich als Carlos Hernández aus Los Angeles eintrug. Er hatte auch eine Kreditkarte auf diesen Namen mit einer ordnungsgemäßen Kennziffer. Er wußte, daß die Nummer in Ordnung war, denn die Karte war bei den Unterlagen gewesen, die er sich vereinbarungsgemäß in Miami abgeholt hatte.

Nachdem er es sich in seinem Zimmer gemütlich gemacht und seinen zweiten Seidenanzug in den Schrank gehängt hatte, setzte sich der Mann an den Schreibtisch und rief die Nummer an, die ihm in seinen Unterlagen genannt worden war. Als am anderen Ende abgenommen wurde, sagte er seinem Gesprächspartner, daß er ein Schießeisen brauchte, möglichst vom Kaliber 5,6 mm. Dann entnahm er Namen und Adresse für seinen Einsatz aus seinen Weisungen und suchte die betreffende Straße im Stadtplan, der vom Hotel bereitgelegt worden war. Es war gar nicht weit.

Der Abend mit Shirley Montgomery wurde zu einem großen Erfolg. Es gab zunächst gebratenes Hühnchen mit Naturreis und Artischocken, und später tranken sie vor dem Kamin im Wohnzimmer Grand Marnier und plauderten. Dr. Howard erfuhr dabei, daß ihr Vater ebenfalls Arzt gewesen war und daß sie noch auf dem College mit der Idee gelebt hätte, einmal in seine Fußstapfen zu treten.

»Aber mein Vater hat es mir ausgeredet«, sagte sie. »Er meinte, daß die Medizin sich zu sehr geändert hätte und weiter ändern würde.«

»Damit hat er sicher recht gehabt.«

»Er war der Überzeugung, daß ärztliche Versorgung bald eine Angelegenheit großer Unternehmen werden würde und daß jemand, der es in diesem Bereich zu etwas bringen wolle, viel besser daran täte, ins Management zu gehen. So stieg ich auf Betriebswirtschaft um, und ich glaube, daß das ganz vernünftig war.«

»Davon bin ich auch überzeugt«, stimmte Howard zu und dachte dabei an den überhandnehmenden Schriftverkehr und so manche Verstöße gegen das ärztliche Berufsethos. Der Medizinerberuf hatte sich tatsächlich gewandelt. Allein schon die Tatsache, daß er nun mit einem festen Gehalt für eine Firma tätig war, bewies das. Als er noch in der ärztlichen Ausbildung war, hatte ihm immer eine selbständige Tätigkeit vorgeschwebt; das hatte durchaus zu dem gehört, was ihn an diesem Beruf gereizt hatte.

Gegen Ende des Abends kam eine gewisse Verlegenheit auf. Howard fand, es sei jetzt Zeit zu gehen, doch Shirley Montgomery ermutigte ihn, dazubleiben.

»Soll ich wirklich?« fragte er.

Sie nickte nur.

Jason Howard hatte Bedenken und sagte, er müsse am nächsten Morgen früh raus, um seine Visite im Krankenhaus zu machen; er wolle sie nicht stören. Sie wandte ein, daß sie ohnehin immer spätestens um halb acht auf den Beinen sei – das gelte auch für den Sonntag.

Sie schauten sich eine Weile in die Augen, und das Kaminfeuer warf einen rötlichen Schein über Shirley Montgomerys Gesicht.

»Es muß natürlich nicht sein«, sagte sie dann sanft. »Ich weiß ja, daß es diesbezüglich für uns beide besser ist, langsam zu machen. Laß uns einfach so zusammenbleiben. Wir stehen beide unter Streß.«

»Also gut«, sagte er schließlich. Er merkte, daß er nicht die Kraft hatte zu widerstehen. Außerdem schmeichelte es ihm, daß sie so beharrlich war. Er verschloß sich nicht länger gegen den Gedanken, daß nicht nur er sich wieder für jemanden interessieren könnte, sondern daß es ihm auch selbst guttäte, wenn er jemandem etwas bedeutete.

Aber er fand während der ganzen Nacht keinen Schlaf. Um halb vier fühlte er eine Hand auf seiner Schulter, und er setzte sich auf, für einen Augenblick verwirrt darüber, wo er denn war. Im Halbdunkel erkannte er Shirleys Gesicht.

»Es tut mir leid, daß ich dich stören muß«, sagte sie sanft, »aber der Anruf ist für dich.« Dabei reichte sie ihm den Hörer des auf dem Nachttischchen stehenden Telefons.

Nun mußte er also schließlich doch noch eingeschlafen sein, denn er hatte das Klingeln des Telefons nicht gehört. Er stützte sich auf einen Ellbogen und nahm den Hörer ans Ohr. Er fürchtete gleich, daß es nur eine schlechte Nachricht sein könnte, und er hatte recht damit. Matthew Cowen war tot in seinem Bett aufgefunden worden; offensichtlich hatte er nochmals einen letzten, tödlichen Schlag erlitten.

»Sind die Angehörigen schon benachrichtigt worden?« fragte er.

»Ja«, antwortete die Nachtschwester. »Sie wohnen in Minneapolis. Sie sagten, sie kämen morgen her.«

»Vielen Dank«, gab Dr. Howard zurück und reichte geistesabwesend Shirley Montgomery den Hörer.

»Probleme?« fragte sie und legte den Hörer wieder auf die Gabel.

Howard nickte. An Probleme hatte er sich inzwischen fast gewöhnt. »Ein ziemlich junger Patient ist gestorben. So etwa Mitte Dreißig. Er litt an rheumatischer Herzschwäche. Wir hatten ihn aufgenommen, um die Chancen einer Operation zu prüfen.«

»Wie schwerwiegend war seine Herzkrankheit denn?« fragte Shirley.

»Nun ja, sie war schon ziemlich ausgeprägt«, antwortete er, und das Gesicht von Matthew Cowen bei seiner Einlieferung trat ihm vor das innere Auge. »Drei von seinen vier Herzklappen waren befallen. Im Grunde genommen hätte man alle ersetzen müssen.«

»Also gab es keinerlei Garantie für ihn«, sagte Shirley.

»Keinerlei Garantie«, räumte Dr. Howard ein. »Bereits der Austausch von drei Herzklappen ist sehr riskant. Cowen hatte schon während einer ganzen Weile beginnendes Herzversagen, was sich zweifellos auf Herz, Lungen, Nieren und Leber auswirkte. Natürlich hätte es dabei Probleme gegeben – aber da er ja noch nicht sehr alt war, waren seine Chancen eigentlich nicht schlecht.«

»Wer weiß, vielleicht war es besser so«, wandte Shirley ein. »Vielleicht ist ihm vieles erspart geblieben. Das hört sich doch so an, als ob er in kurzen Abständen immer wieder ins Krankenhaus hätte gehen müssen.«

»Das kann natürlich sein«, gab Dr. Howard zu, aber ohne wirklich davon überzeugt zu sein. Es war ihm völlig klar, worum es Shirley im Augenblick ging – sie versuchte, ihn zu beruhigen. Jason Howard war dankbar dafür, daß sie sich darum bemühte, und tätschelte ihren Oberschenkel. »Danke für deine Mühe, das ist lieb von dir«, sagte er.

Es kam ihm scheußlich kalt vor draußen, als er schließlich zu seinem Wagen lief. Es regnete immer noch, ja sogar mehr als vorher. Er drehte die Heizung auf die höchste Stufe und rieb sich die Oberschenkel, damit sie warm würden. Wenigstens herrschte kaum Verkehr. Um diese Stunde, am Sonntagmorgen um vier, war die Stadt wie ausgestorben. Shirley hatte versucht, ihn mit dem Argument, daß er jetzt, nachdem der Mann tot war und die Familie unterwegs, doch nichts tun könne, zum Bleiben zu bewegen. Obwohl sie damit natürlich recht hatte, fühlte Dr. Howard in sich eine Verpflichtung seinem Patienten gegenüber, der er sich nicht entziehen wollte. Außerdem war ihm klar, daß er jetzt ohnehin keinen Schlaf mehr finden würde.

Der Parkplatz des GHP-Komplexes war so gut wie leer. Dr. Howard konnte diesmal ganz nahe am Eingang zum Krankenhaus parken und nicht unterhalb des Gebäudes zur Behandlung der nichtstationären Patienten, wie das gewöhnlich der Fall war. Er war so mit den Gedanken an Matthew Cowen beschäftigt, daß ihm beim Aussteigen aus seinem Wagen die Gestalt, die zusammengesunken neben dem Eingang der Klinik stand, gar nicht auffiel. Als er um die Vorderfront seines Autos herumging, trat die Gestalt plötzlich auf ihn zu, und der völlig überraschte Arzt schrie erschreckt auf. Aber sein Gegenüber entpuppte sich als einer der Streuner, die immer wieder einmal auf der Notaufnahmestation des GHP auftauchten und etwas Kleingeld erbettelten. Mit einer unruhigen Hand gab ihm Dr. Howard einen Dollar in der Hoffnung, daß der Mann sich etwas zu essen kaufen würde.

Shirley Montgomery hatte völlig recht gehabt. Dr. Howard konnte überhaupt nichts tun, außer der Eintragung einer abschließenden Bemerkung in den Unterlagen über Matthew Cowen. Er ging hinein und schaute sich die Leiche noch einmal an. Immerhin wirkte das Gesicht des Mannes nun ruhig, und wie Shirley richtig bemerkt hatte, waren ihm weitere Schmerzen nun erspart geblieben. Im stillen entschuldigte sich Dr. Howard bei dem nun so schweigsamen Mann.

Er rief die diensthabende Telefonistin an und bat sie, die Einwilligung der Angehörigen für eine Obduktion zu veranlassen. Er erklärte ihr dabei, daß er vielleicht nicht erreichbar sei. Dann verließ er mit dem Gefühl, weitgehend nutzlos zu sein – wie bei all diesen Todesfällen –, die Klinik und fuhr in seine Wohnung zurück. Eine Zeitlang lag er noch wach und starrte zur Decke, beschäftigt mit dem Gedanken, ob er sich nicht vielleicht um einen Posten in der pharmazeutischen Industrie bewerben solle.

9

Cedric Harring, Brian Lennox, Holly Jennings, Gerald Farr und nun Matthew Cowen – niemals zuvor hatte Dr. Jason Howard innerhalb einer solch kurzen Zeit so viele Patienten durch den Tod verloren. Während der ganzen Nacht waren ihre Gesichter durch seine Träume gegeistert, und als er gegen elf aufwachte, fühlte er sich so erschöpft, als ob er überhaupt nicht geschlafen hätte. Mit Mühe raffte er sich dazu auf, seinen allsonntäglichen Zehnkilometerlauf zu machen, duschte anschließend und zog ein blaßgelbes Hemd mit weißem Kragen und Manschetten, dunkelbraune Hosen und eine zurückhaltend karierte bräunliche Jacke aus einem Mischgewebe aus Leinen und Seide an. Er war heilfroh über das Treffen mit Carol Donner, von dem er hoffte, daß es ihm eine gewisse Entspannung bringen würde.

Das Hampshire House lag, mit einem Blick auf den Bostoner Stadtpark, an der Beacon Street. Im Gegensatz zum Regen am Samstag lachte heute die Sonne vom Himmel, und nur ein paar leichte Wölkchen trieben darüber hin. Die amerikanische Flagge vor dem Eingang zum Hampshire House knatterte im Spätherbstwind. Dr. Howard war ein bißchen früher dran und bat um einen Tisch im großen Vorderzimmer im Erdgeschoß. Dort knisterte behaglich ein Feuer im Kamin, und ein Pianist ließ eine Folge bekannter älterer Melodien erklingen.

Dr. Howard ließ seinen Blick über die Leute ringsherum schweifen. Sie waren alle gepflegt gekleidet und in lebhafte Unterhaltung vertieft, und keiner machte sich offenbar Sorgen darüber, welch fürchterliche Krankheit derzeit vielleicht auf seine Stadt zukam... Dann riß er sich selbst am Riemen und ermahnte sich, seine Phantasie im Zaum zu halten. Ein halbes Dutzend ungeklärter Todesfälle – das war noch lange keine Epidemie. Obendrein konnte er noch keineswegs sicher sein, daß es sich hier um eine Infektionskrankheit handelte. Trotzdem vermochte er die Todesfälle nicht aus seinen Gedanken zu verbannen.

Carol Donner erschien nur fünf Minuten nach zwei, und der Arzt erhob sich, um sie durch Handbewegungen auf sich aufmerksam zu machen. Sie hatte sich mit einer weißen Seidenbluse und einer Hose aus schwarzem Wollstoff nett zurechtgemacht. Ihre jugendliche, natürliche und unschuldige Erscheinung außerhalb des Nachtclubs faszinierte Dr. Howard erneut. Sobald sie ihn bemerkt hatte, lächelte sie erfreut und bahnte sich ihren Weg zu seinem Tisch. Sie war ein klein wenig außer Atem.

»Entschuldigen Sie, ich bin ein bißchen zu spät«, sagte sie und brachte ihre Sachen unter, zu denen eine Wildlederjacke, eine Leinentasche voller Schriftkram und eine Unterarmtasche mit Umhängeriemen gehörten. Dabei warf sie immer wieder einen Blick zur Tür.

»Erwarten Sie noch jemanden?« fragte Dr. Howard.

»Ich hoffe eigentlich nicht. Aber ich habe einen Chef, der mir mit seiner beschützenden Art ein wenig auf die Nerven geht, besonders seit Alvins Tod. Er schickt mir immer jemanden hinterher, ich nehme an, zu meinem Schutz. Nachts ist mir das egal, aber tagsüber stört es mich. Dieser Muskelmann ist heute morgen schon wieder aufgetaucht, doch ich konnte ihn loswerden. Trotzdem ist er mir vielleicht gefolgt.«

Howard fragte sich, ob er seine Begegnung mit Bruno DeMarco erwähnen sollte, ließ es aber dann doch. Eine gewisse Spannung wich allerdings erst, nachdem sie bedient worden waren, ohne daß die bedrohliche Gestalt von Bruno DeMarco aufgetaucht war.

»Eigentlich sollte ich ja meinem Chef dankbar sein«, sagte Carol Donner. »Er kümmert sich wirklich rührend um mich. Zur Zeit wohne ich sogar in einer ihm gehörenden Wohnung in der Beacon Street und zahle nicht einmal Miete dafür.«

Dr. Howard wollte über die Gründe, die Carols Chef zu solcher Großzügigkeit veranlaßten, lieber nicht nachdenken. Verlegen widmete er sich hingebungsvoll seinem Omelett.

»Also«, sagte Carol mit erhobener Gabel, »was wollten Sie mich denn noch fragen?« Dann nahm sie einen ordentlichen Bissen von ihrem Toast.

»Ist Ihnen noch irgend etwas bezüglich Alvin Hayes' Entdeckung eingefallen?«

»Nicht das geringste«, antwortete sie und lehnte sich dabei zurück. »Außerdem hatte ich ohnehin immer Mühe, ihm zu folgen, wenn er von seiner Arbeit erzählte. Schließlich ist nicht jeder Atomphysiker!« Sie lachte, und ihre Augen funkelten anziehend.

»Man hat mir erzählt, daß er nebenher für ein in diesem Bereich tätiges Unternehmen arbeitete«, sagte Dr. Howard. »Wußten Sie davon?«

»Ich nehme an, daß Sie die Gene Incorporated meinen.« Carol machte eine Pause, und ihr Lächeln verschwand. »Das galt als sehr vertraulich.« Sie legte den Kopf schief und fuhr fort: »Aber jetzt, da er tot ist, wird es ja egal sein. Ja, er war seit ungefähr einem Jahr für sie tätig.«

»Haben Sie eine Ahnung, was genau er für sie machte?«

»Nein, genau kann ich das nicht sagen – es hatte irgendwie mit Wachstumshormonen zu tun. Aber kürzlich hatten sie Krach miteinander; es ging, glaub ich, um Geld, aber Einzelheiten kenne ich auch nicht...«

Das war für Howard eine Bestätigung seines Verdachts, daß Helene Brennquivist weiterhin etwas verheimlichte. Wenn Hayes Streit mit der Gene Incorporated gehabt hatte, dann mußte sie davon gewußt haben.

»Was wissen Sie über Helene Brennquivist?«

»Ach ja, ein nettes Mädchen...« Carol legte ihre Gabel nieder. »Nun... ich will ehrlich sein. Wahrscheinlich ist sie soweit schon in Ordnung, aber tatsächlich war sie der Grund dafür, daß es zwischen Alvin und mir auseinanderging. Nachdem sie so eng miteinander zusammenarbeiteten, fing er damit an, sie auch in die Wohnung mitzubringen. Dann bekam ich heraus, daß sie wirklich etwas miteinander hatten. Das konnte ich nicht mitmachen – es hat mich furchtbar geärgert, daß sie das so heimlich trieb und obendrein direkt vor meiner Nase, in meiner eigenen Wohnung.«

Jetzt war Dr. Howard echt verblüfft. Er hatte darauf getippt, daß Miß Brennquivist etwas vor ihm verheimlichte – aber auf die Idee, daß sie ein Verhältnis mit Hayes hatte, wäre er nicht gekommen. Er musterte Carols Gesicht. Das Aufrühren der Geschichte hatte unangenehme Gefühle in ihr heraufbeschworen. Er hätte gern gewußt, ob sie wohl auf Hayes genauso wütend gewesen war wie auf Helene Brennquivist.

Bewußt das Thema wechselnd, fragte er: »Was ist denn eigentlich mit seinen Angehörigen?«

»Ich weiß nicht viel darüber. Ich habe mit seiner Exfrau ein- oder zweimal am Telefon gesprochen, aber nie persönlich. Sie müssen so etwa vor fünf Jahren geschieden worden sein.«

»Hatte Hayes einen Sohn?«

»Zwei – zwei Söhne und eine Tochter.«

»Wissen Sie, wo sie wohnen?«

»Irgend so eine kleine Stadt in New Jersey. Leonia oder so ähnlich heißt sie. An die Straße kann ich mich auch noch erinnern – Park Avenue. Ich habe es im Kopf behalten, weil es so bedeutend klingt.«

»Hat er jemals etwas davon gesagt, daß einer seiner Söhne krank wäre?«

Carol Donner schüttelte den Kopf, winkte dann der

Kellnerin und bat um noch etwas Kaffee. Ein Weilchen aßen sie schweigend und genossen die angenehme Atmosphäre und das gute Essen.

Als plötzlich Dr. Howards Piepser ertönte, fuhren beide zusammen. Glücklicherweise meldete sich bei seinem Rückruf nur der Telefondienst, der ausrichtete, Matthew Cowens Angehörige seien inzwischen aus Minneapolis eingetroffen und hofften, sich mit ihm so etwa um vier im Krankenhaus treffen zu können.

An den Tisch zurückgekehrt, schlug Howard vor, das schöne Wetter zu nutzen und draußen im Park spazierenzugehen. Nachdem sie die Beacon Street überquert hatten, schob zu seiner Überraschung Carol ihren Arm unter den seinen. Zu seiner weiteren Überraschung empfand er das als höchst angenehm. Trotz ihres einigermaßen zweifelhaften Berufes mußte sich Jason Howard eingestehen, daß er ihre Begleitung sehr genoß. Ganz abgesehen von ihrem rundum reizenden Anblick war auch ihre Lebensfreude ansteckend.

Sie gingen am Ufer des Bootsteichs entlang, an der bronzenen Reiterstatue von George Washington vorbei und dann über die Brücke, welche den Teich an seiner schmalsten Stelle überspannte. Die Boote waren wegen der fortgeschrittenen Jahreszeit schon aus dem Wasser gezogen worden. Unter einer Trauerweide fand Dr. Howard eine leere Bank und fuhr dort mit seinen Fragen über Hayes fort.

»Hat er in den letzten drei Monaten irgend etwas Ungewöhnliches gemacht? Etwas Unübliches, meine ich, Unerwartetes – etwas, was eigentlich nicht zu seinem Charakter paßte?«

Carol nahm einen Kiesel vom Boden und warf ihn ins Wasser. »Das ist eine schwierige Frage«, sagte sie. »Etwas, was mir an Alvin immer gefiel, war seine Impulsivität. Wir haben vieles aus einer augenblicklichen Laune heraus gemacht, auch kleine Reisen.«

»Ist er in letzter Zeit besonders viel gereist?«

»O ja«, antwortete Carol und suchte nach einem weiteren Steinchen. »Im Mai zum Beispiel fuhr er nach Australien.«

»Begleiteten Sie ihn?«

»Nein, er hat mich nicht mitgenommen. Er sagte, es sei streng geschäftlich, und er brauche Helene, damit sie ihm bei einigen Versuchen helfen könne. Zu der Zeit habe ich ihm das noch geglaubt, blöd wie ich war.«

»Haben Sie jemals feststellen können, worum es dabei ging?«

»Es hatte irgendwas mit australischen Mäusen zu tun. Ich entsinne mich, daß er davon sprach, daß sie ganz besondere Gewohnheiten hätten. Aber das ist alles, was ich weiß. Er hatte Unmengen von Mäusen und Ratten in seinem Labor.«

»Ich weiß«, sagte Dr. Howard und mußte dabei an die schrecklichen Bilder der toten Tiere denken. Er hatte feststellen wollen, ob sich Hayes ungewöhnlich verhalten hatte. Eine plötzliche Reise nach Australien war vielleicht etwas sonderbar, doch ohne Kenntnis seiner genaueren Forschungsziele konnte man sich da nicht sicher sein. Er mußte hierüber noch mit Helene Brennquivist reden.

»Was unternahm er sonst noch für Reisen?«

»Ich mußte mit ihm nach Seattle.«

»Wann war das?«

»Mitte Juli. Offenbar war die liebe Helene nicht ganz auf dem Posten, und Alvin brauchte dringend einen Fahrer.«

»Einen Fahrer?«

»Ja, das war auch so eine seltsame Geschichte, was Alvin betraf«, sagte Carol. »Er konnte nicht Auto fahren. Er sagte, er hätte es nie gelernt und habe auch nicht die Absicht, es jemals zu lernen.«

Dr. Howard erinnerte sich an die Bemerkung des Polizisten in der Nacht, als Hayes starb; diesem war aufgefallen, daß er keinen Führerschein bei sich trug.

»Und was war dann in Seattle?«

»Nicht viel eigentlich. Wir blieben nur ein paar Tage dort. Wir besuchten die Staatsuniversität von Washington und fuhren dann ins Kaskadengebirge. Das ist zwar eine wunderbare Gegend, aber wenn Sie meinen, in Boston regne es viel, dann warten Sie erst mal, bis Sie dort im Nordwesten an der Pazifikküste gewesen sind. Waren Sie jemals dort?«

»Nein«, sagte Howard geistesabwesend. Er versuchte sich gerade vorzustellen, was für eine Art von Entdekkung wohl mit Reisen nach Seattle einerseits, nach Australien andererseits zu tun haben könnte.

»Wie lange waren Sie dort?«

»Wann?«

»Wieso – waren Sie mehr als einmal dort?«

»Zweimal«, antwortete Carol. »Beim erstenmal waren wir fünf Tage dort. Wir gingen zur Universität und schauten uns die Sehenswürdigkeiten an. Beim zweitenmal, ein paar Wochen später, blieben wir nur zwei Nächte.«

»Machten Sie beide Male das gleiche?«

Carol Donner schüttelte den Kopf. »Beim zweitenmal ließen wir die Stadt aus und fuhren direkt ins Kaskadengebirge.«

»Was um Himmels willen taten Sie denn dort?«

»Einfach Urlaub machen, ausspannen. Wir übernachteten in einer Berghütte; es war prächtig.«

»Und Alvin, was tat der?«

»So ziemlich das gleiche. Aber er interessierte sich natürlich auch für die Ökologie und so. Sie wissen ja – immer Wissenschaftler!«

»Dann war es also ganz einfach ein Urlaubsausflug?« fragte Dr. Howard ziemlich verblüfft.

»Ich denke schon«, meinte sie und warf einen weiteren Kiesel ins Wasser.

»Und was hatte Alvin an der Universität zu tun?« fragte Howard.

»Er traf sich dort mit einem alten Bekannten. Aber an den Namen kann ich mich nicht mehr erinnern. Irgend jemand, den er von der Columbia-Universität her kannte.«

»Ein Molekularbiologe wie Alvin?«

»Ich glaube schon. Aber sehr lange haben wir uns dort nicht aufgehalten. Während die beiden miteinander redeten, bin ich in die psychologische Fakultät gegangen.«

»Das war sicher interessant«, meinte Dr. Howard lächelnd. Er stellte sich vor, was den dortigen Psychologen wohl an akademischen Fragen zu ihrem Auftreten im ›Club Cabaret‹ eingefallen wäre.

»O verdammt«, sagte sie plötzlich mit einem Blick auf ihre Uhr. »Ich muß mich beeilen – ich habe noch einen Termin.« Howard stand auf und nahm sie bei der Hand. Er war beeindruckt von der feinen Umschreibung, die Carol Donner für ihre berufliche Verpflichtung gefunden hatte. »Ein Termin« – das klang so wunderbar geschäftlich. Sie gingen zusammen zum Ausgang des Parks.

Carol lehnte sein Angebot, sie zu fahren, ab, verabschiedete sich und lief die Beacon Street hinauf. Jason Howard schaute ihrer kleiner werdenden Gestalt nach. Carol wirkte so sorglos und glücklich. *Welch eine Tragödie,* dachte er. *Die Zeit, die ihr so grenzenlos scheint, wird sie bald eingeholt haben.* Was war denn das für ein Leben – sich auf dem Laufsteg auszuziehen und Verabredungen mit Männern zu treffen? Er mochte gar nicht daran denken. Er wandte sich in die entgegengesetzte Richtung und kaufte an seinem Lieblingsplatz ein, was er für ein bescheidenes Abendessen brauchte – ein Brathähnchen und Grünzeug für einen Salat. Unterdessen ging ihm weiterhin die Unterhaltung mit Carol durch den Kopf. Er hatte eine Menge von Informationen erhalten, aber sie führten eher zu neuen Fragen als zu Antworten. Doch zweierlei stand inzwischen für ihn fest: Erstens hatte Alvin Hayes tatsächlich eine Entdeckung gemacht, und zweitens war der Schlüssel zu allem Helene Brennquivist.

Innnerhalb von weniger als vierundzwanzig Stunden hatte sich Juan Díaz seinen Plan zurechtgelegt. Da es sich hier nicht um einen herkömmlichen Auftrag handelte, mußte er schon mehr Gedanken darauf verwenden. Gewöhnlich ging es darum, das Opfer in eine Menschenmenge einzukeilen, ihm dann eine kleinkalibrige Pistole an den Kopf zu halten – und peng, das war's. Ein derartiges Vorgehen erforderte nicht sonderlich viel Planung, sondern nur die passenden Umstände. Die Sache klappte wegen der Besonderheit von Menschenmengen. Nach jedem erschreckenden Ereignis kümmerten sich alle so intensiv um das Opfer, daß der Täter sich unbemerkt verkrümeln konnte, ja sogar so tun, als gehöre er zu den neugierigen Beobachtern. Es ging lediglich darum, unauffällig die Waffe loszuwerden.

Seine Anweisungen für den jetzigen Auftrag waren anders – es mußte wie eine Vergewaltigung aussehen. Er lächelte vor sich hin, begeistert darüber, daß er für eine Sache, die ihm ohnehin so viel Spaß machte, auch noch bezahlt wurde. Die Vereinigten Staaten waren wirklich ein seltsames und wunderbares Land – hier machte man sich um die Täter mehr Gedanken als um die Opfer.

Juan Díaz war sich klar darüber, daß er diesmal sein Opfer allein erwischen müsse. Das war eine zusätzliche Herausforderung. Aber es brachte auch zusätzlichen Spaß, denn ohne Zeugen konnte er mit der Frau machen, was er wollte – Hauptsache, sie war tot, wenn er ging.

Er entschied sich dafür, seinem Opfer zu folgen und es erst in der Vorhalle des Hauses, wo es wohnte, anzusprechen. Die mit leiser, höflicher Stimme vorgebrachte Androhung körperlicher Gewalt müßte wohl ausreichen, um sie dazu zu bringen, ihn in ihre Wohnung zu lassen. Und wenn er erst mal drin war, würde er schon seinen Spaß mit ihr haben.

Er folgte seinem Opfer auf einem kurzen Einkaufsbummel am Harvard Square. Es kaufte sich an einem Kiosk an der Ecke eine Zeitschrift und eilte dann in ein Lebensmittelgeschäft. Juan Díaz schlenderte über die Straße und blieb vor dem Fenster einer Buchhandlung stehen, voll Verwunderung darüber, daß der Laden am Sonntag geöffnet hatte. Seine Zielperson kam mit einer Plastikeinkaufstüte aus dem Geschäft, ging quer über die Straße und verschwand in einer Bäckerei mit Café. Er folgte ihr – Kaffee war nicht schlecht, selbst wenn es nur amerikanischer war. Kubanischer war ihm lieber: stark gebrannt, süß und kräftig.

Während er das heiße Getränk schlürfte, schaute er sich sein Opfer näher an. Er war überrascht, wie gut sie aussah – sie war wirklich schön. Er schätzte sie auf Mitte Zwanzig. *Tolle Sache,* dachte er. Er fühlte, wie seine Hose sich bereits spannte. Diesbezüglich brauchte er nichts vorzutäuschen.

Nach etwa einer halben Stunde zahlte die junge Frau und ging. Juan Díaz warf eine Zehndollarnote auf den Tisch – er war großzügig aufgelegt, und schließlich würde er um fünftausend Dollar reicher sein, wenn er nach Miami zurückkam.

Zu seiner Freude ging die Frau die Brattle Street hinauf. Er verlangsamte seinen Schritt; es genügte ihm, sie im Auge zu behalten. Als sie auf die Concord Avenue einbog, näherte er sich ihr etwas mehr, da er wußte, daß sie jetzt fast zu Hause war. Als sie die Craigie-Arms-Wohnanlage erreichte, war er unmittelbar hinter ihr. Ein rascher Blick die Concord Avenue rauf und runter bestätigte ihm, daß er es zeitlich gut getroffen hatte. Jetzt kam es nur noch darauf an, wie es im Gebäude drin laufen würde.

Juan Díaz verharrte einen kurzen Moment, bis er sicher sein konnte, daß sie die Innentür geöffnet hatte. Dann war er blitzschnell in der Vorhalle, rechtzeitig genug, um einen Fuß auf die Schwelle der Innentür zu setzen. Erst jetzt sprach er die junge Frau an.

»Miß Brennquivist?«

Überrascht blickte sie ihm in sein hübsches, südländisch dunkles Gesicht.

»Jaa«, sagte sie in ihrem ein wenig singenden skandinavischen Tonfall und hielt ihn offenbar für einen Mitbewohner des Hauses.

»Ich bin ganz wild darauf, Sie kennenzulernen. Mein Name ist Carlos.«

Einen verhängnisvollen Augenblick lang zögerte sie, den Schlüssel in der Hand. »Wohnen Sie hier?« fragte sie.

»Aber natürlich«, antwortete Juan Díaz mit geübter Lässigkeit, »im ersten Stock. Und Sie?«

»Im zweiten«, antwortete sie und schritt durch die Tür, unmittelbar gefolgt von dem jungen Kubaner.

»Nett, Sie kennenzulernen«, fügte sie noch hinzu und überlegte dabei, ob sie nun mit dem Aufzug fahren oder die Treppe nehmen sollte; sie fühlte sich unbehaglich durch die Anwesenheit des jungen Mannes.

»Ich hatte so gehofft, daß wir ins Gespräch miteinander kämen«, sagte Juan Díaz und trat direkt neben sie. »Wie wäre es, wenn ich auf einen Drink mit zu Ihnen käme?«

»Ich glaube nicht, daß...« Helene Brennquivist sah die Pistole und schnappte nach Luft.

»Machen Sie mich lieber nicht zornig, Miß«, sagte Díaz ganz sanft. »Wenn ich zornig werde, mache ich dann Sachen, die mir hinterher leid tun.« Er drückte auf den Aufzugsknopf, und die Türen öffneten sich. Er forderte die junge Frau mit einer Geste auf, einzutreten, und folgte ihr. Alles lief bestens.

Als der Aufzug einrastete und dann nach oben schwebte, lächelte der junge Mann herzlich. Es war das beste für alle, ganz ruhig zu bleiben.

Helene Brennquivist war vor Schreck völlig erstarrt. Da sie nicht wußte, was sie tun sollte, tat sie überhaupt nichts. Der Mann ängstigte sie, obwohl er irgendwie ordentlich wirkte und sehr gut gekleidet war. Er sah eher wie ein erfolgreicher Geschäftsmann aus. Vielleicht war er einer der Mitinhaber von Gene Incorporated und kam, um ihre Wohnung zu durchsuchen. Für einen Augenblick dachte sie daran, zu schreien oder fortzulaufen, aber dann fiel ihr wieder die Pistole ein.

Die Aufzugstüren öffneten sich im zweiten Stock. Der Kubaner bat Miß Brennquivist mit höflicher Geste, voranzugehen. Die Schlüssel in der zitternden Hand, ging sie zu ihrer Wohnungstür und schloß auf. Díaz stellte sofort seinen Fuß in den Türspalt, wie er es unten schon getan hatte. Nachdem sie beide eingetreten waren, machte er die Tür zu und schloß nicht nur ab, sondern schob auch den Riegel vor und hängte die Sicherheitskette ein. Helene stand dabei wie gelähmt in dem kleinen Flur, sie konnte kein Glied rühren.

»Bitte«, sagte Díaz und bat sie mit einer höflichen Geste, doch ins Wohnzimmer zu gehen. Zu seiner Überraschung saß dort eine füllige Blondine auf dem Sofa. Man hatte ihm gesagt, Helene Brennquivist lebe allein. *Macht nichts*, dachte er. »Wie lautet doch das Sprichwort?« murmelte er vor sich hin. »Ein Unglück kommt selten allein? Nein, das andere trifft hier mehr: Doppelt genäht hält besser!« Das würde ja noch toller werden, als er geglaubt hatte.

Er fuchtelte mit seiner Pistole und bedeutete Miß Brennquivist, sich ihrer Zimmergenossin gegenüberzusetzen. Die beiden Frauen wechselten angstvolle Blicke. Dann riß Juan Díaz das Telefonkabel aus der Wand, so daß die Anschlußdrähte lose aus der Anschlußbuchse ragten. Anschließend ging er zu dem Stereoturm hinüber und schaltete ihn ein. Es ertönte klassische Musik. Er bewegte den Senderknopf, bis er eine Station hatte, die Hardrock brachte, und drehte die Lautstärke auf.

Dann rief er fröhlich: »Ohne ein bißchen Musik wäre das ja eine traurige Party!« und zog ein dünnes Seil aus der Tasche.

10

Am Montag morgen machte Dr. Jason Howard als erstes seine Visite in der GHP-Klinik, und sie war nicht erfreulich – keiner seiner Patienten fühlte sich besser. Er ging anschließend in sein Büro und versuchte wiederholt und während jeder unvorhergesehenen Unterbrechung, Helene Brennquivist telefonisch zu erreichen. Doch sie meldete sich nicht. Am späten Vormittag rannte er daher hinauf in das Labor von Dr. Hayes – doch er fand es unbeleuchtet und verlassen vor. Bei der Rückkehr in seine Praxisräume war Howard ärgerlich; zunächst hatte Miß Brennquivist sich seinen Fragen entzogen, und jetzt sorgte sie dafür, daß sie gar nicht erst erreichbar war.

Dr. Howard griff zum Telefon und rief die Personalabteilung an, wo er sich Miß Brennquivists Privatanschrift und ihre dortige Telefonnummer geben ließ. Daraufhin wählte er sofort die entsprechende Nummer – doch nachdem er es zehnmal vergeblich hatte klingeln lassen, knallte er den Hörer wütend auf die Gabel. Dann rief er erneut die Personalabteilung an und verlangte die Personalchefin, Jean Clarkson. Als er sie am Apparat hatte, fragte er: »Hat sich Miß Brennquivist krank gemeldet? Ich versuche schon den ganzen Vormittag über, sie telefonisch zu erreichen.«

»Das überrascht mich«, antwortete Jean Clarkson. »Wir haben nichts von ihr gehört, und sie war bisher immer sehr zuverlässig. Ich kann mich nicht entsinnen, daß sie während der eineinhalb Jahre, die sie bei uns ist, auch nur einen einzigen Tag versäumt hat.«

»Wenn sie krank wäre, würden Sie also auf alle Fälle erwarten, daß sie Bescheid gibt?«

»Gar keine Frage!«

Dr. Howard legte auf, und sein Ärger verwandelte sich in Besorgnis. Er hatte kein gutes Gefühl dabei, daß Miß Brennquivist jetzt so einfach fehlte.

Die Tür zu seinem Büro öffnete sich; Claudia steckte den Kopf herein und sagte: »Dr. Danforth ist am zweiten Apparat. Können Sie das Gespräch annehmen?«

Howard nickte.

»Brauchen Sie irgendeine Unterlage dazu?«

»Nein, vielen Dank«, antwortete er und nahm schon den Hörer ab.

Margaret Danforth' klangvolle Stimme drang durch die Leitung. »Ich würde fast meinen, daß GHP seine Patienten überprüfen sollte. Ich habe niemals vorher Leichen untersucht, bei denen sich ein derart schlechter innerer Zustand zeigte. Gerald Farr war genauso schlimm dran wie die vorhergehenden Fälle. Jedes seiner Organe wirkt so, als ob es mindestens hundert Jahre alt wäre!«

Dr. Howard gab keine Antwort.

»Hallo?« vergewisserte sich Dr. Danforth.

»Jaja, ich bin dran«, gab er zurück. Ein weiteres Mal traute er sich nicht, ihr mitzuteilen, daß er noch vor weniger als einem Monat bei Gerald Farr eine Generaluntersuchung vorgenommen hatte, die auf nichts anderes hingewiesen hatte als auf die ganz allgemein etwas ungesunde Lebensweise des Mannes.

»Ich frage mich, ob er nicht vor ein paar Jahren einmal einen Schlaganfall gehabt haben muß«, sagte die Leichenbeschauerin. »All seine Gefäße waren atheromatös verändert. Die Kopfarterien waren kaum noch durchlässig.«

»Und was können Sie mir zu Dr. Wanamakers Patienten sagen?« fragte Howard.

»Wie war noch sein Name?«

»Weiß ich nicht«, mußte er zugeben. »Der Mann starb

am Freitag an einem Schlaganfall, mein Kollege sagte mir, Sie würden den Fall untersuchen.«

»Ach ja, diese Sache. Nun, auch der zeigte fortgeschrittene Verfallserscheinungen. Ich war immer der Meinung, daß Versicherungen dieser Art besonderes Gewicht auf Vorsorgemedizin legen. Wenn ihr lauter so schwerkranke Patienten als Mitglieder aufnehmt, wird wohl kaum was hängenbleiben.« Sie lachte etwas und fuhr fort: »Aber Spaß beiseite, es war tatsächlich ein weiterer Fall, bei dem nahezu alle Organe irgendwie angegriffen waren.«

»Machen Sie eigentlich auch routinemäßig toxikologische Untersuchungen?« fragte Dr. Howard plötzlich.

»Natürlich – heutzutage ganz besonders. Wir untersuchen zum Beispiel auf Kokain und so.«

»Wie wäre es denn, wenn Sie das bei Gerald Farr nochmals ganz gezielt tun würden? Ginge das?«

»Nun ja, Blut und Urin haben wir noch da«, antwortete Dr. Danforth. »Worauf käme es Ihnen denn besonders an?«

»Im Grunde genommen auf alles. Ich bin da auf der Suche, ohne genau zu wissen, wonach, und was da eigentlich los ist.«

»Es soll mir nicht darauf ankommen, ein paar zusätzliche Untersuchungen durchzuführen«, antwortete die Amtsärztin, »aber Sie dürfen mir glauben, daß Gerald Farr nicht vergiftet war. Er wirkte vielmehr so, als ob seine Zeit einfach abgelaufen sei; so, als ob er dreißig Jahre älter sei, als er tatsächlich war. Ich weiß, daß das nicht sehr wissenschaftlich und vernünftig klingt, aber es ist die Wahrheit.«

»Trotzdem wäre ich für die toxikologischen Untersuchungen sehr dankbar.«

»Das machen wir schon«, war die Antwort. »Und wir schicken Ihnen ein paar Gewebeproben rüber, damit man bei Ihnen die Präparate machen kann. Es tut mir wirklich leid, daß das bei uns immer so lange dauert.«

Dr. Howard legte auf und ging wieder an seine Arbeit,

wobei er weiterhin zwischen Selbstzweifeln und dem unangenehmen Gefühl hin und her gerissen war, daß irgend etwas los war, was er nicht begreifen oder erklären konnte. In jeder freien Minute rief er im Labor von Hayes an, aber niemand meldete sich. Dann telefonierte er nochmals mit der Personalchefin, die ihm versicherte, sie würde ihn verständigen, sobald sie etwas von Helene Brennquivist gehört hätte, und ihn bat, sie doch jetzt bitte nicht weiter zu stören. Dabei knallte sie den Hörer auf die Gabel, und Dr. Howard dachte wehmütig an die Zeiten zurück, wo er mit mehr Respekt vom Verwaltungspersonal behandelt worden war.

Nachdem er mit dem letzten für den Vormittag vorgesehenen Patienten fertig war, saß der Arzt an seinem Schreibtisch und trommelte nervös mit den Fingern darauf herum. Plötzlich hatte er ein Gefühl der Gewißheit, daß die Abwesenheit von Helene Brennquivist einen sehr ernsten Grund haben mußte. Und er war auf einmal überzeugt davon, daß es ernst genug sei, um sofort die Polizei zu informieren.

Er tauschte den weißen Arztkittel gegen seine Anzugjacke und ging zu seinem Wagen hinunter. Er hatte sich entschieden, daß es vernünftiger sei, Michael Curran persönlich aufzusuchen. Angesichts ihrer letzten Begegnungen mußte er befürchten, daß der Kriminalbeamte ihn nicht ernst nehmen würde, wenn er ihn einfach anriefe.

Dr. Howard hatte keine Mühe, allein den Weg zu dessen Dienstzimmer zu finden. Als er einen Blick in den karg möblierten Raum warf, sah er dort Curran an seinem Schreibtisch sitzen. Er kämpfte offenbar mit dem Ausfüllen eines Formulars, und seine kräftige Hand war so verbissen um den Bleistift gekrampft, als ob er ein Gefangener sei, der gerade verzweifelt einen Ausbruchsversuch unternehme. Howard sprach ihn an und hoffte, er sei heute in besserer Laune als bei ihrem letzten Zusammentreffen.

Curran jedoch schrie auf: »O nein!« Er ließ den Bleistift auf das nicht vollends ausgefüllte Formular fallen und fuhr fort: »Mein Lieblingsdoktor!« Mit einer übertriebenen Geste der Verzweiflung lud er schließlich seinen Besucher zum Eintreten ein.

Der Arzt zog sich einen der Stahlrohrstühle heran und nahm Curran gegenüber an dessen Schreibtisch Platz. Dieser sah ihn mit sichtlich unbehaglichen Blicken an.

»Es hat da eine neue Entwicklung gegeben«, begann der Arzt. »Ich bin der Meinung, daß ich Sie darüber informieren sollte.«

»Und ich bin der Meinung, daß Sie sich auf Ihre Aufgaben als Arzt konzentrieren sollten.«

Dr. Howard ging auf den Seitenhieb nicht weiter ein und fuhr fort: »Helene Brennquivist ist heute nicht zur Arbeit erschienen.«

»Vielleicht ist sie krank; vielleicht ist sie erschöpft. Vielleicht ist sie krank und erschöpft Ihretwegen und all Ihrer Fragen wegen.«

Der Arzt bemühte sich, ruhig zu bleiben. »Unsere Personalabteilung versichert, daß sie außerordentlich zuverlässig sei. Sie hat niemals einen Tag gefehlt, zumindest nicht unentschuldigt. Und ich habe bereits mehrfach versucht, sie telefonisch in ihrer Wohnung zu erreichen – vergeblich.«

Der Beamte warf seinem Gegenüber einen verächtlichen Blick zu: »Haben Sie schon einmal einen Gedanken daran verschwendet, daß die attraktive junge Dame sich vielleicht ganz einfach ein verlängertes Wochenende mit einem Verehrer gönnt?«

»Das ist ganz unwahrscheinlich. Seit wir beide uns das letztemal getroffen haben, habe ich nämlich erfahren, daß sie ein Verhältnis mit Dr. Alvin Hayes hatte.«

Curran setzte sich auf und widmete erstmals seinem Besucher seine volle Aufmerksamkeit.

»Ich hatte schon von Anfang an das Gefühl, daß sie

Hayes deckte«, fuhr Dr. Howard fort. »Jetzt weiß ich auch, warum. Und ich bin überzeugt davon, daß sie eine ganze Menge mehr über seine Arbeit weiß, als sie bisher zugegeben hat. Und sie weiß bestimmt auch, warum man seine Wohnung und sein Labor durchsucht hat. Ich glaube, daß Hayes tatsächlich eine sehr wichtige Entdekkung gemacht hat und daß irgend jemand hinter seinen Aufzeichnungen her ist...«

»Vorausgesetzt, es gab eine solche Entdeckung.«

»Doch, davon bin ich inzwischen fest überzeugt«, sagte Dr. Howard. »Und das deckt sich auch mit meinem Verdacht, was den plötzlichen Tod von Hayes betrifft. Das paßt einfach zu gut zusammen.«

»Sie lassen sich zu leicht zu Rückschlüssen hinreißen!«

»Hayes sagte mir«, wandte Jason Howard ein, »daß jemand versuche, ihn zu ermorden. Ich bin sicher, daß er eine entscheidende Entdeckung gemacht hat und deshalb ermordet wurde.«

»Hören Sie auf!« schrie Curran und hieb mit der Faust auf den Schreibtisch. »Der Leichenbeschauer hat bestätigt, daß Dr. Alvin Hayes eines natürlichen Todes starb!«

»Ein Aneurysma, um genau zu sein. Aber jedenfalls ist er verfolgt worden.«

»Er *glaubte*, verfolgt zu werden«, korrigierte Curran mit ärgerlicher Stimme.

»Ich bin sicher, daß auch das stimmt«, entgegnete der Arzt und wurde nun ebenfalls heftiger. »Das würde doch erklären, warum jemand seine Wohnung durchsuchte und sein...«

»Wir *wissen*, warum seine Wohnung durchsucht wurde«, unterbrach ihn der Kriminalbeamte. »Aber wir haben vorher schon die Drogen und das Bargeld gefunden!«

Lauter als üblich erwiderte Howard: »Hayes hat vielleicht Kokain geschnupft, aber er war kein Dealer! Und ich bin überzeugt davon, daß man ihm diese Drogen untergeschoben hat, und ...« Er wollte von seinem Gespräch mit Carol Donner berichten, unterließ es dann aber; er hatte keine Lust, Curran gegenüber zuzugeben, daß er seine Bemühungen, sich mit der Tänzerin zu treffen, keineswegs eingestellt hatte. Daher fuhr er etwas ruhiger fort: »Jedenfalls bin ich ganz sicher, daß sein Labor deswegen auf den Kopf gestellt wurde, weil jemand hinter seinen Aufzeichnungen her ist.«

»Wie war das mit dem Labor?« Currans Augen unter den schweren Lidern öffneten sich weit, und auf seinem Gesicht erschienen rote Flecken.

Dr. Howard schluckte.

»Verdammt noch mal!« brüllte Curran. »Soll das etwa heißen, daß Hayes' Labor durchsucht wurde, und uns wurde keine Meldung davon gemacht? Was bildet man sich bei euch dort eigentlich ein?«

Dr. Howard fühlte sich verpflichtet, die Entscheidung zu verteidigen, auch wenn er sie nicht gebilligt hatte: »Man war in der Klinik besorgt wegen negativer Pressemeldungen.«

»Wann ist das passiert?«

»Freitag nacht.«

»Und was wurde entwendet?«

»Verschiedene Notizbücher mit Eintragungen sowie Bakterienkulturen. Aber nichts von den teuren Geräten. Es war also kein Raubeinbruch.« Der Arzt beobachtete Currans Jagdhundgesicht in der Hoffnung, darauf irgendein Anzeichen dafür feststellen zu können, daß nun seine Besorgnis wegen Helene Brennquivist gerechtfertigt schien.

»Irgendwelche Beschädigungen, gezielte Verwüstung?« Das war alles, was Curran sagte.

»Na ja, sie stellten das Labor förmlich auf den Kopf und warfen alles auf den Boden, so daß ein wahres Chaos herrschte. Aber die einzige bewußte Zerstörung galt den... äh, Tieren.«

»Um so besser«, meinte Curran. »Diese Mißgeburten waren ja entsetzlich. Die haben einen ja krank gemacht. Wie hat man sie denn umgebracht?«

»Wahrscheinlich vergiftet. Unsere pathologische Abteilung geht der Sache noch nach.«

Michael Curran fuhr sich mit den Fingern durch sein dichtes, rötlichgrau meliertes Haar. »Soll ich Ihnen mal was sagen?« fragte er rhetorisch. »Angesichts der prächtigen Zusammenarbeit, die ihr Eierköpfe bietet, bin ich heilfroh, daß ich die Sache schon ans Sitten- und Drogendezernat abgegeben habe. Sollen die sich damit rumschlagen. Gehen Sie zu denen. Vielleicht lassen die sich davon beeindrucken, daß Ihr verrückter Kollege gleichzeitig mit seiner Assistentin und diesem Stripteasemädchen ins Bett gehüpft ist...«

»Hayes und die Tänzerin waren auseinander...«

»Oh, tatsächlich?« sagte Curran mit einem kurzen, hohlen Lachen, das in Husten überging. »Warum gehen Sie nicht endlich zum Sitten- und Drogendezernat und lassen mich in Frieden. Ich habe hier noch einen Haufen wirklicher Mordfälle, um die ich mich kümmern muß.«

Er griff nach seinem Bleistift und wandte sich wieder seinem Formular zu. Wütend fuhr Dr. Howard zum Erdgeschoß hinunter und gab dort seinen Besucherausweis zurück. Dann stieg er in sein Auto. Als er den Storrow Drive entlangfuhr, den Charles River zur Rechten, beruhigte er sich allmählich wieder. Er war weiterhin davon überzeugt, daß mit Helene Brennquivist etwas nicht in Ordnung war, aber er fand, wenn die Polizei sich nicht zuständig fühle, könne er auch nichts machen. Er stellte seinen Wagen auf dem Parkplatz der GHP-Klinik ab und ging in seine Praxis. Claudia und Sally waren noch nicht von der Mittagspause zurück. Einige Patienten saßen schon da und warteten. Dr. Howard schlüpfte wieder in seinen Arztkittel und fragte am Telefon, wie das Ergebnis der Untersuchung Madaline Krammers durch den Herzspezialisten ausgefallen sei. Er erfuhr dabei, daß sein Kollege Harry Sarnoff seine Einschätzung teile und man eine Angiographie, also eine Röntgenuntersuchung der Gefäße unter Verwendung eines Kontrastmittels, durchführen würde.

Sobald Sally wieder da war, widmete sich Dr. Howard seinen ambulanten Patienten. Er war gerade mit seinem dritten für den Nachmittag bestellten Patienten beschäftigt, als Claudia ins Untersuchungszimmer kam.

»Sie haben Besuch«, flüsterte sie.

»Wer denn?« fragte Dr. Howard, der gerade ein Rezept ausschrieb.

»Unsere unerschrockene Chefin. Und sie hat förmlich Schaum vor dem Mund. Ich kann Sie nur warnen!«

Jason Howard gab das Rezept mit einem verabschiedenden Händedruck seinem Patienten, hängte sich sein Stethoskop um den Hals und begab sich in sein Büro. Dort stand Shirley Montgomery am Fenster und blickte hinaus. Als er eintrat, fuhr sie herum – keine Frage, sie war wütend.

»Ich kann nur hoffen, daß du eine Erklärung dafür hast«, sagte sie. »Gerade erhielt ich einen Anruf der Polizei, daß sie auf dem Weg hierher sei, um von mir zu erfahren, warum ich ihr den Einbruch in Dr. Hayes' Labor nicht gemeldet hätte. Man sagte mir, du hättest ihnen das mitgeteilt – und ich müsse mir Behinderung der polizeilichen Ermittlungsarbeit vorwerfen lassen.«

»Tut mir leid«, antwortete Howard. »Das war eine Panne. Ich war auf der Polizei, hatte aber nicht die Absicht, es zu erwähnen...«

»Und was, zum Teufel, hattest du bei der Polizei zu tun?«

»Ich wollte Curran sprechen«, sagte er schuldbewußt.

»Und warum?«

»Ich hatte den Eindruck, daß ich ihm etwas mitteilen sollte.«

»Wegen des Einbruchs?«

»Nein«, sagte Dr. Howard, während seine Arme verlegen an seinen Seiten baumelten. »Helene Brennquivist war heute nicht zum Dienst erschienen. Ich hatte herausbekommen, daß sie und Hayes ein Verhältnis miteinander hatten, und zog wohl voreilige Schlüsse. Die Sache mit dem Einbruch ist mir einfach so herausgerutscht.«

»Es wäre wohl besser, du bliebest bei deiner Arbeit als Mediziner«, sagte Shirley mit nun etwas versöhnlicherer Stimme.

»Genau das legte mir Curran auch nahe«, seufzte Dr. Howard.

»Na ja«, sagte Shirley, streckte die Hand aus und tätschelte Howards Arm, »du hast es wenigstens nicht absichtlich getan. Für einen Augenblick habe ich mich nämlich tatsächlich gefragt, auf wessen Seite du eigentlich stehst. Ich kann dir nur sagen, diese Angelegenheit mit Hayes wächst sich aus. Jedesmal, wenn ich denke, die Sache wäre endlich ausgestanden, gibt es neue Probleme.«

»Es tut mir leid«, sagte Dr. Howard mit Nachdruck, »ich wollte die Geschichte wirklich nicht verschlimmern.«

»Nun, laß gut sein. Aber denk bitte daran – der Tod von Hayes verursacht uns hier schon genug Schwierigkeiten. Wir wollen sie doch nicht noch verschlimmern.« Sie drückte Jason Howards Hand kameradschaftlich und ging hinaus.

Der Arzt widmete sich wieder seinen Patienten und war entschlossen, die Untersuchung nun endgültig der Polizei zu überlassen. Doch gegen vier kam Claudia erneut herein.

»Es ist jemand für Sie am Telefon«, flüsterte sie.

»Ja wer denn?« fragte er nervös. Gewöhnlich nahm doch Claudia alle ihn betreffenden Anrufe während der Untersuchungen entgegen, und er rief dann zurück, sobald er seine Arbeit beendet hatte. Eine Ausnahme bildeten nur Notrufe.

»Carol Donner«, sagte Claudia.

Dr. Howard zögerte einen Moment und sagte dann, sie solle ihm den Anruf in sein Büro stellen. Doch Claudia fragte, immer noch flüsternd: »*Die* Carol Donner?«

»Was soll das heißen – *die* Carol Donner?«

»Na ja, die Stripteasetänzerin eben«, antwortete Claudia.

»Ich weiß nicht, was Sie meinen«, erwiderte der Arzt, trat in sein Büro und machte die Tür vor Claudia zu. Dann griff er zum Hörer und meldete sich: »Ja, Dr. Howard.«

»Hier ist Carol Donner. Verzeihen Sie, daß ich Sie störe.«

»Sie stören nicht«, sagte er. Ihre Stimme brachte die angenehme Erinnerung daran zurück, wie sie ihm im Hampshire House gegenübergesessen hatte. Da hörte er ein feines Klicken. »Moment«, sagte er, legte den Hörer hin, machte die Tür zum Vorzimmer auf und warf einen strengen Blick auf Claudia. Schuldbewußt legte diese den Hörer auf.

»Entschuldigung«, sagte Dr. Howard, nachdem er den Hörer wieder ans Ohr hielt.

»Ich würde Sie nicht anrufen, wenn es mir nicht wichtig erschiene«, erklärte Carol Donner. »Aber mir fiel das Päckchen ein, das ich in meinem Schrank an meinem Arbeitsplatz habe. Ach ja, ich bin übrigens Tänzerin im ›Club Cabaret‹ ...«

»Oh«, sagte Dr. Howard unbestimmt.

»Wie auch immer«, fuhr Carol Donner fort. »Ich war jedenfalls heute dort, und da stieß ich darauf. Alvin hatte mich schon vor ein paar Wochen darum gebeten, es dort aufzuheben, und ich hatte das ganz vergessen.«

»Was ist denn drin?«

»Ordner, Papiere und Korrespondenz – solches Zeug eben. Jedenfalls keine Drogen, falls Sie daran denken sollten.«

»Nein«, antwortete Howard, »daran dachte ich keineswegs. Aber ich bin sehr froh, daß Sie angerufen haben. Diese Ordner könnten wichtig sein. Ich würde sie gern mal sehen.«

»Geht in Ordnung«, sagte das Mädchen. »Ich werde heute abend im Club sein, und ich werde darüber nachdenken, auf welchem Wege Sie sie bekommen können. Mein Chef macht mir ein bißchen Mühe mit all seinem Schutz. Offenbar gibt es irgendwelche Probleme, über die man mir allerdings nichts sagen will, doch dieser Typ, der mir ständig folgt, geht mir auf die Nerven. Ich will Sie aber da nicht mit hineinziehen.«

»Wie wär's denn, wenn ich es mir abhole?«

»Nein, das scheint mir keine sonderlich gute Idee. Ich schlage Ihnen lieber was anderes vor. Geben Sie mir Ihre Privatnummer, ich rufe Sie dann heute abend an, wenn ich fertig bin.«

Dr. Howard gab ihr seine Nummer.

»Und noch etwas«, sagte sie. »Mir ist da gestern abend noch etwas eingefallen, was ich Ihnen nicht erzählt habe. Vor einem Monat ungefähr hat mir Alvin erklärt, er wolle mit Helene Brennquivist Schluß machen. Er fand, daß sie sich auf ihre Arbeit konzentrieren müsse.«

»Glauben Sie, daß er ihr das dann auch gesagt hat?«

»Keine Ahnung!«

»Übrigens ist sie heute nicht zur Arbeit gekommen.«

»Machen Sie keine Scherze«, antwortete das Mädchen. »Das paßt gar nicht zu ihr – nach allem, was ich weiß, hat sie doch ihre Arbeit immer sehr ernst genommen. Wer weiß, vielleicht ist das auch der Grund dafür, daß mein Chef sich so anstellt.«

»Wie soll denn Ihr Chef etwas über Helene Brennquivist wissen?«

»Ach, der weiß eine ganze Menge. Der hat so ein richtiges Informationsnetz und weiß immer alles, was in der Stadt so vor sich geht.«

Jason Howard legte auf und wunderte sich ein weiteres

Mal über die Widersprüche zwischen Carol Donners Arbeit als Tänzerin und ihren geistigen Fähigkeiten. »Informationsnetz« – das war doch schon ein typischer Ausdruck des Computer-Zeitalters und schien ihm jedenfalls ungewöhnlich für eine Stripteasetänzerin.

Er wandte sich wieder seinen Patienten zu und tat so, als bemerke er Claudias fragende Blicke nicht. Er wußte ja, daß sie überaus neugierig war, hatte aber durchaus nicht die Absicht, ihre Neugier zu befriedigen.

Am späten Nachmittag schaute Dr. Jerome Washington, ein stämmiger, dunkelhäutiger Magen-Darm-Spezialist, herein und fragte, ob er Howard für einen Moment sprechen könne.

»Aber sicher«, sagte dieser und bat ihn in sein Büro.

»Dr. Wanamaker empfahl mir, mit Ihnen über diesen Fall da zu reden.« Er zog ein pralles Unterlagenmäppchen unter dem Arm hervor und legte es auf den Schreibtisch. »Noch ein paar Fälle wie dieser, und ich wechsle in die Aluminiumindustrie.«

Dr. Howard warf einen ersten Blick in das Mäppchen. Der Patient war männlich und sechzig Jahre alt; er hieß Lamborn.

»Vor genau dreiundzwanzig Tagen habe ich bei ihm eine Untersuchung durchgeführt«, sagte der schwarze Kollege. »Er hatte ein bißchen Übergewicht – aber haben wir das nicht fast alle? Ansonsten war alles in Ordnung, fand ich und sagte es ihm auch. Dann tauchte er vor einer Woche wieder auf und sah aus wie der leibhaftige Tod. Er hatte in der Zeit zwanzig Pfund abgenommen. Ich nahm ihn sofort ins Krankenhaus auf in der Annahme, er hätte etwas Bösartiges, was ich übersehen hätte. Ich habe jede Untersuchung bei ihm vorgenommen, die man sich vorstellen kann – ohne Ergebnis. Und vor drei Tagen starb er mir dann. Ich mußte die Angehörigen ziemlich beknien, bis ich die Genehmigung für eine Autopsie bekam. Und was kam dabei heraus?«

»Kein Krebs, kein Tumor.«

»Genau«, sagte Dr. Washington, »keine Malignität. Aber jedes seiner Organe war irgendwie verbraucht. Ich sprach mit Dr. Wanamaker darüber, und der wiederum meinte, ich soll mit Ihnen reden – Sie könnten mir wohl dazu etwas sagen.«

»Nun, ich habe ebenfalls schon ganz ähnliche Fälle gehabt«, meinte Dr. Howard. »Dr. Wanamaker übrigens auch. Um ehrlich zu sein, fürchte ich allmählich, daß wir es hier mit einer bisher unbekannten Krankheit schlimmsten Ausmaßes zu tun haben.«

»Und was sollen wir machen?« fragte Jerome Washington. »Aufregungen dieser Art verkrafte ich nur in beschränktem Umfang.«

»Da kann ich Sie gut verstehen. Angesichts der Todesfälle, die ich in letzter Zeit hinnehmen mußte, dachte ich ernstlich daran, den Beruf zu wechseln. Und ich kann nicht verstehen, wieso uns unsere Generaluntersuchungen keinerlei Hinweise liefern. Ich sagte Dr. Wanamaker schon, daß ich eine Zusammenkunft der Kollegen in dieser Sache veranlassen würde, und meine nun, daß es keinen Aufschub mehr erlaubt.« Dabei trat wieder das Bild des rasch verblutenden Alvin Hayes vor sein inneres Auge. »Wir sollten uns morgen nachmittag alle zusammensetzen. Ich werde Claudia bitten, die Sache entsprechend vorzubereiten, und werde meinerseits die dafür zuständigen Mitarbeiterinnen bitten, eine Liste aller während des letzten Jahres durchgeführten Untersuchungen zu erstellen und darauf zu vermerken, was sich eventuell an Besonderheiten hinsichtlich des Gesundheitszustandes der Patienten ergab.«

»Das hört sich gut an«, meinte Dr. Washington. »Fälle wie dieser versetzen dem Selbstvertrauen einen ganz schönen Knacks!«

Nachdem Dr. Jerome Washington ihn wieder verlassen hatte, ging Dr. Howard zum zentralen Empfangsschalter, um dort die Planung für die Ärzteversammlung durchzusprechen. Es war ihm klar, daß das für einige Leute Überstunden bedeuten würde, und er war froh darüber, daß man immerhin schon Computer einsetzen konnte. Es gab natürlich etwas Gemaule, als er erläuterte, was alles nötig war, einschließlich der Verschiebung sämtlicher Patiententermine, aber Claudia übernahm die Rolle der Teamchefin. Nun war Dr. Howard beruhigt, daß die Dinge so gut erledigt werden würden, wie das in der knappen Zeit überhaupt möglich war.

Als um halb sechs der letzte seiner Patienten gegangen war, wählte der Arzt nochmals die Privatnummer von Helene Brennquivist – keine Reaktion. Impulsiv entschloß er sich, auf dem Heimweg bei ihr vorbeizufahren, und schaute ihre Adresse nach, die ihm die Personalabteilung gegeben hatte. Es war drüben in Cambridge, an der Concord Avenue. Dann erinnerte er sich an die Hausnummer – das war doch die Craigie-Arms-Wohnanlage.

Welch ein Zufall, dachte er. Bevor er Danielle kennengelernt hatte, war er eine Zeitlang mit einem Mädchen gegangen, das dort wohnte.

Dr. Howard ging zu seinem Auto hinunter und fuhr los in Richtung Cambridge. Der Verkehr war mal wieder fürchterlich, aber da er sich auskannte, konnte er auf Nebenstraßen ausweichen und sich zu der Adresse durchschlängeln. Er fand sogar gleich einen Parkplatz und trat in die Vorhalle des Gebäudes. Dort suchte er die Namensschilder ab und klingelte bei Brennquivist. Immerhin war es nicht völlig auszuschließen, daß das Mädchen zwar ihr Telefon nicht abnahm, aber vielleicht auf ein Klingeln an der Tür reagierte.

Doch es kam keine Antwort, und die Tür wurde nicht geöffnet. Der Arzt überflog die übrigen Klingelschilder – nein, Lucy Hagens Name war nicht mehr darunter. Nun, kein Wunder – das war immerhin fünfzehn Jahre her.

Also drückte Dr. Howard den Knopf neben dem Schildchen »Hausmeister«. Eine kleine Sprechöffnung oberhalb der Klingeln erwachte knackend zum Leben, und die barsche Stimme von Larry Gratz ertönte: »Keine Werbung, keine Spenden!«

Jason Howard stellte sich rasch vor und fügte hinzu, er könne ja nicht erwarten, daß der Hausmeister sich noch an ihn erinnere – das sei immerhin schon ein paar Jährchen her. Er sagte, daß er besorgt sei wegen einer Kollegin, die hier im Haus wohne. Mr. Gratz gab keine Antwort, doch die Tür ging auf. Drinnen nahm er den vertrauten Geruch wahr, an den er sich auch nach fünfzehn Jahren noch gut erinnern konnte – den nach gebratenen Zwiebeln. Im Hintergrund des gekachelten Vorplatzes öffnete sich eine weitere Tür, in der Larry Gratz erschien – gekleidet wie immer in ein schmuddeliges Unterleibchen und fleckige Jeans. Seit zwei Tagen schätzungsweise hatte er sich nicht rasiert. Er ließ sich nochmals Howards Namen nennen, schaute ihm dann aufmerksam ins Gesicht und sagte schließlich: »Waren Sie nicht mal 'ne Weile mit der Hagen von J-2 befreundet?«

Jason Howard war beeindruckt. Der Mann würde sicher keine Schönheitskonkurrenzen gewinnen, hatte aber offensichtlich ein ganz vorzügliches Gedächtnis. Sie hatten sich damals kennengelernt, weil Lucy ständig Probleme mit ihren Rohrleitungen hatte und der Hausmeister dauernd etwas bei ihr reparieren mußte.

»Was kann ich für Sie tun?« fragte Larry Gratz.

Der Arzt erläuterte ihm, daß Helene Brennquivist den ganzen Tag über nicht zur Arbeit gekommen sei und trotz wiederholter Versuche sich auch am Telefon nicht gemeldet hätte. Er fügte hinzu, daß er deshalb sehr besorgt sei.

»Ich kann Sie aber nicht in ihre Wohnung lassen.«

»Das sehe ich schon ein«, sagte Howard, »aber ich möchte einfach sichergehen, daß alles in Ordnung ist.«

Der Hausmeister schaute ihn einen Augenblick lang an, grunzte dann, holte einen mächtigen Schlüsselbund und ging zum Aufzug. Ohne ein weiteres Wort fuhren sie gemeinsam nach oben. Helenes Wohnung lag am Ende eines langen Flurs. Schon ehe sie die Tür erreicht hatten, konnten sie die laute Rockmusik drin hören.

»Scheint 'ne Party zu haben«, meinte Gratz. Er drückte eine volle Minute lang auf die Klingel, ohne daß sich etwas rührte. Gratz legte sein Ohr an die Tür und klingelte nochmals. Dann sagte er: »Die hören bei dem Lärm vielleicht einfach die Klingel nicht. Ein Wunder, daß sich noch niemand über die laute Musik beklagt hat.«

Mit seiner behaarten Faust hämmerte er gegen die Tür. Schließlich fingerte er aus seinem Schlüsselbund – von dem Dr. Howard fand, er müsse wohl für halb Cambridge reichen – den passenden Schlüssel heraus und schloß die Tür auf. Als sie aufsprang, überfiel sie das sofort entsprechend lauter gewordene Dröhnen der Musik. »Scheiße!« sagte Gratz und schrie dann in die Wohnung: »Halloo!« Er bekam keine Antwort.

Das Apartment hatte einen kleinen Flur, in dem sich links ein Bogendurchgang öffnete; schon von seinem jetzigen Standort aus spürte Dr. Howard den unverkennbaren Geruch des Todes. Er wollte etwas sagen, doch der Hausmeister gebot ihm mit einer Geste zu schweigen.

»Sie warten hier erst mal!« sagte er in das Dröhnen der Musik hinein und ging ins Wohnzimmer.

»O Gott!« schrie er gleich darauf, die Augen geweitet und das Gesicht bleich vor Schrecken. Der Arzt blickte an ihm vorbei in den Raum – es war wie ein Alptraum.

Der Hausmeister rannte, die Hand vor den Mund gepreßt, in die Küche. Selbst der Arzt, der ja als Mediziner an einiges gewöhnt war, hatte Mühe, seinen Magen unter Kontrolle zu halten. Helene Brennquivist und eine zweite Frau lagen nackt nebeneinander auf der Couch, die Hände auf den Rücken gefesselt. Ihre Körper waren grauenhaft verstümmelt. Ein großes stählernes Küchenmesser war tief in den niedrigen Tisch gestoßen worden.

Dr. Howard wandte sich ab und schaute in die Küche. Dort hing der Hausmeister keuchend und würgend über dem Ausguß. Zunächst wollte ihm der Arzt zu Hilfe kommen, doch dann fiel ihm etwas Besseres ein. Er ging statt dessen zur Wohnungstür und riß sie weit auf. Dankbar atmete er die hereinströmende frische Luft ein. Ein paar Minuten später gesellte sich der Hausmeister zu ihm.

»Warum holen Sie nicht die Polizei?« sagte der Arzt und ließ es zu, daß die Tür ins Schloß fiel. Schon das Abebben des Lärms war eine gewisse Erholung; sein Übelkeitsgefühl wich allmählich.

Larry Gratz war froh, etwas tun zu können, und rannte die Treppe hinunter. Dr. Howard lehnte sich an die Wand und zwang sich, nichts zu denken; er zitterte.

Kurz darauf erschienen zwei Polizisten. Sie waren noch jung und wurden ziemlich grün im Gesicht, als sie einen Blick in das Wohnzimmer warfen. Doch dann sorgten sie pflichtbewußt dafür, daß nichts berührt wurde, zogen mit der entsprechenden Vorsicht diesbezüglich endlich den Stecker des Radios aus der Steckdose und machten sich schließlich an die Befragung von Dr. Howard und Larry Gratz. Bald trafen weitere Polizisten ein, darunter auch Beamte in Zivil. Dr. Howard meinte, Michael Curran könnte wohl an der Sache interessiert sein, und schlug vor, daß jemand ihn anrufe. Ein Polizeifotograf traf ein und schoß eine Aufnahme nach der anderen. Schließlich erschien auch der beamtete Leichenbeschauer für den Bezirk Cambridge.

Dr. Howard stand im Gang herum, als Curran auf Miß Brennquivists Wohnung zukam.

Er verhielt beim Anblick des Doktors nur einen kurzen Augenblick, um zu fragen: »Was tun Sie denn schon wieder hier?«

Howard sagte gar nichts, und Curran wandte sich, kurz seine Dienstmarke zeigend, an den vor dem Eingang postierten Polizisten. »Wer ist hier zuständig?« Der Polizist deutete unbestimmt mit dem Daumen auf das Wohnzimmer, und Curran ging hinein, Howard auf dem Gang stehenlassend.

Ein paar Presseleute tauchten auf mit ihren unvermeidlichen Notizbüchern und Fotoapparaten. Sie versuchten, in die Wohnung zu kommen, aber der Polizist am Eingang verwehrte ihnen den Zutritt. Also mußten sie sich darauf beschränken, jeden auszufragen, der ihnen außerhalb der Wohnung über den Weg lief. Dazu zählte natürlich auch der herumstehende Dr. Howard, doch er sagte ihnen, daß er überhaupt nichts wisse, und so ließen sie ihn schließlich in Ruhe.

Nach kurzer Zeit tauchte Curran wieder auf – sogar er war etwas grünlich im Gesicht. Er trat zu Jason Howard, zog aus einem zerknäulten Päckchen eine Zigarette heraus und wühlte dann in all seinen Taschen nach Streichhölzern. Schließlich blickte er finster den Arzt an.

»Jetzt sagen Sie bloß nicht: ›Ich hab's Ihnen ja gesagt!‹ «, knurrte er ihn an.

»Das war doch nicht nur Vergewaltigung und anschließende Tötung, oder?« antwortete Dr. Howard ruhig.

»Das kann ich jetzt noch nicht sagen. Vergewaltigung ohne Frage. Was bringt Sie auf die Idee, daß es mehr gewesen sein könnte?«

»Die Verletzungen sind den Frauen erst nach dem Tod beigebracht worden.«

»Ach? Und was veranlaßt Sie zu dieser Annahme?«

»Es ist wenig Blut zu sehen. Wenn die Frauen noch gelebt hätten, während man sie so zurichtete, hätten sie viel mehr Blut verloren.«

»Ich bin beeindruckt«, sagte Curran. »Und ich muß, wenn auch ungern, ebenfalls zugeben, daß es wohl kaum die Tat irgendeines Verrückten war. Es gibt Anzeichen dafür, die ich jetzt nicht mit Ihnen erörtern kann, aber es sieht jedenfalls nach der Tat eines professionellen Killers aus. Es wurde eine kleinkalibrige Waffe benutzt.«

»Damit geben Sie also zu, daß der Tod von Miß Brennquivist etwas mit Hayes zu tun haben muß.«

»Vielleicht«, räumte Curran immerhin ein. »Man sagte mir, Sie hätten die Leichen entdeckt.«

»Zusammen mit dem Hausmeister.«

»Was hat Sie denn veranlaßt hierherzukommen, Doktor?«

Der Arzt antwortete nicht gleich. »Ich weiß es auch nicht so genau«, meinte er schließlich. »Wie ich Ihnen schon sagte, hatte ich einfach ein ungutes Gefühl, als Helene Brennquivist nicht zur Arbeit erschien.«

Curran kratzte sich am Kopf und ließ seinen Blick aufmerksam durch den Gang streifen. Er nahm einen tiefen Zug aus seiner Zigarette und ließ den Rauch langsam durch die Nase ausströmen. Inzwischen standen eine Menge Leute herum – Polizisten, Reporter und neugierige Mieter. An der Wand lehnten zwei Tragekästen zum Abtransport der Leichen.

»Ich muß mir noch überlegen, ob ich die Sache an das Sitten- und Drogendezernat abgebe«, sagte Curran zum Abschied; dann ging er.

Dr. Howard trat an den Polizisten heran, der die Tür zur Wohnung von Helene Brennquivist bewachte. »Ich wollte gern wissen, ob ich jetzt gehen kann.«

»He, Rosati!« rief der Polizist. Der betreffende Kriminalbeamte, ein dünner, hohlwangiger Bursche mit einem Schopf zerzauster dunkler Haare, erschien fast augenblicklich.

»Er möchte gehn«, sagte der Uniformierte und deutete mit dem Kopf auf Dr. Howard.

»Ihren Namen und Ihre Anschrift haben wir?« fragte Rosati.

»Namen, Anschrift, Telefonnummer, Führerschein- und Versicherungsdaten – alles.«

»Scheint in Ordnung zu sein«, sagte Rosati. »Wir rufen Sie an.«

Jason Howard nickte und ging dann mit wackligen Knien den Gang hinunter. Als er auf die Concord Avenue hinaustrat, war er überrascht, daß es inzwischen dunkel geworden war. Die kalte Abendluft roch nach Abgasen. Als ob er nicht schon genug erlebt hätte, fand er auch noch einen Strafzettel unter dem Scheibenwischer. Ein Blick darauf belehrte ihn, daß er auf einem Platz geparkt hatte, auf dem das nur Anliegern gestattet war.

Für den Rückweg zum GHP-Komplex brauchte er viel länger als vorher für die Fahrt von dort zur Wohnung von Miß Brennquivist. Der Verkehr staute sich auf dem Storrow Drive bei der Fenway-Ausfahrt, so daß es schon fast halb acht war, als er wieder auf dem Parkplatz vor dem GHP-Krankenhaus eintraf. Er stellte seinen Wagen ab und ging in das Gebäude. In seinem Büro fand er einen langen Computerausdruck auf dem Schreibtisch, auf dem alle Patienten aufgelistet waren, die im Laufe des vergangenen Jahres in der GHP-Klinik eine Generaluntersuchung hatten machen lassen. *Da haben die Mädchen schwer geschuftet*, dachte der Arzt, während er den Ausdruck in seiner Aktentasche verstaute.

Dann fuhr er zu seiner üblichen Visite hinauf. Eine der Schwestern berichtete ihm über das Ergebnis der Arteriographie bei Madaline Krammer: Alle ihre Arterien wiesen schwerwiegende, verbreitete, nicht auf bestimmte Punkte beschränkte Veränderungen auf. Beim Vergleich mit einer vor sechs Monaten durchgeführten ähnlichen Untersuchung war die stark fortgeschrittene Verschlechterung unübersehbar. Dr. Harry Sarnoff, der Herzspezialist, meinte dazu, sie sei kein Fall für einen operativen Eingriff, und angesichts ihrer niedrigen Cholesterin- und Fettsäurewerte konnte er auch keine besonderen Vorschläge zu ihrer Behandlung machen. Um auf keinen Fall etwas zu versäumen, bat Dr. Howard jedoch nochmals ausdrücklich darum, die Frage eines chirurgischen Eingriffs zu prüfen, und ging dann zu ihr hinein.

Wie er das an ihr schon kannte, war Madaline Krammer in guter Stimmung und spielte ihre Symptome herunter. Dr. Howard berichtete ihr, daß er einen Chirurgen um eine Spezialbegutachtung gebeten hätte und morgen wieder zu ihr käme. Er verspürte eine schlimme Vorahnung, daß es die Frau nicht mehr lange machen würde. Als er ihre Knöchel wegen des Wasserstaus abtastete, fielen ihm dort Hautabschürfungen auf.

»Haben Sie sich gekratzt?« fragte er.

»Ein bißchen«, gab Mrs. Krammer zu und zog sich die Bettdecke verlegen höher zum Hals.

»Jucken Ihre Knöchel denn?«

»Ich denke, daß es die Hitze hier drin ist. Es ist ziemlich trockene Luft hier.«

Dr. Howard hatte eigentlich nicht diesen Eindruck. Das Belüftungssystem des Krankenhauses war grundsätzlich so eingestellt, daß die Luftfeuchtigkeit auf gleichmäßigem, normalem Stand gehalten wurde.

Mit dem furchtbaren Gefühl, daß er das ja alles schon einmal erlebt hatte, ging der Arzt zum Schwesternzimmer zurück und veranlaßte eine dermatologische Untersuchung sowie eine allergolische Untersuchung, die über vierzig automatisierte Spezialtests umfaßte.

Der Rest seiner Visite verlief auch nicht ermutigender. Es schien so, als ob es mit all seinen Patienten abwärtsginge. Als er das Krankenhaus verließ, entschloß er sich, zu Shirley Montgomery zu fahren. Er mußte mit jemandem reden, und sie hatte ja keinen Zweifel daran gelassen, daß sie gerne mit ihm zusammen war. Außerdem fand er, daß er ihr vom Mord an Helene Brennquivist berichten sollte, ehe sie das aus der Zeitung erfuhr. Es war ihm klar, daß sie das schwer treffen mußte.

Er brauchte etwa zwanzig Minuten, ehe er auf den gepflasterten Vorplatz ihres Hauses einbog. Er war froh, daß er erleuchtete Fenster sah.

»Jason! Welch schöne Überraschung!« sagte sie, auf

sein Klingeln hin öffnend. Sie trug einen roten Gymnastikanzug, schwarze Strumpfhosen und ein weißes Stirnband. »Ich wollte gerade mit Aerobic anfangen!«

»Ich hätte wohl besser vorher anrufen sollen.«

»Ach was«, sagte sie, nahm ihn bei der Hand und zog ihn hinein. »Ich bin immer froh, wenn ich eine Ausrede finde, um nicht turnen zu müssen«, beteuerte sie. Sie führte ihn in die Küche, wo ein Stapel von Berichten und sonstigen Unterlagen auf dem Tisch lag. Es kam ihm dabei zu Bewußtsein, welch einen Berg von Arbeit die Leitung eines Unternehmens wie GHP mit sich bringen mußte. Wie immer war er beeindruckt von Shirleys Tüchtigkeit.

Nachdem sie ihm einen Drink gebracht hatte, fragte Howard sie, ob sie schon die Neuigkeit gehört hätte.

»Ich weiß nicht«, antwortete sie, zog ihr Stirnband herunter und schüttelte ihre Mähne zurecht. »Welche Neuigkeit denn?«

»In bezug auf Helene Brennquivist...«

»Eine gute Nachricht?« fragte Shirley und griff nach ihrem eigenen Glas.

»Ich fürchte, kaum«, antwortete er. »Miß Brennquivist und ihre Zimmergenossin wurden ermordet.«

Shirley vergoß ihren Drink und machte sich dann mechanisch ans Aufwischen. Nach langem Schweigen fragte sie schließlich: »Was ist geschehen?«

»Es war ein Sexualmord – zumindest sieht es so aus.« Es setzte ihm zu, als er ihr die Szene schilderte.

»Wie grauenhaft«, sagte sie und krampfte eine Hand in ihr Trikot.

»Ja, es war schrecklich«, stimmte Dr. Howard zu.

»Das ist der schlimmste Alptraum einer jeden Frau. Wann ist es denn passiert?«

»Heute nacht, nimmt man an.«

Shirley blickte ins Leere. »Ich muß Bob Walthrow anrufen. Das ist ein weiterer Schlag für unser Image.«

Shirley Montgomery erhob sich und trat mit unsicheren

Schritten ans Telefon. Howard konnte die Bewegung in ihrer Stimme hören, als sie erläuterte, was geschehen war.

»Ich beneide Sie wirklich nicht um Ihre Aufgabe«, sagte sie vor dem Einhängen. Howard sah die Tränen in ihren Augen stehen.

»Mit dir geht es mir ja genauso«, wandte sie sich an Howard. »Jedesmal, wenn du mir sagen mußt, daß schon wieder einer deiner Patienten gestorben ist, bin ich froh, daß ich nicht selbst Ärztin geworden bin.«

Obwohl die beiden keinen sonderlichen Hunger verspürten, kochte Shirley doch rasch ein paar Spaghetti. Dann versuchte sie ihn zum Bleiben zu bewegen, doch obwohl er es tröstlich gefunden hatte, bei ihr zu sein, um die Gedanken an das schreckliche Ende von Helene Brennquivist zu verdrängen, konnte er nicht bleiben. Er mußte zu Hause sein, wenn Carol Donners Anruf kam. Er schützte einen Haufen unerledigter Arbeit vor und fuhr nach Hause.

Nach einer Dusche nahm er sich den Computerausdruck mit den Namen aller Patienten vor, die sich im Laufe des vergangenen Jahres einer Generaluntersuchung am GHP-Krankenhaus unterzogen hatten. Die Füße auf dem Schreibtisch, stellte er fest, daß die Untersuchungen säuberlich getrennt nach verschiedenen Ärzten aufgelistet waren, die sie durchgeführt hatten. Da die Liste obendrein nicht chronologisch, sondern alphabetisch angelegt war, brauchte er eine ganze Weile, um festzustellen, daß Todesfälle unter den derart untersuchten Patienten in den letzten sechs Monaten sehr viel häufiger waren als in der ersten Jahreshälfte. Ohne den Ausdruck ganz genau auszuwerten, schien es ihm doch eindeutig, daß während der letzten Monate ein erheblicher Anstieg der Todesfälle zu verzeichnen war.

Howard nahm einen Bleistift zur Hand und schrieb sich Namen und Daten der betreffenden Patienten heraus. Er war über deren große Zahl erschrocken. Dann rief er in der Telefonzentrale des GHP an und bat darum, ihn mit dem Archiv zu verbinden. Als er eine der dort zum Nachtdienst eingesetzten Angestellten an den Apparat bekam, gab er die Kennziffern der Patienten durch und fragte, ob man ihm wohl die entsprechenden Unterlagen einschließlich der Notizen über die nichtstationäre Behandlung heraussuchen könne. Die Mitarbeiterin versprach, ihm die Sachen auf den Schreibtisch zu legen.

Dr. Howard verstaute die Listen wieder in seiner Aktentasche und griff nach dem *Kompendium der Endokrinologie,* wo er das Kapitel über Wachstumshormone aufschlug. Doch wie ihm das öfter mit solchen Dingen ging – je mehr er darüber las, desto weniger begriff er. Wachstumshormone und ihr Einfluß auf Wachstum und sexuelle Reifung waren eine komplizierte Materie. So kompliziert, daß er darüber einschlief, das schwere Buch auf dem Bauch.

Das Klingeln des Telefons riß ihn aus dem Schlaf – so jäh, daß das dicke Buch zu Boden fiel. Er langte nach dem Hörer und nahm an, es sei sein Telefondienst. Er brauchte einen Moment, um zu begreifen, daß Carol Donner am Apparat war. Ein rascher Blick auf die Uhr zeigte ihm, daß es elf Minuten nach drei war.

»Ich hoffe, ich habe Sie nicht aus dem Schlaf gerissen«, sagte das Mädchen.

»Nein, nein«, log der Arzt. Seine Beine waren ganz steif. »Ich habe auf Ihren Anruf gewartet. Wo stecken Sie?«

»Ich bin zu Hause«, antwortete sie.

»Kann ich mir das Päckchen abholen?«

»Ich hab's nicht hier. Um Probleme zu vermeiden, habe ich es einer Kollegin gegeben. Sie heißt Melody Andrews und wohnt am Beacon Hill, Revere Street 69.« Sie nannte ihm die Telefonnummer ihrer Kollegin und fuhr fort: »Melody erwartet Ihren Anruf; sie müßte gerade nach Hause gekommen sein. Geben Sie mir bitte Bescheid, was Sie von den Sachen halten, und falls es irgendwelche Probleme geben sollte, hier meine Telefonnummer...«

»Vielen Dank«, sagte Jason Howard, der sich alles sorgsam aufgeschrieben hatte. Er war überrascht darüber, wie enttäuscht er sich fühlte, nicht persönlich mit ihr zusammentreffen zu können.

»Seien Sie vorsichtig!« sagte Carol Donner noch, ehe sie auflegte.

Er ging an seinen Schreibtisch zurück und mußte immer noch darum kämpfen, richtig wach zu werden. Dabei fiel ihm ein, daß er Carol Donner nicht einmal den Tod von Helene Brennquivist mitgeteilt hatte. *Nun, das ist ein guter Grund, um sie noch mal anzurufen,* dachte er und wählte die Nummer ihrer Kollegin.

Melody Andrews meldete sich mit einem kräftigen Südstadtakzent. Sie teilte Howard mit, daß sie das Päckchen hätte und er gleich vorbeikommen könne, um es sich abzuholen. So eine halbe Stunde etwa sei sie sicher noch auf.

Er zog sich einen Pullover und eine lässige Jacke an und machte sich, da es nicht weit war, zu Fuß auf den Weg. Er ging ein Stück die Pinckney Street hinunter und dann hinüber zur parallel verlaufenden Revere Street. Das ihm genannte Haus lag auf der linken Straßenseite. Er klingelte bei Melody Andrews, und sie erschien in Lockenwicklern an der Tür. Howard hatte gar nicht gewußt, daß man so etwas tatsächlich noch benutzte. Das Gesicht des Mädchens war bleich und abgespannt.

Er stellte sich vor, sie nickte nur und überreichte ihm das in braunes Packpapier eingeschlagene und verschnürte Päckchen. Es war ziemlich groß, eher schon ein Paket. Als sich der Arzt bedankte, sagte sie mit einem Schulterzucken nur: »Schon in Ordnung.«

Nach Hause zurückgekehrt, riß sich Howard Jacke und Pullover herunter, lief in die Küche, holte eine Schere und schnitt begierig die Schnur um das Paket auf. Dann trug er es in sein Arbeitszimmer, legte es auf seinen Schreibtisch und begann es auszupacken. Es enthielt zwei Ordner mit handschriftlichen Anweisungen, Diagrammen, Untersuchungsergebnissen und Aufzeichnungen über Experimente. Auf dem einen Ordner stand *Gene Inc.* auf dem anderen einfach *Unterlagen*. Außerdem gab es einen großen Umschlag mit Briefen und Durchschlägen.

Der erste Brief, den Howard las, stammte von der Gene Incorporated und enthielt die Aufforderung an Hayes, sich an seinen Vertrag zu halten und das Somatomedin-Protokoll sowie den Rekombinationsstamm von Kolibakterien zurückzugeben, die er widerrechtlich aus ihrem Labor geholt hätte. Die weitere Beschäftigung mit der Korrespondenz informierte Howard darüber, daß es schwerwiegende Meinungsverschiedenheiten zwischen Hayes und der Gene Incorporated gab, welche die Eigentumsverhältnisse am Verfahren und dem Bakterienstamm betrafen, und daß Hayes dabei war, sich ein Patent darauf zu sichern. Außerdem fand der Arzt eine Reihe von Briefen eines Rechtsanwalts namens Samuel Schwartz. Etwa die Hälfte davon bezog sich auf die Sicherung des Patents für die das Somatomedin produzierende Bakterienkultur und die andere auf die Errichtung einer Gesellschaft. Soweit er es sah, hielt Alvin Hayes daran einundfünfzig Prozent, während sich in die restlichen neunundvierzig dessen Kinder und Samuel Schwartz teilten.

Das wäre also die Korrespondenz, dachte Howard. Er legte die Briefe und Durchschläge in den Umschlag zurück und wandte sich den Ordnern zu. Obenauf in dem mit *Gene Inc.* gekennzeichneten lag ein umfangreicher Schriftsatz, der das in der Korrespondenz erwähnte Protokoll zu sein schien. Der Arzt blätterte es durch und stellte fest, daß es offenbar im Detail die Züchtung des Rekombinationsstammes von Kolibakterien beschrieb, die der Produktion von Somatomedin dienen sollten. Aus seiner Lektüre wußte er inzwischen, daß Somatomedine wachstumsfördernde Substanzen waren, die von den Leberzellen produziert wurden, wenn dort das entsprechende Wachstumshormon vorhanden war.

Der Arzt legte den ersten Ordner beiseite und griff zum zweiten. Die darin enthaltenen Notizen über Experimente waren offenbar unvollständig, aber er konnte ihnen entnehmen, daß es dabei um die Erzeugung eines monoklonalen Antikörpers für ein bestimmtes Protein ging. Das Protein war zwar nicht namentlich genannt, aber Dr. Howard fand ein Diagramm über seinen Aminosäure-Aufbau. Die meisten Unterlagen überstiegen Howards Wissensstand, doch aus der Tatsache, daß weite Passagen durchgestrichen und viele Anmerkungen an den Rand gekritzelt waren, schloß er, daß die Forschungen keineswegs abgeschlossen waren und daß es bis zu dem Zeitpunkt, als die letzten Eintragungen erfolgten, Dr. Alvin Hayes nicht gelungen war, den gewünschten Antikörper zu erzeugen.

Der Arzt reckte sich und stand auf. Er war irgendwie enttäuscht. Er hatte gehofft, daß das Päckchen von Carol Donner ihm ein klareres Bild über die Art von Hayes' Entdeckung verschaffen könnte, aber außer der Information über die Zwistigkeiten zwischen Hayes und der Gene Incorporated hatte Howard nicht allzuviel erfahren, wovon er nicht schon vorher eine gewisse Vorstellung gehabt hätte. Er hatte zwar jetzt eine Dokumentation über das Verfahren zur Erzeugung von Somatomedin beziehungsweise des dafür erforderlichen Stammes von Kolibakterien in Händen, aber das konnte er eigentlich nicht als die von Hayes erwähnte bahnbrechende Entdeckung betrachten, und mit den weiteren Notizen konnte er auch nichts anfangen.

Erschöpft löschte Dr. Jason Howard die Lichter und ging zu Bett. Es war ein langer und schlimmer Tag für ihn gewesen.

11

Alpträume, in denen in immer neuen Variationen die Szene in der Wohnung von Helene Brennquivist eine Rolle spielte, schreckten Dr. Howard aus dem Schlaf, ehe noch die Sonne im Osten den Himmel rot färbte. Er setzte die Kaffeemaschine in Betrieb und holte die Zeitung herein, in der er, während der Kaffee durch den Filter tröpfelte, über den schrecklichen Doppelmord las. Doch da stand nichts, was der Arzt nicht schon gewußt hätte. Wie zu erwarten, lag der Schwerpunkt der Berichterstattung auf der Vergewaltigung. Howard packt sich den Ordner mit der Aufschrift *Gene Inc.* in die Aktentasche und fuhr in die GHP-Klinik.

Ein Vorteil um diese frühe Stunde war der geringe Verkehr, und er genoß es auch, die Wahl unter günstig gelegenen Parkplätzen zu haben. Noch nicht einmal die Chirurgen, die oft schon zu so früher Stunde ihren Dienst antraten, waren bisher eingetroffen.

Dr. Howard ging direkt in sein Büro. Tatsächlich lag dort bereits ein hoher Stapel der von ihm angeforderten Krankenunterlagen. Er zog die Jacke aus und begann sofort, die Mäppchen durchzusehen. Da ja feststand, daß es hier um Patienten ging, die innerhalb eines Monats gestorben waren, nachdem ihnen von Ärzten der GHP-Klinik aufgrund einer umfangreichen Generaluntersuchung versichert worden war, daß sie grundsätzlich gesund seien, suchte der Arzt nach irgendwelchen Übereinstimmungen. Doch es fiel ihm nichts Ungewöhnliches auf. Er verglich EKG-Ergebnisse und Cholesterinspiegel, die

Blutsenkungen, die Fettsäure und die Immunglobulinwerte. Nichts wich vom Normalen so weit ab, daß man irgendwelche Rückschlüsse ziehen konnte. Das einzige übereinstimmende Merkmal war, daß der Tod die Patienten innerhalb eines Monats nach Durchführung dieser Generaluntersuchung ereilt hatte. Noch schwerwiegender fand Howard die Tatsache, daß die Zahl der Todesfälle innerhalb der letzten drei Monate dramatisch angestiegen war.

Als er gerade das sechsundzwanzigste Patientenmäppchen durchging, fiel ihm plötzlich etwas auf. Obwohl es bei den Patienten keine Übereinstimmung tatsächlicher Krankheitssymptome gab, waren ihnen doch gewisse Verhaltensweisen gemeinsam. Alle hatten Übergewicht, einige rauchten zuviel oder tranken zuviel oder trieben zuwenig Sport oder nahmen gelegentlich sogar leichte Drogen – bei den meisten trafen gleich mehrere dieser Anzeichen für eine ungesunde Lebensweise zusammen. Es handelte sich also um Männer und Frauen, die aufgrund eines bestimmten Lebensstils in verstärktem Maße mit gesundheitlichen Problemen rechnen mußten. Das bestürzende aber war dabei, daß sich ihr Gesundheitszustand immer so rapide verschlechtert hatte. Und woher kam die auffällig erhöhte Todesrate in letzter Zeit? Die Leute lebten schließlich auch nicht entscheidend ungesünder als in den Monaten zuvor. Nicht ganz auszuschließen war natürlich, daß hier einfach die Statistik mit ihrer Gleichmacherei einen Streich spielte – sie hatten bisher Glück gehabt, und jetzt drängten sich die Probleme zusammen. Aber Sinn ergab das eigentlich auch wieder nicht, denn die Erhöhung der Sterblichkeitsrate war doch zu ausgeprägt. Dr. Howard war kein erfahrener Statistiker, und deshalb beschloß er, diesbezüglich einen Fachmann zu befragen, um sich genauer über die richtige Wertung dieser Zahlen informieren zu lassen.

Als er sicher sein konnte, keinen Patienten mehr aus

dem Schlaf zu schrecken, begann Dr. Howard mit seiner Visite. Nichts hatte sich da oben geändert. Er kehrte in sein Büro zurück und rief, bevor er sich dem ersten bestellten Patienten zuwandte, noch wegen der verendeten Tiere in Hayes' Labor in der Pathologie an. Er wartete ein paar Minuten, bis die Mitarbeiterin dort den Untersuchungsbericht gefunden hatte.

»So, nun habe ich ihn«, sagte sie. »Sie sind alle an Strychninvergiftung verendet.«

Der Arzt bedankte sich, legte auf und rief als nächstes Dr. Danforth im städtischen Leichenschauhaus an. Es meldete sich eine Assistentin, da Margaret Danforth gerade mit einer Autopsie beschäftigt war. Howard wollte wissen, ob die toxikologische Untersuchung an Gerald Farr irgend etwas Interessantes ergeben hätte.

»Die Untersuchung verlief negativ«, bekam er zur Antwort.

»Noch eine Frage bitte: Hätte man Strychnin feststellen können?«

»Einen Augenblick bitte«, antwortete die Assistentin, »da muß ich mal fragen.«

Man hörte im Hintergrund, wie sie mit jemandem sprach. Dann kam sie wieder an den Apparat und teilte mit: »Ja, Strychnin hätte man festgestellt, wenn es vorhanden gewesen wäre.«

Der Arzt verabschiedete sich mit einem »Danke bestens!« und legte auf.

Er erhob sich, trat ans Fenster und blickte hinaus. Draußen konnte er den zunehmenden Verkehr auf der Uferstraße beobachten. Der Himmel war hell, aber doch bedeckt. Früher November – in Boston kein sonderlich angenehmer Monat. Jason Howard fühlte sich unruhig, angstvoll und trostlos. Er dachte über das Paket von Carol Donner nach und fragte sich, ob er es wohl Curran übergeben solle. Aber was hätte das für einen Sinn? Für die war ja Hayes immer noch nichts anderes als ein Dealer.

Der Arzt ging zu seinem Schreibtisch zurück und nahm das Telefonbuch zur Hand. Er suchte sich die Telefonnummer der Gene Incorporated heraus und stellte dabei fest, daß die Firmenanschrift auf Pioneer Street in Cambridge lautete – das war ganz in der Nähe des Massachusetts Institute of Technology. In einem plötzlichen Einfall wählte er die betreffende Nummer. Es meldete sich eine Dame mit englischem Akzent. Howard bat, ihn mit dem Firmenchef zu verbinden.

»Sie meinen unseren Präsidenten, Dr. Leonard Dawen?«

»Ja, genau.« Er konnte hören, wie er weiterverbunden wurde, und bekam eine Sekretärin an den Apparat.

»Ja, hier ist das Büro von Dr. Dawen.«

»Kann ich bitte Dr. Dawen sprechen.«

»Wen darf ich denn melden?«

»Dr. Jason Howard.«

»Und worum geht es bitte?«

»Um bestimmte Laborberichte, die ich habe. Sagen Sie Dr. Dawen, ich sei von der GHP und ein Bekannter des verstorbenen Dr. Alvin Hayes.«

»Einen Augenblick bitte«, sagte die Sekretärin, und ihre Stimme klang wie vom Tonband.

Howard öffnete die oberste Schublade seines Schreibtischs und spielte mit den dort herumliegenden Bleistiften. Dann war ein Klicken in der Leitung zu hören, und schließlich erklang eine mächtige Stimme: »Hier ist Leonard Dawen!«

Der Arzt stellte sich vor und beschrieb dann kurz den Ordner.

»Darf ich fragen, wie Sie in seinen Besitz gekommen sind?«

»Das halte ich nicht für wesentlich – entscheidend ist, daß ich ihn habe.« Er wollte auf keinen Fall Carol Donner in die Geschichte hineinziehen.

»Diese Unterlagen sind unser Eigentum«, sagte Dr. Dawen. Seine Stimme war ruhig, hatte aber doch einen gebieterischen und drohenden Unterton.

»Ich bin durchaus bereit, Ihnen diese Unterlagen zu übergeben – im Austausch gegen einige Informationen über Dr. Hayes. Können wir uns treffen?«

»Wann?«

»So bald wie möglich«, sagte Dr. Howard. »Ich könnte während der Mittagspause zu Ihnen kommen.«

»Und Sie werden die Unterlagen dabeihaben?«

»Ja, das habe ich vor.«

Für den Rest des Vormittags war er vollauf damit beschäftigt, sich um den nicht abreißenden Strom seiner Patienten zu kümmern. Er war schon froh, daß ihm Sally nicht auch noch die Mittagszeit verplant hatte. Kaum hatte er seine letzte Untersuchung beendet, als er auch schon zu seinem Wagen eilte.

Drüben in Cambridge folgte er dem Weg am Massachusetts Institute of Technology vorbei und zwischen neuen Bürohochhäusern hindurch, von denen einige sich durch geradezu dramatische Modernität in lebhaften Gegensatz stellten zu den noch weitgehend vorherrschenden Backsteinbauten im traditionellen Neuenglandstil. Er bog schließlich zur Pioneer Street ein und fand dort unter der angegebenen Adresse einen supermodernen Bau aus poliertem Granit. Im Unterschied zu den Nachbarbauten war er nur sechs Stockwerke hoch. Die Fenster waren schmale Schlitze, die mit runden Scheiben aus bronzefarbigem Spiegelglas wechselten. Der Bau wirkte mächtig und abweisend, wie eine Festung in einem Science-fiction-Film.

Dr. Howard stieg aus und warf, die Aktentasche in der Hand, einen Blick die eindrucksvolle Fassade hinauf. Nachdem er soviel über DNA-Rekombinationstechniken gelesen und den entsetzlichen Zoo von Dr. Hayes gesehen hatte, beschlich ihn die unbehagliche Frage, ob er hier wohl in ein Haus des Schreckens trete. Der Haupteingang war kreisförmig und mit strahlenförmigen Granitstreifen eingefaßt, so daß der Eindruck eines riesigen Auges erweckt wurde, in dem die schwarzen Eingangstüren die Pupille bildeten. Die Eingangshalle war ebenfalls beherrscht von schwarzem Granit – der Boden, die Wände, sogar die Decke. Im Mittelpunkt des Empfangsbereiches stand eine effektvoll angestrahlte plastische Darstellung der DNA-Doppelhelix, die sich wie ein Reißverschluß öffnete.

Der Arzt trat auf eine attraktive junge Frau zu, die er für eine Koreanerin hielt und die hinter einer dicken Glasscheibe vor einer Art Kontrollpult saß, das ihn irgendwie an *Raumschiff Enterprise* erinnerte. Sie hatte einen schmalen Kopfhörer auf, und ein Mikrofon hing ihr um den Hals. Sie begrüßte ihn mit seinem Namen und sagte, er werde bereits im Konferenzraum im dritten Stock erwartet. Ihre Stimme klang durch das Mikrofon irgendwie metallisch.

Kaum hatte die Empfangsdame ihre Begrüßung beendet, als schon eine der Türen im Hintergrund sich automatisch öffnete und den Blick in eine Aufzugskabine freigab. Als sich Howard bei der Empfangsdame mit einem Kopfnicken bedankte, schoß ihm für einen Augenblick die Vorstellung durch den Kopf, sie sei ein lebender Roboter. Lächelnd betrat er den Aufzug und blickte sich suchend nach den Knöpfen für die jeweiligen Stockwerke um. Es gab keine, doch die Tür schloß sich hinter ihm, und der Aufzug schwebte nach oben.

Als sich die Tür wieder öffnete, fand sich der Arzt in einem schwarz ausgestatteten, türlosen Foyer. Offenbar, so vermutete er, erfolgte die gesamte Überwachung und Steuerung für das Gebäude von einer Zentrale aus, vielleicht unten beim Empfang. Zu seiner Linken bewegte sich ein Teil der Wandverkleidung zur Seite, und in der dadurch sichtbar werdenden Türöffnung stand ein Mann mit derben Gesichtszügen, auffällig gut gekleidet in einen dunklen Nadelstreifenanzug mit weißem Hemd und feingemusterter rötlicher Krawatte.

»Dr. Howard, ich bin Leonard Dawen«, sagte der Mann und forderte ihn mit einer Geste zum Eintreten auf. Die Hand hatte er ihm nicht gereicht. Seine Stimme hatte denselben befehlsgewohnten Ton, der dem Arzt schon bei seinem Telefongespräch mit ihm aufgefallen war. Im Vergleich zu der grabeskühlen Ausstattung des Gebäudes, die ihm bisher zu Gesicht gekommen war, wirkte das Konferenzzimmer eher wie eine holzgetäfelte Bibliothek und direkt gemütlich – solange man nicht den Blick auf die vierte Wand warf, die aus Glas war. Sie erlaubte den Durchblick auf eine Art von großem, supermodernem Laboratorium. Es war noch ein anderer Mann im Raum, ein Asiate, gekleidet in einen weißen, mit einem Reißverschluß geschlossenen Overall. Dawen stellte ihn als Mr. Hong, einen Mitarbeiter der Firma, vor. Nachdem sie alle am Tisch Platz genommen hatten, begann Dawen das Gespräch mit den Worten: »Ich hoffe, daß Sie die Unterlagen dabeihaben ...«

Der Arzt öffnete seine Aktentasche und überreichte den Ordner Dawen, der ihn wiederum an Hong weitergab. Der Mann begann den Inhalt Seite für Seite zu überfliegen; ein lastendes Schweigen breitete sich aus.

Howard ließ seinen Blick zwischen den beiden Männern hin und her wandern. Eine etwas freundlichere Atmosphäre hätte er sich schon vorstellen können – schließlich war er dabei, ihnen einen großen Gefallen zu erweisen.

Er wandte sich ab und schaute durch die gläserne Wand. Der Boden des Labors, in das er blickte, lag ein Stockwerk tiefer. Ein Großteil des Raumes war angefüllt mit mächtigen Stahlbottichen, die ihn an einen Besuch erinnerten, den er einmal in einer Brauerei gemacht hatte. Er hielt sie für Inkubatoren zur Züchtung von Bakterienkulturen. Daneben gab es eine Fülle an weiterer Ausstattung und verwirrende Rohrsysteme. Leute in weißen Overalls und weißen Schutzmützen huschten umher, anscheinend beschäftigt mit der Überwachung und Einstellung der verschiedenen Geräte.

Hong klappte den Ordner mit einem leichten Geräusch zu und sagte: »Scheint vollständig zu sein.«

»Eine angenehme Überraschung«, meinte Dr. Dawen, und dann, an Jason Howard gewandt: »Sie sind sich hoffentlich klar darüber, daß alles in diesem Ordner vertraulich ist.«

»Machen Sie sich keine Sorgen«, antwortete der Arzt, sich zu einem Lächeln zwingend. »Ich habe nicht allzuviel davon verstanden. Was mich viel mehr interessiert, ist Dr. Hayes. Kurz vor seinem Tod teilte er mir mit, er habe eine ganz außerordentliche Entdeckung gemacht. Ich möchte gerne wissen, ob man das, was auf diesen Seiten hier beschrieben wird, als solche einstufen kann.«

Dawen und Hong wechselten Blicke. »Ich würde hier eher von der Grundlage für einen geschäftlichen Erfolg sprechen«, sagte Hong dann. »Neue Technologie ist eigentlich nicht damit verbunden.«

»Das hatte ich schon befürchtet. Hayes war derart verwirrt, daß ich nicht hätte sagen können, ob er überhaupt noch seinen Verstand völlig beieinander hatte. Aber wenn er wirklich eine bahnbrechende Erfindung gemacht hat, hätte ich es nicht verschmerzen können, wenn sie für die Menschheit verloren gewesen wäre.«

Dawens verschlossenes Gesicht wurde erstmals seit Dr. Howards Ankunft etwas freundlicher.

Dieser aber fuhr, nun an Hong gewandt, fort: »Haben Sie vielleicht irgendeine Vorstellung davon, was Dr. Hayes gemeint haben könnte?«

»Leider nein«, war die Antwort, »Hayes war immer ein Geheimniskrämer.« Dawen faltete die Hände über dem Tisch und blickte den Arzt an. »Wir fürchteten eigentlich, Sie wollten uns wegen dieser Unterlagen erpressen – oder sagen wir mal, sich für die Rückgabe gut bezahlen lassen. Sie müssen wissen, daß wir ziemliche Schwierigkeiten mit Dr. Alvin Hayes hatten.«

»Was war denn eigentlich seine Aufgabe bei Ihnen?« fragte Howard.

»Er sollte«, erläuterte Dawen, dabei auf den Deckel des Ordners klopfend, »für uns einen bestimmten Rekombinationsstamm von Bakterien entwickeln, der uns zur Produktion einer wachstumsfördernden Substanz in industrieller Größenordnung dienen sollte.«

Der Arzt nahm an, daß es sich dabei um das Somatomedin handelte.

»Wir vereinbarten mit ihm dafür eine Pauschalsumme und gestatteten ihm außerdem, unsere Einrichtungen für seine eigenen Forschungen zu benutzen. Wissen Sie, wir haben einige ziemlich einmalige Anlagen.«

»Haben Sie eine Ahnung, worum sich seine privaten Forschungen gedreht haben könnten?« fragte Howard.

Es war diesmal Hong, der antwortete. »Den größten Teil seiner Zeit verwandte er auf die Gewinnung wachstumsfördernder Proteine. Manche davon existieren in derart geringem Umfang, daß ihre Isolierung nur mit außerordentlich hoch entwickelten Geräten möglich ist.«

»Könnte man die Isolierung eines solchen Wachstumsproteins als bedeutende wissenschaftliche Leistung bezeichnen?« fragte der Arzt.

»Ich wüßte nicht, weshalb«, antwortete Hong. »Selbst wenn sie bisher noch nie isoliert wurden, kennt man doch ihre Wirkung.«

Schon wieder eine Sackgasse, dachte Howard verdrießlich.

Sich die Nasenwurzel reibend, sagte Hong schließlich: »Ich erinnere mich da nur an eine einzige Sache, die vielleicht von irgendwelcher Bedeutung sein könnte. Vor etwa drei Monaten wurde Hayes einmal angesichts eines Nebeneffekts ganz aufgeregt. Er meinte, das sei richtiggehend ›paradox‹.«

Jason fuhr auf – da war dieses Wort wieder. »Haben Sie eine Idee, was Hayes' auffällige Erregung veranlaßt haben könnte?« fragte er. Doch Hong schüttelte den Kopf und antwortete: »Nein, aber im Anschluß daran sahen wir ihn eine ganze Weile nicht mehr. Als er dann wieder auftauchte, sagte er, er sei an der Küste gewesen. Dann brachte er einen schwierigen Extraktionsprozeß in Gang an irgendwelchem Material, das er mitgebracht hatte. Ich weiß nicht, ob er Erfolg damit hatte, aber danach stieg er schlagartig um auf monoklonale Antikörper-Technologie. Und dabei ließ seine Begeisterung rasch nach.«

Der Begriff »monoklonale Antikörper« erinnerte Jason Howard an den zweiten Ordner, und er fragte sich, ob er ihn nicht besser auch hätte mitbringen sollen. Vielleicht hätten die Aufzeichnungen darin Mr. Hong mehr gesagt als ihm.

»Hat Dr. Hayes noch irgendwelche Unterlagen über seine Forschungen hiergelassen?« fragte er.

»Nichts Wesentliches«, antwortete Leonard Dawen. »Wir haben das sorgfältig überprüft, nachdem er mit den uns gehörenden Aufzeichnungen und Bakterienkulturen abgehauen ist. Wir mußten leider Dr. Hayes gerichtlich belangen. Wir wären nie auf die Idee gekommen, daß er versuchen würde zu behaupten, daß die Kulturen, mit deren Entwicklung wir ihn beauftragt hatten, sein Eigentum seien.«

»Sie haben Ihre Kulturen wieder?« fragte der Arzt.

»So ist es.«

»Wo haben Sie sie denn gefunden?«

»Nun«, sagte Dawen ausweichend, »wir haben eben, sagen wir mal, am richtigen Platz nachgesehen. Aber obwohl wir die Kulturen schon wieder in Besitz hatten, sind wir doch dankbar, daß wir nun auch das Verfahrensprotokoll wieder in Händen haben. Ich darf Ihnen im Namen unserer Gesellschaft herzlich danken. Ich hoffe sehr, daß auch wir Ihnen ein wenig weiterhelfen konnten.«

»Vielleicht«, meinte Howard unbestimmt. Es schien ihm, als ob er ganz überraschend herausbekommen hätte, auf wessen Veranlassung Wohnung und Labor von Hayes durchsucht worden waren. Aber warum sollten die Leute von Gene Incorporated die Tiere getötet haben? Waren sie vielleicht mit diesem Somatomedin behandelt worden? »Vielen Dank, daß Sie mir Ihre Zeit geopfert haben«, sagte er zu Dawen. »Sie haben eine tolle Anlage hier.«

»Danke; ja, es läuft gut. Demnächst werden wir wohl entsprechendes Material auch für Zuchttiere liefern können.«

»Sie meinen, für Kühe und Schweine und so?«

»Ganz recht. Wir können durch Einsatz der Gentechnologie magerere Schweine erzeugen, Kühe, die mehr Milch geben, und Hühner, die proteinreicheres Fleisch liefern – um Ihnen nur einmal ein paar Beispiele zu geben.«

»Faszinierend«, sagte Dr. Howard, doch ohne echte Begeisterung. Wie lange würde es wohl noch dauern, bis sie durch Genmanipulation Ingenieure züchten würden? Es schüttelte ihn innerlich, und er sah die riesigen Ratten und Mäuse in Hayes' Labor vor sich, vor allem die mit den zusätzlichen Augen.

Als er wieder im Auto saß, warf Dr. Howard einen Blick auf die Uhr. Es blieb ihm noch reichlich Zeit bis zum Beginn der von ihm einberufenen Ärztesitzung, und so beschloß er, Samuel Schwartz, den Anwalt von Alvin Hayes, aufzusuchen.

Er startete den Wagen, verließ den Parkplatz vor der Gene Incorporated und fuhr zunächst zum Memorial Drive hinüber. Dann überquerte er den Charles River und hielt wenig später, in doppelter Reihe mit eingeschalteten Warnleuchten parkend, kurz vor einem Drugstore am Charles Circle an, um dort im Telefonbuch die Adresse von Schwartz nachzuschlagen. Zehn Minuten später saß er im Wartezimmer des Rechtsanwalts und blätterte in einer alten Ausgabe der *Newsweek*.

Samuel Schwartz war ein gewaltiger, fetter Mensch mit einem glänzenden kahlen Schädel. Er lud mit ausladenden Gesten, als ob es um Verkehrsregelung gehe, seinen Besucher zum Eintreten in sein Büro ein. Nachdem er sich in seinen Sessel hinter dem ausladenden Mahagonischreibtisch hatte plumpsen lassen, rückte er seine schmal gefaßte Brille zurecht und schaute aufmerksam Dr. Howard an, der ihm gegenüber Platz genommen hatte.

»Sie sind also ein Freund des verblichenen Dr. Alvin Hayes...«

»Wir waren eigentlich mehr Kollegen als Freunde«, schwächte Howard ab.

»Nun, wie auch immer«, meinte Schwartz mit einer erneuten ausholenden Bewegung seiner fülligen Hand. »Was kann ich also für Sie tun?«

Dr. Howard erzählte ihm die Geschichte von der behaupteten, aber bisher ungeklärten Entdeckung von Hayes und erläuterte, daß er bemüht sei, herauszubekommen, woran Hayes eigentlich gearbeitet habe; er ergänzte, daß er aufgrund der aufgefundenen Korrespondenz auf Schwartz gestoßen sei.

»Er war ein Kunde – was soll es also?«

»Sie brauchen sich doch nicht zu verteidigen!«

»Tu ich auch gar nicht – ich bin lediglich sauer. Ich habe einen Haufen Arbeit in die Sache gesteckt, und ich kann das alles in den Kamin schreiben!«

»Er hat nie bezahlt?«

»Niemals. Er hat mich beschissen, indem er mir statt dessen Anteile an seiner neuen Firma überschrieb.«

»Anteile?«

Samuel Schwartz lachte, aber ohne jede Spur von Humor. »Da Hayes jetzt tot ist, sind leider alle Anteile wertlos. Vielleicht waren sie dies sogar schon zu seinen Lebzeiten. Ich hätte meinen Grips besser einsetzen sollen.«

»Sollte diese neue Firma denn ein Produkt oder eine Dienstleistung verkaufen?«

»Ein Produkt. Hayes versicherte mir, er stehe kurz vor der Entwicklung des wertvollsten Produkts auf dem Gesundheitssektor, das man je gekannt hätte. Und ich habe ihm das geglaubt. Ich war überzeugt, daß ein Bursche, dessen Gesicht mal die Titelseite der *Time* geschmückt hatte, wirklich was auf dem Kasten haben müsse.«

»Und haben Sie irgendeine Vorstellung, was das für ein Produkt sein sollte?« fragte der Arzt, darum bemüht, seiner Stimme seine Erregung nicht anmerken zu lassen.

»Keinen blassen Dunst. Hayes wollte es mir nicht sagen.«

»Wissen Sie vielleicht, ob es was mit monoklonalen Antikörpern zu tun hatte?« bohrte Howard weiter, der noch nicht bereit war aufzugeben.

Schwartz lachte wieder. »Ich würde einen monoklonalen Antikörper nicht mal erkennen, wenn man ihn mir direkt vor die Nase hält!«

»Bösartige Geschwülste?« sagte der Arzt aufs Geratewohl in der Hoffnung, auf irgendeinen Erinnerungsfetzen des Rechtsanwalts zu stoßen. »Könnte das Produkt irgend etwas mit Krebsbekämpfung zu tun gehabt haben?«

Der fette Mann zuckte die Schultern. »Ich weiß es nicht – vielleicht.«

»Hayes versicherte jemandem, das Produkt würde seiner Schönheit nützen. Sagt Ihnen das irgend etwas?«

»Hören Sie, Dr. Howard – Hayes hat mir über das Produkt absolut gar nichts erzählt. Ich habe einfach die Firma für ihn gegründet.«

»Sie haben sich aber auch um eine Patenterteilung bemüht.«

»Das hatte nichts mit der Firma zu tun. Das betraf Hayes ganz persönlich.«

Der Piepser des Arztes erschreckte beide Männer. Howard blickte auf das Schriftfeld. Dort leuchtete zweimal das Wort DRINGEND auf, gefolgt von einer Telefonnummer des GHP-Krankenhauses. »Darf ich bitte mal Ihr Telefon benutzen?« fragte der Arzt.

Samuel Schwartz schob es ihm hinüber. »Bitte bedienen Sie sich.«

Der Anruf galt der Station, auf der Madaline Krammer lag. Sie hatte einen Herzstillstand erlitten, man war gerade mit Wiederbelebungsversuchen beschäftigt. Dr. Howard sagte, er werde bald dort sein. Er bedankte sich bei dem Rechtsanwalt, verabschiedete sich rasch und wartete dann ungeduldig auf den Aufzug.

Als er das Krankenzimmer betrat, bot sich ihm eine Szene, die ihm leider schon geläufig war. Die Patientin war ohne Bewußtsein und sprach auf nichts an. Ihr Herz ließ sich durch keine der angewandten Maßnahmen, auch nicht durch einen Schrittmacher, dazu bewegen, seine Tätigkeit wiederaufzunehmen. Dr. Howard spornte seine Mitarbeiter an, in ihren Bemühungen nicht nachzulassen, während er sich den Kopf darüber zerbrach, was an Medikamenten oder Methoden man noch anwenden könnte. Doch alle Bemühungen waren vergeblich – ein weiteres Mal mußte er sich im Kampf mit dem Tod geschlagen geben.

Er blieb, als schon alle anderen gegangen waren, noch für einen Augenblick am Bett von Madaline Krammer stehen. Sie war eine alte Bekannte, fast eine Freundin; sie zählte zu den ersten Patienten, die damals in seine Privatpraxis gekommen waren. Eine der Schwestern hatte ihr ein Tuch über den Kopf gezogen. Über der Nase ragte es auf wie ein kleiner schneebedeckter Gipfel. Sanft schlug der Arzt das Tuch zurück. Auch diesmal wieder war er erschrocken darüber, wie alt ihr Gesicht wirkte – sie stand doch erst in den Sechzigern. Seit sie ins Krankenhaus eingeliefert worden war, hatte ihr Gesicht alle fröhliche Pummeligkeit verloren und war knöchern, faltig, totenkopfartig geworden.

Dr. Howard brauchte einen Augenblick Ruhe, um sich

zu sammeln, und schlüpfte, Claudia und Sally sorgsam meidend (die bestimmt noch einen Haufen Fragen wegen der bevorstehenden Sitzung und der vielen Patienten hatten, deren Termine verschoben werden mußten), in sein Büro. Er schloß die Tür ab und setzte sich an seinen Schreibtisch. Mit Madaline Krammers Tod war ein weiteres Band zu seinem früheren Leben zerschnitten. Er fühlte sich beklemmend einsam und fürchtete, seine endlich überwundenen qualvollen Erinnerungen an Danielles Tod könnten ihm wieder zu schaffen machen.

Das Telefon klingelte, doch er kümmerte sich nicht darum. Auf seinem Schreibtisch stapelten sich die erbetenen Unterlagen über die verstorbenen Patienten, darunter auch die über Hayes. Und schon wanderten seine Gedanken unabsichtlich zur Angelegenheit Hayes zurück. Es war so enttäuschend, daß das von Carol Donner aufbewahrte Päckchen, in das er soviel Hoffnung gesetzt hatte, so wenig an Informationen erbracht hatte. Es hatte lediglich die Wahrscheinlichkeit verstärkt, daß Hayes tatsächlich eine Entdeckung gemacht hatte, die zumindest verblüffend war. Er verfluchte Hayes' Geheimniskrämerei.

Jason Howard lehnte sich im Stuhl zurück, verschränkte die Hände im Nacken und starrte zur Decke. So allmählich fiel ihm zu dieser Sache nichts mehr ein. Doch da erinnerte er sich plötzlich an die Bemerkung des Mitarbeiters der Gene Incorporated, Hayes hätte irgend etwas von der Küste mitgebracht – womit er wohl Seattle gemeint hatte. Es mußte eine Probe von irgendwas sein, denn Hayes hatte sie einem komplizierten Extraktionsverfahren unterworfen. Aufgrund dessen, was Hong darüber gesagt hatte, schien es Howard, daß Hayes wahrscheinlich irgendeinen Träger isoliert hatte, der Wachstum oder Reifung oder unterschiedliche Ausprägung veranlaßte – oder alles zusammen.

Schlagartig kam ihm eine Idee. Es fiel ihm ein, daß Carol

Donner ihm berichtet hatte, Hayes hätte an der Staatsuniversität von Washington einen Kollegen besucht. Von ihm mußte er irgendeine Probe bekommen haben.

Plötzlich war Howard klar, daß er nach Seattle reisen mußte – vorausgesetzt natürlich, Carol Donner käme mit. Aber dazu wäre sie wohl bereit. Er brauchte sie einfach, um diesen Mann ausfindig zu machen. Außerdem würden ihm ein paar Tage abseits des Trubels hier bestimmt guttun. Da ihm noch ein paar Minuten bis zum Beginn der angesetzten Ärztekonferenz blieben, beschloß er, deshalb sofort bei Shirley Montgomery vorbeizuschauen.

Deren Sekretärin versicherte zunächst, die Chefin sei im Augenblick viel zu sehr beschäftigt, um ihn zu empfangen, aber er konnte sie wenigstens so weit bringen, ihn anzumelden. Einen Augenblick später wurde er bereits hereingebeten. Shirley war am Telefon. Howard nahm sich einen Stuhl und folgte ihrem Gespräch. Sie hatte einen Gewerkschaftsboß am Apparat und unterhielt sich mit dem Mann mit bemerkenswerter Ungezwungenheit. Unbewußt fuhr sie mit den Fingern durch ihr kräftiges Haar. Entzückt bewunderte Jason Howard diese weibliche Geste, die ihn daran erinnerte, daß unter all dieser beruflichen Tüchtigkeit obendrein eine sehr attraktive Frau verborgen war – nicht ganz einfach, aber sehr liebenswert.

Shirley legte auf und lächelte ihn an. »Das ist aber eine freudige Überraschung!« sagte sie. »Du steckst heute wohl voller Überraschungen, wie? Ich nehme an, du möchtest dich dafür entschuldigen, daß du mir letzte Nacht nicht mehr Zeit geschenkt hast!«

Howard mußte lachen – ihre Direktheit war entwaffnend. »Vielleicht wirklich. Aber da ist noch etwas. Ich denke daran, ein paar Tage fortzufahren. Mir ist heute morgen schon wieder eine Patientin gestorben, und ich glaube, ich müßte mal für kurze Zeit hier raus.«

Shirley sagte anteilnehmend: »Mußte man damit rechnen?«

»Nun, während der letzten Tage schon. Aber als ich sie ins Krankenhaus einwies, nahm ich nicht an, daß das hier bei uns ihre letzten Tage sein würden.«

Shirley Montgomery seufzte. »Ich weiß nicht, wie du mit all diesen Dingen fertig wirst.«

»Nun ja, leicht ist's wirklich nicht«, mußte Dr. Howard zugeben. »Aber was es so besonders schwer macht in letzter Zeit, ist die zunehmende Häufigkeit.«

Ihr Telefon klingelte, doch sie schaltete ihre Sekretärin dazwischen mit der Bitte, den Anruf entgegenzunehmen und entsprechend zu notieren.

»Na ja«, fuhr Howard fort, »jedenfalls habe ich mich entschlossen, ein paar Tage wegzufahren.«

»Scheint mir eine gute Idee«, meinte Shirley. »Würde mir ja auch guttun, wenn ich nur schon diese verdammten Verhandlungen mit der Gewerkschaft hinter mir hätte. Wohin soll es denn gehen?«

»Ich weiß es noch nicht so genau«, log er. Diese Reise nach Seattle war ein derartiger Schuß ins Blaue, daß er sich scheute, ihr davon etwas zu erzählen.

»Ich habe Bekannte, die eine Ferienwohnung auf den Jungferninseln haben«, bot Shirley ihm an. »Ich könnte dort mal anrufen.«

»Nein, vielen Dank – so in der Sonne rumzuliegen ist nicht ganz meine Sache. Was tat sich denn in der Brennquivist-Geschichte? Viel Ärger mit der Presse deshalb?«

»Erinnere mich lieber nicht daran«, antwortete Shirley. »Um ehrlich zu sein, war mir das zuviel, und ich habe Bob Walthrow gebeten, sich darum zu kümmern.«

»Ich hatte die ganze Nacht Alpträume deshalb«, gab Howard zu. »Kein Wunder«, meinte sie.

»Nun, ich muß jetzt zu einer Sitzung«, sagte er und stand auf.

»Hättest du vielleicht heute Zeit für ein gemeinsames Abendessen?« fragte sie. »Vielleicht können wir uns gegenseitig ein wenig aufheitern.«

»Gern. Um welche Zeit denn?«

»Sagen wir so gegen acht.«

»Acht ist prima«, antwortete Howard und schritt zur Tür.

Shirley rief ihm noch nach:

»Es tut mir wirklich leid wegen deiner Patientin!«

Angesichts der kurzfristigen Festsetzung waren mehr Teilnehmer zu der Ärztekonferenz gekommen, als Dr. Howard erwartet hatte. Vierzehn der sechzehn Internisten waren da, und manche hatten Mitarbeiterinnen mitgebracht. Es war unübersehbar, daß ihnen allen klar war, daß sie es mit einem schwerwiegenden Problem zu tun hatten.

Dr. Howard eröffnete die Stizung mit einer statistischen Übersicht, die er anhand des Computerausdrucks erstellt hatte, in dem alle Patienten aufgelistet waren, die innerhalb eines Monats nach Durchführung einer Generaluntersuchung verstorben waren. Er hob hervor, daß während der letzten drei Monate die Zahl der Todesfälle auffällig angestiegen sei und daß er es für wichtig halte, alle Personen zu überprüfen, die während der letzten zwei Monate am GHP-Krankenhaus untersucht worden seien.

»Waren diese Untersuchungen etwa gleichmäßig auf uns verteilt?« fragte Dr. Wanamaker.

Jason Howard nickte.

Einige der Ärzte meldeten sich zu Wort und äußerten die Befürchtung, daß man es hier mit einer landesweiten Epidemie zu tun hätte. Niemand konnte sich den Zusammenhang zwischen den Todesfällen und den Untersuchungen erklären, und niemand die Tatsache, daß die Untersuchungen nicht den geringsten Hinweis auf die schließlich tödliche Erkrankung ergeben hatten. Die Chefin der Kardiologie, Dr. Judith Rolander, war bereit, einen

Teil der Verantwortung auf sich zu nehmen, und räumte ein, daß in den meisten Fällen, die sie überprüft hatte, die während der Generaluntersuchung erstellten EKGs keinen Hinweis auf bevorstehende Probleme erbracht hätten; selbst mit dem, was sie jetzt im nachhinein wisse, könne sie nichts anderes feststellen.

Das Gespräch wandte sich dann der Durchführung der Belastungs-EKGs zu als der entscheidenden Möglichkeit, drohende Herzkatastrophen vorherzusehen. Es gab eine ganze Reihe verschiedener Ansichten zu diesem Punkt, und alle wurden diskutiert. Auf Anregung aus der Runde wurde beschlossen, ein Ad-hoc-Komitee zu bilden, das damit beauftragt wurde, nach Möglichkeiten zur Verbesserung der Belastungs-EKGs zu forschen, um deren Vorhersagewert zu verbessern.

Dann meldete sich Jerome Washington zu Wort. Er stand etwas schwerfällig auf und sagte: »Meiner Meinung nach übersehen wir die Bedeutung der ungesunden Lebensweise. Das ist eine Besonderheit, die allen diesen Patienten gemeinsam ist.«

Es gab einige Späße über sein eigenes Übergewicht und seine bekannte Vorliebe für dicke Zigarren. »Na gut, ich verstehe schon«, sagte er, »aber wir alle wissen doch, daß die Patienten nicht das tun sollten, was ihnen Spaß macht, sondern das, was wir ihnen sagen!« Alles lachte. »Nun ganz im Ernst«, fuhr er fort. »Wir alle kennen doch die Gefahren einer nicht angepaßten Ernährung, starken Rauchens, von zuviel Alkohol und Mangel an körperlicher Bewegung. Diese Dinge erlauben uns meines Erachtens viel mehr Vorhersagen als irgendeine geringfügige Abweichung beim EKG.«

»Da hat er natürlich recht«, sagte Dr. Howard. »Die Gemeinsamkeit in bezug auf eine ungesunde Lebensweise war allerdings auch die einzige, die ich feststellen konnte.«

Durch Abstimmung wurde die Einsetzung eines weiteren Komitees beschlossen, das den Einfluß derartiger Risikofaktoren auf das jetzt aufgetretene Problem untersuchen und besondere Empfehlungen dazu ausarbeiten sollte.

Dr. Harry Sarnoff, der Herzspezialist, meldete sich, und Howard erteilte ihm das Wort. Er erhob sich und verbreitete sich über die gestiegene Anfälligkeit und Sterblichkeit seiner ins Krankenhaus eingelieferten Patienten. Doch Dr. Howard unterbrach ihn.

»Ich muß um Entschuldigung bitten«, sagte er. »Ich verstehe Ihre Besorgnis, und ich habe außerdem ganz ähnliche Erfahrungen machen müssen. Aber offen gesagt, bezieht sich dieses Treffen ganz gezielt auf die Probleme, die wir mit den Generaluntersuchungen an nichtstationären Patienten haben. Wir können natürlich, wenn das gewünscht wird, eine zweite Sitzung einberufen, auf der unsere Probleme mit den stationären Patienten behandelt werden. Die können durchaus auch betroffen sein.«

Dr. Sarnoff warf die Arme hoch, nahm aber dann doch, wenn auch widerstrebend, Platz.

Anschließend ermutigte Dr. Howard seine Kollegen, an allen Patienten, die eines unerwarteten Todes starben, eine Obduktion auch dann durchzuführen, wenn der amtliche Leichenbeschauer nicht ausdrücklich darauf bestand. Des weiteren teilte er ihnen mit, daß die Ergebnisse der amtlichen Leichenschau bei all seinen Patienten ergeben hatten, daß schwere Schädigungen aller Organe vorlagen einschließlich erheblicher Schäden am kardiovaskulären System. Natürlich unterstrichen diese Ergebnisse lediglich die Sorge, daß ihr Zustand weder vom Ruhe-EKG noch vom Belastungs-EKG befriedigend festgestellt worden war. Schließlich fügte er noch hinzu, daß die pathologische Abteilung den Verdacht auf Autoimmunitäts-Symptome geäußert hatte.

Nachdem die Sitzung offiziell beendet worden war, standen die Ärzte noch in kleineren Gruppen beieinander, um das Problem zu erörtern. Dr. Howard raffte seine Unterlagen zusammen und blickte sich nach Roger Wanamaker um; dieser befand sich gerade in angeregter Unterhaltung mit Jerome Washington.

»Darf ich stören?« fragte Howard. Die beiden Kollegen machten ihm Platz, damit er an ihrem Gespräch teilnehmen konnte. »Ich beabsichtige, für ein paar Tage wegzufahren.«

Die beiden Ärzte tauschten einen Blick. Dr. Wanamaker sagte: »Scheint mir eigentlich keine besonders günstige Zeit, um zu verreisen.«

»Ich muß«, sagte Howard ohne weitere Erklärung. »Aber ich habe im Moment fünf meiner Patienten hier im Haus. Wäre einer von Ihnen beiden bereit, sich um sie zu kümmern? Ich bekenne gleich ohne jede Einschränkung, daß sie nicht sonderlich gut beieinander sind.«

»Bei mir kommt's schon nicht mehr drauf an«, sagte Roger Wanamaker. »Ich bin ohnehin fast Tag und Nacht hier, um mein halbes Dutzend durchzukriegen. Ich übernehme sie.«

Nachdem er dieses Problem gelöst hatte, ging Jason Howard in sein Büro zurück und rief Carol Donner an in der Überzeugung, der späte Nachmittag müßte dafür eigentlich eine gute Zeit sein. Doch er mußte es lange klingeln lassen und wollte gerade auflegen, als sie ganz außer Atem abhob. Sie erklärte ihm, sie sei im Bad gewesen.

»Ich würde Sie gern heute abend treffen.«

»Oh«, sagte sie mit einer gewissen Zurückhaltung und fügte dann zögernd hinzu: »Das könnte etwas schwierig werden.« Plötzlich aber wurde sie heftig: »Warum haben Sie mir letzte Nacht denn nichts von Helene Brennquivists Tod gesagt? Ich habe erst aus der Zeitung erfahren, daß Sie die beiden toten Frauen gefunden haben!«

»Es tut mir wirklich leid«, antwortete Dr. Howard verteidigend, »aber um ganz ehrlich zu sein, haben Sie mich letzte Nacht doch aus dem Schlaf geschreckt, und das einzige, woran ich in dem Augenblick denken konnte, war dieses Päckchen.«

»Haben Sie es bekommen?« fragte sie, schon mit sanfterer Stimme.

»Ja«, sagte er, »vielen Dank.«

»Und...?«

»Sein Inhalt war leider nicht so informativ, wie ich gehofft hatte.«

»Das überrascht mich«, sagte sie. »Diese Ordner müssen wirklich sehr wichtig gewesen sein, sonst hätte Alvin mich doch nicht gebeten, sie für ihn aufzubewahren. Aber das ist jetzt vielleicht nicht so wichtig. Die Geschichte mit Helene Brennquivist ist ja wirklich schrecklich. Mein Chef ist so beeindruckt von der Sache, daß er mich keinen Schritt mehr tun läßt ohne Begleitung durch einen der beiden Rausschmeißer. Im Augenblick steht mein Aufpasser gerade vor dem Haus.«

»Es ist ganz wichtig, daß ich Sie allein sprechen kann«, beteuerte Dr. Howard.

»Ich weiß wirklich nicht, ob das geht. Dieses Nilpferd da unten nimmt nur von meinem Chef Weisungen an, nicht von mir. Und ich kann mir hier keinen Ärger leisten.«

»Gut, dann rufen Sie mich bitte an, sobald Sie wieder zu Hause sind. Wir müssen etwas Wichtiges besprechen.«

»Das kann aber wieder spät werden!« warnte Carol Donner.

»Das macht nichts. Es ist wirklich wichtig.«

»Na gut«, sagte sie schließlich und legte auf.

Der Arzt tätigte noch einen Anruf – bei United Airlines, um sich nach den Flugverbindungen zwischen Boston und Seattle zu erkundigen. Er erfuhr dabei, daß es einen täglichen Flug um vier Uhr nachmittags gebe.

Dann hängte er sich sein Stethoskop um und verließ sein Büro, um sich auf seinen üblichen Rundgang im Krankenhaus zu begeben. Es war ihm klar, daß er die Eintragungen auf den Krankenblättern sorgfältig führen und ergänzen mußte, wenn er jetzt seinem Kollegen Wanamaker die Patienten übergeben wollte. Keinem von ihnen ging es sonderlich gut, und Howard war bestürzt darüber, daß schon wieder einer einen fortgeschrittenen Star aufwies. Beunruhigt ordnete er eine augenärztliche Spezialuntersuchung an. Dieses Mal war er sich ganz sicher, daß dieses Symptom bei der Aufnahme nicht festgestellt worden war. Wie konnten diese Katarakte sich so schnell so stark entwickeln?

Nach Hause zurückgekehrt, zog er sich seine Joggingkluft an und bemühte sich eine Stunde lang, seine Probleme auszuschwitzen. Als er dann geduscht und sich umgezogen hatte und auf der Fahrt zu Shirley Montgomery war, war er bereits wieder in besserer Stimmung.

Shirley übertraf sich selbst, was das Abendessen anging, und in Jason Howard wuchs die Überzeugung, daß man sie wohl als Superfrau einstufen müsse. Erst hatte sie den ganzen Tag über ein Unternehmen mit vielen Millionen Umsatz geleitet und entscheidende Verhandlungen mit der Gewerkschaft geführt, und dann war sie nach Hause gefahren, um ein großartiges Festessen mit Bratente, Artischocken und Teigwaren zuzubereiten. Und zur Krönung des Ganzen hatte sie sich in ein schwarzes Seidenkleid geworfen, das für einen Opernbesuch angemessen gewesen wäre. Howard war ziemlich verlegen, weil er in Jeans und Rollkragenpullover gekommen war.

Doch Shirley sagte lachend: »Du hast eben an, was dir Spaß macht – genau wie ich auch!« Sie schenkte ihm einen Kir Royal ein und bat ihn, den Radicchio für den Salat zu waschen. Sie schaute nach, ob die Ente fertig sei – ja, sie war soweit, und Jason Howard fand, sie dufte ganz himmlisch. Sie nahmen das Mahl im Eßzimmer an einem großen Tisch ein; sie saßen sich an den Schmalseiten gegenüber, zwischen sich sechs unbesetzte Stühle an jeder Längsseite. Wenn Howard ihr Wein nachgießen wollte, mußte er jedesmal aufstehen und ein paar Schritte laufen, und sie fand das äußerst spaßig.

Während sie aßen, schilderte Howard die Ärztekonferenz vom Nachmittag und vergaß nicht den Hinweis, daß alle beschlossen hätten, künftig vor allem die Belastungsuntersuchungen noch sorgfältiger zu machen. Seine Gastgeberin fand das sehr befriedigend, zumal, wie sie versicherte, diese regelmäßige Untersuchung der Angestellten immer ein ganz wesentlicher Pluspunkt bei Verhandlungen mit Firmen über einen Vertragsabschluß mit GHP seien. Grundsätzlich sei eine Verstärkung der Vorsorgemedizin nur zu begrüßen.

Später dann, als sie schon beim Kaffee saßen, sagte sie: »Ach übrigens, Michael Curran war heute nachmittag bei mir.«

»Ach ja«, meinte Howard, »das war sicher kein Vergnügen. Was wollte er denn?«

»Hintergrundinformationen über Helene Brennquivist. Wir haben ihm weitergeholfen, so gut wir konnten. Er hat auch mit der Mitarbeiterin in der Personalabteilung gesprochen, die sie seinerzeit eingestellt hat.«

»Hat er sich irgendwie darüber geäußert, ob sie einen bestimmten Verdacht hätten?« fragte er.

»Nein, darüber hat er nichts gesagt«, antwortete sie. »Ich hoffe wirklich, daß das nun ausgestanden ist.«

»Ich hätte zu gern noch einmal mit Helene Brennquivist gesprochen. Ich bin ganz sicher, daß sie etwas bezüglich Hayes verschwieg.«

»Glaubst du immer noch, daß er eine Entdeckung gemacht hat?«

»Da bin ich inzwischen ganz sicher«, antwortete er und berichtete ihr vom Inhalt der beiden Ordner und von seinen Besuchen bei der Gene Incorporated und bei Samuel Schwartz. Er erzählte ihr auch, daß Schwartz für Hayes eine Gesellschaft gegründet habe zur Vermarktung der neuen Entdeckung, worum immer es dabei auch gehe.

»Wußte denn dieser Rechtsanwalt auch nicht, worum es sich handelt?«

»Nein, der hatte keine Ahnung. Offenbar hat Hayes tatsächlich überhaupt niemandem getraut.«

»Aber er brauchte doch ein gewisses Startkapital. Also muß er doch, wenn er an Fabrikation und Vertrieb dachte, irgend jemandem etwas erzählt haben.«

»Das kann schon sein«, räumte Howard ein. »Aber ich konnte niemanden dergleichen finden – jedenfalls bis jetzt noch nicht. Ich bin sicher, daß Miß Brennquivist auch diesbezüglich etwas gewußt hat.«

»Du suchst also weiter?«

»Ich denke schon«, gab er zu. »Kommt dir das dumm vor?«

»Dumm will ich nicht sagen«, antwortete sie, »aber doch beunruhigend. Es wäre natürlich schlimm, wenn eine bedeutende Entdeckung abgeschrieben werden müßte, aber trotzdem bin ich der Meinung, daß man diese Geschichte mit Hayes jetzt ruhen lassen sollte. Ich hoffe doch, daß du dir freigenommen hast, um ein bißchen auszuspannen, und nicht etwa, um dieses unsinnige Herumstöbern fortzusetzen?«

»Wie kommst du denn darauf?« fragte Howard und war überrascht darüber, wie leicht er doch offenbar zu durchschauen war.

»Na, ich weiß doch, daß du so schnell nicht aufgibst«, sagte sie und trat zu ihm, ihm die Hand auf die Schulter legend.

»Warum fährst du denn nicht ein bißchen in die Karibik? Vielleicht kann ich mir die Zeit nehmen, dich am Wochenende dort zu besuchen ...«

In Jason Howard keimte ein Gefühl auf, das er seit dem Tod seiner Frau nicht mehr gespürt hatte. Die Vorstellung von heißer Sonne und kühlem, klarem Wasser war schon sehr verlockend, vor allem, wenn Shirley noch dazukam. Aber dann zögerte er – er wußte nicht, ob er innerlich schon soweit war, sich auf das einzulassen, was sich aus einem solchen gemeinsamen Wochenende ergab. Und außerdem hatte er sich fest vorgenommen, nach Seattle zu reisen.

»Ich möchte lieber an die Westküste«, sagte er schließlich. »Ein Freund von mir lebt dort, und ich möchte ihn besuchen.«

»Nun gut, das hört sich ja soweit ganz unschuldig an. Aber die Karibik scheint mir trotzdem eine bessere Idee.«

»Vielleicht demnächst mal«, meinte er und tätschelte ihren Arm. »Wie wär's mit einem Kognak?«

Als Shirley Montgomery zum Schrank ging, um den Courvoisier zu holen, umfaßten Howards Blicke ihre Figur mit wachsendem Interesse.

Als Carol Donner um halb drei anrief, war Howard hellwach. Er war so beunruhigt gewesen von dem Gedanken, daß sie vielleicht nicht anrufen könne, daß er gar keinen Schlaf gefunden hatte.

»Ich bin ganz erledigt«, sagte sie statt einer Begrüßung.

»Das tut mir leid«, versicherte er, »aber ich muß Sie unbedingt sprechen. Es dauert nicht länger als zehn Minuten.«

»Ich halte das nicht für eine gute Idee. Wie ich Ihnen ja schon heute nachmittag sagte, ist ständig jemand in meiner Nähe. Auch im Moment steht jemand vor dem Haus und paßt auf. Wieso müssen Sie mich denn jetzt mitten in der Nacht treffen? Wir könnten doch vielleicht was für morgen ausmachen.«

Howard überlegte, ob er sie am Telefon bitten solle, mit nach Seattle zu kommen, entschied dann aber, daß seine Chancen, sie für seinen Plan zu gewinnen, bei einem persönlichen Gespräch besser wären. Es war bestimmt ungewöhnlich, ein Mädchen, das man erst zweimal gesehen hatte, zu bitten, mit nach Seattle zu kommen.

»Ist dieser Leibwächter allein?«

»Ja – aber was besagt das schon? Der Kerl ist kräftig wie ein Stier.«

»Auf der Rückseite des Hauses verläuft doch so ein Fußweg. Ich könnte ihn nehmen und dann auf der Feuerleiter zu Ihnen hochsteigen!«

»Auf der Feuerleiter – was für eine verrückte Idee! Was ist denn um Himmels willen so wichtig, daß Sie mich unbedingt treffen müssen?«

»Wenn ich Ihnen das am Telefon sagen könnte, würde ich Sie ja nicht so dringlich um ein persönliches Gespräch bitten!«

»Wissen Sie, so wild bin ich auch wieder nicht darauf, nachts Männer in meine Wohnung zu lassen.«

Na, na, dachte er; laut aber sagte er: »Ich kann Ihnen soviel sagen: Ich habe inzwischen alles versucht, um herauszubekommen, was Hayes entdeckt haben könnte, und sehe jetzt nur noch eine Möglichkeit. Und dafür brauche ich Ihre Hilfe!«

»Na, das ist doch hoffentlich nicht nur ein Trick von Ihnen!«

»Aber nein, es ist die reine Wahrheit – Sie sind die einzige, die mir dabei helfen kann!«

Carol Donner mußte lachen. »Wenn Sie so kommen, wer könnte da widerstehen? Also gut, schauen Sie vorbei. Aber Sie tun das auf eigene Gefahr – ich habe Sie gewarnt, und mein Einfluß auf diesen Muskelprotz ist gering.«

»Ich habe meine Prämien für die Versicherung gegen Erwerbsunfähigkeit stets pünktlich bezahlt.«

»Ich wohne im ...« wollte sie ihm gerade erklären, doch Dr. Howard unterbrach sie.

»Ich weiß, wo Sie wohnen. Und ich hatte auch schon einmal das zweifelhafte Vergnügen eines Zusammentreffens mit Bruno, wenn das Ihr derzeitiger Bewacher ist.«

»Sie haben Bruno schon kennengelernt?« fragte sie ungläubig.

»Ein ganz liebenswerter Mensch. Und so ein glänzender Unterhalter!«

»Dann kann ich Sie also nur nochmals warnen«, sagte sie, »denn tatsächlich hat Bruno mich nach Hause gebracht.«

»Na, er ist wenigstens nicht zu übersehen. Und behalten Sie bitte Ihr Fenster nach hinten hinaus im Auge – ich möchte nicht gern allzu lange auf Ihrer Feuerleiter herumsitzen.«

»Es ist auch wirklich eine zu verrückte Idee!« meinte Carol abschließend.

Jason Howard zog sich schwarze Hosen und einen dunklen Pullover an – das schien ihm für sein Vorhaben besser als helle Sachen. Er schlüpfte in seine Turnschuhe und ging zu seinem Auto hinunter.

Während er die Beacon Street entlangfuhr, hielt er Ausschau nach Bruno DeMarco. Er bog links in die Gloucester Street ein und dann wieder links in die Commonwealth Avenue. Als er dann nach einem dritten Linksabbiegen die Marlborough Street überquert hatte, fuhr er langsamer. Er wußte, daß es sinnlos war, hier einen freien Parkplatz zu suchen, also parkte er gleich vor dem nächsten Hydranten. Die Wagentüren ließ er unverschlossen, damit im Notfall die Feuerwehrleute ihre Schläuche durch das Auto hindurch verlegen konnten.

Howard stieg aus und schlenderte zu dem Fußweg zwischen Beacon und Marlborough Street hinüber. Straßenlaternen in regelmäßigem Abstand schufen dort kleine Lichtinseln, doch waren dazwischen viele dunkle Flächen; Bäume warfen spinnwebartige Schatten. Seine kürzliche Flucht vor Bruno diesen Weg hinunter stand dem Arzt noch lebhaft vor Augen.

Er nahm seinen Mut zusammen und bog in den Weg ein, gespannt wie ein Sprinter vor dem Startschuß. Eine plötzliche Bewegung zu seiner Linken ließ ihn nach Luft schnappen. Es war eine riesige Ratte, groß wie eine kleine

Katze, und Howards Nackenhaare sträubten sich. Er ging weiter und war froh, daß von Bruno nichts zu sehen war. Es war so still ringsumher, daß er sein eigenes Atmen hören konnte.

Als er an der Rückfront des von Carol Donner bewohnten Hauses ankam, bemerkte er gleich das erleuchtete Fenster im dritten Stock. Dann schaute er sich die Feuerleiter genauer an und stellte dabei fest, daß sie leider von oben herunter nur bis zum ersten Stock reichte und das Reststück von dort heruntergelassen werden mußte. Er blickte sich suchend nach irgend etwas um, worauf er steigen könnte. Das einzige, was er zu diesem Zweck entdekken konnte, war ein großer Abfallbehälter. Es würde ihm nichts anderes übrigbleiben, als ihn umzukippen und hinüberzuschleifen. Obwohl das eine Menge Lärm machen mußte, blieb ihm tatsächlich keine andere Wahl. Aber er fuhr doch zusammen, als beim Umkippen Metall aufs Pflaster knallte und dann sogar ein paar Bierbüchsen den Weg hinunterkollerten.

Er hielt den Atem an und schaute sich um. Doch nirgends ging ein Licht an. Beruhigt kletterte er auf den Behälter und konnte so die unterste Sprosse der Leiter ergreifen.

Plötzlich brüllte jemand »He!« Howards Kopf fuhr herum, und er sah eine ihm nur zu gut bekannte kräftige Gestalt den Weg herunterrennen, die dicken Arme schwenkend und vor sich hin keuchend wie eine alte Dampflok. In diesem Augenblick sah Bruno DeMarco aus wie der angreifende Stürmer einer Rugbymannschaft.

»Scheiße!« fluchte Howard und zog sich mit äußerster Kraftanstrengung die Leiter hoch, wobei er halb und halb befürchtete, sie könne vielleicht unter seinem Gewicht nachgeben, was dann aber doch nicht geschah. Stück für Stück zog er sich weiter nach oben, bis er schließlich einen Fuß auf die unterste Sprosse setzen und dann auch auf den Absatz vor dem ersten Stock treten konnte.

»He, du gottverdammter Lüstling«, brüllte DeMarco. »Mach sofort, daß du da runterkommst!«

Howard zögerte. Er konnte den Mann an seiner Verfolgung hindern, indem er ihm auf die Finger trat, wenn er ihm hinterherzuklettern versuchte. Aber das würde ihn selbst dann wieder davon abhalten, schnellstmöglich zu Carol Donner in die Wohnung zu gelangen. Und wenn es erst mal Krawall gäbe, würde sicher jemand die Polizei rufen. Er beschloß, es darauf ankommen zu lassen. Also stieg er eilends die beiden restlichen Stockwerke hoch und landete vor dem Fenster des Mädchens. Sie sah ihn draußen und schob sofort das Fenster hoch. Ehe sie noch etwas sagen konnte, japste er: »Ihr Wachhund ist da draußen hinter mir her. Hat er eine Waffe?« Dann sah er, daß er in einer geräumigen Küche stand.

»Ich weiß nicht«, antwortete sie.

»Der klettert hinter mir her und muß jeden Moment dasein«, sagte Howard, knallte das Fenster wieder herunter und verriegelte es. Dabei war ihm klar, daß das Bruno DeMarco vielleicht zehn Sekunden lang aufhalten konnte.

»Vielleicht sollte ich mit ihm reden«, meinte Carol zaghaft.

»Wird er denn auf Sie hören?«

»Ich weiß es nicht; er ist ziemlich stur...«

»Den Eindruck habe ich leider auch«, sagte Howard. »Und außerdem mag er mich wohl nicht sonderlich. Ich brauchte irgend etwas wie einen Baseballschläger.«

»Aber Sie dürfen ihn doch nicht zusammenschlagen!«

»Das will ich auch gar nicht, aber ich kann mir nicht vorstellen, daß er sich friedlich hinsetzt und die Sache erst mal mit mir bespricht. Ich muß irgendwas haben, womit ich ihm drohen kann, um ihn mir vorläufig vom Leib zu halten.«

»Einen Schürhaken hätte ich da...«

»Her damit!« Er machte das Licht in der Küche aus und konnte, die Nase gegen die Scheibe gedrückt, gerade sehen, wie sich DeMarco mühte, auf die Leiter zu gelangen. Er war stark, aber nicht sehr wendig. Carol kam mit dem Schürhaken, und Jason Howard wog ihn in der Hand. Mit ein wenig Glück konnte er den Burschen vielleicht dazu kriegen, ihm wenigstens erst einmal zuzuhören.

»Ich habe ja gleich gesagt, daß das keine gute Idee ist«, meinte Carol.

Howard schaute sich in dem Raum um und bemerkte, daß der Boden mit altmodischem Linoleum bedeckt war. Dann besah er sich die Tür, die diese Küche vom Rest der Wohnung trennte. Sie wirkte kräftig und solide, im Schloß steckte ein Schlüssel. Zu irgendeiner Zeit war dies bestimmt etwas anderes als eine Küche gewesen.

»Wäre es sehr schlimm, Carol, wenn ich hier eine Schweinerei anrichte? Selbstverständlich komme ich dafür auf, daß wieder Ordnung gemacht wird.«

»Wovon reden Sie?«

»Haben Sie vielleicht eine große Büchse Salatöl im Haus?«

»Ich denke schon.«

»Kann ich sie haben?«

Verblüfft ging Carol zum Küchenschrank und holte eine große Büchse mit italienischem Olivenöl heraus.

»Großartig«, sagte Howard. Nach einem weiteren raschen Blick durchs Fenster räumte er hastig die beiden Stühle und den Tisch aus der Küche, wobei ihm Carol Donner mit wachsender Verwirrung zuschaute.

»Gut, raus jetzt!« befahl Howard, und Carol trat gehorsam hinaus in den Flur.

Jason Howard öffnete die Ölbüchse und vergoß ihren Inhalt in weiten Bögen auf dem Fußboden. Als er dann die Tür zum Flur zumachte und abschloß, hörte er schon ein Poltern am Küchenfenster und dann das Splittern von Glas.

Er kippte den Küchentisch von außen gegen die Küchentür. »Kommen Sie«, sagte er zu Carol Donner und nahm sie an der Hand. In der anderen Hand hatte er den Schürhaken. Er zog das Mädchen zur Außentür der Wohnung, die mit Schloß und Riegel und Vorhängekette gesichert war. Aus der Küche konnte man ein mächtiges Gepolter hören – offenbar war der Muskelmann ein erstes Mal zu Boden gegangen.

»Das war ein toller Einfall«, lachte Carol.

»Wenn man körperlich unterlegen ist, muß man eben zum Ausgleich sein Köpfchen nutzen.« Das Herz des Arztes klopfte immer noch wild. »Aber da ich nicht weiß, wie lange man Bruno auf diese Weise noch bremsen kann, muß ich mich jetzt beeilen. Ich brauche ganz dringend Ihre Hilfe. Meine letzte Chance, der Entdeckung von Alvin Hayes auf die Spur zu kommen, sehe ich in einer Reise nach Seattle, um herauszukriegen, was er dort gemacht hat. Offensichtlich...«

Ein zweites heftiges Gerumpel unterbrach ihn, gefolgt von einem Schwall von Flüchen.

»Der wird in einer Stinklaune sein«, argwöhnte der Arzt und entriegelte die Vordertür.

»Sie wollen also, daß ich Sie nach Seattle begleite. Und deshalb dieser ganze Aufruhr?«

»Ich wußte ja, daß ich auf Ihr Verständnis rechnen kann. Hayes brachte irgendeine Probe oder so von dort mit, die er bei der Gene Incorporated verarbeitete. Ich muß unbedingt herausbekommen, worum es sich dabei handelte. Und die beste Karte dafür ist der Mann, den er an der Staatsuniversität von Washington getroffen hat.«

»Der Mann, an dessen Namen ich mich nicht erinnern kann...«

»Aber Sie haben ihn doch gesehen und würden ihn bestimmt wiedererkennen?«

»Na ja, vielleicht...«

»Ich weiß ja, daß es vermessen ist, Sie zu bitten mitzukommen«, sagte der Arzt. »Aber ich bin inzwischen fest davon überzeugt, daß Hayes tatsächlich eine bahnbrechende Entdeckung gemacht hat. Und nach all dem, was er vorher schon geleistet hat, muß das eine sehr entscheidende Sache sein.«

»Und Sie glauben wirklich, eine Reise nach Seattle würde Sie weiterbringen?«

»Natürlich kann es nur ein Versuch sein. Aber es ist die einzige Möglichkeit, die ich noch sehe.«

Nun wurde an der Küchentür gerüttelt, und sie hörten, wie Bruno ausdauernd dagegenhämmerte.

»Sieht aus, als könne ich meiner Abreibung entkommen«, meinte Howard. »Ihnen tut er doch wohl nichts?«

»Aber auf gar keinen Fall! Mein Chef würde ihm die Haut über die Ohren ziehen. Deshalb ist er ja jetzt so in Rage. Er meint, ich sei in Gefahr.«

»Nun, Carol, fliegen Sie nun mit mir nach Seattle?« fragte er, während er die Sicherheitskette aushängte.

»Wann soll es denn losgehen?« fragte sie unsicher.

»Heute am späten Nachmittag. Wir brauchen uns dort ja nicht lange aufzuhalten. Könnten Sie sich irgendwie kurzfristig freinehmen?«

»Das hab ich gelegentlich schon gemacht. Ich sage einfach, ich müßte nach Hause fahren. Vielleicht ist jetzt nach dem Mord an Helene Brennquivist mein Chef sogar froh, wenn ich mal aus der Stadt verschwinde.«

»Sagen Sie schon, daß Sie mitkommen«, flehte Howard.

»Na gut«, antwortete sie mit einem herzerwärmenden Lächeln. »Warum eigentlich nicht.«

»Es gibt einen Flug nach Seattle um vier Uhr nachmittags. Ich besorge die Tickets, und wir treffen uns am Eingang. Wie klingt das?«

»Verrückt«, sagte Carol Donner.

»Also, dann treffen wir uns dort.« Jason Howard rannte die Treppen hinunter und dann zu seinem Wagen, wobei er fürchtete, Bruno DeMarco hätte vielleicht kehrtgemacht und sei wieder die Feuerleiter hinuntergeklettert, um ihn abzufangen.

12

Ziemlich früh am Morgen rief Dr. Jason Howard seinen Kollegen Wanamaker an und informierte ihn noch über Besonderheiten bei seinen Patienten, da er nicht ins Krankenhaus kommen wollte. Er mußte vielmehr noch etwas anderes erledigen, ehe er sich mit Carol Donner auf den Flug nach Seattle machte. Er packte rasch ein paar Sachen, wobei er darauf achtete, Kleidung für regnerisches und kühles Wetter mitzunehmen. Dann nahm er sich ein Taxi zum Flugplatz, verstaute dort sein Gepäck in einem Schließfach und erwischte gerade noch den Zehnuhrflug der Eastern Airlines nach New York. Dort am La-Guardia-Flughafen nahm er sich einen Mietwagen und fuhr die kurze Strecke nach Leonia, New Jersey. Das war wahrscheinlich eine noch viel dünnere Chance als Seattle, aber Dr. Howard wollte auf alle Fälle mit der Exfrau von Alvin Hayes sprechen. Er wollte sich auch nicht das kleinste Versäumnis vorwerfen müssen.

Leonia entpuppte sich als überraschend verschlafene Kleinstadt, die ihre Nähe zu New York Lügen strafte. Schon zehn Minuten nach Überquerung der George-Washington-Brücke über den Hudson fand er sich auf einer breiten Straße, die von einstöckigen Geschäftsgebäuden mit schräg eingezeichneten Parkplätzen davor gesäumt war. Es war eine typische amerikanische Kleinstadthauptstraße, nannte sich aber hochtrabend Broad Avenue. Es gab einen Drugstore, eine Bäckerei, einen Haushaltswarenladen und eine kleine Imbißstube – das Ensemble wirkte wie in einem Film der fünfziger Jahre. Der Arzt trat in die Imbißstube, bestellte sich ein Milchmixgetränk mit Malz und Vanille und bat um das Telefonbuch.

Er fand eine Louise Hayes in der Park Avenue. Während er sein Getränk genoß, übrlegte er, ob es vernünftiger sei, erst anzurufen oder gleich hinzufahren. Schließlich entschloß er sich zu letzterem.

Die Park Avenue ging von der Broad Avenue ab und wand sich den Hang hinauf, der Leonia östlich begrenzte. Nach der Überquerung des Pauline Boulevard bog sie nach Norden, und dort fand Howard auch das Haus von Louise Hayes. Es war ein bescheidenes, schindelgedecktes dunkelbraunes Gebäude, dem sichtlich eine Renovierung gutgetan hätte. Auch der Rasen vor dem Haus hätte dringend der Pflege bedurft. Der Arzt klingelte. Eine Frau in mittleren Jahren öffnete mit einem Lächeln; sie trug ein ausgebleichtes rotes Hauskleid, ihr braunes Haar war strähnig, und ein fünf- oder sechsjähriges Mädchen hing, den Daumen im Mund, an ihrem Rockzipfel.

»Mrs. Hayes?« fragte Dr. Howard. Mit den beiden letzten jungen Freundinnen von Hayes konnte es die Frau natürlich nicht aufnehmen.

»Ja, das bin ich.«

»Ich bin Dr. Jason Howard, ein Kollege Ihres verstorbenen Gatten.« Er hatte sich keine Gedanken darüber gemacht, was er ihr sagen würde.

»Ja, bitte?« wiederholte sie fragend und schob wie in einem Reflex das Kind nach hinten.

»Ich würde mich gern einen Augenblick mit Ihnen unterhalten, wenn Sie etwas Zeit für mich hätten«, sagte er und reichte ihr, seine Brieftasche herausziehend, seinen Führerschein mit seinem Foto und seinen GHP-Sonderausweis. »Ich war mit Ihrem verstorbenen Ehemann gemeinsam auf der Universität«, fügte er ergänzend hinzu.

Louise Hayes warf einen Blick auf seine Papiere und reichte sie ihm dann zurück. »Würden Sie bitte mit hereinkommen?«

»Vielen Dank.«

Auch im Inneren des Hauses sah es so aus, als ob es für Reparaturarbeiten an der Zeit wäre. Die Möbel wirkten abgenutzt und der Teppich abgetreten. Auf dem Boden lag Kinderspielzeug herum. Louise Hayes räumte rasch auf der Couch ein paar Sachen zur Seite und bat ihren Besucher, dort Platz zu nehmen.

»Kann ich Ihnen irgend etwas anbieten? Kaffee, oder vielleicht lieber Tee?«

»Kaffee bitte, das wäre reizend«, antwortete er. Die Frau wirkte verschüchtert, und es würde sie sicher beruhigen, wenn sie etwas zu tun hätte. Sie ging in die Küche, und Dr. Howard konnte das Geräusch von Wasser hören, das in ein Gefäß lief. Das kleine Mädchen hatte sich an ihren Rockzipfel gehängt und beäugte den Arzt mit großen braunen Augen. Als er ihm zulächelte, versteckte es sich hinter seiner Mutter. Dr. Howard schaute sich in dem Raum um. Er zwar ziemlich dunkel und nüchtern, an den Wänden hingen ein paar billige Drucke. Louise Hayes kehrte mit ihrer Tochter im Schlepptau zurück. Sie stellte ihm eine große Tasse voll Kaffee hin sowie Milch und Zukker. Der Arzt bediente sich mit beidem selbst.

Die Frau nahm Dr. Howard gegenüber Platz. »Bitte entschuldigen Sie«, sagte sie, »wenn ich zunächst vielleicht abweisend gewirkt habe. Aber es kommen nicht viele Leute, die mich nach Alvin fragen.«

»Kann ich schon verstehen«, antwortete er. Er widmete ihr jetzt mehr Aufmerksamkeit und konnte nun unter ihrem sicher durch Zwang zur Beschränkung bescheidenen Äußeren eine durchaus attraktive Frau erahnen. Hayes hatte keinen schlechten Geschmack gehabt, da konnte man ganz sicher sein. »Es tut mir leid, daß ich Sie auf diese Art überfalle, aber Alvin hat mir von Ihnen erzählt. Ich hatte in der Gegend zu tun, und da dachte ich, ich sollte mal bei Ihnen reinschauen.« Er fand, ein paar kleine Unwahrheiten könnten vielleicht ganz nützlich sein.

»Hat er das wirklich getan?« fragte Louise Hayes eher etwas ungläubig.

Dr. Howard entschied sich dafür, lieber ehrlich zu sein. Er wollte keine unangenehmen Erinnerungen in ihr aufwühlen. »Nun, der Grund, warum ich Sie gern sprechen wollte«, bekannte er, »ist der, daß Ihr ehemaliger Mann mir erzählte, daß er eine wichtige wissenschaftliche Entdeckung gemacht hätte.« Er berichtete ihr von den Todesumständen und versuchte ihr zu erklären, warum er persönlich es sich zur Aufgabe gemacht hatte, herauszufinden, ob ihrem Exmann tatsächlich eine entscheidende Entdeckung gelungen sei. Er erläuterte ihr auch, daß er es für eine Tragödie halte, wenn ihr Mann etwas Wichtiges entdeckt hätte und das nun für die Menschheit verloren sei. Louise Hayes nickte dazu, doch als er sie fragte, ob sie irgendeine Vorstellung davon hätte, worum es sich dabei gehandelt haben könne, schüttelte sie den Kopf und fügte hinzu, nein, das könne sie nicht sagen.

»Sie und Alvin haben nicht viel miteinander gesprochen?«

»Nein – es ging immer nur um die Kinder und finanzielle Fragen.«

»Und wie geht es denn Ihren Kindern?« fragte Dr. Howard und erinnerte sich an Hayes' Sorgen wegen seines Sohnes.

»Es geht beiden gut, schönen Dank.«

»Beiden?« fragte Dr. Howard.

»Ja«, antwortete sie, »Lucy hier« – sie tätschelte den Kopf des Mädchens – »und John, der ist in der Schule.«

»Ich dachte, Sie hätten drei Kinder.«

Über die Augen der Frau zog ein Schleier. Nach einer Weile unbehaglichen Schweigens sagte sie. »Nun ja ... da ist noch einer: Alvin junior. Er ist zurückgeblieben, und ich mußte ihn in einer Sonderschule in Boston unterbringen.«

»Das tut mir leid.«

»Schon in Ordnung. Sie werden sagen, daß ich das inzwischen verkraftet haben sollte, aber das werde ich wohl nie schaffen. Wahrscheinlich war das der Grund dafür, daß Alvin und ich geschieden wurden – ich bin tatsächlich nie wirklich damit fertig geworden.«

»Wo genau ist Alvin junior untergebracht?« fragte er. Dabei war ihm klar, daß er sich auf gefährliches Terrain begab.

»An der Hartford-Schule.«

»Und wie geht es ihm dort?« Dem Arzt war die Hartford-Schule durchaus bekannt. Sie war von GHP mit übernommen worden, als die Gesellschaft sich eine einschlägige Pflegeinstitution einverleibt hatte. Es war ihm auch bekannt, daß GHP die Schule abstoßen wollte – sie war ein Verlustgeschäft für GHP.

»Gut, denke ich«, antwortete die Frau. »Ich muß leider zugeben, daß ich ihn nicht oft besuche. Es macht mir immer zu sehr zu schaffen.«

»Das kann ich gut verstehen«, antwortete Dr. Howard und fragte sich, ob Hayes wirklich diesen Sohn gemeint hatte, als er bei ihrem Gespräch kurz vor seinem Tod von einem gefährdeten Sohn sprach. »Könnten wir vielleicht einmal gemeinsam dort anrufen und fragen, wie es dem Jungen geht?«

»Sicherlich«, antwortete Louise Hayes, und das Ungewöhnliche an einer solchen Frage war ihr offenbar gar nicht zu Bewußtsein gekommen. Sie erhob sich steifbeinig, während das kleine Mädchen sich sofort wieder an sie hängte, ging zum Telefon und rief in der Schule an. Sie verlangte dort den Aufenthaltsraum der unter Zehnjährigen und unterhielt sich, nachdem man sie verbunden hatte, ein Weilchen über den Zustand ihres Sohnes. Nachdem sie aufgelegt hatte, berichtete sie ihrem Besucher: »Man sagte mir, er sei so beieinander, wie man das erwarten könne. Das einzig Auffällige sei eine Arthritis, die man kürzlich bei ihm festgestellt hätte.«

»Ist er denn schon lange dort?«

»Seit Alvin in die Dienste von GHP trat. Daß er Alvin junior in der Hartford-Schule unterbringen konnte, trug auch zu seiner Entscheidung bei, für GHP tätig zu werden.«

»Und Ihr zweiter Junge? Sie sagten, es gehe ihm gut?«

»Dem könnte es gar nicht bessergehen«, antwortete die Frau voller Stolz. »Der ist jetzt in der dritten Klasse, und die sagen dort, er sei einer der besten Schüler.«

»Das freut mich«, sagte Dr. Howard und dachte an die Nacht zurück, in der Hayes gestorben war. Dr. Alvin Hayes hatte ihm erzählt, jemand versuche, ihn und seinen Sohn umzubringen. Für ihn sei es vielleicht schon zu spät – aber noch nicht für seinen Sohn. Was um Himmels willen konnte er damit nur gemeint haben? Dr. Howard hatte angenommen, einer von Hayes' Söhnen sei körperlich krank, aber das war wohl nicht der Fall.

»Noch etwas Kaffee?« fragte Louise Hayes.

»Nein, vielen Dank«, antwortete er. »Vielen Dank für den Kaffee. Und wenn ich in Boston irgend etwas für Sie tun kann – zum Beispiel gelegentlich mal nach Alvin junior sehen –, dann scheuen Sie sich bitte nicht, mir das zu sagen. Zum Zeitpunkt seines Todes war Alvin übrigens dabei, eine Firma zu gründen. Ihre gemeinsamen Kinder sollten Anteile daran haben. Wissen Sie irgend etwas darüber?«

»Nicht das geringste.«

»Nun ja«, seufzte Jason Howard. »Das hatte ich Sie unbedingt noch fragen wollen. Und nochmals vielen Dank für den Kaffee.« Er erhob sich, und das kleine Mädchen verbarg seinen Kopf im Schoß der Mutter.

»Ich hoffe wenigstens, daß Alvin nicht leiden mußte«, sagte sie.

»Nein«, log der Arzt; dabei konnte er den furchtbaren Blick der Todesangst seines Kollegen wohl niemals vergessen.

Sie standen schon unter der Tür, als die Frau sagte: »Ach, jetzt hätte ich fast etwas vergessen. Einige Tage vor Alvins Tod ist jemand hier eingebrochen. Glücklicherweise war niemand von uns da.«

»Ist irgend etwas weggekommen?« fragte der Arzt und überlegte sich, ob wohl die Gene Incorporated etwas damit zu tun haben könnte.

»Nein«, antwortete die Frau. »Die werden wohl auch das übliche Durcheinander bemerkt und sich getrollt haben. Aber man scheint jedenfalls alles durchsucht zu haben – sogar die Bücherborde der Kinder.«

Als Jason Howard wieder aus Leonia hinausfuhr und zurück zur George-Washington-Brücke, dachte er über sein Gespräch mit Louise Hayes nach. Eigentlich hätte er stärker enttäuscht sein müssen, als es tatsächlich der Fall war. Denn schließlich hatte er nichts erfahren, was diese Reise gerechtfertigt hätte. Aber er wurde sich bewußt, daß er nicht nur gekommen war, um etwas zu erfahren – er hatte auch die Exfrau von Alvin Hayes kennenlernen wollen. Da ihm seine eigene Frau durch einen solch harten Schicksalsschlag entrissen worden war, hatte er nie verstehen können, warum Hayes sich freiwillig von seiner Frau getrennt hatte. Aber Dr. Howard hatte sich auch nie mit dem Problem eines zurückgebliebenen Kindes herumschlagen müssen.

Jason Howard erwischte noch den Städteflug zurück nach Boston um zwei. Im Flugzeug versuchte er zu lesen, aber er konnte sich nicht konzentrieren. Er begann sich Sorgen darüber zu machen, ob Carol Donner tatsächlich am Flughafen von Boston sein würde – oder, was ihn noch mehr ängstigte, ob sie dort wohl in Begleitung von Bruno DeMarco auftauchen würde.

Ausgerechnet hatte die Maschine auch noch Verspätung. Sie sollte um 14.40 Uhr in Boston landen, aber hob erst um halb drei auf dem La-Guardia-Flughafen ab. Als er endlich in Boston aussteigen konnte, war es bereits Viertel nach drei. Er holte eiligst sein Gepäck aus dem Schließfach und rannte vom Terminal der Eastern Airlines zu dem der United Airlines hinüber.

Dort stand eine lange Schlange vor dem Schalter, und Dr. Howard fragte sich, wieso denn die Angestellten so lange brauchten, um die Leute abzufertigen. Nun war es schon zwanzig Minuten vor vier – und von Carol Donner war nichts zu sehen.

Endlich war Dr. Howard an der Reihe. Er schob seine Kreditkarte durch den Schalter und bat um zwei Flugkarten für den Flug um vier nach Seattle, Rückflugtermin noch unbestimmt.

Bei ihm zumindest ging es schnell – innerhalb von drei Minuten hatte er Tickets und Bordkarten und eilte zu Ausgang 19. Es war nun fünf Minuten vor vier, man stand unmittelbar vor dem Abflug. Atemlos an Ausgang 19 angelangt, erkundigte sich der Arzt, ob jemand nach ihm gefragt habe. Als das Mädchen am Schalter das verneinte, beschrieb er Carol Donner und fragte nochmals, ob sie sie nicht gesehen hätte.

»Sie ist sehr attraktiv«, fügte er noch hinzu.

»Da bin ich ganz sicher«, lächelte das Mädchen. »Leider aber ist sie mir nicht aufgefallen. Doch wenn Sie noch mitkommen wollen nach Seattle, sollten Sie jetzt wirklich an Bord gehen.«

Dr. Howard folgte mit dem Blick dem eilig sich bewegenden Sekundenzeiger an der großen Wanduhr hinter dem Abfertigungsschalter. Die Schalterangestellte zählte ein letztes Mal die Tickets durch, eine Kollegin machte die letzte Durchsage für den Flug nach Seattle. Es war nun zwei Minuten vor vier. Sein Handgepäck über der Schulter, schaute er nochmals den kurzen Gang zwischen dem Auslaß zum Flugfeld und dem äußeren Eingang hinunter. Gerade wollte er seine Hoffnungen endgültig begraben, als er Carol erblickte. Sie rannte auf ihn zu, und er hätte erleichtert sein können. Aber ein paar Schritte hinter ihr tauchte schon wieder die mächtige Figur ihres Leibwächters auf. Weiter drüben in der Halle stand ein Polizist in der Nähe der Durchleuchtungsschleuse für das Gepäck. Jason Howard prägte es sich ein – das war die Richtung, in die er sich wenden mußte, wenn er in Bedrängnis käme.

Mit ihrer großen Umhängetasche über der Schulter hatte Carol einige Mühe mit dem Rennen; Bruno machte keine Anstalten, ihr behilflich zu sein. Das Mädchen lief direkt auf Howard zu, und dieser sah auf Brunos Gesicht die Empfindungen von Erstaunen über Ärger zu Wut wechseln.

»Hab ich's noch geschafft?« rief sie.

Die Abfertigungsangestellte war gerade dabei, die Türstopper am Ausgang zum Überweg wegzuschieben.

»Was tust du Dreckskerl denn schon wieder hier, verdammt noch mal?« schrie Bruno und warf einen Blick hinauf zum angegebenen Flugziel. Dann wandte er sich anklagend an Carol: »Haben Sie denn nicht gesagt, Sie wollten nach Hause fliegen?«

»Los jetzt!« drängte Carol, indem sie den Arzt am Arm packte und zum Durchgang zog.

Howard stolperte rückwärts, die Augen auf das rundliche Gesicht des Muskelmannes gerichtet, das eine ungesunde rötliche Färbung angenommen hatte; die Adern an den Schläfen traten dick hervor.

»Einen Augenblick noch bitte!« rief Carol dem Mädchen an der Tür zu. Dieses nickte und rief seinerseits jemandem draußen etwas zu. Dr. Howard ließ bis zum letzten Moment Bruno DeMarco nicht aus den Augen und sah noch, wie dieser zu einer Telefonzelle lief.

»Das ist weiß Gott knapp«, meinte die junge Dame an der Tür, wobei sie die Bordkarten der beiden einriß. Der Arzt wandte endlich den Kopf nach vorn, nachdem er den

Eindruck gewonnen hatte, daß der Muskelprotz darauf verzichtet hatte, eine Szene zu machen. Carol Donner zog ihn am Arm bis vor die bereits verschlossene Kabinentür; das Mädchen vom Bodenpersonal mußte erst dagegenhämmern, damit sie noch einmal geöffnet wurde. »Noch knapper geht's ja nun wirklich nicht«, meinte der Bordsteward, der sie einließ, ungnädig.

Als sie endlich ihre Plätze eingenommen hatten, entschuldigte Carol sich wegen ihres Zuspätkommens. »Ich bin wütend«, sagte sie und schob ihre Schultertasche unter den Sitz des Vordermannes. »Ich weiß ja Arthurs Sorge um mein Wohlergehen durchaus zu schätzen, aber das geht nun doch zu weit.«

»Wer ist Arthur?« fragte Howard.

»Mein Chef«, antwortete Carol Donner mit einer Miene von Abscheu. »Er sagte doch tatsächlich, wenn ich jetzt reisen würde, würde er mich rausschmeißen. Ich denke, ich kündige nach unserer Rückkehr.«

»Sie würden das wirklich tun?« fragte der Arzt und überlegte, was wohl außer der Stripteasevorführung noch zu ihrer »Arbeit« gehöre. In seiner Vorstellung hatten Frauen mit einer solchen Beschäftigung ihr Leben nicht mehr in der Hand.

»Ich wollte sowieso irgendwann in absehbarer Zeit mal aufhören«, meinte das Mädchen.

Die Maschine ruckelte, als sie rückwärts vom Ausgang weggezogen wurde.

»Wissen Sie denn, was ich beruflich mache?« fragte Carol.

»So ungefähr schon«, antwortete Dr. Howard unbestimmt.

»Sie haben nie ein Wort darüber verloren«, sagte sie. »Die meisten anderen Leute bringen das zur Sprache.«

»Nun ja, ich fand, das sei eben nun einmal Ihr Beruf«, meinte der Arzt. Stand es ihm denn zu, darüber zu richten?

»Sie sind ein bißchen merkwürdig«, meinte sie, »liebenswert, aber doch etwas seltsam.«

»Ich hab mich immer für ganz normal gehalten!« erwiderte er.

»Na, na!« sagte sie nur schelmisch.

Wegen des starken Luftverkehrs mußten sie noch mehr als zwanzig Minuten warten, bis sie abheben konnten, um dann nach Westen abzudrehen.

»Ich hätte nicht gedacht, daß wir es noch schaffen«, meinte Dr. Howard, der sich endlich zu entspannen begann.

»Es tut mir wirklich schrecklich leid«, sagte Carol. »Ich versuchte Bruno abzuschütteln, aber der hing wie eine Klette an mir. Ich hätte gern vermieden, daß er erfährt, daß ich gar nicht nach Indiana fliege. Aber was hätte ich denn schon tun können?«

»Ist ja auch egal«, antwortete Howard. Aber es machte ihm doch zu schaffen, daß nun sozusagen jeder wußte, wohin er reiste – außer Shirley Montgomery. Er hätte es gern als Geheimnis behandelt. Trotzdem konnte er sich auch wieder nicht vorstellen, daß es wirklich einen großen Unterschied machte.

Dann begann er seine Begleiterin auszufragen nach Hayes' Zeiteinteilung während der beiden Reisen nach Seattle; dabei machte er sich Notizen auf einem gelben Notizblock. Die erste Reise schien die interessantere gewesen zu sein. Sie hatten im Mayfair-Hotel gewohnt und einen Club namens ›Totem‹ in der Art des ›Club Cabaret‹ in Boston besucht. Howard fragte sie, wie es dort gewesen sei.

»Schon soweit ordentlich«, antwortete sie, »wenn auch nichts Besonderes. Es hatte auch nicht die Stimmung wie im ›Club Cabaret‹. Seattle scheint ein bißchen konservativ zu sein.« Der Arzt nickte, wobei er sich fragte, was denn wohl Hayes veranlassen konnte, seine Zeit mit dem Besuch eines derartigen Etablissements zu verbringen, wenn er mit Carol auf Reisen war. »Hat Alvin dort mit jemandem gesprochen?«

»Ja, Arthur hatte für ihn ein Gespräch mit dem Eigentümer arrangiert.«

»Ihr Chef? Ja kannte denn Alvin Hayes Ihren Chef?«

»Die waren miteinander befreundet. Auf diese Weise machte ich doch die Bekanntschaft mit Alvin.«

Dr. Howard erinnerte sich wieder an die Gerüchte um die Neigung von Alvin Hayes zu Diskos und dergleichen. Da war also offenbar etwas dran gewesen. Aber die Vorstellung, daß ein weltbekannter Molekularbiologe Kumpel eines Mannes sein könne, der einen Stripteaseladen betrieb, schien ihm doch recht seltsam.

»Wissen Sie vielleicht, worüber die beiden sich unterhielten?« fragte er.

»Nein – sehr lange haben sie übrigens nicht geredet. Ich kann Ihnen wirklich nichts über das Gespräch sagen, weil ich mir intensiv die Tänzerinnen angesehen habe; sie waren recht gut.«

»Und dann haben Sie der Staatsuniversität von Washington einen Besuch abgestattet?«

»Richtig, das haben wir am ersten Tag gemacht.«

»Und Sie meinen, Sie könnten den Mann wiedererkennen, mit dem sich Alvin damals getroffen hat?«

»Ich glaube schon; es war so ein großer, gutaussehender Bursche.«

»Und was kam dann?«

»Wir fuhren in die Berge.«

»Und das nur so zum Spaß, zum Ausspannen?«

»Ich denke schon.«

»Hat Alvin dort noch jemanden getroffen?«

»Eigentlich nicht, obwohl er sich mit vielen Leuten unterhalten hat.«

Nachdem ihnen ein Cocktail serviert worden war, lehnte sich Dr. Howard bequem zurück. Er dachte über das nach, was Carol ihm berichtet hatte, und war sich sicher, daß das wesentliche Ereignis der Besuch in der Universität gewesen war. Trotzdem war auch der Besuch in diesem Nachtclub merkwürdig und wohl einer Überprüfung wert.

»Da fällt mir noch etwas ein«, sagte Carol. »Auf der zweiten Reise waren wir eine Zeitlang auf der Suche nach Trockeneis.«

»Trockeneis? Wofür denn das bloß?«

»Ich weiß es auch nicht, und gesagt hat es mir Alvin nicht. Er hatte eine Kühlbox dabei, und es war ihm wichtig, daß sie mit Trockeneis gefüllt wurde.«

Vielleicht für den Transport der Proben, dachte Dr. Howard. *Das klingt verheißungsvoll.*

Bei der Landung in Seattle stellten sie pflichtbewußt ihre Uhren auf Pazifikküsten-Zeit um. Howard warf einen Blick aus dem Fenster – es regnete, ganz wie er es erwartet hatte. Er konnte sehen, wie die Tropfen in die dunklen Pfützen auf der Rollbahn klatschten, und bald rann das Regenwasser auch über die Fensterscheiben.

Sie nahmen einen Mietwagen, und sobald sie erst einmal das Gewühl des Verkehrs rund um den Flughafen hinter sich hatten, sagte Howard: »Ich könnte mir denken, daß es günstig für Ihr Erinnerungsvermögen ist, wenn wir dasselbe Hotel nehmen, in dem Sie bei Ihrem letzten Besuch hier wohnten. Getrennte Zimmer natürlich.«

Carol wandte sich ihm zu und beäugte ihn im Halbdunkel des Autos. Es schien ihm offenbar sehr wichtig, ganz klarzumachen, daß dies hier eine reine Geschäftsreise war...

Zwei Wagen hinter ihrem Fahrzeug fuhr ein blauer Ford Taunus, hinter dessen Steuer ein Mann mittleren Alters in einem Rollkragenpullover, karierten Hosen und einer Wildlederjacke saß. Vor wenigen Stunden hatte ihn ein Anruf erreicht, daß er die Ankunft des Flugzeugs der United Airlines aus Boston abpassen solle, um die Beschattung eines etwa fünfundvierzigjährigen Arztes in Begleitung einer sehr hübschen jungen Frau zu übernehmen. Als Namen waren ihm Howard und Donner genannt worden; er dürfe die beiden nicht aus den Augen lassen. Die Aufgabe war bisher ganz problemlos gewesen – er hatte sich einfach am Avis-Schalter aufgehalten, als dort der Arzt auf seinen Namen den Mietwagen anforderte.

Im Augenblick war alles, was er zu tun hatte, sie im Auge zu behalten. Später würde sich dann wohl jemand aus Miami mit ihm in Verbindung setzen. Er bekäme für den Auftrag seine üblichen fünfzig Dollar pro Stunde plus Spesen. Er fragte sich, ob es da wohl um eine Familienangelegenheit gehe.

Das Hotel war ausgesprochen elegant. Gemessen an Hayes' üblichem nachlässigem Äußeren, hätte Howard ihm nicht einen so teuren Geschmack zugetraut. Sie baten um getrennte Zimmer, aber Carol bestand darauf, die Verbindungstür zu öffnen. »Wir wollen doch nicht prüde sein«, meinte sie – und er konnte sich nun den Kopf darüber zerbrechen, wie sie das wohl gemeint haben könnte.

Da sie die Mahlzeit im Flugzeug kaum angerührt hatten, schlug Howard vor, im Restaurant unten zu Abend zu essen, ehe man in den ›Totem-Club‹ aufbreche. Carol zog sich um, und als sie das Restaurant betraten, war er ganz entzückt davon, wie jung und reizend sie aussah. Der Oberkellner wollte sogar wissen, ob sie denn schon achtzehn sei, als Howard eine Flasche kalifornischen Chardonnay bestellte. Das belustigte Carol, die sich scherzhaft darüber beklagte, daß sie mit fünfundzwanzig Jahren doch ihre beste Zeit schon hinter sich hätte.

So gegen zehn – nach Ostküstenzeit war es jetzt eins – waren sie soweit, in den ›Totem-Club‹ aufzubrechen. Der Arzt fühlte sich allmählich müde, aber Carol Donner war bestens in Form. Um Schwierigkeiten zu vermeiden, ließen sie den Wagen auf dem Hotelparkplatz stehen und nahmen sich ein Taxi. Carol konnte sich noch daran erinnern, daß sie damals ziemlich Mühe gehabt hatte, mit Hayes hinzufinden.

Der ›Totem-Club‹ lag keineswegs im Stadtzentrum, sondern fast schon etwas außerhalb am Rand eines mit Villen bebauten Wohnbezirks. Das war kein Vergleich mit dem Bostoner Rotlichtviertel. Vor dem Club befand sich ein geräumiger Parkplatz, auf dem nicht einmal Abfall herumlag, und von Pennern oder ähnlich zwielichtigen Gestalten war schon gar nichts zu sehen. Der ›Totem-Club‹ wirkte eher wie irgendein normales Restaurant oder eine Bar, vielleicht abgesehen von den nachgemachten Totempfählen am Eingang. Als Howard aus dem Wagen stieg, konnte er schon den Lärm der Rockmusik hören. Sie rannten durch den Regen zum Eingang hinüber.

Im Inneren wirkte der ›Totem-Club‹ sehr viel gediegener als der ›Club Cabaret‹ in Boston. Als erstes fiel dem Arzt auf, daß das Publikum hier vorwiegend aus Paaren bestand, im Gegensatz zu dem trinkfreudigen Männerpublikum rund um den Laufsteg dort in Boston. Es gab sogar eine kleine Tanzfläche. Die einzige äußerliche Ähnlichkeit bestand darin, daß hier wie dort die Bar U-förmig um einen Laufsteg herumging.

»Die tanzen hier nicht mal oben ohne!« flüsterte das Mädchen ihm zu.

Sie wurden zu einer Nische auf einer etwas erhöht liegenden Ebene ein Stück entfernt von der Bar geführt; hinter ihnen lag eine zweite Ebene, wiederum etwas stärker erhöht. Eine Kellnerin legte Papierdeckchen vor sie hin und fragte nach ihren Wünschen.

Nachdem sie bestellt und ihre Getränke erhalten hatten, fragte Howard seine Begleiterin, ob sie irgendwo den Besitzer sehe. Zunächst konnte sie ihn nirgends entdekken, doch eine Viertelstunde später griff sie nach seinem Arm und beugte sich über den Tisch.

»Das dort ist er«, sagte sie und wies auf einen jungen Mann von vielleicht Anfang Dreißig im Smoking mit roter Fliege und Kummerbund. Seine Haut war olivenfarbig, sein kräftiges Haar bläulichschwarz.

»Können Sie sich an seinen Namen erinnern?« fragte er sie.

Sie schüttelte den Kopf.

Jason Howard stand auf, verließ die Nische und trat auf den Besitzer zu, der ein freundliches, knabenhaft wirkendes Gesicht hatte. Als der Arzt näher kam, klopfte er gerade lachend einem an der Bar sitzenden Mann auf den Rücken.

»Entschuldigen Sie bitte«, sagte der Arzt. »Ich bin Dr. Jason Howard, aus Boston.« Der Besitzer des ›Totem-Club‹ wandte sich ihm zu, ein geschäftsmäßiges Lächeln auf den Lippen.

»Und ich bin Sebastion Frahn«, stellte er sich vor. »Willkommen im ›Totem-Club‹.«

»Könnte ich Sie bitte einen Moment sprechen?«

Das Lächeln des Mannes verschwand. »Worum geht's denn?«

»Ich brauche ein paar Minuten, um Ihnen das zu erklären.«

»Im Augenblick bin ich furchtbar beschäftigt. Vielleicht später.«

Verblüfft über diese rasche Abfuhr, auf die er in keiner Weise vorbereitet gewesen war, stand Howard einen Moment da und starrte Frahn nach, der sich schon wieder seinen Kunden widmete; sein Lächeln war sofort wiedergekehrt.

»Kein Glück?« fragte Carol Donner, als er zurückkam und sich wieder zu ihr setzte.

»Nein. Über dreitausend Meilen Flug – und dann sagt einem dieser Bursche, er hätte keine Zeit!«

»In diesem Geschäft muß man vorsichtig sein. Lassen Sie mich's mal versuchen.«

Ohne auf seine Antwort zu warten, schlüpfte sie aus der Nische. Howard blickte ihr nach, während sie graziös zu dem Barbesitzer hinüberging. Sie berührte seinen Arm und redete kurz auf ihn ein. Howard sah ihn nicken und dann einen Blick herüberwerfen. Dann nickte er nochmals und ging weiter; Carol kehrte an den Tisch zurück.

»Er kommt in ein paar Minuten her«, berichtete sie.

»Was haben Sie ihm denn gesagt?«

»Er konnte sich an mich erinnern«, antwortete sie kurz.

Howard fragte sich, was das wohl heißen solle. »Erinnert er sich auch an Hayes?«

»Durchaus«, entgegnete sie, »gar kein Problem.«

Tatsächlich trat Sebastion Frahn wenige Minuten später an ihren Tisch.

»Entschuldigen Sie bitte, daß ich so abweisend war. Ich konnte nicht wissen, daß es sich bei Ihnen um Freunde handelt.«

»Schon in Ordnung«, gab Howard zurück, wobei ihm allerdings auch nicht völlig klar war, was der Mann damit meinte. Jedenfalls klang es freundlich.

»Was also kann ich für Sie tun?«

»Carol sagt, Sie könnten sich an Dr. Hayes erinnern.«

Frahn wandte sich dem Mädchen zu. »War das der Mann, mit dem Sie beim letztenmal hier waren?« fragte er.

Carol Donner nickte.

»Sicher erinnere mich an ihn. Er war ein Freund von Arthur Koehler.«

»Würden Sie mir sagen, worüber Sie sich mit ihm unterhielten? Es könnte sehr wichtig sein.«

»Dr. Howard arbeitete mit Alvin zusammen«, erläuterte Carol.

»Da gibt es nichts zu verheimlichen. Wir unterhielten uns lediglich über Möglichkeiten zum Fischen. Der Mann wollte wissen, wo man Lachse fangen könne.«

»Fischen!« rief Dr. Howard verblüfft aus.

»So ist's. Er sagte, er wolle gern ein paar ordentlich große Lachse fangen, aber dafür möglichst nicht so weit fahren müssen. Ich empfahl ihm daraufhin, nach Cedar Falls zu fahren.«

»Und das war alles?« fragte Howard, der seine Hoffnungen schwinden sah.

»Dann sprachen wir noch kurz über die Seattle Supersonics; das war's dann schon.«

»Vielen Dank«, sagte der Arzt. »War wirklich nett, daß Sie sich die Zeit genommen haben.«

»Aber bitte«, antwortete Sebastion Frahn lächelnd. »So, jetzt muß ich weiter.« Er erhob sich, verabschiedete sich mit einem Händeschütteln und lud sie ein, bald einmal wiederzukommen. Dann ging er.

»Ich kann es nicht glauben«, murmelte Dr. Howard. »Jedesmal, wenn ich denke, ich hätte endlich was in der Hand, stellt es sich als Pleite heraus. Fischen!«

Auf Carol Donners Bitte hin blieben sie noch eine gute halbe Stunde, um sich die Show anzusehen, und als sie dann ins Hotel zurückkehrten, war Howard reichlich erschöpft. Nach Ostküstenzeit war es jetzt immerhin vier Uhr morgens, Donnerstag. Howard machte sich rasch fertig und schlüpfte erleichtert ins Bett. Der Besuch im ›Totem-Club‹ war zwar enttäuschend verlaufen, aber da blieb ja immer noch die Universität. Er war gerade am Einschlafen, als es an die Verbindungstür klopfte. Es war Carol. Sie sagte, sie könne vor Hunger nicht schlafen, und fragte, ob man jetzt wohl noch beim Zimmerservice etwas bestellen könne. Jason Howard brachte es nicht fertig, ein Spielverderber zu sein, und bejahte. Also bestellte er eine kleine Flasche Champagner und eine Platte geräucherten Lachs.

Carol saß auf seiner Bettkante in einem Frotteemorgenrock, verspeiste den Lachs und knabberte dazu Crackers. Dabei schilderte sie ihm ihre Kindheit, die sie in der Nähe von Bloomington in Indiana verbrachte. Niemals hatte sie so ausführlich von sich erzählt. Sie war auf einer Farm aufgewachsen und hatte die Kühe melken müssen, noch bevor sie am Morgen in die Schule ging. Er sah sie förmlich vor sich bei dieser Arbeit – ihre Frische und Natürlichkeit war wie eine Bestätigung für ein solches Leben. Womit er Mühe hatte, das war die Herstellung einer Beziehung zwischen diesem früheren Leben und ihrem heutigen. Er hätte wirklich gern gewußt, wie sie dazu gekommen war, als Stripteasetänzerin aufzutreten, aber er scheute sich davor, sie danach zu fragen. Außerdem übermannte ihn die Erschöpfung, und sosehr er sich auch bemühte, dagegen anzukämpfen, er konnte die Augen nicht offenhalten. Er schlief schließlich ein, und Carol Donner zog die Decke sorgsam über ihn, ehe sie in ihrem eigenen Zimmer verschwand.

13

Jason Howard schreckte aus dem Schlaf auf und warf einen Blick auf die Uhr – es war fünf, also acht Uhr in Boston. Um diese Zeit verließ er dort gewöhnlich seine Wohnung, um ins GHP-Krankenhaus zu fahren. Er zog die Vorhänge auf und schaute hinaus – ein kristallklarer Tag. In der Ferne konnte er eine Fähre sehen, die durch den Puget-Sund auf Seattle zufuhr, eine im Licht glänzende Heckwelle hinter sich herziehend.

Nachdem er geduscht hatte, klopfte Howard an die Zwischentür. Er erhielt keine Antwort. Er klopfte nochmals. Schließlich öffnete er die Tür einen Spaltbreit, wobei ein Streifen Sonnenlicht in den kühlen, abgedunkelten Raum fiel. Carol lag noch in tiefem Schlaf, das Kopfkissen fest umklammert. Er betrachtete sie ein Weilchen – sie lag da, lieblich wie ein Engel. Leise schloß er die Tür, um sie nicht zu wecken. Daraufhin schlüpfte auch er noch mal ins Bett, rief den Zimmerservice an und bestellte frischen Orangensaft, Kaffee und Hörnchen für zwei Personen. Dann wählte er die Nummer des GHP-Krankenhauses und ließ sich mit Roger Wanamaker verbinden.

»Alles in Ordnung?«

»Nicht so ganz«, mußte sein Kollege zugeben. »Marge Todd erlitt eine schwere Embolie heute nacht. Sie fiel ins Koma und starb schließlich – Atemstillstand.«

»Mein Gott«, sagte Dr. Howard.

»Tut mir leid, daß ich Ihnen so schlechte Nachrichten übermitteln muß«, bedauerte Roger Wanamaker. »Versuchen Sie trotzdem, sich ein bißchen zu entspannen.«

»Ich ruf Sie in ein, zwei Tagen wieder an«, antwortete Dr. Howard.

Schon wieder ein Todesfall. Mit Ausnahme einer jungen Frau mit Gelbsucht war er versucht zu glauben, der einzige Weg, auf dem all diese Leute das Krankenhaus verlassen würden, war der mit den Füßen voraus. Er fragte sich, ob er nicht sofort nach Boston zurückfliegen solle. Aber sein Kollege hatte recht – es gab nichts, was er hätte tun können, und er konnte genausogut das, was er sich hier in der Angelegenheit von Alvin Hayes vorgenommen hatte, zu Ende bringen, wenn er in bezug darauf auch nicht mehr sonderlich optimistisch war.

Zwei Stunden später klopfte Carol an die Tür und kam herein, das Haar noch feucht vom Duschen. »Einen wunderschönen guten Morgen!« rief sie fröhlich, und Howard bestellte sofort frischen Kaffee.

»Sieht aus, als hätten wir Glück«, meinte er und zeigte mit einer Handbewegung auf den sonnigen Himmel.

»Seien Sie vorsichtig«, gab sie zurück. »Das Wetter hier kann sich oft verblüffend schnell ändern.«

Während Carol frühstückte, gönnte er sich eine weitere Tasse Kaffee.

»Hoffentlich bin ich Ihnen heute nacht mit meinem ausführlichen Erzählen nicht zu sehr auf die Nerven gegangen«, sagte sie.

»Seien Sie nicht albern. Aber es tut mir leid, daß ich dabei eingeschlafen bin.«

»Und wie steht's denn eigentlich diesbezüglich mit Ihnen?« fragte Carol und bestrich sich ein Hörnchen mit Marmelade. »Sie haben mir ja bisher noch kaum was über sich erzählt.« Dabei verschwieg sie, daß sie schon eine Menge über ihn von Alvin Hayes erfahren hatte.

»Da gibt's nicht viel zu erzählen.«

Carol zog die Augenbrauen hoch, doch dann sah sie sein Lächeln und lachte ebenfalls. »Für einen Augenblick dachte ich schon, Sie meinten das ernst.«

Er erzählte ihr von seiner Kindheit in Los Angeles, seiner Ausbildung in Berkeley und an der Harvard Medical School und schließlich seiner Zeit als Assistenzarzt am Allgemeinkrankenhaus von Massachusetts. Ohne daß er es eigentlich gewollt hatte, ertappte er sich dann plötzlich dabei, wie er ihr auch von Danielle berichtete und der schrecklichen Novembernacht, in der sie starb. Noch niemand hatte ihn dazu gebracht, so aus sich herauszugehen, noch nicht einmal der Psychiater, von dem er sich nach dem Tod seiner Frau behandeln ließ. Schließlich schilderte er ihr sogar seine derzeitige Depression wegen des Todes so vieler seiner Patienten und dann den heutigen Anruf seines Kollegen Wanamaker mit der Nachricht, daß nun auch Marge Todd gestorben sei.

»Ich fühle mich geehrt dadurch, daß Sie mir all das erzählen«, sagte Carol ernst. Mit soviel Offenheit und Vertrauen hatte sie tatsächlich nicht gerechnet. »Sie haben eine Menge verkraften müssen.«

»Das Leben ist nun einmal so«, antwortete er seufzend. »Ich weiß eigentlich auch nicht, warum ich Sie mit alldem gelangweilt habe.«

»Von Langweilen kann überhaupt keine Rede sein«, sagte Carol. »Ich finde, daß Sie eine sehr schwere Situation gut bewältigt haben, denn es war bestimmt sehr schwierig, wenn auch sicher sehr positiv, daß Sie Ihr ganzes Arbeits- und Lebensumfeld bewußt verändert haben.«

»Finden Sie?« fragte der Arzt. Es war ihm gar nicht bewußt geworden, da er ihr das erzählt hatte. Er hatte nicht vorgehabt, sich so persönlich Carol gegenüber zu äußern, aber nachdem er es nun einmal getan hatte, hatte er eigentlich ein gutes Gefühl dabei.

Da sie ihre Gemeinsamkeit genossen, war es schon halb elf vorbei, als sie endlich reisefertig waren. Dr. Howard bat einen Hoteldiener, ihm seinen Wagen vor den Haupteingang zu stellen, und sie fuhren mit dem Aufzug hinunter zur Eingangshalle. Genau Carols Vorhersage entsprechend, hatte sich, als sie vor das Haus traten, der Himmel bereits wieder bezogen, und es fiel ein leichter Regen.

Mit Hilfe des im Wagen vorgefundenen Stadtplans und der Erinnerung von Carol Donner fanden sie den Weg hinaus zur medizinischen Fakultät der Staatsuniversität. Carol zeigte dem Arzt den Forschungsbau, in den damals Hayes gegangen war. Sie traten durch den Haupteingang und wurden sofort von einem uniformierten Wachmann angehalten, da sie keine Anstecker trugen, die sie als Universitätsangehörige ausgewiesen hätten.

»Ich bin Arzt und komme aus Boston«, stellte sich Dr. Howard vor und zog seine Brieftasche heraus, um sich auszuweisen.

»Woher Sie kommen, ist mir völlig egal. Kein Anstekker, kein Eintritt – so einfach ist das. Wenn Sie hier hereinwollen, müssen Sie sich in der Zentralverwaltung anmelden.«

Da es unverkennbar war, daß jeder weitere Versuch, mit dem Mann zu verhandeln, nutzlose Zeitverschwendung wäre, begaben sie sich zur Zentralverwaltung. Auf dem Weg dorthin fragte Howard seine Begleiterin, wie es denn Hayes in bezug auf den Wachdienst gehalten hätte.

»Er rief seinen Freund vorher an«, antwortete sie, »und der kam zum Parkplatz.«

Die Dame der Verwaltung war sehr freundlich und entgegenkommend und legte Carol sogar ein bebildertes Verzeichnis der Fakultätsangehörigen vor mit der Empfehlung, zu versuchen, doch dort den Bekannten von Dr. Hayes herauszufinden. Aber Gesichter waren offenbar nicht genug, und es gelang Carol nicht, den Mann ausfindig zu machen. So erhielten sie die nötigen Ansteckausweise und gingen zum Forschungsbau zurück.

Carol führte Dr. Howard hinauf in den vierten Stock. Der Korridor dort war angefüllt mit überzähligen Möbeln und Geräten, und die Wände schrien förmlich nach einem frischen Anstrich. Ein beißender Geruch nach einem chemischen Mittel in der Art von Formaldehyd lag in der Luft.

»Hier ist das Labor«, sagte Carol und hielt vor einem offenen Durchgang an. Auf dem Schild neben der Tür standen die Namen Dr. rer. nat. Dr. med. Duncan Sechler und Dr. rer. nat. Dr. med. Rhett Shannon. Sie standen, wie das der Arzt vermutet hatte, vor der Abteilung Molekulargenetik.

»Welcher Name wohl?« fragte Dr. Howard.

»Ich kann es nicht sagen«, antwortete Carol Donner, trat auf einen jungen Assistenten zu und fragte, ob einer der beiden Doktoren da sei.

»Beide«, war die Antwort. »Sie sind in der Tierstation.« Er deutete über seine Schulter und wandte sich, als Carol vorbeiging, um, damit er sie von hinten betrachten konnte. Howard war über dessen Unbekümmertheit verblüfft.

Die Tür zur Tierstation hatte eine breite Glasfüllung. Durch sie hindurch konnte man zwei Männer sehen, die gerade einem Affen Blut abnahmen.

»Der große war es, mit den grauen Haaren«, sagte Carol bestimmt. Dr. Howard trat näher an die Tür heran und blickte hindurch. Der Mann, den Carol bezeichnet hatte, war ein gutaussehender, athletischer Typ etwa in seinem Alter. Sein durchgehend silbergraues Haar gab ihm ein besonders distinguiertes Aussehen. Sein Kollege war ganz im Gegensatz dazu nahezu kahl; das bißchen Haar, das ihm verblieben war, hatte er in dem vergeblichen Versuch der Beschönigung sorgsam über den Schädel gekämmt.

»Ob er sich wohl an Sie erinnert?«

»Vielleicht. Wir trafen uns allerdings nur für einen Augenblick, ehe ich in die Abteilung für Psychologie hinüberging.« Sie warteten, bis die beiden Ärzte ihre Arbeit beendet hatten und wieder aus der Tierstation herauskamen; der große Silberhaarige trug das Gefäß mit dem abgezapften Blut.

»Entschuldigen Sie bitte«, sprach Howard ihn an, »hätten Sie wohl einen Augenblick Zeit für mich?«

Der Mann schielte auf Howards Anstecker. »Sind Sie Arzneimittelvertreter?«

»Um Gottes willen, nein«, lächelte der Arzt. »Ich bin Dr. Jason Howard, und dies ist Miß Carol Donner.«

»Und was kann ich für Sie tun?«

»Ich komme gleich wieder, Duncan«, unterbrach der kahl werdende Kollege.

»In Ordnung«, sagte der Silberhaarige. »Ich mache die Blutuntersuchung sofort.« Dann setzte er, zu Dr. Howard gewandt, hinzu: »Entschuldigen Sie bitte.«

»Keine Ursache«, antwortete dieser. »Ich wollte Sie nur kurz wegen eines gemeinsamen Bekannten sprechen.«

»Ja, bitte?«

»Es geht um Alvin Hayes. Erinnern Sie sich daran, daß er Sie hier besucht hat?«

»Aber natürlich«, antwortete der Mann, wandte sich dann Carol zu und fragte: »Waren Sie nicht in seiner Begleitung?«

Sie nickte und meinte: »Sie haben ein gutes Gedächtnis!«

»Ich bin sehr erschrocken, als ich von seinem Tod hörte. Welch ein Verlust!«

»Miß Donner sagte mir, daß Alvin Hayes Sie in einer sicherlich wichtigen Sache aufgesucht hätte«, erklärte Howard. »Könnten Sie mir bitte sagen, worum es ging?«

Duncan Sechler wirkte nervös und schaute vorsichtig nach den anderen Leuten in der Nähe.

»Ich bin mir da gar nicht sicher, ob ich darüber reden möchte.«

»Es tut mir leid, das hören zu müssen. Ging es denn um etwas Berufliches, oder war es eine Privatsache?«

»Kommen Sie doch bitte lieber mit in mein Büro.«

Jason Howard hatte Mühe, seine Erregung zu verbergen. Endlich hörte es sich so an, als ob er auf etwas Wesentliches gestoßen sei.

Nachdem sie alle in sein Büro gegangen waren, schloß Dr. Sechler sorgfältig dessen Tür. Es standen nur zwei Stühle darin, und während er Stapel von Zeitschriften wegräumte, bat er den Arzt und Carol Donner, Platz zu nehmen.

»Um auf Ihre Frage einzugehen: Hayes kam aus persönlichen Gründen zu mir, nicht aus beruflichen.«

»Wir sind über dreitausend Meilen geflogen, nur um mit Ihnen zu reden«, betonte Dr. Howard. Er war nicht bereit, so schnell aufzugeben, wenn das freilich auch keineswegs ermutigend klang.

»Wenn Sie mich angerufen hätten, hätte ich Ihnen die Reise ersparen können.« Einiges an Freundlichkeit war bereits aus Dr. Sechlers Stimme geschwunden.

»Ich sollte Ihnen wohl besser sagen, warum uns das Gespräch mit Ihnen so wichtig ist«, sagte Dr. Howard und berichtete dann von Hayes' merkwürdigen Äußerungen über eine mögliche Entdeckung und seine eigenen, bisher erfolglosen Versuche, herauszubekommen, worum es sich dabei gehandelt haben könnte.

»Sie glauben also, Hayes sei zu mir gekommen, damit ich ihm bei seinen Forschungen irgendwie behilflich wäre?« fragte Duncan Sechler.

»Ja, das hatte ich eigentlich gehofft.«

Sechler ließ ein kurzes, unfrohes Lachen hören. Er schaute Howard aus den Augenwinkeln an und stieß dann hervor: »Sie haben nicht zufällig mit Rauschgift zu tun, wie?«

Dr. Howard verneinte verblüfft.

»Gut, dann sage ich Ihnen, was Hayes tatsächlich von mir wollte. Er wollte einen Tip, wo er Marihuana kaufen könne. Er sagte, er traue sich nie, den Stoff ins Flugzeug mitzunehmen, und deshalb habe er jetzt keinen, brauche aber welchen. Aus Gefälligkeit brachte ich ihn mit einem Burschen auf dem Campus zusammen.«

Jason Howard war fassungslos. Die Spannung wich aus ihm wie Luft aus einem Ballon, der plötzlich ein Loch bekommen hat. Er konnte seine Enttäuschung nicht verhehlen.

»Es tut mir leid, daß ich Ihre Zeit in Anspruch genommen habe...«

»Schon recht.«

Die beiden verließen den Forschungsbau und gaben beim Wachmann unten ihre Ausweiskarten ab. Carol Donner lächelte verschmitzt.

»So lustig ist das ja nun gerade nicht«, meinte Howard, als sie wieder ins Auto stiegen.

»Ist es doch«, widersprach sie. »Sie können das nur im Augenblick noch nicht so richtig beurteilen.«

»Jetzt können wir genausogut gleich zurückfliegen«, sagte er düster.

»O nein! Sie haben mich jetzt den ganzen Weg hierhergeschleift, und wir fliegen auf gar keinen Fall zurück, ehe Sie nicht wenigstens die Berge gesehen haben. Es ist gar nicht sehr weit.«

»Lassen Sie mich drüber nachdenken«, gab er mürrisch zurück.

Carol Donner hatte sich durchgesetzt. Sie fuhren ins Hotel zurück, packten ihre Sachen ein, und ehe Dr. Howard es so richtig wahrgenommen hatte, waren sie schon auf dem Weg zur Stadt hinaus. Carol hatte darauf bestanden, das Steuer zu übernehmen. Draußen wichen die Vororte bald dunstverschleierten Wäldern, dann wurden aus den Hügeln Berge. Es hörte auf zu regnen, und in der Ferne konnte man die ersten schneebedeckten Spitzen sehen. Die Schönheit der Natur ließ Howards Gefühl der Enttäuschung und Niedergeschlagenheit schwinden.

»Das wird noch viel schöner«, meinte Carol, als sie in Richtung Cedar Falls abbogen. Sie konnte sich nun wieder gut an die Strecke erinnern und die Aussicht beschreiben. Bald bog sie auf ein noch schmaleres Sträßchen ab, das den Cedar River entlangführte.

Sie waren nun in einem wahren Märchenland der Natur mit unergründlichen Wäldern, zerklüfteten Felsformationen, rauschenden Bächen und von ferne hereinschauenden hohen Bergen. Als die Dämmerung herannahte, bog Carol von der Straße ab und in einen ausgefahrenen, steinigen Zufahrtsweg ein, der vor einem malerischen Berggasthof endete – er war ganz wie eine Berghütte gebaut, aber fünf Stockwerke hoch. Aus einem mächtigen Feldsteinkamin stieg geruhsam der Rauch in die Höhe. Ein Schild über dem Eingang nannte den Namen des Hauses: SALMON INN – ›Zum Lachs‹.

»Haben Sie damals hier mit Alvin übernachtet?« fragte Dr. Howard, das Gebäude durch die Windschutzscheibe hindurch musternd. Vor dem Haus befand sich eine ausladende Veranda, bestückt mit Tischen und Bänken aus grob behauenem Kiefernholz.

»Ja, genau«, antwortete Carol und griff nach ihrer Tasche auf dem Rücksitz.

Sie stiegen aus; es war frisch, ja etwas kühl draußen, und der Geruch des Rauches aus verbranntem Holz hing in der Luft. Etwas entfernt konnte man das Geräusch natürlich fließenden Wassers hören.

»Der Fluß läuft hinter dem Haus vorbei«, erläuterte Carol, die schon die Stufen hinaufstieg. »Ein bißchen weiter oben ist ein toller Wasserfall. Den müssen Sie sich morgen mal anschauen.«

Jason Howard folgte ihr, wobei er sich plötzlich fragte, was er eigentlich hier zu schaffen hätte. Die Reise war ein Fehlschlag gewesen; er gehörte jetzt nach Boston, um sich dort um seine todkranken Patienten zu kümmern. Statt dessen befand er sich im Kaskadengebirge mit einem

Mädchen, das zu bewundern er eigentlich bleibenlassen sollte.

Das Innere des ›Salmon Inn‹ war nicht weniger anheimelnd als das Äußere. Der Hauptraum war zwei Stockwerke hoch und wurde von einem offenen Kamin ungeheuren Ausmaßes beherrscht. Er war ausgestattet mit Chintzmöbeln, ausgestopften Tierköpfen und vereinzelten Bärenfellen auf dem Boden. Vor dem Kamin hatten es sich ein paar Leute gemütlich gemacht und lasen, eine Familie spielte Scrabble. Ein paar Köpfe wandten sich nach den beiden Neuankömmlingen um, als diese an den Empfangstresen traten.

»Sind Sie angemeldet?« erkundigte sich der Mann dort.

Dr. Howard fragte sich, ob der Mann wohl einen Scherz mache. Die hatten hier doch jede Menge Platz, das Haus lag völlig für sich, es war Anfang November, und obendrein unter der Woche. Er konnte sich beim besten Willen nicht vorstellen, daß gerade gewaltiger Andrang herrschte.

»Nein, wir sind nicht angemeldet«, antwortete Carol. »Macht das Schwierigkeiten?«

»Wollen mal sehen«, antwortete der Mann und beugte sich über sein Zimmerverzeichnis.

»Ja, wie viele Zimmer haben Sie denn?« fragte Dr. Howard, immer noch verblüfft.

»Zweiundvierzig, dazu sechs Suiten«, antwortete der Empfangschef, ohne aufzublicken.

»Ist denn irgendeine Riesentagung oder Messe unten in der Stadt?«

Der Mann lachte. »Nein, um diese Zeit ist es immer voll bei uns. Es ist Lachszeit, wissen Sie!«

Dr. Howard hatte zwar schon von den Lachsen der Pazifikküste gehört und von ihrer geheimnisvollen Rückkehr zu den Laichplätzen der Bergflüsse, denen sie entstammten. Aber er hatte immer geglaubt, das spiele sich im Frühjahr ab.

»Nun, Sie haben tatsächlich Glück«, sagte der Mann vom Empfang. »Ein Zimmer ist gerade noch frei – aber morgen abend müssen Sie vielleicht umziehen. Wie lange wollen Sie denn bleiben?«

Carol schaute den Arzt an – den überkam ein Gefühl der Hilflosigkeit: nur ein Zimmer! Was sollte er da denn nur sagen; er wollte gerade zu stottern beginnen, als Carol ganz ruhig antwortete:

»Drei Nächte.«

»Gut. Und wie zahlen Sie?«

Es gab eine kurze Pause.

Dann sagte Dr. Howard, seine Brieftasche herausziehend: »Mit Kreditkarte.« Er konnte nicht glauben, was sich da gerade abspielte.

Als sie dem Hoteldiener auf dem Gang im ersten Stock folgten, fragte sich Jason Howard immer noch, in was er da – und wie eigentlich – hineingeraten sei. Er hoffte inbrünstig, daß wenigstens zwei einzelne Betten im Zimmer seien. Sosehr ihm das Aussehen des Mädchens auch gefiel, so war er doch nicht eingestellt auf eine Affäre mit einer Stripteasetänzerin, die vielleicht nebenher noch weiß Gott was trieb.

»Sie haben hier eine tolle Aussicht«, rühmte der Hoteldiener.

Howard trat ein, doch sein erster Blick galt keineswegs der Aussicht, sondern den Schlafgelegenheiten. Er war etwas erleichtert, als er immerhin zwei Einzelbetten sah.

Nachdem der Hoteldiener wieder gegangen war, wandte sich der Arzt dem unbestreitbar eindrucksvollen Ausblick zu. Der Cedar River, der sich hier zu einer Art schmalem See erweiterte, war gesäumt von mächtigen Nadelbäumen, deren Spitzen jetzt im schwindenden Tageslicht in dunkles Purpurrot getaucht waren. Unmittelbar unter ihrem Fenster war eine Wiese, die sich zum Flußufer senkte. Dort erstreckten sich einige Stege hinaus ins Wasser, an denen zwanzig bis dreißig Ruderboote vertäut waren. An Land lagen auf Böcken Kanus, und an einem eigenen Steg waren vier große Schlauchboote mit Außenbordmotoren festgemacht. Trotz der ruhigen Wasseroberfläche mußte eine beachtliche Strömung im Fluß herrschen, wie der Arzt an der Tatsache erkennen konnte, daß das Heck der Schlauchboote flußabwärts zeigte und ihre Bugleinen straff gespannt waren.

»Na, was sagen Sie jetzt?« rief Carol Donner aus, dabei in die Hände klatschend. »Ist das nicht traulich?«

Das Zimmer war mit einer Blümchentapete tapeziert. Der Fußboden bestand aus breiten Kiefernbrettern, auf denen ein paar Fleckerlteppiche lagen. Die Steppdecken auf den Betten trugen farbenfrohe Bezüge in einem Patchworkmuster.

»Doch, wirklich wunderschön«, mußte Jason Howard zugeben. Er warf einen Blick ins Badezimmer und hoffte, dort Morgenmäntel vorzufinden. »Sie sind ja offensichtlich die Reiseleiterin. Was schlagen Sie also als nächstes vor?«

»Ich wäre sehr dafür, daß wir gleich zum Essen gehen. Ich bin ziemlich ausgehungert. Außerdem glaube ich fast, daß man nur bis sieben etwas Warmes bekommt. Hier oben geht man früh ins Bett.«

Eine Wand des Restaurants war geschwungen und ging mit vielen Fenstern auf den Fluß hinaus. In der Mitte der Wand öffnete sich eine breite Doppeltür auf eine große Veranda, auf der im Sommer sicher, wie Howard vermutete, ebenfalls Essen serviert wurde. Von dieser Veranda gingen Stufen auf die Wiese hinunter; auf den Stegen unten am Fluß waren die Lampen angegangen und warfen ihr Licht auf das Wasser.

Etwa die Hälfte der an die zwei Dutzend Tische in dem Raum waren belegt. Die meisten Gäste waren bereits beim abschließenden Kaffee angelangt. Es kam Howard so vor, als ob alle mit ihrer Unterhaltung aufhörten, als er mit Carol den Raum betrat.

»Warum komme ich mir bloß vor wie auf dem Präsentierteller?« fragte er flüsternd.

»Weil Sie sich unbehaglich fühlen bei dem Gedanken, im selben Zimmer zu schlafen mit einer jungen Frau, die Sie kaum kennen«, flüsterte Carol zurück. »Sie fühlen sich in der Defensive und ein bißchen schuldbewußt und sind sich unsicher, was von Ihnen erwartet wird.«

Jason Howard sank förmlich die Kinnlade herunter. Er versuchte, dem Mädchen in die warmen, glänzenden Augen zu sehen, um vielleicht darin lesen zu können. Er merkte, wie er rot wurde. Wie um alles in der Welt kam ein Mädchen, das halbnackt vor Männern herumtanzte, zu solch scharfsichtigem Einfühlungsvermögen? Er hatte sich immer etwas darauf eingebildet, Leute beurteilen zu können, das gehörte schließlich mit zu seinem Job. Als Arzt mußte er auch ein Gefühl für das Innenleben seiner Patienten haben. Warum aber war er sich so ungewiß in bezug auf Carol Donner, woher kam sein Eindruck, daß irgend etwas bei ihr nicht zusammenpaßte, nicht stimmte?

Carol blickte belustigt in sein rot gewordenes Gesicht und lachte los. »Warum lassen Sie sich nicht einfach fallen; entspannen Sie sich, und genießen Sie das Leben. Sie können Ihren Schutzschild fallen lassen – ich beiße schon nicht!«

»Also gut«, antwortete er, »ich will mir Mühe geben damit.«

Sie beschlossen, sich beim Abendessen an Lachs zu halten, der in einer verwirrenden Fülle verlockender Variationen angeboten wurde. Nach reiflicher Überlegung entschieden sie sich für eine im Teigmantel herausgebackene Variante, und um im passenden lokalen Rahmen zu bleiben, bestellte Howard dazu einen Chardonnay aus dem Staat Washington, den er überraschend gut fand. Irgendwann fiel ihm auf, daß er laut lachte – es war schon sehr lange her, daß er sich so gelöst gefühlt hatte. Zu diesem

Zeitpunkt merkten sie auch, daß sie inzwischen allein im Speiseraum saßen.

Später in der Nacht lag Jason Howard im Bett, starrte zur dunklen Decke und war aufs neue verwirrt. Ihr Zubettgehen war eine Art Komödie gewesen – mit Badetüchern zur Verhüllung, dem Werfen einer Münze zur Entscheidung darüber, wer nun als erster ins Badezimmer dürfe, und dem nochmaligen Aufstehen, um das Licht auszumachen. Er war sich seiner Körperlichkeit lange nicht mehr so bewußt gewesen wie gerade jetzt. Er drehte sich auf die andere Seite und schaute zu Carol hinüber, deren Gestalt er im Dunkel mit Mühe noch erkennen konnte. Sie lag auf der Seite, und er vermochte ihr regelmäßiges Atmen vor dem Hintergrundgeräusch des Wasserfalls in der Nähe gerade noch zu hören. Sie lag offensichtlich in ruhigem Schlaf. Howard beneidete sie um die unkomplizierte Annahme ihrer eigenen Persönlichkeit und ihren ungetrübten Schlummer. Was ihn verwirrte, war nicht so sehr das Widersprüchliche in Carol Donners Persönlichkeit, sondern vielmehr die Tatsache, daß das Leben ihm wieder lohnend erschien. Und diese Tatsache war unzweifelhaft auf Carol Donner zurückzuführen.

14

Was das Wetter anging, blieb das Glück ihnen jedenfalls treu. Als sie am Morgen die Vorhänge aufzogen, funkelte der Fluß, als ob die Sonne auf Tausende von Diamanten fiele. Sobald sie ihr Frühstück beendet hatten, verkündete Carol Donner, daß sie heute eine Wanderung machen würden.

Wohlversehen mit Lunchpaketen vom ›Salmon Inn‹, befanden sie sich bald auf einem gut markierten Wanderweg den Cedar River entlang, auf dem ihnen Vögel und allerlei Kleingetier begegneten. Schon eine Viertelmeile hinter dem Hotel trafen sie auf den Wasserfall, den Carol erwähnt hatte. Es handelte sich dabei um eine Folge von Felsstufen, über die das Wasser jeweils etwa mannshoch herunterstürzte. Zusammen mit ein paar anderen Touristen standen sie auf einer hölzernen Aussichtsplattform und schauten beeindruckt auf das unter ihnen wild dahinbrausende Wasser. Unmittelbar zu ihren Füßen schoß plötzlich ein prächtig regenbogenfarbig gefärbter Fisch, gut einen Meter lang, aus dem Wasser heraus und sprang, entgegen allen Gesetzen der Schwerkraft, die erste Felsstufe hoch. Nur wenige Sekunden später überwand er mit einem gewaltigen Satz auch die zweite Felsstufe.

»Das ist ja unglaublich!« rief Howard aus. Er erinnerte sich zwar daran, gelesen zu haben, daß die Lachse die Strömung starker Stromschnellen überwinden könnten, aber auf die Idee, daß sie derartige Höhen zu überspringen vermochten, wäre er nie gekommen. Ebenso wie seine Begleiterin schaute er gebannt zu, wie einige weitere

Lachse die Felsbarrieren hochsprangen. Er konnte über die gewaltigen körperlichen Kräfte, die die Tiere dabei entwickelten, nur staunen. Der Fortpflanzungstrieb, der diese ungeheure Kraftentfaltung auslöste, war sichtlich ein Antriebsfaktor von erstaunlicher Macht.

»Das ist nahezu unvorstellbar«, fügte er hinzu, als ein weiterer besonders großer Lachs dazu ansetzte, diese natürliche Sperre zu überwinden.

»Auch Alvin war außerordentlich beeindruckt«, meinte Carol.

Dr. Howard konnte sich das gut vorstellen, besonders bei dessen ausgeprägtem Interesse an Entwicklungs- und Wachstumshormonen.

»Kommen Sie«, sagte sie und nahm ihn bei der Hand. »Da gibt's noch viel zu sehen.«

Sie folgten dem Wanderweg weiter aufwärts, der sich für etwa eine Viertelmeile vom Flußufer entfernte und durch den Wald führte. Als er sich dem Cedar River wieder näherte, hatte sich dieser erneut zu einem schmalen See verbreitert, ähnlich dem anderen unten vor dem Berggasthof. Er war bei einer Länge von etwa einer Meile eine Viertelmeile breit, und man sah auf ihm eine Menge von Anglern in Booten.

Eine Holzhütte, die wie eine Miniaturausgabe des ›Salmon Inn‹ aussah, stand unter einer Gruppe mächtiger Kiefern. Hinter ihr am Ufer befand sich ein Steg mit ein paar Booten. Carol zog ihren Begleiter den mit Platten belegten Weg hinauf und schob ihn durch die Tür in die Hütte hinein.

Diese Hütte gehörte offenbar zu dem Berggasthof und diente der Ausgabe von Fischereierlaubnisscheinen. Rechts fand man einen mit einer Glasscheibe abgeschirmten Schalter, hinter dem ein bärtiger Mann thronte, der mit einem rotkarierten Wollhemd, roten Hosenträgern, ausgebleichten Hosen und schweren Stiefeln bekleidet war. Howard schätzte ihn auf Ende Sechzig und fand, der

Mann würde einen prächtigen Nikolaus abgeben. An der Wand hinter ihm war eine eindrucksvolle Reihe von Angelruten. Carol Donner stellte ihren Begleiter dem Mann vor, dessen Name Stooky Griffiths war, und erwähnte dabei, daß Alvin Hayes gerne mit Stooky geschwatzt hätte, während sie selbst zum Angeln gegangen sei.

»Nun, und wie wär's denn«, sagte sie dann, an Howard gewandt, »wenn Sie's auch mal mit dem Lachsfischen probieren würden?«

»Nein, das ist nichts für mich«, antwortete er. Weder Jagen noch Fischen hatten ihn jemals interessiert.

»Ich würd's gern mal probieren. Kommen Sie – seien Sie kein Spielverderber!«

Aber Howard blieb fest, redete ihr jedoch zu. »Ich kann mich besser anderweitig beschäftigen. Aber gehen Sie nur!«

»Also gut!« antwortete Carol, wandte sich an Stooky Griffiths und verhandelte mit ihm wegen einer geeigneten Angelrute und des passenden Köders. Dann versuchte sie nochmals, Howard dazu zu bringen, sie beim Angeln zu begleiten, aber er lehnte wieder ab.

»Waren Sie hier mit Alvin beim Angeln?« fragte er und warf durch das Fenster einen Blick auf den verbreiterten Fluß.

»Nein«, antwortete sie, ihr Angelzeug zusammenpackend. »Alvin war genau wie Sie – den bekam ich auch nicht dazu, mit mir zu gehen. Aber ich habe einen Mordslachs gefangen, gar nicht weit draußen.«

»Alvin hat also überhaupt nicht geangelt?« fragte Dr. Howard überrascht.

»Nein«, antwortete Carol. »Der hat bloß die Fische beobachtet.«

»Aber hat er denn nicht Sebastion Frahn erzählt, daß er angeln gehen wolle?«

»Was soll ich dazu schon sagen? Als wir erst einmal hier waren, begnügte er sich jedenfalls damit, herumzulaufen und zu beobachten. Sie wissen ja – der Wissenschaftler eben.«

Jason Howard schüttelte verwirrt den Kopf.

»Ich bin dann jedenfalls unten am Steg«, sagte Carol Donner fröhlich. »Falls Sie noch Ihre Meinung ändern, dann kommen Sie auch runter. Es macht jedenfalls Spaß!«

Howard blickte ihr nach, als sie den plattenbedeckten Weg hinunterlief, und fragte sich, warum wohl Alvin Hayes sich so intensiv nach Möglichkeiten zum Lachsfischen umgehört hatte, wenn er dann überhaupt keine Angel in die Hand genommen hatte. Das war doch wirklich zu merkwürdig.

Zwei Männer traten in die Hütte und verhandelten mit Stooky wegen entsprechender Angelruten, Köder und Boote. Howard trat hinaus auf die kleine Veranda, wo ein paar Schaukelstühle standen. Stooky Griffiths hatte einen Behälter mit Vogelfutter an den Dachvorsprung gehängt, und Dutzende von Vögeln schwirrten darum herum. Der Arzt schaute ihnen eine Zeitlang zu und ging dann hinunter zum Steg, um sich zu Carol zu gesellen. Das Wasser war kristallklar, und er konnte auf dem Grund die Blätter und Steine sehen. Plötzlich schoß ein mächtiger Lachs aus dem dunklen Smaragdgrün des tieferen Wassers nach oben und wollte offenbar, unter dem Steg hindurch, in eine flachere, beschattete und etwa dreißig Meter entfernte Wasserfläche gelangen.

Howard folgte ihm mit den Blicken und bemerkte dabei eine plötzliche Unruhe auf der Wasseroberfläche. Neugierig geworden, ging der Arzt das Ufer entlang näher an die Stelle heran. Ihm fiel dabei ein anderer großer Lachs auf, der auf der Seite im flachen Wasser trieb, wobei sich seine Schwanzflosse nur noch schwach bewegte. Howard bemühte sich, ihn mit Hilfe eines dünnen Zweiges in tieferes Wasser zu schieben, doch es gelang ihm nicht. Offenbar war der Fisch krank. Wenige Schritte weiter entdeckte er einen weiteren Lachs, der bewegungslos im flachen Wasser trieb, und nicht weit davon holte sich plötzlich ein großer Vogel einen offenbar toten Lachs aus dem Wasser.

Der Arzt schritt den Pflasterweg wieder hinauf. Stooky war vor die Hütte getreten und hatte es sich, eine Pfeife zwischen den Zähnen, in einem der Schaukelstühle gemütlich gemacht. Howard lehnte sich über das Geländer und fragte ihn wegen der toten Fische, wobei er die Vermutung äußerte, daß vielleicht weiter oben irgendeine Verunreinigung den Fluß belaste.

»Keine Spur«, antwortete der bärtige Mann. Er nahm ein paar Züge aus seiner abgekauten Pfeife und fügte dann hinzu: »Hier gibt es keine Verunreinigungen. Die Fische da haben einfach gelaicht, und dann sterben sie eben.«

»Ach ja«, sagte Dr. Howard matt und erinnerte sich plötzlich an das, was er über den Lebensrhythmus der Lachse gelesen hatte. Die Fische verausgabten sich völlig bei dem Bemühen, wieder in die alten Laichgründe zurückzukehren, und wenn sie dann ihre Aufgabe erfüllt hatten, nämlich zu laichen und den Laich zu befruchten, dann starben sie bald darauf. Niemand konnte eigentlich genau sagen, warum das so war. Es gab Theorien über die Probleme der Lachse beim Übergang vom Salzwasser zum Süßwasser, aber bewiesen war davon bisher nichts. Das war eben eines der Geheimnisse der Natur.

Howard warf einen Blick hinunter zu Carol Donner. Sie war eifrig damit beschäftigt, vom Steg aus ihre Leine auszuwerfen. Er wandte sich wieder an Stooky Griffiths und fragte ihn: »Erinnern Sie sich vielleicht zufällig an eine Unterhaltung mit einem gewissen Dr. Alvin Hayes?«

»Glaub ich kaum.«

Jason Howard ließ nicht locker: »So etwa in meiner Größe. Lange Haare; blaß.«

»Ich sehe hier einen Haufen Leute.«

»Da hab ich keinen Zweifel«, meinte der Arzt. »Aber der Mann, den ich meine, war mit diesem Mädchen da.«

Er deutete auf Carol Donner und war überzeugt davon, daß Stooky Griffiths hier nicht auf allzu viele Mädchen traf, die aussahen wie Carol.

»Die da unten am Steg?«

»Genau. Die sieht ja schließlich nicht aus wie jede.«

Stooky paffte den Rauch seiner Pfeife in kurzen Stößen aus. Seine Augen verengten sich. »Könnte der Bursche vielleicht aus Boston gewesen sein?«

Howard nickte.

»Ja, jetzt erinnere ich mich wieder an ihn. Aber der sah überhaupt nicht wie ein Doktor aus!«

»Er war in der Forschung tätig.«

»Na ja, vielleicht erklärt das so einiges. Das war wirklich ein komischer Kauz. Der gab mir hundert Dollar für fünfundzwanzig Lachsköpfe!«

»Nur die Köpfe?«

»Genau. Gab mir seine Telefonnummer in Boston. Sagte, ich solle ihn per R-Gespräch anrufen, wenn ich sie beisammenhätte.«

»Und dann kam er wieder, um sie sich abzuholen?« fragte Dr. Howard und erinnerte sich dabei daran, daß Alvin Hayes und Carol Donner zweimal nach Seattle geflogen waren.

»Genau. Er sagte, ich solle die Köpfe gut säubern und in Eis verpacken.«

»Und warum dauerte das so lange?« fragte Dr. Howard. Bei der Unmenge von Fischen, die es hier gab, konnte man doch annehmen, daß sich fünfundzwanzig Fischköpfe an einem Nachmittag hätten beschaffen lassen.

»Der wollte nur die Köpfe von ganz bestimmten Lachsen«, sagte der bärtige Mann. »Es war ihm wichtig, daß sie gerade gelaicht hatten – und Lachse, die gerade gelaicht haben, gehen an keinen Köder ran. Die muß man mit dem Netz fangen. Die Leute da draußen in ihren Booten stehen gar nicht auf Lachse – die haben es auf Forellen abgesehen.«

»Kam es ihm auf eine bestimmte Art von Lachsen an?«

»Überhaupt nicht. Sie sollten bloß gerade gelaicht haben.«

»Hat er gesagt, wofür er diese Lachsköpfe brauchte?«

»Er hat's nicht gesagt, und ich hab ihn nicht gefragt«, antwortete Stooky Griffiths. »Er hat gut bezahlt, und ich hab mir gesagt, er wird schon seinen Grund dafür haben.«

»Und er wollte nur die Fischköpfe – nichts sonst.«

»Nur die Köpfe.«

Der Arzt verließ die kleine Veranda wieder, frustriert und verwirrt. Die Vorstellung, daß Hayes über sechstausend Meilen zurückgelegt hatte, nur um an ein paar Fischköpfe und ein paar Gramm Marihuana zu gelangen, war einfach zu grotesk.

Carol Donner sah ihn vom Steg aus und winkte ihm zu. »Sie müssen das einfach einmal probieren«, rief sie. »Ich hätte um ein Haar schon einen Lachs gefangen!«

»Die Lachse beißen hier doch gar nicht«, antwortete Howard. »Das muß eine Forelle gewesen sein.«

Carol schaute ihn enttäuscht an.

Howard betrachtete aufmerksam ihr hübsches Gesicht mit den hohen Backenknochen. Wenn seine ursprüngliche Annahme stimmte, dann mußten die Lachsköpfe etwas mit Hayes' Versuchen in bezug auf monoklonale Antikörper zu tun haben. Aber wie konnte das wieder zugunsten von Carols Schönheit sein, wie Hayes ihr angedeutet hatte? Das gab doch alles keinen rechten Sinn.

»Ich glaube eigentlich, daß es nicht darauf ankommt, ob es nun Lachse oder Forellen sind«, erwiderte Carol und konzentrierte ihre Aufmerksamkeit wieder auf ihre Angel. »Mir macht es jedenfalls Spaß.«

Ein kreisender Habicht stieß plötzlich auf das flache Wasser herab und versuchte, einen der sterbenden Lachse mit seinen Krallen zu erhaschen, aber der Fisch war einfach zu groß für ihn, und so stieg der Vogel unverrichteter Dinge wieder in den Himmel. Als Dr. Howard den Lachs weiter beobachtete, sah er, wie dessen Bewegungen im Wasser matter wurden und er offenbar schließlich starb.

»Ich hab einen!« schrie Carol Donner plötzlich, als ihre Angelrute sich krümmte.

Die Begeisterung des Mädchens über seinen Fang verscheuchte auf Anhieb Howards Überlegungen und brachte ihn voll in das gegenwärtige Leben zurück. Er half ihr, die Beute – eine stattliche Forelle – an Land zu ziehen. Dabei tat es ihm leid um das Tier. Und so bat er Carol, nachdem sie ihm den Haken aus dem Maul gezogen hatten, es wieder ins Wasser zu werfen. Sie tat es ohne Widerrede, und wie ein Blitz war die Forelle verschwunden.

Um ihr Lunchpaket zu verzehren, wanderten sie das Ufer entlang zu einem Felsvorsprung. Während ihrer Mahlzeit konnten sie von diesem Platz aus nicht nur den Fluß in seiner ganzen Länge verfolgen, sondern genossen obendrein den Anblick der schneebedeckten Gipfel des Kaskadengebirges. Es war einfach atemberaubend.

Es war schon später Nachmittag, als sie sich auf den Rückweg zum ›Salmon Inn‹ machten. Als sie an der kleinen Hütte vorbeikamen, sahen sie im Wasser gerade wieder einen großen Fisch in seinen letzten Zügen liegen. Er trieb auf der Seite, und man konnte seinen weißen Bauch sehen.

»Wie traurig«, sagte Carol und griff nach Howards Arm. »Warum müssen sie denn sterben?«

Er hatte auch keine passende Antwort bereit. Das alte Klischee, das sei nun einmal der Lauf der Natur, fiel ihm ein, aber er wollte es nicht gebrauchen. Für eine kurze Zeit betrachteten sie noch den Fisch und sahen dann, wie schon einige kleinere Fische herbeikamen, um über ihn herzufallen.

»O nein«, sagte Carol, packte ihren Begleiter am Arm und zog ihn rasch weiter. Als sie ihren Weg fortsetzten, wechselte sie bewußt das Thema und berichtete über eine weitere Attraktion, die das ›Salmon Inn‹ zu bieten hatte:

Wildwasserfahren. Aber Howard hörte ihr gar nicht zu. Denn der Anblick der kleinen Räuber, die sich schon in den noch nicht ganz toten großen Fisch verbissen hatten, hatte den Keim gelegt zu einer Idee in seinem Kopf. Wie eine plötzliche Erleuchtung hatte er schlagartig eine Vorstellung davon, was Hayes entdeckt haben könnte. Und das war nicht »paradox« – es war beängstigend.

Die Farbe wich aus seinem Gesicht, und er blieb stehen.

»Was ist denn los?« fragte Carol.

Er mußte schlucken, und seine Augen stierten blicklos.

»Jason, was ist denn?«

»Wir müssen sofort zurück nach Boston«, sagte er mit gepreßter Stimme. Er ging jetzt rascheren Schrittes weiter und zog Carol förmlich hinter sich her.

»Aber was soll denn das heißen?« protestierte sie.

Er gab keine Antwort.

»Jason! Was ist los?« Sie zwang ihn mit einem Ruck zum Stehenbleiben.

»Bitte entschuldigen Sie«, sagte er, wie aus einem Trancezustand erwachend. »Mir ist da plötzlich eine Idee gekommen, worauf Alvin gestoßen sein könnte. Wir müssen zurück.«

»Was meinen Sie – noch heute abend?«

»Nein, sofort.«

»Aber so hören Sie doch! Es gibt doch heute gar keinen Flug mehr nach Boston, den wir erreichen könnten – es ist dort immerhin drei Stunden später. Wir können noch mal in Ruhe übernachten und morgen sehr früh wegfahren.«

Dr. Howard gab keine Antwort.

»Zumindest können wir noch zu Abend essen«, setzte sie gereizt hinzu.

Schließlich ließ sich Jason Howard von Carol beruhigen. *Immerhin, genau weiß man es ja noch nicht. Vielleicht täusche ich mich ja auch,* dachte er. Carol wollte seine Vermutung mit ihm erörtern, aber er behauptete, sie würde das nicht verstehen.

»Das klingt ja ganz schön arrogant.«

»Entschuldigen Sie, so war das nicht gemeint. Sobald ich wirklich sicher bin, werde ich es Ihnen erklären.«

Als er erst einmal geduscht und sich umgezogen hatte, sah er auch ein, daß Carol Donner recht hatte. Wenn sie gleich nach Seattle zurückgefahren wären, hätten sie dort vielleicht gegen Mitternacht Bostoner Zeit am Flughafen sein können. Vor dem nächsten Morgen hätte es da bestimmt keinen Flug gegeben.

Sie gingen hinunter in den Speiseraum und wurden dort an einen Tisch gleich neben der Doppeltür zur Veranda geführt. Howard schlug Carol vor, sich so zu setzen, daß sie den Blick hinunter zum Flußufer genießen konnte. Nachdem man ihnen die Speisekarte gebracht hatte, entschuldigte er sich für sein kopfloses Verhalten und versicherte ihr, daß sie mit ihrem Vorschlag, nicht sofort abzureisen, völlig recht gehabt habe.

»Freut mich, daß Sie bereit sind, das zuzugeben«, sagte sie.

Zur Abwechslung bestellten sie diesmal Forelle statt Lachs, und statt eines Weins aus dem Staate Washington wählten sie einen kalifornischen Chardonnay aus dem Napa-Tal. Draußen ging der Abend allmählich in die Nacht über, und an den Stegen gingen die Lichter an.

Howard hatte Mühe, sich auf das Essen zu konzentrieren. Es beschäftigte ihn die ganze Tragweite seiner Entdeckung. Vorausgesetzt, seine Theorie war richtig, dann war Alvin Hayes tatsächlich ermordet worden und Helene Brennquivist keineswegs einem Lustmord zum Opfer gefallen. Und wenn Hayes auch mit seiner Vermutung recht hatte, daß bereits jemand seine zufällige und schwerwiegende Entdeckung nutzte, dann waren die Folgen davon weit schlimmer als eine Epidemie.

Während Howards Gedanken wild durcheinanderwirbelten, bemühte sich Carol darum, eine Unterhaltung in Gang zu bringen. Doch als sie merkte, daß er mit seinen

Gedanken offenbar ganz weit weg war, griff sie über den Tisch hinüber nach seinem Arm und sagte: »Sie essen ja gar nichts!«

Er blickte geistesabwesend auf ihre Hand auf seinem Arm, dann auf seinen Teller, schließlich auf Carol. »Tut mir leid, ich war völlig weg.«

»Macht nichts. Aber wenn Sie keinen Hunger haben, können wir uns ja schon mal wegen möglicher Flugverbindungen nach Boston morgen früh erkundigen.«

»Das hat noch Zeit. Essen Sie doch erst mal zu Ende.«

Carol legte ihre Serviette zusammengeknüllt auf den Tisch und entgegnete: »Ich hatte schon mehr als genug, vielen Dank.«

Howard blickte sich nach dem Kellner um, wobei seine Augen durch den Raum wanderten. Plötzlich blieben sie an einem Mann hängen, der gerade den Speisesaal betreten hatte und am Eingang stehengeblieben war. Von dort aus musterte er Tisch für Tisch, sorgsam einen nach dem anderen. Er trug einen dunkelblauen Anzug mit einem weißen Hemd, dessen Kragen offen war. Selbst aus dieser Entfernung konnte der Arzt erkennen, daß er eine schwere goldene Halskette trug, denn sie glänzte im Licht der Deckenleuchten.

Jason Howard musterte den Mann. Irgendwie kam er ihm bekannt vor, aber er wußte zunächst nicht, wo er ihn unterbringen sollte. Es war ein ausgesprochen südländisch wirkender Typ mit gebräuntem Gesicht und tiefschwarzem Haar. Er wirkte irgendwie wie ein erfolgreicher Geschäftsmann. Plötzlich erinnerte sich Howard – dieses Gesicht hatte er in der furchtbaren Nacht gesehen, in der Alvin Hayes gestorben war. Der Mann hatte draußen vor dem Restaurant gestanden und später wieder vor dem Krankenhaus, in das er den toten Forscher begleitet hatte.

Im gleichen Augenblick fiel der Blick des Mannes auf Dr. Howard, und dieser fühlte sofort ein Frösteln seine

Wirbelsäule hinablaufen. Es gab keinen Zweifel, daß der Mann ihn erkannt hatte, denn er begann plötzlich auf ihn zuzugehen, die rechte Hand wie zufällig in die Jackentasche gesteckt. Er ging ruhig, aber entschieden, und der Abstand zwischen ihm und dem Arzt verringerte sich rasch. Gerade noch hatte dieser über den Mord an Helene Brennquivist nachgedacht – jetzt ergriff ihn Panik. Seine Intuition warnte ihn vor dem, was da kommen würde, aber er vermochte sich nicht zu rühren. Alles, was er tun konnte, war Carol anzustarren. Er wollte schreien und ihr sagen, sie solle davonrennen, aber er konnte es nicht. Er war wie gelähmt. Aus dem Augenwinkel nahm er wahr, daß der Mann sich nun schon dem nächstgelegenen Tisch näherte.

»Jason?« fragte Carol und legte dabei den Kopf auf die Seite.

Nun war der Mann nur noch wenige Schritte entfernt. Howard sah, wie er die Hand aus der Tasche zog – das Licht glitzerte auf der Waffe darin. Ihr Anblick brachte endlich Bewegung in Jason Howard. In jähem Entschluß riß er das Tischtuch herunter, so daß Gläser, Teller und Platten auf den Boden krachten. Carol sprang mit einem Schrei auf.

Howard stürzte sich auf den Mann, warf ihm das Tischtuch über den Kopf und stieß ihn rücklings über den Nachbartisch, den er obendrein, Verwüstung und Chaos anrichtend, umkippte. Die Leute am Tisch suchten schreiend wegzukommen, stolperten aber zum Teil über die umgefallenen Stühle.

In dem ganzen Wirbel packte der Arzt Carol an der Hand und zog sie mit sich hinaus auf die Veranda vor dem Haus. Nachdem er seine panikbedingte Lähmung erst einmal überwunden hatte, wurde Howard zum entschlossen, zielbewußt und tatkräftig handelnden Wirbelwind. Er hatte jetzt auch keinen Zweifel mehr: Dieser südländisch und wie ein Geschäftsmann wirkende Bursche mußte der Mörder sein, von dem Hayes behauptet hatte, daß er ihn verfolge. Und auch das stand für ihn fest: Als nächste Opfer waren Carol und er selbst ausersehen.

Howard zerrte seine Begleiterin die Stufen hinunter in der Absicht, um das Haus herum zum Parkplatz zu laufen. Doch dann wurde ihm klar, daß sie das nicht schaffen würden. Ihre Chancen wären zweifellos besser, wenn sie zu einem der Boote unten am Ufer laufen würden.

»Jason!« schrie Carol, als er die Richtung wechselte und zum Fluß strebte. »Was ist denn in Sie gefahren!«

In seinem Rücken konnte er schon hören, wie die Flügeltüren vom Speisesaal zur Veranda aufkrachten, und war sicher, daß sie verfolgt wurden.

Am Anlegeplatz wollte Carol ihn stoppen, doch er stieß nur ein »Los jetzt, verdammt!« durch die zusammengebissenen Zähne – beim Zurückblicken in Richtung Gasthof konnte er schon eine Gestalt erkennen, die zum Verandageländer und dann die Treppen hinabrannte.

Carol versuchte sich loszumachen, doch Howard verstärkte seinen Griff und zog sie weiter. »Der will uns umbringen!« schrie er. Vorwärts stolpernd ließen sie die Ruderboote links liegen und rannten auf die Schlauchboote am Ende des Steges zu. Howard schrie Carol zu, sie solle ihm beim Losmachen der Boote helfen; drei davon stießen sie rasch in den Fluß. Diese trieben schon davon, als ihr Verfolger am landseitigen Ende des Stegs ankam. Howard stieß Carol in das letzte Schlauchboot, sprang ihr nach und drückte es mit dem Fuß vom Steg weg. Auch sie trieben nun, langsam zuerst und dann immer schneller, den Fluß hinunter. Der Arzt zwang Carol, sich auf den Boden zu legen, und warf sich dann selbst zum Schutz auf sie.

Einem unschuldig klingenden »Plopp« folgte ein matter Schlag auf das Boot, der sofort ein Pfeifen von entweichender Luft auslöste. Howard stöhnte auf – der Mann schoß offenbar mit einer Pistole mit Schalldämpfer nach ihnen.

Einem weiteren Abschußgeräusch folgte ein sirrender Ton, als die Kugel wohl am Außenbordmotor abprallte; eine dritte Kugel klatschte neben dem Boot ins Wasser.

Zu seiner Erleichterung konnte der Arzt feststellen, daß das Schlauchboot in Kammern abgeteilt war. Obwohl also eine Kugel die Wandung durchschlagen hatte, würde das Boot nicht sinken. Einige weitere Kugeln klatschten schon hinter dem Boot ins Wasser; sie waren offensichtlich bereits außer Reichweite. Dann konnte Howard ein Poltern von Holz auf dem Steg hören. Er hob vorsichtig den Kopf und schaute zurück. Ihr Verfolger hatte eines der Kanus von seinem Bock genommen und war dabei, es zu Wasser zu lassen.

Wieder ergriff Howard die Angst – der Mann konnte gewiß viel schneller paddeln, als sie in ihrem Boot abgetrieben wurden. Ihre einzige Chance war es jetzt, den Außenbordmotor in Gang zu bringen – ein altertümliches Ding mit einem Startseil. Howard stellte den Ganghebel auf »Start« und riß an dem Seil. Der Motor gab nicht das leiseste Geräusch von sich. Der Killer war nun bereits in das Kanu gestiegen und begann ihnen hinterherzupaddeln. Ein zweites Mal riß Howard am Seil – nichts. Carol hob verängstigt den Kopf und sagte dann: »Er kommt schon näher!«

Während der nächsten fünfzehn Sekunden etwa zerrte Howard wieder und wieder an dem Startseil, den Blick auf das sich immer mehr nähernde Boot ihres Verfolgers gerichtet. Er prüfte nochmals, daß der Ganghebel auf »Start« stand, und versuchte ein weiteres Mal vergeblich, den Motor anzuwerfen. Seine Augen fielen auf den Benzintank, von dem er nur hoffen konnte, daß er gefüllt war. Der schwarze Verschlußdeckel schien lose, und so schraubte er ihn fest zu. Dann entdeckte er einen Hebel an der Seite und nahm an, daß dieser vielleicht dazu da sei, den Druck im Tank zu erhöhen. Also drückte er ihn ein paarmal nach unten und spürte, daß das immer schwerer ging. Als er aufblickte, sah er das Kanu schon ganz nahe.

Noch einmal riß Howard am Startseil, und endlich sprang der Motor röhrend an. Da sie rückwärts trieben, legte Howard den Rückwärtsgang ein, gab Vollgas und warf sich wieder auf den Boden des Bootes, Carol unter sich begrabend. Wie er erwartet hatte, fielen sofort ein paar weitere Schüsse, von denen zwei das Schlauchboot trafen. Als er seinen Kopf wieder zu heben wagte, sah er, daß der Abstand zu dem Kanu sich erheblich vergrößert hatte – in der Dunkelheit war es kaum noch zu erkennen.

»Liegen bleiben!« befahl er Carol, während er selbst versuchte, sich ein Bild von dem durch die Einschüsse angerichteten Schaden zu machen. Eine Luftkammer auf der rechten Bugseite war schlaff und desgleichen eine auf der linken Längsseite. Ansonsten schien das Boot unbeschädigt. Howard kroch wieder zum Motor, schob den Gashebel zurück, schaltete dann in den Vorwärtsgang und griff zur Ruderpinne, um das Boot stromabwärts und zur Flußmitte zu steuern. Das letzte, was ihm jetzt noch gefehlt hätte, wäre ein Aufprall auf Felsen gewesen.

»In Ordnung«, rief er dann Carol zu, »ich glaube, jetzt können wir uns hinsetzen!«

Sie erhob sich schwankend vom Boden des Bootes und fuhr sich mit den Fingern durchs Haar. »Ich kann kaum glauben, daß das Wirklichkeit ist«, schrie sie über das Dröhnen des Außenbordmotors hinweg. »Und was machen wir jetzt?«

»Wir fahren den Fluß hinunter, bis wir einen bewohnten Platz finden. Es wird ja noch ähnliche Anlagen wie die hier den Fluß entlang geben.«

Während sie weiterfuhren, fragte sich Howard allerdings, ob es vernünftig sei, an einem anderen beleuchteten Steg anzulegen. Es konnte ja sein, daß ihr Verfolger sich in sein Auto gesetzt hatte und am Ufer entlang den

Fluß abfuhr. *Vielleicht sehen wir ein Licht auf der gegenüberliegenden Seite,* hoffte er.

Indem er sich an den Silhouetten der das Ufer säumenden Bäume orientierte, versuchte Howard ihre Geschwindigkeit abzuschätzen. Dabei fiel ihm auf, daß jetzt der Fluß wieder schmäler wurde und damit auch, wie er an der etwas zunehmenden Geschwindigkeit merken konnte, die Strömung stärker. Eine halbe Stunde war nun vergangen, doch noch immer hatten sich keine Lichter am Ufer gezeigt. Da war nur dunkler Wald und darüber ein besternter, aber mondloser Himmel.

»Ich sehe nicht das geringste«, rief Carol.

»Ist schon gut«, meinte Howard beruhigend.

Nach einer weiteren Viertelstunde Fahrt traten die Bäume an den Ufern fast plötzlich nahe zusammen; offensichtlich war hier das Ende der seeartigen Verbreiterung. Als er nun näher an den Bäumen vorbeifuhr, bemerkte Howard auch, daß er die Geschwindigkeit – er war, ehe die Strömung zugenommen hatte, von starker Schrittgeschwindigkeit ausgegangen – erheblich unterschätzt hatte. Nun griff er nach hinten und nahm Gas zurück. Als daraufhin der Motor leiser wurde, konnte er nun ein anderes, ein unheilverkündendes Geräusch hören – das brausende Geräusch von Wasser nämlich, das sich durch eine Stromschnelle zwängt oder über Felsen hinabstürzt.

»Ach, du lieber Himmel«, murmelte Howard vor sich hin, und der Wasserfall oberhalb des ›Salmon Inn‹ stand ihm vor Augen. Er wendete das Boot in Richtung Ufer und gab wieder Vollgas. Zu seiner Verblüffung und seinem Schrecken aber wurde das Boot zwar langsamer, doch seine Fahrt den Fluß hinunter wurde nicht aufgehalten. Statt dem Ufer näher zu kommen, trieb es quer zum Fluß diesen weiter abwärts. Und dann brach die Hölle los. Der Fluß verengte sich zu einer felsigen Schlucht, und sie wurden unwiderstehlich dort hineingezogen.

Auf der Oberseite der Gummiwülste des Schlauchbootes war eine starke Leine angebracht, die in regelmäßigen Abständen durch Ösen lief. Howard ergriff mit ausgestreckten Armen ein Stück dieser Leine auf jeder Seite und schrie Carol zu, dasselbe zu tun. Das Toben des Wassers war inzwischen so laut geworden, daß sie ihn nicht verstehen konnte, aber als sie sah, was er machte, versuchte sie es ebenfalls. Unglücklicherweise waren ihre Arme zu kurz, sie schaffte es nicht. Sie klammerte sich statt dessen an die eine Seite des Bootes und hakte ein Bein fest unter die hölzerne Sitzbank. Im gleichen Augenblick erhielt das Boot einen ersten heftigen Stoß und wurde wie ein Korken in die Luft geschleudert. Das Wasser schlug in einem Schwall hinein, durchnäßte sie völlig und nahm ihnen die Sicht. Howard prustete wild, wegen des Wassers in den Augen und der Dunkelheit ringsumher war er so gut wie blind. Er fühlte, wie Carol gegen ihn geschleudert wurde, und versuchte sie so gut wie möglich mit seinen Beinen zu umklammern. Dann knallten sie auf einen Felsen, und das Boot wurde wild herumgewirbelt. In all dem Getümmel stand Jason Howard das Bild das Wasserfalls weiter vor Augen, und es war ihm klar, daß sie jeden Augenblick zerschmettert und tödlich verletzt werden konnten.

Die beiden klammerten sich verzweifelt an den Seilen fest. Sie wurden von einer Seite zur anderen geschleudert und von einem Ende des Bootes zum anderen und waren, während das Schlauchboot immer wilder herumgewirbelt wurde, hilflos völlig den tobenden Wassermassen ausgeliefert. Jeden Moment mußten sie mit einem Umschlagen des Bootes rechnen, das sich allmählich mit Wasser füllte.

Nach kurzer Zeit, die ihnen dennoch wie eine endlose Hölle vorkam, wurde es etwas ruhiger um sie her. Zwar trieben sie immer noch sich drehend flußabwärts, doch wenigstens ohne immer wieder emporgeworfen zu werden. Howard wagte einen Blick – beiderseits nackte Felswände; er wußte, daß es noch nicht überstanden war.

Eine gewaltige Woge, die sie in die Höhe schleuderte,

eröffnete aufs neue den furchtbaren Tanz. Howard fühlte, wie ihn die Finger schmerzten; die eisige Kälte einerseits und die Verkrampfung der Muskeln andererseits zeitigten ihre Wirkung. Dennoch umklammerte er weiterhin die Halteschlaufen und bemühte sich, seine Beine noch fester um Carol zu schließen. Die Schmerzen in seinen Händen wurden so unerträglich, daß er für einen Augenblick fürchtete, er müsse loslassen.

Dann war der Alptraum so plötzlich, wie er begonnen hatte, vorüber. Immer noch sich drehend, schoß das Schlauchboot in ruhigeres Wasser hinaus. Der donnernde Lärm des herabstürzenden Wassers ließ nach. Die Ufer des Flusses traten etwas zurück, und man konnte wieder den besternten Himmel erblicken. Im Boot stand zwei Handbreit hoch eisiges Wasser, doch der Außenbordmotor tuckerte immer noch, als sei nichts geschehen.

Mit zitternden Händen gelang es Howard, das Boot wieder auszurichten und sein Übelkeit verursachendes Drehen zu beenden. Zufällig stießen seine Finger am hinteren Querwulst auf einen Hebel. Auf gut Glück zog er daran, und das Wasser im Boot wurde allmählich hinausgezogen.

Howard wandte seine Aufmerksamkeit wieder der Uferlinie zu. Ein Stück voraus schien der Fluß eine scharfe Biegung nach links zu machen, und als sie den Knick hinter sich hatten, waren endlich Lichter am Ufer zu erkennen, und er hielt darauf zu.

Als sie näher kamen, konnte er einige hell erleuchtete Gebäude wahrnehmen, Anlegestege und ein paar Schlauchboote wie das ihre. Noch immer fürchtete er, der Killer könne den Fluß entlang mit dem Wagen heruntergefahren sein, um sie abzufangen, aber es war ihm klar, daß sie aus dem Wasser mußten. Er legte am zweiten Steg an und schaltete den Motor aus.

»Sie lassen sich jedenfalls was einfallen, um ein Mädchen zu unterhalten«, sagte Carol, während ihre Zähne klapperten.

»Was bin ich froh, daß Sie wenigstens Ihren Humor behalten haben«, antwortete er.

»Sie sollten aber nicht davon ausgehen, daß er noch lange vorhält«, entgegnete sie. »Jetzt möchte ich doch wirklich gerne wissen, was da überhaupt vorgeht.«

Howard erhob sich steif, indem er sich am Steg festhielt. Er half Carol aus dem Boot, stieg dann selbst aus und machte das Schlauchboot an einem Poller fest. Aus einem der Gebäude erklang fröhliche Country-Musik.

»Das muß ein Gasthaus oder eine Bar sein«, sagte Howard. Er nahm Carol bei der Hand. »Wir müssen uns sofort trocknen und wärmen, damit wir keine Lungenentzündung kriegen.« Er ging mit ihr den Kiesweg zu dem Haus hinauf, doch anstatt hineinzugehen, bog er auf den Parkplatz davor ab und schaute durch die Wagenfenster in die Autos hinein.

»Halt«, sagte Carol Donner verstört, »was machen Sie denn da?«

»Ich schaue nach, ob irgendwer den Schlüssel steckengelassen hat. Wir brauchen dringend ein Auto.«

»Das ist ja unglaublich«, antwortete sie und schlug die Hände zusammen. »Und ich dachte, wir müßten uns aufwärmen. Ich weiß nicht, was Sie vorhaben, aber ich gehe jedenfalls dort hinein.« Ohne auf Antwort zu warten, ging sie auf die Eingangstür zu.

Howard rannte ihr nach und packte sie am Arm. »Ich habe Angst, daß er wiederkommt – der Mann, der auf uns geschossen hat!«

»Dann müssen wir eben die Polizei rufen«, sagte sie bestimmt. Sie entwand sich seinem Griff und ging in das Gasthaus. Ihr Verfolger war dort nicht zu sehen, und so riefen sie, dem Vorschlag Carols entsprechend, die Polizei an; im nächstgelegenen Ort gab es einen Sheriff. Der Inhaber des Gasthauses wollte nicht glauben, daß sie mitten in der Nacht den Teufelsfall heruntergefahren seien – »Das hat noch nie einer geschafft!« Er besorgte ihnen trockene

Sachen, damit sie sich umziehen konnten, und einen Plastiksack für ihre nassen Kleider. Auch bestand er darauf, daß sie dampfende Grogs tranken.

»Jason, Sie müssen mir endlich erzählen, was da vor sich geht«, bedrängte ihn Carol, während sie auf den Sheriff warteten. Sie saßen an einem Tisch gegenüber einem Musikautomaten, aus dem Klänge der fünfziger Jahre ertönten.

»So ganz genau weiß ich es eigentlich auch nicht«, antwortete Howard. »Aber dieser Mann, der auf uns geschossen hat, stand damals draußen vor dem Restaurant, als Alvin Hayes starb. Ich vermute, daß Hayes ein Opfer seiner eigenen Entdeckung wurde, daß dieser Mann ihn ermordet hätte, wenn er nicht in dieser Nacht gestorben wäre. Alvin hat also die Wahrheit gesagt, als er mir erzählte, es trachte ihm jemand nach dem Leben.«

»Das klingt völlig unwahrscheinlich«, antwortete Carol, die versuchte, ihr Haar etwas zu glätten, das in wirren Korkenzieherlöckchen zu trocknen begann.

»Ich weiß. Das ist bei den meisten Verschwörungen so.«

»Und was ist jetzt mit Alvins Entdeckung?«

»Ich bin noch nicht völlig sicher, aber wenn meine Theorie richtig ist, dann ist das einfach zu grauenhaft, um es sich überhaupt vorzustellen. Deshalb muß ich jetzt ganz dringend nach Boston zurück.«

Genau in diesem Augenblick ging die Tür auf, und der Sheriff, Marvin Arnold, trat herein. Er war ein Berg von einem Mann, gekleidet in eine zerknautschte braune Uniform mit mehr Riemen und Schnallen, als es Howard je zuvor gesehen hatte. Noch mehr Eindruck auf ihn machte allerdings die mächtige Magnum, die an Arnolds linker Hüfte hing. Einen solchen Revolver hätte sich der Arzt oben im Berggasthof gewünscht.

Von dem Wirbel im ›Salmon Inn‹ hatte der Sheriff schon gehört, und er war zu einer ersten Prüfung der Lage auch bereits dort gewesen. Von einem Mann mit einer Pistole war ihm jedoch nichts berichtet worden, und niemand hatte Schüsse gehört. Als Howard ihm die Ereignisse schilderte, war die Skepsis im Gesicht des Sheriffs nicht zu übersehen. Überrascht und beeindruckt war dieser jedoch, als er hörte, daß Howard und Carol Donner mitten in der Nacht den Teufelsfall heruntergefahren waren. »Wird nicht viele Leute geben, die das glauben werden«, sagte er und wiegte dazu bewundernd seinen mächtigen Schädel.

Der Sheriff fuhr die beiden zum ›Salmon Inn‹ zurück, wo Howard zu seiner Verblüffung feststellen mußte, daß ihm üppige Schadenersatzforderungen präsentiert wurden, da man ihm die Schuld gab für die im Speisesaal entstandenen Schäden. Noch verblüffter war er aber darüber, daß niemand sich an einen Mann im blauen Anzug mit olivfarbenem Teint erinnern wollte, und schon gar nicht an eine Pistole. Schließlich erklärte sich der Geschäftsführer bereit, die Sache unter den Tisch fallen zu lassen in der Hoffnung, daß die Versicherung den Schaden übernehmen würde. Als das geklärt war, tippte der Sheriff an seine Kopfbedeckung und wandte sich zum Gehen.

»Und was ist mit unserem Schutz?« fragte Howard.

»Vor wem?« fragte der Sheriff zurück. »Finden Sie nicht selbst, daß es ein bißchen merkwürdig ist, daß niemand Ihre Geschichte bestätigen kann? Hören Sie, ich glaube, daß Sie jetzt genug Wirbel gemacht haben. Und ich meine, Sie sollten nun auf Ihr Zimmer gehen und die ganze Sache überschlafen.«

»Wir brauchen Schutz«, beharrte Howard und versuchte dabei, seiner Stimme Autorität zu verleihen. »Was sollen wir denn tun, wenn der Killer wiederkommt?«

»Schauen Sie, mein lieber Freund, ich kann schließlich nicht die Nacht über hier sitzen und Ihr Händchen halten. Ich bin der einzige, der Dienst hat, und ich muß schließlich diesen ganzen verdammten Kreis im Auge behalten. Schließen Sie sich in Ihrem Zimmer ein, und gönnen Sie sich 'ne ordentliche Mütze Schlaf.«

Mit einem letzten Kopfnicken zum Geschäftsführer des ›Salmon Inn‹ schlurfte der Sheriff aus der Tür.

Der Geschäftsführer seinerseits lächelte Dr. Howard etwas mitleidig zu und verzog sich in sein Büro.

»Das ist doch nicht zu fassen«, sagte Howard mit einer Mischung von Verwirrung und Furcht. »Ich kann nicht glauben, daß niemand diesen südländischen Typ bemerkt hat.« Er trat in die Telefonzelle und blätterte das Telefonbuch nach Privatdetekteien durch. Es gab davon mehrere in Seattle, aber wo er auch anrief, überall meldete sich nur der Anrufbeantworter. Er hinterließ jeweils einen Namen und die Telefonnummer des Hotels, hatte aber wenig Hoffnung, daß ihn noch jemand zurückrufen würde.

Als er aus der Telefonzelle herauskam, erklärte er Carol, daß sie sofort abreisen würden. Sie folgte ihm die Stufen hinauf. Doch beim Eintreten in ihr Zimmer protestierte sie: »Es ist bereits halb zehn!«

»Das ist mir gleich. Wir reisen so schnell wie möglich ab. Bitte packen Sie Ihre Sachen zusammen!«

»Habe ich eigentlich überhaupt nichts zu sagen?«

»Nein! Es war Ihre Entscheidung, diese Nacht noch hierzubleiben, und Ihre Entscheidung, diesen hilfreichen Polizisten zu rufen. Jetzt bin ich an der Reihe, und ich sage: Wir reisen ab!«

Etwa eine Minute lang stand Carol regungslos mitten im Zimmer und sah Howard beim Packen zu; dann fand sie, daß er vielleicht doch recht hätte. Zehn Minuten später trugen sie, wieder in ihren eigenen Kleidern, ihre Koffer zum Empfang hinunter, um sich abzumelden.

»Leider muß ich Ihnen diese Nacht noch berechnen«, sagte der Mann am Empfang.

Howard versuchte nicht, mit ihm darüber zu handeln. Er bat vielmehr darum, ihm seinen Wagen vor den Eingang zu fahren, und drückte dem Mann fünf Dollar Trinkgeld in die Hand, woraufhin der diesem Wunsch bereitwillig nachkam.

Jason Howard hatte gehofft, daß er sich weniger ängstlich und weniger angreifbar fühlen würde, wenn er erst einmal in seinem Wagen säße. Leider war keines von beidem der Fall. Als er vom Hotel wegfuhr und dann die dunkle Bergstraße hinunter, wurde ihm vielmehr so richtig bewußt, wie abgeschnitten sie hier waren. Eine Viertelstunde später entdeckte er im Rückspiegel Scheinwerfer hinter sich. Zunächst wollte er sich gar nicht darum kümmern, aber dann bemerkte er, daß sie immer näher kamen, obwohl er ständig beschleunigte. Sein früheres Angstgefühl kehrte zurück, seine Handflächen wurden feucht.

»Da ist einer hinter uns«, sagte er.

Carol drehte sich um und schaute durch das Rückfenster. Sie durchfuhren gerade eine Kurve, und die Lichter verschwanden. Doch auf der nächsten Geraden waren sie wieder da – näher als vorher. Carol blickte starr vor sich hin. »Ich habe Ihnen ja gesagt, wir sollten dort bleiben.«

»Sehr hilfreich!« entgegnete er sarkastisch.

Er trat das Gaspedal noch weiter durch. Jetzt waren sie schon auf über sechzig Meilen pro Stunde auf dieser schmalen und kurvigen Straße. Er umklammerte das Lenkrad fester. Zugleich warf er einen Blick in den Rückspiegel. Der Wagen war jetzt dicht hinter ihnen, seine Scheinwerfer wirkten wie die Augen eines Monsters. Howard versuchte sich irgend etwas einfallen zu lassen, aber er sah keine andere Möglichkeit als die, den Verfolger abzuschütteln. Sie kamen zur nächsten Kurve, Jason Howard zog das Steuer herum und sah, wie sich der Mund des Mädchens neben ihm zu einem unterdrückten Schrei öffnete. Der Wagen drohte auszubrechen. Er bremste, und sie schleuderten erst auf die eine, dann auf die andere Seite. Carol griff haltsuchend nach dem Armaturenbrett; Howard fühlte, wie sich sein Anschnallgurt straffte.

Er mühte sich, den Wagen wieder in seine Gewalt zu bekommen, was ihm schließlich auch gelang. Das Auto hinter ihnen verringerte den Abstand immer mehr, seine Scheinwerfer erfüllten das Innere ihres eigenen Wagens mit fast unerträglicher Helligkeit. Von Panik erfüllt, trat der Arzt das Gaspedal voll durch und trieb ihr Auto einen kleinen Hügel hoch. Aber das Fahrzeug hinter ihnen blieb ihnen dicht auf den Fersen.

Plötzlich war ihr Wagen zur völligen Verblüffung Howards und seiner Begleiterin von rotem Licht erfüllt. Sie brauchten einen Moment, um zu begreifen, daß dieses Licht vom Dach des Autos hinter ihnen kam. Als Howard begriff, was das bedeutete, nahm er das Gas weg und schaute in den Rückspiegel. Der Verfolger verlangsamte seine Geschwindigkeit gleichermaßen. Schließlich fuhr Howard an einer Wegeinmündung an die Seite und hielt an. Der Schweiß stand ihm auf der Stirn, und seine Arme waren von seinem verzweifelten Griff um das Lenkrad völlig verkrampft. Das sie verfolgende Auto blieb ebenfalls stehen, sein rotes Blinklicht strahlte die Bäume ringsum an. Im Rückspiegel konnte Howard sehen, wie sich die Tür des Wagens öffnete und Marvin Arnold ausstieg. Sein gewaltiger Magnumcolt baumelte an der Seite.

»Na, da laust mich doch der Affe«, sagte er und leuchtete mit seiner Taschenlampe Howard ins Gesicht. »Das ist doch unser lieber Freund aus Boston!«

Wütend schrie Howard ihn an: »Warum haben Sie denn, zum Teufel, Ihr verdammtes Blinklicht nicht früher eingeschaltet?«

»Weil's auch mal Spaß macht, es mit einem Raser aufzunehmen«, kicherte der Sheriff. »Konnte ja nicht wissen, daß ich da ausgerechnet meinen Lieblings-Mondsüchtigen jage.«

Nach einer höchst unwillkommenen Ermahnung und Erteilung eines Strafmandats wegen rücksichtslosen Verhaltens im Verkehr ließ er die beiden weiterfahren. Howard war zu wütend, um irgend etwas zu sagen, und so fuhren sie in ungemütlichem Schweigen bis zur Autobahnauffahrt. Dort sagte Howard: »Ich schlage vor, nach Portland zu fahren. Wer weiß, wer uns vielleicht in Seattle am Flughafen erwartet.«

»Von mir aus«, meinte Carol, viel zu erschöpft, um sich auf eine längere Diskussion einzulassen.

Später hielten sie an einem Motel kurz vor Portland an, um ein paar Stunden zu schlafen, und im ersten Morgengrauen brachen sie wieder auf zum Flughafen von Portland, wo sie einen Flug nach Chicago buchten. Von dort flogen sie dann weiter nach Boston, wo sie am Samstag abend um halb sechs landeten.

Als sie im Taxi vor dem Haus ankamen, in dem Carol Donner wohnte, lachte Howard plötzlich laut auf. »Ich weiß beim besten Willen nicht einmal, wie ich mich dafür entschuldigen soll, was ich Ihnen da zugemutet habe!«

Carol schnappte sich ihre Schultertasche. »Na, langweilig war es jedenfalls nicht. Schauen Sie, Jason, ich will ja weder sarkastisch sein noch herumnörgeln – aber Sie könnten mir wenigstens sagen, worum es eigentlich geht.«

»Sobald ich mir wirklich sicher bin«, versprach er. »Ganz bestimmt – glauben Sie mir. Aber tun Sie mir noch einen Gefallen – bleiben Sie heute nacht zu Hause. Ich hoffe wirklich, daß keiner weiß, daß wir wieder zurück sind, aber es wird die Hölle los sein, falls es jemand doch herausbekommen sollte.«

»Ich habe bestimmt nicht vor, noch irgendwohin zu gehen, mein Lieber«, versicherte sie ihm seufzend. »Mir reicht es wirklich.«

15

Dr. Howard ging nicht einmal für einen Augenblick in seine Wohnung hinauf. Nachdem Carol im Eingang zu ihrem Haus verschwunden war, nannte er dem Taxifahrer seine Adresse und stieg dort sofort in seinen Wagen, um zur GHP-Klinik zu fahren. Er begab sich geradewegs in den Ambulanzbau; es war sieben Uhr abends, und der große Warteraum war völlig leer. Er ging in sein Büro, zog sich die Jacke aus und setzte sich vor sein Computer-Terminal. GHP hatte ein Vermögen für seine Computer-Ausstattung ausgegeben und war entsprechend stolz darauf. Jede Abteilung hatte unmittelbaren Zugang zum Zentralcomputer, wo alle Patientendaten gespeichert waren. Wenn auch die Mäppchen immer noch die beste Information über die einzelnen Patienten boten, konnten doch alle wesentlichen Daten per Computer abgerufen werden. Was aber am eindrucksvollsten war: Das ausgefeilte System bot die Möglichkeit, die Gesamtheit aller Patientendaten auf jede beliebige Weise zu überprüfen und auszuwerten und sie grafisch aufzubereiten in jeder nur erdenklichen und erwünschten Form.

Zuerst rief Dr. Howard die derzeitigen Überlebenskurven ab. Die Kurve, die auf dem Bildschirm erschien, verlief wie der Steilhang eines Berges – hoch ansetzend, dann allmählich abfallend und schließlich steil abstürzend. Als nächstes kam eine Grafik, welche die Überlebensquote der GHP-Kunden in Beziehung setzte zu ihrem Lebensalter. Wie zu erwarten war, hatten die GHP-Kunden mit dem höchsten Lebensalter die niedrigste Überlebensrate.

Das Durchschnittsalter der GHP-Kunden war während der letzten fünf Jahre gestiegen – die Lebenserwartungsrate war jedoch gleichgeblieben.

Nun wollte Dr. Howard vom Computer Monatskurven für das letzte Halbjahr haben. Wie er befürchtet hatte, war ein deutlicher Anstieg der Todesfallrate für Patienten Ende Fünfzig und Anfang Sechzig festzustellen, besonders während der letzten drei Monate.

Plötzlicher Lärm draußen ließ ihn aus seinem Stuhl auffahren, aber als er in den Gang hinausschaute, sah er, daß es nur der Putztrupp war.

Beruhigt kehrte Dr. Howard an seinen Computer zurück. Er hätte sich gewünscht, die Daten jener Patienten auszusondern, bei denen man eine Generaluntersuchung durchgeführt hatte, aber er wußte nicht, wie er das anstellen sollte. Statt dessen mußte er sich mit groben Todesfallraten begnügen. Diese Kurven setzten prozentual die Sterblichkeitsquote in Beziehung zum Lebensalter. In diesem Fall verlief die Kurve umgekehrt. Sie begann tief unten, und mit steigendem Lebensalter stieg auch der Prozentsatz der Todesfälle. Aber dann forderte der Arzt Kurven ab für die vergangenen Monate, Monat für Monat. Die Ergebnisse waren ganz auffällig, besonders für die letzten beiden Monate: die Todesfallkurven stiegen von den etwa Fünfzigjährigen an ganz enorm.

Der Arzt saß noch etwa eine halbe Stunde lang vor dem Terminal und versuchte das Gerät so zu programmieren, daß es ihm die Daten für Patienten mit Generaluntersuchungen gesondert auswarf. Er erwartete, falls er das schaffen würde, den Nachweis einer stark steigenden Todesfallquote für Patienten im Alter von Fünfzig und darüber, die hohe Risikofaktoren aufwiesen wie etwa Rauchen, Alkoholmißbrauch, ungünstige Eßgewohnheiten und zuwenig körperliche Betätigung. Aber diese Daten waren nicht verfügbar. Sie waren nicht eingespeichert worden, um irgendwann einmal geschlossen abgerufen zu werden. Dr. Howard mußte wohl jeden einzelnen Patienten daraufhin überprüfen, um sich entsprechende Daten zu beschaffen, doch dafür fehlte ihm die Zeit. Außerdem reichten ihm bereits die groben Todesfallkurven zur Bestätigung seines Verdachtes. Er wußte jetzt, daß er recht hatte. Aber es gab noch eine andere Möglichkeit, das zu beweisen. Mit Beklommenheit verließ er sein Büro und ging zu seinem Wagen zurück.

Er fuhr die Uferstraße entlang nach Roslindale hinaus. Je näher er kam, desto unbehaglicher wurde es ihm. Er hatte zwar keine rechte Vorstellung davon, was ihm dort begegnen würde, aber angenehm würde es jedenfalls nicht sein. Sein Ziel war die Hartford-Schule, jene Institution, die von GHP für zurückgebliebene Kinder betrieben wurde. Wenn Alvin Hayes in bezug auf die ihm geltende Bedrohung recht gehabt hatte, dann mußte dies auch für seinen zurückgebliebenen Sohn gelten. Das Gelände der Hartford-Schule grenzte an das Arnold Arboretum, einen weitläufigen botanischen Garten mit idyllischen Waldungen, Feldern und Teichen. Dr. Howard fuhr auf den fast leeren Parkplatz und hielt dort in nächster Nähe des Eingangs an. Das ansehnliche Gebäude im Kolonialstil machte einen täuschend heiteren Eindruck, der die Familientragödien, mit denen es sich verband, Lügen strafte. Erheblich zurückgebliebene Kinder waren eine schwere Belastung, mit der selbst Menschen, die beruflich damit zu tun hatten, oft nur schwer fertig wurden. Der Arzt konnte sich gut daran erinnern, wie er einige der Kinder bei früheren Besuchen untersucht hatte. Äußerlich waren sie oft hübsch und gutaussehend, doch das bewirkte nur, daß man ihre mangelnde geistige Entwicklung und Befähigung um so schmerzlicher empfand.

Die Eingangstür war zu und abgeschlossen. Der Arzt klingelte. Schließlich wurde die Tür von einem übergewichtigen Wachmann in einer schmutzigen blauen Uniform geöffnet.

»Kann ich Ihnen behilflich sein?« fragte er in einem Ton, der deutlich machte, daß er dazu nicht die geringste Lust verspürte.

»Ich bin Arzt«, sagte Dr. Howard und versuchte forsch an dem Mann vorbeizugehen. Doch der machte einen Schritt rückwärts und vertrat ihm den Weg.

»Tut mir leid, Doktor«, sagte er, »keine Besuche nach sechs Uhr abends.«

»Ich gelte wohl kaum als Besucher«, meinte Dr. Howard und zog seinen GHP-Sonderausweis heraus.

Der Wachmann warf nicht einmal einen Blick auf den Ausweis, sondern wiederholte nur: »Keine Besuche nach sechs!« Dann fügte er hinzu: »Und keine Ausnahmen!«

»Aber ich...« begann Dr. Howard. Dann hielt er mitten im Satz inne, denn ein Blick in das Gesicht des Wachmanns zeigt ihm, daß jede weitere Diskussion sinnlos war.

»Kommen Sie morgen früh wieder!« sagte der Mann und knallte die Tür zu.

Howard ging die Stufen vor dem Eingang wieder hinunter und schaute dann an der Fassade des fünfstöckigen Hauses hinauf. Es war aus Backstein, mit Fensterlaibungen aus Granit. Noch war er zum Aufgeben nicht bereit. Argwöhnend, der Wachmann könne ihn beobachten, kehrte er zu seinem Wagen zurück und fuhr weg. Nach etwa hundert Metern bremste er und fuhr an die Seite. Er stieg aus und suchte sich mit einiger Mühe durch den botanischen Garten seinen Weg zur Rückfront des Hauses.

Er schaute sich vorsichtig, bewußt im Schatten bleibend, das Haus von allen Seiten an. Es gab Feuerleitern auf jeder Seite, ausgenommen die Vorderfront. Sie führten überall bis unters Dach, aber leider reichte wie am Haus von Carol Donner keine einzige bis zum Boden; es war auch nichts da, auf das er hätte klettern können, um an die unteren Sprossen zu gelangen.

Auf der rechten Seite des Hauses entdeckte er dann eine

kleine Treppe, die zu einer verriegelten Tür hinunterging. Er tastete die Tür in der Dunkelheit mit den Händen ab und spürte, daß in ihrem Oberteil eine Glasscheibe eingelassen war. Er stieg die Treppen wieder hinauf und kroch auf dem Boden herum, bis er einen ihm ausreichend groß erscheinenden Stein fand.

Mit angehaltenem Atem ging Howard die Treppe wieder hinunter und zerschlug die Glasscheibe. In der Abendstille kam ihm das Geräusch der splitternden Scheibe so laut vor, als müsse es Tote erwecken. Er rannte in den Schutz der Bäume und versteckte sich dort, sorgsam das Gebäude beobachtend. Als sich jedoch während der nächsten Viertelstunde nichts rührte, wagte er sich heraus und ging wieder zu der Tür. Behutsam griff er durch die Scheibe und schob den Riegel zurück. Es war kein Alarm zu hören.

Eine Zeitlang tastete sich Howard in dem weitläufigen Untergeschoß herum, das wohl vorwiegend Lagerzwekken dienen mochte. Er machte dabei eine Leiter ausfindig und erwog, sie mit hinauszunehmen, um mit ihrer Hilfe auf eine der Feuerleitern zu gelangen, doch dann verwarf er die Idee wieder und tastete weiter nach einem Lichtschalter. Schließlich konnte er einen ausfindig machen und knipste ihn an.

Er befand sich in einem Geräteraum, der angefüllt war mit Rasenmähern, Schaufeln und dergleichen. Neben dem Lichtschalter war eine Tür, die er vorsichtig öffnete. Dahinter lag ein erheblich größerer Heizungskeller, der schwach beleuchtet war.

Rasch durchquerte er diesen Raum und stieg eine steile Eisentreppe hoch. Er öffnete die Tür am Ende der Treppe und sah, daß er sich nun in der Eingangshalle befand. Von früheren Besuchen her wußte er, daß die Treppe zu den Schlaf- und Aufenthaltsräumen zu seiner Rechten lag. Links von ihm war ein verglaster Büroraum, in dem er eine Frau mittleren Alters in weißer Tracht sehen konnte, die an einem Pult etwas las. Ein Blick zum Haupteingang zeigte ihm einen Fuß des Wachmanns, auf einen Stuhl gestützt; mehr war von dem Mann nicht zu sehen.

So vorsichtig wie möglich schlüpfte Howard durch die Tür und lehnte sie wieder an. Für einen Augenblick war er voll im Sichtfeld der Frau dort im Büro, aber sie schaute nicht von ihrem Buch auf. Er zwang sich, ganz ruhig durch die Halle zu gehen, und gelangte schließlich zur Treppe. Ein Seufzer der Erleichterung entschlüpfte ihm, als er wieder aus dem Gesichtsfeld der Frau und des Wachmannes war. Auf Zehenspitzen immer zwei Stufen auf einmal nehmend, eilte er dann in den zweiten Stock hinauf, wo sich, wie er wußte, der Raum für die vier- bis zwölfjährigen Buben befand.

Die Treppenstufen waren aus Marmor, und obwohl er sich bemühte, ganz leise zu sein, war ein gewisser Nachhall seiner Schritte in dem stillen, hohen Raum nicht ganz zu vermeiden. Über ihm war ein Oberlicht, das um diese Stunde wie ein schwarzer, in die Decke eingesetzter Onyx wirkte. Im zweiten Stock öffnete Dr. Howard behutsam die vom Treppenhaus hineinführende Tür. Er konnte sich daran erinnern, daß hier rechts am Ende eines langen Ganges ein verglastes Schwesternzimmer war. Der Gang war jetzt völlig dunkel, im Schwesternraum aber brannte Licht. Dort saß ein Pfleger, der ebenso vertieft las wie die Frau unten am Eingang.

Dr. Howard blickte schräg durch den Gang und konnte die Tür zum Schlafsaal ausmachen. An ihr fiel ihm ein großes Fenster mit Drahtglas auf. Nach einem weiteren vorsichtigen Blick zu dem Pfleger huschte er über den Gang und schlüpfte in den Schlafsaal hinein, wo ihn sogleich ein muffiger Geruch umfing. Nachdem er sich lauschend vergewissert hatte, daß er von dem Pfleger nicht bemerkt worden war, suchte er nach dem Lichtschalter. Selbst wenn das seine Entdeckung bedeutete, mußte er das Licht anmachen, um seinen Verdacht überprüfen zu können.

Der düstere Raum wurde plötzlich von kaltem, grellem Licht durchflutet. Er war an die zwanzig Meter lang; an jeder Seite waren niedrige eiserne Bettgestelle aufgereiht mit einem schmalen Gang dazwischen. Die Fenster lagen sehr hoch, fast schon unter der Decke. Am Ende des Raumes waren gekachelte Waschgelegenheiten mit einem aufgerollten Reinigungsschlauch zu sehen, daneben eine verriegelte Tür, die wohl zur Feuerleiter führte. Der Arzt ging den Mittelgang hinunter und las die Namensschilder, die an den Fußenden der Betten befestigt waren: Harrison, Lyons, Gessner... Die Kinder setzten sich auf, vom Licht aufgestört, und starrten mit großen, leeren, unwissenden Augen den Eindringling an.

Dieser blieb stehen, und ein Gefühl von Abscheu und Empörung, das sich zu Schrecken und Entsetzen steigerte, ergriff ihn. Das war ja noch viel schlimmer, als er befürchtet hatte. Langsam wanderten seine Blicke von einem Gesicht dieser bedauernswerten, armen Geschöpfe zum nächsten. Das waren nicht die Gesichter von Kindern, die sie ja waren, sondern sie wirkten wie Gesichter kleiner Hundertjähriger, mit runzliger, trockener Haut, zwinkernden Knopfaugen und dünnem weißem Haar, durch das schon die Kopfhaut schimmerte. Dr. Howard suchte nach dem Namen Hayes. Auch dieser Junge wirkte, wie alle anderen, grauenhaft gealtert. Die Wimpern waren ihm größtenteils ausgefallen, die Unterlider hingen herab. Seine Pupillen waren wie Milchglas – Zeichen fortgeschrittensten Stars. Das Kind war so gut wie blind und konnte allenfalls noch starken Lichtschein wahrnehmen.

Einige der Kinder stiegen aus ihren Betten und standen wacklig auf ausgemergelten Beinen. Dann bewegten sie sich, zu Howards Entsetzen, auf ihn zu. Eines fing an, mit hoher, wimmernder Stimme »Bitte!« zu sagen, immer und immer wieder, und bald stimmten die anderen ein in einen schauerlichen, beklemmenden Chor.

Der Arzt wich schrittweise zurück voller Angst, sie könnten ihn berühren. Hayes' Junge kletterte aus seinem Bett und tastete sich vorwärts, wobei seine knochigen Ärmchen hilf- und ziellos in der Luft herumfuhren.

Die Kindermeute drängte ihren Besucher gegen die Eingangstür zurück und zog ihn an den Kleidern. Erfüllt von Entsetzen, Widerwillen und Angst, floh Howard zur Tür hinaus. Als er sie hinter sich hastig zumachte, drängten sich die mumienhaften Gesichter der Kinder gegen die Glasscheibe, und er konnte erkennen, wie ihre Münder immer noch ihr »Bitte! Bitte!« formten.

»He, Sie!« ertönte da in seinem Rücken eine krächzende Stimme.

Als er den Kopf wandte, sah er den Pfleger vor dem verglasten Raum stehen und voller Verblüffung mit seinem Buch wedeln. »Was ist denn da los?« schrie der Mann ihm zu.

Der Arzt rannte durch den Gang hinaus ins Treppenhaus; doch kaum hatte er dort ein paar Stufen nach unten hinter sich gebracht, als auch schon eine zweite Stimme von unten herauf ertönte: »Kevin? Was gibt's da oben?«

Howard warf einen Blick übers Geländer und sah den Wachmann auf dem ersten Treppenabsatz.

»Da soll mich doch der Teufel holen!« schrie der Mann und rannte, einen Knüppel in der Hand, die Treppe hoch.

Der Arzt wechselte die Richtung und kehrte in den zweiten Stock zurück. Dort im Gang stand immer noch der Pfleger in der Tür seines Zimmers, offenbar vor Verblüffung so erstarrt, daß er keine Bewegung machte, als Howard quer durch den Gang und wieder in den Schlafsaal rannte. Einige der Kinder liefen ziellos im Raum umher, andere hatten sich wieder auf ihre Betten fallen lassen. Der Arzt scheuchte fieberhaft alle auf die Türe zu und riß diese auf, und als der Pfleger und der Wachmann dort auftauchten, waren sie sofort von einem Schwarm von Jungen umringt.

Die beiden Männer versuchten sich durch das Gewühl zu kämpfen, doch die Kinder klammerten sich an sie und schrien wieder und wieder ihr monotones, wimmerndes »Bitte! Bitte!«

Jason Howard lief zum Notausgang am hinteren Ende, den er gleich am Anfang entdeckt hatte. Der Riegel war aus Sicherheitsgründen ganz oben angebracht, und es machte einige Mühe, ihn aufzuschieben. Auch die Tür selbst war zunächst kaum aufzubekommen; offenbar war sie seit vielen Jahren nicht mehr geöffnet worden. Howard sah, daß Farbe oder Lack die Ritzen verklebt hatte, warf sich mit der Schulter dagegen, und endlich flog sie auf. Er stieg auf das Podest hinaus; vorher mußte er ein paar Kinder in den Raum zurückdrängen, ehe er die schwere Türe wieder zuwarf.

Eilig kletterte er die Feuerleiter hinunter; jetzt brauchte er keine Rücksicht mehr darauf zu nehmen, ob er dabei Lärm machte oder nicht. Er hatte gut ein Stockwerk geschafft, als sich die Tür über ihm öffnete; wieder war das Geschrei der Kinder zu hören, und dann spürte er schon die Vibrationen, die die schweren Stiefel über ihm auslösten.

Er fand den Stift, der den Rest der Leiter obenhielt, und als er ihn herauszog, rasselte sie nach unten. Doch durch diesen kurzen Aufenthalt hatte ihn sein Verfolger eingeholt.

Sobald er jedoch auf den Rasen gesprungen war, war Howard aufgrund seines Lauftrainings im Vorteil. Sein bulliger Verfolger blieb immer weiter zurück, und Howards Vorsprung war, als er erst einmal seinen Wagen erreicht hatte, groß genug, um den Motor anzulassen, den Gang hineinzuknallen und davonzupreschen. Im Rückspiegel konnte er gerade noch erkennen, wie der Wachmann um die Ecke bog und im Licht einer Straßenlaterne drohend die Faust schüttelte.

Howard hatte größte Mühe, seinen Abscheu und seine Wut über das, was er soeben gesehen hatte, unter Kontrolle zu bringen. Er fuhr direkt zur Bostoner Polizeizentrale und stellte dort ohne Bedenken seinen Wagen in der Halteverbotszone direkt vor dem Gebäude ab.

»Ich muß sofort Curran sprechen«, sagte er zu dem Beamten am Eingang und stellte sich vor.

Der Polizist warf ruhig einen Blick auf die Uhr und rief dann in der Mordkommission an. Er telefonierte etwa eine Minute lang, hielt dann die Hand über den Hörer und fragte: »Könnte es auch jemand anders sein?«

»Nein, ich brauche Curran. Und zwar sofort.«

Der Polizeibeamte sprach wieder ins Telefon und legte dann auf. »Tut mir leid, aber der ist im Augenblick nicht verfügbar.«

»Ich bin sicher, daß ihn das interessieren wird, was ich ihm zu sagen habe. Selbst wenn er außer Dienst ist.«

»Das ist nicht das Problem«, erwiderte der Polizist. »Er ist gerade mit einem Doppelmord in Revere drüben beschäftigt. Wir erwarten seinen Rückruf im Laufe der nächsten Stunde. Wenn Sie wollen, können Sie warten oder Ihre Nummer hinterlassen – das liegt ganz bei Ihnen.«

Dr. Howard überlegte einen Augenblick. Er war den größten Teil der Nacht auf den Beinen gewesen und mit den Nerven ziemlich herunter. Die Vorstellung, zu duschen, sich umzuziehen und etwas zu essen, war äußerst verlockend. Außerdem würde ihn das Gespräch mit Curran sicher wieder eine ganze Weile in Anspruch nehmen. Also hinterließ er seine Privatnummer und bat darum, Curran möge ihn so bald wie möglich anrufen.

Die Maschine der United Airlines aus Seattle hatte erhebliche Verspätung, und als sie auf dem Bostoner Flughafen landete, war Juan Díaz übelster Laune. Er hatte nie einen Auftrag so vermurkst, seit er damals in New York den falschen Mann erledigte. Das war gerade noch entschuldbar, aber das, was ihm jetzt passiert war, eben nicht. Wenige Sekunden noch, und er hätte diesen Doktor und seine Nachtclubhure abgeknallt, und da hatte ihn dieser Jason Howard, ein blutiger Amateur, aufs Kreuz gelegt. Es gab keine Entschuldigung dafür, und das hatte er seiner Kontaktperson gegenüber auch schon eingeräumt. Er wußte, daß er das wiedergutmachen oder sonstwie ausbügeln mußte, und er brannte darauf. Nach dem Verlassen des Flugzeugs eilte er daher sofort zu einem Telefon; beim zweiten Klingeln wurde abgehoben.

Auf seiner Fahrt von der Polizeizentrale zum Louisbourg Square versuchte Dr. Howard die schrecklichen Bilder der vorzeitig gealterten Kinder in der Hartford-Schule zu verdrängen. Selbst an Hayes und seine Entdeckung wollte er nicht denken, ehe er sich in Currans Gegenwart sicher fühlte.

Als er sich seinem Haus näherte, fuhr er vorsichtshalber erst ein paarmal um den Block, um sich zu vergewissern, daß dort niemand auf ihn lauerte. Schließlich machte er sich bewußt, daß der Wachmann der Hartford-Schule nicht einmal einen Blick in seinen Ausweis geworfen hatte und daher auch nicht wissen konnte, wer er überhaupt war. Also parkte er seinen Wagen, schleppte sein Gepäck hinauf in seine Wohnung und drehte schließlich die Lichter an. Zu seiner Erleichterung sah alles genauso aus wie zuvor. Als er einen Blick auf den Platz draußen warf, wirkte auch der so friedlich wie immer.

Howard wollte gerade unter die Dusche gehen, als ihm die andere Person einfiel, mit der er außer Curran reden mußte. Er rief Shirley Montgomery an – es klingelte achtmal, ehe sie abnahm. Im Hintergrund war angeregtes Stimmengewirr zu vernehmen.

»Jason!« rief sie. »Wann bist du zurückgekommen?«

»Gegen Abend.«

»Und was gibt's?« fragte sie, auf die spürbare Erschöpfung und Besorgnis in seiner Stimme eingehend.

»Schlimme Sachen. Mir scheint, ich habe nicht nur herausbekommen, worum es sich bei der Entdeckung von Hayes gehandelt hat, sondern auch, wie sie mißbraucht wurde. GHP ist davon in weit schlimmerem Ausmaß betroffen, als du dir das jemals hättest vorstellen können.«

»Erzähle!«

»Nicht am Telefon.«

»Dann komm gleich her. Ich habe zwar Gäste da, aber ich werde sie wegschicken.«

»Ich warte noch auf einen Anruf von Curran von der Mordkommission.«

»Aha ... du hast also schon Kontakt mit ihm aufgenommen?«

»Er ist gerade mit einem anderen Fall beschäftigt, aber ich erwarte in Kürze seinen Rückruf.«

»Dann komme ich vielleicht besser zu dir. Du hast mir einen ganz schönen Schrecken eingejagt.«

»Na, hat's dich jetzt also auch erwischt«, meinte er mit einem kurzen, bitteren Lachen. »Du kannst natürlich ebensogut herkommen. Vielleicht wäre es ohnehin gut, wenn du bei meinem Gespräch mit Curran dabei bist.«

»Ich bin sozusagen schon unterwegs.«

»Ach ja, noch etwas. Weißt du, wer derzeit als Arzt für die Hartford-Schule zuständig ist?«

»Dr. Peterson, glaube ich«, antwortete sie. »Morgen früh kann ich es dir genau sagen.«

»Hatte der nicht mal mit den klinischen Untersuchungen von Hayes zu tun?« fragte Howard, dem plötzlich einfiel, daß es Peterson gewesen war, der seinerzeit die Generaluntersuchung bei Hayes durchgeführt hatte.

»Ich glaube schon. Ist das irgendwie wichtig?«

»Ich weiß es noch nicht ganz genau«, antwortete Howard.

»Aber wenn du kommen willst, solltest du dich beeilen. Ich rechne jeden Moment mit Currans Anruf.«

Er legte auf und nahm gerade den zweiten Anlauf für eine Dusche, als ihm einfiel, daß auch Carol in Gefahr sein könnte. Er wählte also ihre Nummer und sagte, sobald sie abnahm: »Ich wollte sicher sein, daß Sie zu Hause sind. Ich mache keine Scherze – bitte lassen Sie niemanden in die Wohnung, und verlassen Sie sie auch nicht!«

»Was soll das denn heißen?«

»Diese Hayes-Verschwörung ist noch viel schlimmer, als ich es mir jemals hätte träumen lassen.«

»Sie wirken besorgt, Jason!«

Ungewollt mußte er lächeln. Manchmal hörte sich Carol wirklich wie ein Psychiater an.

»Ich bin nicht nur ›besorgt‹, ich bin in großer Sorge! Aber ich werde dann gleich mit der Polizei sprechen.«

»Sagen Sie mir jetzt endlich, was los ist!« forderte Carol.

»Ja, bald – versprochen!« sagte er, legte auf und ging dann endlich unter die Dusche.

16

Die Klingel ertönte, und Dr. Howard rannte die Treppe hinunter, wo er durch das Glasfenster der Eingangstüre Shirley sah. Er trat einen Schritt zurück, um sie einzulassen, und bewunderte ein weiteres Mal ihre flotte Aufmachung. Diesmal trug sie einen kurzen schwarzen Lederrock und eine lange rote Wildlederjacke.

»Hat Curran schon angerufen?« fragte sie, als beide die Treppe hochstiegen.

»Noch nicht«, antwortete er und sicherte sorgfältig seine Wohnungstür.

»Nun spann mich bitte nicht länger auf die Folter!« sagte sie und schlüpfte aus ihrer Jacke, unter der sie einen weichen Kaschmirpullover anhatte. Sie setzte sich auf die Kante des Sofas und faltete die Hände im Schoß.

»Es wird dir nicht gefallen, was ich zu erzählen habe«, antwortete er und setzte sich neben sie.

»Ich hab mich schon bemüht, mich darauf einzustellen«, entgegnete sie. »Schieß los!«

»Ich muß da etwas weiter ausholen. Ohne eine gewisse Kenntnis der Forschungen, die in den letzten Jahren zum Thema Alterung betrieben wurden, ist manches von dem, was ich zu berichten habe, nicht recht verständlich. Die Bemühungen von Forschern wie Hayes – und diese haben während der letzten Jahre viel Zeit darauf verwendet – waren darauf gerichtet, den Alterungsprozeß zu verlangsamen. Sie haben sich dabei meist mit Zellen in Zellkulturen beschäftigt, gelegentlich freilich auch mit Ratten und Mäusen. Die meisten Forscher kamen zu dem Schluß, daß

Altern ein natürlicher Prozeß auf genetischer Grundlage unter dem Einfluß neuroendokrinologischer, immunologischer und humoraler, also auf die Körpersäfte bezogener Faktoren ist.«

»Ich kann schon fast nicht mehr folgen«, behauptete Shirley in gespielter Verzweiflung.

»Na, dann würde dir doch bestimmt ein Drink guttun«, schlug Howard vor und erhob sich.

»Was hast du denn da?«

»Bier zum Beispiel oder Wein, aber auch härtere Sachen. Du brauchst nur zu wählen.«

»Ein Bier wäre, glaub ich, gut.«

Er ging in die Küche, öffnete den Kühlschrank und nahm zwei Flaschen Bier heraus.

»Ihr Ärzte seid doch alle gleich«, klagte die junge Frau und nahm einen Schluck. »Bei euch muß immer alles sofort kompliziert klingen.«

»Es ist auch kompliziert«, verteidigte er sich und setzte sich wieder. »Molekulargenetik befaßt sich mit den fundamentalen Grundlagen des Lebens überhaupt. Forschungen auf diesem Gebiet sind irgendwie unheimlich, nicht nur, weil die Wissenschaftler dabei unbeabsichtigt neue und tödliche Bakterien oder Viren schaffen könnten. Selbst wenn alles gutgeht, sind sie unheimlich, denn man spielt dabei mit dem Leben selbst. Die Tragödie von Alvin Hayes war nicht, daß er versagte; sie lag vielmehr darin, daß er Erfolg hatte.«

»Und was hat er nun entdeckt?«

»Einen Moment noch, bitte.« Jason Howard nahm einen großen Schluck von seinem Bier und wischte sich mit dem Handrücken den Mund ab. »Laß es mich mal von einer anderen Seite her versuchen. Wir alle kommen ungefähr zur gleichen Zeit in die Pubertät, und sofern keine wesentlichen Krankheiten oder Unfälle dazwischenkommen, altern und sterben wir auch alle um etwa die gleiche Zeit – jeweils in Lebensjahren gerechnet.«

Shirley Montgomery nickte.

»Also«, sagte Howard und lehnte sich zu ihr vor. »Dies ist darauf zurückzuführen, daß unser Körper genetisch auf einen inneren Zeitplan programmiert ist. Wenn wir uns entwickeln, werden bestimmte Gene ›eingeschaltet‹ und andere ›ausgeschaltet‹ – und das war es, was Hayes besonders faszinierte. Seine Untersuchungen galten den Wegen, auf denen humorale Signale aus dem Hirn Wachstum und Geschlechtsreife steuern. Indem er eines dieser humoralen Proteine nach dem anderen isolierte, entdeckte er, wie sie auf periphere Gewebe wirkten. Er hoffte dabei herauszubekommen, was Zellen veranlaßte, ihre Teilung aufzunehmen beziehungsweise wiedereinzustellen.«

»So weit kann ich das verstehen«, sagte Shirley. »Das war ja auch einer der Gründe, warum wir ihn engagierten. Wir erhofften von ihm einen Durchbruch bei der Krebsbekämpfung.«

»Jetzt muß ich einen Moment abschweifen«, fuhr Howard fort. »Es gab da einen anderen Forscher namens Denckla, der nach Wegen zur Verlangsamung des Alterungsprozesses suchte. Er entfernte die Hirnanhangdrüse von Ratten und tauschte dort entsprechende Hormone aus. Nach erneutem Einsetzen stellte er fest, daß die Ratten eine höhere Lebenserwartung hatten.«

Howard hielt inne und blickte Shirley gespannt an.

»Muß ich jetzt etwas Bestimmtes sagen?« fragte diese.

»Erinnert dich dieses Experiment von Denckla nicht an etwas?« wollte er wissen.

»Sag's mir doch lieber!«

»Denckla schloß, daß die Hirnanhangdrüse nicht nur die Hormone für Wachstum und Geschlechtsreife absondert, sondern auch ein Hormon für die Alterung. Denckla nannte es ›Todeshormon‹.« Shirley Montgomery lachte nervös. »Klingt nicht gerade heiter!«

»Nun, ich nehme an, daß Hayes bei der Suche nach

Wachstumshormonen unvermutet auf Dencklas angenommenes ›Todeshormon‹ stieß«, fuhr Howard fort. »Und deshalb sprach er auch von einer ›paradoxen‹ Entdeckung. Während er nach wachstumsfördernden Substanzen suchte, fand er ein Hormon, das zu rascher Alterung und zum Tod führt.«

»Was würde geschehen, wenn man jemandem ein solches Hormon verabreicht?« fragte Shirley.

»Wenn man das für sich allein tut, vielleicht nicht einmal viel. Man wird an dem Betreffenden wohl eine Reihe von Alterungssymptomen feststellen, aber wahrscheinlich würde das Hormon metabolisiert, also zu ausscheidbaren Enzymen umgewandelt, und seine Auswirkungen würden damit begrenzt. Aber Hayes erforschte das Hormon nicht isoliert. Ihm war klar, daß – ebenso wie die Absonderung von Sexual- und Wachstumshormonen irgendwie ausgelöst wird – es auch einen Auslösewirkstoff für dieses ›Todeshormon‹ geben mußte. Er stieß dabei auf den Lebensrhythmus der Lachse, die kurz nach dem Laichen sterben. Ich vermute, daß er Lachsköpfe sammelte und aus den Gehirnen den Auslösewirkstoff für das Todeshormon isolierte. Ich glaube, daß sich seine Arbeit im Labor der Gene Incorporated darum drehte. Und als er diese auslösende Substanz isoliert hatte, ließ er sie von Helene Brennquivist im GHP-Labor durch DNA-Rekombination in erheblichem Umfang reproduzieren.«

»Und welchen Grund sollte Hayes gehabt haben, diese Substanz zu produzieren?«

»Ich nehme an, daß er hoffte, einen monoklonalen Antikörper entwickeln zu können, mit dem man die Absonderung dieses Todeshormons verhindern und damit den Alterungsprozeß anhalten könne.« Plötzlich ging ihm auf, was Hayes damit gemeint hatte, als er zu Carol Donner gesagt hatte, seine Entdeckung würde »ihrer Schönheit nützen« – sie könnte zur Bewahrung jugendlich-schönen Aussehens führen.

»Und was würde passieren, wenn man jemandem diese auslösende Substanz verabreicht?«

»Es käme zur ›Einschaltung‹ des ›Todesgens‹ und somit zur Produktion des Alterungshormons, ganz wie beim Lachs – und mit ziemlich genau den gleichen Folgen. Der Betreffende würde innerhalb von drei bis vier Wochen alt werden und sterben. Und niemand könnte sagen, wieso eigentlich. Und genau das bringt mich nun zum schlimmsten Aspekt bei der ganzen Sache. Ich glaube nämlich, daß irgend jemand sich in den Besitz des von Helene Brennquivist im GHP-Labor künstlich erzeugten diesbezüglichen Hormons setzte und damit begann, es unseren Patienten zu verabreichen. Der Betreffende, wer immer das sein mag, muß verrückt sein – aber ich bin überzeugt davon, daß es so abgelaufen ist. Hayes kam der Sache offenbar auf die Spur, wahrscheinlich, als er seinen Sohn besuchte – und man verabreichte ihm selbst dieses Todeshormon. Und wenn er nicht in dieser Nacht gestorben wäre, hätte man ihn auf andere Weise umgebracht.«

»Wie hast du das herausgefunden?« flüsterte Shirley.

»Ich habe die Forschungswege von Hayes gedanklich nachvollzogen und bin dann auch seinen tatsächlichen Wegen gefolgt. Als Helene Brennquivist ermordet wurde, war ich sicher, daß Hayes die Wahrheit gesagt hatte, sowohl was seine Entdeckung betraf als auch seine Behauptung, es trachte ihm jemand nach dem Leben.«

»Aber sie wurde doch von einem unbekannten Vergewaltiger getötet.«

»So sah das zwar aus – aber nur, um damit die Polizei irrezuführen bezüglich des Tatmotivs. Ich hatte immer das Gefühl, daß sie erheblich mehr über Hayes' Arbeiten wußte, als sie uns sagte. Und als ich dann erfuhr, daß sie ein Verhältnis mit Hayes hatte, war ich mir diesbezüglich ganz sicher.«

»Aber wer kann denn unsere Patienten umbringen wollen?« fragte Shirley Montgomery verzweifelt.

»Ein Mensch mit einem krankhaften Verhältnis zur Gesellschaft, ein Massenmörder, der bereit ist zur Ausrottung ganzer Menschengruppen, weil ihm dies oder jenes an ihnen nicht paßt. Ich ließ mir heute abend in der Klinik einen Computerausdruck von den Überlebenskurven und Todesfallkurven machen. Die Ergebnisse waren unglaublich: Wir hatten eine enorme Steigerungsrate bei der Sterblichkeit von GHP-Patienten über Fünfzig, die chronisch krank waren oder einen hohen Anteil von Risikofaktoren aufgrund ihrer Lebensweise hatten.« Plötzlich hielt Howard inne – »Verdammt!«

»Was ist los?« fragte Shirley und schaute nervös um sich, als ob die Gefahr in jedem Winkel lauere.

»Ich habe etwas vergessen. Ich habe mir die Kurven Monat für Monat ausdrucken lassen – aber nicht gezielt für jeden Arzt!«

»Und du meinst, einer der Ärzte steckt dahinter?« fragte Shirley Montgomery ungläubig.

»Alles spricht dafür. Ein Arzt – oder vielleicht auch eine Schwester. Diese Auslösesubstanz muß ein Polypeptid-Protein sein, das gespritzt wird. Bei oraler Verabreichung würde es durch die Magensäfte unwirksam gemacht werden.«

»O mein Gott!« Shirley verbarg ihr Gesicht in den Händen. »Und da meinte ich, wir hätten mit den bisherigen Problemen schon genug Schwierigkeiten!« Sie holte tief Luft und blickte hoch. »Besteht nicht doch die Möglichkeit, daß du dich täuschst, Jason? Vielleicht hat sich der Computer vertan. Es kommt weiß Gott oft genug vor ...«

Dr. Howard legte ihr die Hand auf die Schulter. Es war ihm klar, daß das alles auch bedeutete, daß dem von ihr in so harter Arbeit aufgebauten Unternehmen GHP die Gefahr des Zusammenbruchs drohte. »Nein, leider täusche ich mich nicht«, sagte er daher behutsam. »Ich habe nämlich vorhin noch etwas anderes getan. Ich habe mir den Sohn von Hayes in der Hartford-Schule angeschaut.«

»Und?«

»Es war ein Alptraum. Man muß alle Kinder auf dieser Station mit dieser Auslösesubstanz geimpft haben. Offenbar wirkt sie sich bei Heranwachsenden verzögert aus, daher sind die Jungen noch am Leben. Man muß sich da wohl eine Art von Widerstand vorstellen, den bei ihnen das Wachstumshormon gegen dieses ›Todeshormon‹ leistet. Aber sie alle sehen aus wie Hundertjährige.«

Shirley schauderte es bei diesen Worten.

»Daher habe ich dich auch nach dem Namen des derzeit zuständigen Arztes gefragt.«

»Du hältst also Peterson für den Schuldigen?«

»Er muß jedenfalls als Hauptverdächtiger gelten.«

»Wir sollten vielleicht in die Klinik fahren und zur Sicherheit diese Kurven gegenprüfen. Außerdem könnten wir die Kurven je Arzt abrufen.«

Bevor Dr. Howard ihr antworten konnte, tönte die Türklingel in das Schweigen und ließ beide auffahren. Er erhob sich mit pochendem Herzen.

Shirley stellte ihr Glas auf den Tisch und fragte: »Wer kann das sein?«

»Ich weiß es nicht.« Howard hatte Carol Donner gebeten, ihre Wohnung nicht zu verlassen, und Curran hätte angerufen, bevor er persönlich vorbeikam.

»Was sollen wir tun?« fragte Shirley drängend.

»Ich gehe runter und schau mal nach.«

»Ist das wirklich eine gute Idee?«

»Weißt du was Besseres?«

Sie schüttelte den Kopf. »Aber mach bitte wenigstens die Tür nicht auf!«

»Denkst du vielleicht, ich bin verrückt? Ach ja, was ich dir noch gar nicht gesagt habe – es hat jemand versucht, mich umzubringen!«

»Nein – wo denn?«

»In einem einsamen Berggasthof östlich von Seattle.« Er schloß seine Wohnungstür auf.

»Vielleicht solltest du lieber doch nicht hinuntergehen«, stieß Shirley hervor.

»Ich muß feststellen, um wen es sich handelt.« Der Arzt trat hinaus auf den Vorplatz und warf über das Geländer einen Blick hinunter zur Haustür. Durch die Glasscheibe darin konnte er eine Gestalt erkennen.

»Sei vorsichtig«, rief ihm Shirley nach.

Er schlich leise die Treppen hinunter. Je näher er der Haustür kam, desto größer wurde der Schatten der Person da draußen. Sie musterte die Namensschilder und drückte nochmals lang und heftig auf die Klingel. Plötzlich wirbelte sie herum und drückte das Gesicht gegen die Scheibe. Für einen Augenblick starrten sich der Besucher draußen und Dr. Howard durch die Scheibe hindurch an. Das runde Gesicht mit den kleinen, eng beieinanderstehenden Augen war nicht zu verkennen – da draußen stand Bruno, der Muskelprotz. Der Arzt wandte sich ab und stürmte die Treppen hinauf, während hinter ihm heftig an der Tür gerüttelt wurde.

»Wer ist es?« fragte Shirley.

»Ein muskelbepackter Schläger, den ich leider mal kennengelernt habe«, berichtete Howard und sicherte seine Wohnungstür doppelt. »Und der einzige, der wußte, daß ich nach Seattle geflogen bin.« Dieser Punkt war ihm gerade mit beängstigender Deutlichkeit in seiner ganzen Bedeutung klargeworden. Er rannte in sein Arbeitszimmer und zum Telefon. »Verdammt!« schrie er gleich darauf. Er knallte den Hörer auf die Gabel und versuchte es dann mit dem Telefon im Schlafzimmer. Auch dort kam kein Freizeichen. »Die Leitung ist tot«, sagte er voll ungläubigen Staunens zu Shirley, die ihm gefolgt war, als sie seine Panik sah.

»Was machen wir jetzt?«

»Wir hauen ab. Ich will hier nicht in der Falle sitzen!« Er kramte im Schrank draußen im Flur und fand dort den Schlüssel zu der kleinen Pforte, die aus dem Garten hinter dem Haus zu dem schmalen Fußweg führte, auf dem man zur West Cedar Street gelangte. Er öffnete das Schlafzimmerfenster, kletterte auf die Feuerleiter hinaus und reichte Shirley die Hand, damit sie hinter ihm heraussteige. Nacheinander kletterten sie in den kleinen Garten hinunter, wo die entlaubten Birken mit ihren weißen Stämmen wie Geister im Dunkeln standen. An dem Gartenpförtchen fummelte Howard nervös herum, bis er den Schlüssel endlich im Schloß drehen konnte. Als sie schließlich auf die schmale Straße traten, war diese leer und still. Ihre Dunkelheit wurde in regelmäßigen Abständen durch das sanfte Licht der für Beacon Hill typischen Gaslaternen erhellt; es regte sich keine Menschenseele.

»Los, gehen wir!« kommandierte Howard und lief die West Cedar Street in Richtung zur Charles Street hinunter.

»Aber mein Auto steht doch am Louisburg Square«, keuchte Shirley und hatte Mühe, sich den ausgreifenden Schritten ihres Begleiters anzupassen.

»Meins ja auch. Doch wir können offensichtlich jetzt nicht dorthin. Ich habe einen Bekannten in der Gegend, dessen Wagen ich mir ausborgen kann.«

Auf der Charles Street trafen sie vor einer Bar mit Drugstore ein paar Fußgänger, und Howard überlegte sich, ob er vielleicht von hier aus die Polizei anrufen solle. Aber nachdem er jetzt erst einmal seine Wohnung hatte verlassen können, fühlte er sich bereits weniger bedroht. Außerdem war ihm eine nochmalige Überprüfung der Computerergebnisse vor seinem Gespräch mit Curran wichtig.

Sie gingen die Chestnut Street mit ihren alten Behördengebäuden hinunter. Ein paar Leute führten dort ihre Hunde spazieren, und auch das trug dazu bei, daß sich Howard etwas sicherer fühlte. Kurz vor der Brimmer Street betrat er ein Parkhaus, drückte dem Wächter zehn Dollar in die Hand und bat ihn um den Wagen seines Bekannten. Glücklicherweise kannte der Mann Dr. Howard und fuhr ihm den blauen BMW vor. »Ich fände es gut, wenn wir erst einmal zu mir nach Hause führen«, sagte Shirley Montgomery, als sie auf den Beifahrersitz schlüpfte. »Wir könnten von dort aus Curran anrufen und Bescheid geben, wo du zu erreichen bist.«

»Ich möchte lieber vorher noch einmal in die Klinik fahren«, wandte Howard ein.

Da kaum Verkehr herrschte um diese Zeit, waren sie in weniger als zehn Minuten am GHP-Krankenhaus angelangt. »Ich bin gleich wieder da«, sagte Howard, als er direkt vor dem Eingang anhielt. »Willst du mitkommen, oder wartest du hier?«

»Mach keine Witze«, antwortete Shirley Montgomery. »Diese Kurven möchte ich mir selbst einmal anschauen.«

Sie wiesen dem Wachmann ihre Ausweise vor und nahmen dann den Aufzug, obwohl sie nur ein Stockwerk höher mußten.

Der Reinigungsdienst hatte die Klinik in tadellosem Zustand hinterlassen – die Papierkörbe waren geleert, alle Zeitschriften säuberlich in die Ständer geräumt, und der Boden spiegelte sich frisch gewachst. Dr. Howard ging stracks in sein Büro, setzte sich an seinen Schreibtisch und schaltete sein Computer-Terminal ein.

»Ich werde inzwischen Curran anrufen«, verkündete Shirley und ging ins Sekretariat.

Howard machte durch eine Geste deutlich, daß er sie verstanden hatte. Er war bereits in die Arbeit am Computer vertieft. Als erstes rief er alle Kennziffern der für GHP tätigen Ärzte ab. Besonders war er an Peterson interessiert. Als er alle Kennziffern hatte, gab er sie ein und ließ sich vom Computer alle Patienten nach den für sie zuständigen Ärzten sortieren. Dann ließ er sich für die letzten zwei Monate, in denen sich die auffälligsten Verschiebungen gezeigt hatten, die Todesfallkurven je Gruppe auswerfen. Er ging davon aus, daß sich bei der Patientengruppe, die von Peterson betreut worden war, eine erhebliche Abweichung zeigen würde, weil ein Psychopath derartige Experimente entweder in auffälligem Maße an seinen Patienten durchführen würde – oder aber gerade nicht.

Shirley Montgomery kam zurück und schaute ihm bei seiner Arbeit am Terminal über die Schulter.

»Dein Freund Curran ist immer noch nicht da«, berichtete sie. »Er hat in der Zentrale angerufen und gesagt, er sei wahrscheinlich noch ein paar Stunden lang in Anspruch genommen.«

Howard nickte. Im Augenblick waren ihm diese Kurven hier wichtiger. Es vergingen etwa fünfzehn Minuten, bis die verschiedenen Kurven ausgedruckt waren. Er nahm die Endlosbögen heraus und trennte die einzelnen Ausdrucke voneinander ab; dann legte er sie zum Vergleich untereinander.

»Die sehen alle gleich aus«, stellte Shirley fest, die sich auf seine Schulter stützte.

»So ist es«, räumte er ein. »Auch bei Peterson keine Abweichungen. Das ist kein Beweis dafür, daß er nichts mit der Sache zu tun hat – aber es hilft uns jedenfalls auch nicht weiter.« Er starrte auf den Computer und suchte krampfhaft nach einer weiteren Möglichkeit, die darin gespeicherten Daten zur Hilfe heranzuziehen. Aber es fiel ihm keine ein.

»Mehr ist offenbar nicht zu machen«, gab er daher zu. »Jetzt ist die Polizei an der Reihe.«

»Dann laß uns gehn«, sagte Shirley. »Du siehst erschöpft aus.«

»Das bin ich auch«, mußte er einräumen. Schon das Aufstehen von seinem Stuhl erschien ihm als anstrengend.

»Sind das die Kurven, die du dir vorher schon hast auswerfen lassen?« fragte Shirley und deutete auf den Stapel neben dem Terminal.

Dr. Howard nickte.

»Sollten wir sie nicht vielleicht mitnehmen? Du könntest sie mir dann erklären.« Howard steckte die Ausdrucke in einen großen Umschlag.

»Ich habe für Curran meine Privatnummer hinterlassen«, sagte Shirley Montgomery. »Ich halte es für das vernünftigste, bei mir zu Hause auf ihn zu warten. Hast du überhaupt schon was gegessen?«

»Ein bißchen von einem ziemlich grauenhaften Fraß im Flugzeug; aber es kommt mir vor, als wäre es schon vor einer Ewigkeit gewesen.«

»Ich habe noch kaltes Huhn zu Hause, was ich dir anbieten könnte.«

»Hört sich gut an.«

Während sie zum Auto gingen, fragte er sie, ob es ihr wohl etwas ausmachen würde, zu fahren; so könne er sich etwas entspannen und noch ein bißchen nachdenken.

»Aber keineswegs«, antwortete sie und ließ sich die Wagenschlüssel geben.

Howard setzte sich auf den Beifahrersitz und warf die Ausdrucke nach hinten. Er schnallte sich an, lehnte sich zurück und schloß die Augen. Dann ließ er vor seinem geistigen Auge alle Möglichkeiten vorüberziehen, auf denen man den Patienten die Auslösesubstanz verabreicht haben könnte. Da eine orale Verabfolgung ausschied, fragte er sich, wie denn wohl der Verbrecher während der Untersuchungen diese Substanz injiziert haben sollte. Es wurde zwar Blut abgenommen, aber die Vakuumröhrchen, die man dabei füllte, waren eigentlich für eine Impfung nicht geeignet. Etwas anderes war das bei den in der Klinik befindlichen Patienten – diese erhielten schließlich ständig irgendwelche Injektionen oder Infusionen.

Er war noch zu keiner überzeugenden Schlußfolgerung gelangt, als Shirley vor ihrem Haus anhielt. Howard stieg steifbeinig aus und wäre fast gestolpert dabei. Diese kurze Ruhepause im Auto hatte seine Müdigkeit eher noch gesteigert. Er griff nach den Ausdrucken auf dem Rücksitz.

Shirley Montgomery führte ihn in ihr Wohnzimmer und sagte: »Mach es dir gemütlich und fühl dich wie zu Hause.«

»Wir sollten erst mal hören, ob Curran angerufen hat!«

»Ich rufe gleich meinen Auftragsdienst an. Mach dir doch bitte schon mal einen Drink, während ich dir das Huhn herrichte.«

Zu müde, um mit ihr zu diskutieren, ging Howard zur Bar und goß sich dort einen Whisky über ein paar Eiswürfel; dann setzte er sich auf die Couch. Während er auf Shirley wartete, ging er nochmals die verschiedenen Möglichkeiten durch, wie man den Leuten diese den Tod auslösende Substanz verabreicht haben könnte. Groß war die Auswahl eigentlich nicht. Wenn man sie nicht injiziert hatte, blieben noch Rektalzäpfchen oder eine vergleichbare Möglichkeit für einen unmittelbaren Kontakt mit der Schleimhaut. Die meisten Patienten, die sich einer Generaluntersuchung unterzogen, erhielten einen Einlauf von Barium als Kontrastmittel; er fragte sich, ob das die Lösung sein könnte.

Howard nahm gerade kleine Schlucke von seinem Whisky, als Shirley mit dem Huhn und Salat hereinkam.

»Kann ich dir etwas zu trinken eingießen?« fragte Howard seine Gastgeberin, als sie das Tablett auf den Couchtisch stellte. »Warum nicht?« antwortete sie, fügte dann jedoch gleich hinzu: »Bleib nur sitzen, ich mache das schon.«

Als er ihr dabei zuschaute, wie sie einen Tropfen Wermut in ihren Wodka träufelte, fielen ihm Augentropfen ein. Bei allen Patienten, bei denen eine Generaluntersuchung durchgeführt wurde, gehörte dazu auch die Untersuchung der Augen, und dabei dienten Augentropfen zur Erweiterung der Pupillen. Wenn man diese schreckliche Substanz jemandem verabreichen wollte, dann bot sich dafür die Augenbindehaut förmlich an. Und was noch hinzukam: die Substanz konnte unauffällig unter die regulären Augentropfen gemischt werden, womit sie dann unwissentlich durch einen völlig unschuldigen Arzt oder dessen Helferin dem Betreffenden gegeben wurde.

Ihm schwirrte der Kopf. Eine derartige plausible Erklärung dafür, wie man den Untersuchten das tödliche Hormon verabreichen konnte, verstärkte wiederum den Verdacht, daß man es hier mit einem psychopathischen Massenmörder zu tun haben mußte. Shirley kam von der Bar zurück und mischte durch drehende Bewegungen des Glases ihren Drink; er beschloß, ihr zunächst von dieser neuesten Schlußfolgerung nichts zu sagen.

»Noch immer keine Nachricht von Curran?« fragte er statt dessen.

»Nein, immer noch nicht«, antwortete sie und warf ihm einen seltsamen Blick zu. Für einen Moment fragte er sich, ob sie wohl seine Gedanken lesen könne.

»Ich möchte dich was fragen«, sagte sie zögernd. »Ist nicht diese vermutete Substanz zur Auslösung des ›Todeshormons‹ Teil eines natürlichen Prozesses?«

»Sicher«, bestätigte der Arzt. »Deswegen konnte uns ja auch die Pathologie nicht weiterhelfen. Alle Opfer, auch Hayes, starben aus, wie man so schön sagt, ›natürlichen Ursachen‹. Diese Auslösesubstanz bringt sozusagen lediglich das auch für die Geschlechtsreifung verantwortliche Gen zu übersteigerter Tätigkeit.«

»Soll das etwa heißen, daß wir schon von der Pubertät an altern?« fragte Shirley ganz ungläubig.

»Das ist die allgemeine Theorie«, antwortete Howard. »Aber offensichtlich verläuft das allmählich und nimmt an Geschwindigkeit erst in späteren Jahren zu, wenn der Anteil an Wachstums- und Sexualhormonen abnimmt. Man muß sich das wahrscheinlich so vorstellen, daß die Auslösesubstanz schlagartig einen hohen Ausstoß dieses ›Todeshormons‹ veranlaßt, und bei einem Menschen, der nicht mehr über eine entsprechend hohe Produktion an Wachstumshormonen sozusagen zum Gegensteuern verfügt, führt das zu sehr schnellem Altern – wie bei den Lachsen. Ich habe Anlaß, von einer Spanne von drei Wochen bis zum Tod auszugehen. Was schließlich zum Tod führt, ist die Alterung des Herz-Kreislauf-Systems. Dort jedenfalls sind die Auswirkungen am verheerendsten, und der Ausfall findet am ehesten dort statt. Aber es könnten natürlich auch andere Organsysteme so betroffen sein, daß der betreffende Mensch stirbt.«

»Aber Altern ist ein natürlicher Prozeß«, wiederholte Shirley Montgomery.

»Sicher gehört auch das Altern zum Leben«, räumte Jason Howard ein. »Im Lichte der Evolution betrachtet, hat Altern den gleichen Stellenwert wie Wachstum. Ja, Altern ist ein natürlicher Vorgang.« Er ließ ein unechtes Lachen hören. »Hayes hatte zweifellos recht, als er seine Entdekkung ›paradox‹ nannte. Nach all den Bemühungen zur Verlangsamung des Alterungsprozesses führten nun seine Forschungen zum Thema Wachstum zur Entdekkung einer Substanz, die das Altern rapide beschleunigt!«

»Wenn Altern und Tod ihren Stellenwert bei der Evolution haben«, beharrte Shirley, »dann haben sie ihn doch vielleicht auch im Hinblick auf die Gesellschaft.«

Howard schaute sie mit einem wachsenden Gefühl der Beunruhigung an. Wenn er nur nicht so müde gewesen wäre. Sein Hirn sandte Gefahrensignale aus, und es wurde ihm bewußt, daß er zu erschöpft war, um sie richtig zu deuten. Shirley nahm sein Schweigen jedoch als Zustimmung und fuhr fort:

»Laß es uns mal von einer anderen Seite betrachten. Die Medizin ganz allgemein ist ja mit dem Problem konfrontiert, daß sie hochwertige Pflege und Versorgung zu günstigen Preisen vermitteln soll. Aber wegen der gestiegenen Lebenserwartung sind die Krankenhäuser inzwischen überfüllt mit älteren Patienten, die sie mit enormem Kostenaufwand am Leben erhalten, was nicht nur ihre finanziellen Mittel, sondern auch die Arbeitskraft ihres Personals in höchstem Maße beansprucht. GHP ging es anfangs sehr gut, als die Masse der Mitglieder jung und gesund war. Jetzt, zwanzig Jahre später, sind sie alle entsprechend älter, und es fällt eine Menge medizinischer Betreuung an. Wenn unter bestimmten Umständen das Altern beschleunigt würde, wäre das vielleicht sowohl für die Patienten als auch für die Krankenhäuser am besten.«

Das folgende betonte sie mit besonderem Nachdruck: »Der springende Punkt ist doch, daß es gut wäre, wenn alte und kranke Leute rasch sterben würden, weil man dadurch nicht nur ihre eigenen Leiden abkürzen, sondern auch die überzogene Inanspruchnahme kostspieliger medizinischer Versorgung begrenzen kann.«

Als Howards erschöpftes Hirn allmählich zu begreifen begann, was Shirley Montgomery da sagte, wurde er starr vor Entsetzen. Obwohl er herausschreien wollte, daß das, was sie da in aller Ruhe erörterte, auf eine Legalisierung des Mordens hinausliefe, saß er wie gelähmt auf der Couch und starrte sie nur an wie ein von Furcht gebanntes Kaninchen die bedrohende Schlange.

»Jason, hast du eine Ahnung, was es für Geld verschlingt, Leute im Krankenhaus für ein paar Monate am Leben zu erhalten – ihre letzten Monate?« fragte Shirley, die offenbar weiterhin sein Schweigen irrigerweise als Zustimmung wertete. »Na, weißt du es? Wenn man nicht diese Unsummen für die Sterbenden aufwenden müßte, wieviel mehr könnte man dann für die Lebenden tun. Wenn wir bei GHP nicht überschwemmt wären von Patienten mittleren Alters, die aufgrund ihrer ungesunden Lebensweise zwangsläufig krank werden müssen, was könnten wir dann alles für die jüngeren Leute tun. Und betreiben nicht Leute, die selbst nicht bereit sind, etwas für ihre Gesundheit zu tun – wie Raucher und Trinker oder Leute, die Drogen nehmen –, ihren eigenen Untergang? Ist es so falsch, ihr Sterben zu beschleunigen, statt daß sie der Solidargemeinschaft zur Last fallen?«

Endlich öffnete Howard den Mund, um zu protestieren, doch er fand nicht gleich die passenden Worte, um ihr zu widersprechen. So schüttelte er nur ungläubig den Kopf.

»Ich kann nicht glauben, daß du dich der Tatsache verschließen willst, daß die heutige Medizin zusammenzubrechen droht unter der Belastung der langfristigen Beanspruchung von Leistungen durch Leute, die nie etwas dafür taten, körperlich fit zu bleiben, sondern die dreißig oder vierzig Jahre lang Mißbrauch trieben mit dem Körper, den ihnen Gott schenkte.«

»Aber eine solche Entscheidung steht doch weder dir noch mir zu!« schrie Howard endlich.

»Auch nicht, wenn der Alterungsprozeß lediglich durch eine völlig natürliche Substanz beschleunigt wird?«

»Das ist Mord!« Jason Howard sprang auf. Auch Shirley erhob sich und trat entschlossen auf die Flügeltür zu, die in das Eßzimmer nebenan führte. »Ich habe wirklich getan, was ich konnte«, sagte sie und öffnete die Tür. »Kommen Sie herein, Mr. Díaz.«

Howards Mund wurde trocken, als er sich dem Mann gegenübersah, mit dem er zuletzt im ›Salmon Inn‹ zusammengetroffen war. Dessen hübsches dunkles Gesicht strahlte erwartungsvoll. Er hielt eine kleine Schußwaffe aus deutscher Produktion mit einem etwa zigarrengroßen Schalldämpfer in der Hand.

Howard tat schwerfällig ein paar Schritte rückwärts, bis er an der Wand stand. Seine Augen wanderten von der Waffe des Killers zu dessen Gesicht und dann zu Shirley, die ihn so ruhig anschaute, als sei man bei einer geschäftlichen Besprechung.

»Kein Tischtuch dieses Mal!« sagte Díaz mit breitem Lächeln, das ein blendendweißes Gebiß wie bei einem Filmstar zur Geltung brachte. Er trat auf Howard zu und hielt ihm die Mündung seiner Waffe vors Gesicht. »Adieu!« sagte er mit einem freundlichen Kopfnicken.

17

»Mr. Díaz!« sagte Shirley.

»Ja«, antwortete der Mann, ohne die Augen von Jason Howard zu lassen.

»Sie werden ihn nicht erschießen, solange er Sie nicht dazu zwingt. Es ist viel besser, wenn wir mit ihm verfahren wie mit Alvin Hayes. Ich werde Ihnen morgen das Material aus der Klinik mitbringen.«

Howard atmete aus – noch war ihm gar nicht bewußt geworden, daß er den Atem angehalten hatte.

Das Lächeln verschwand aus Díaz' gutgeschnittenem Gesicht. Er runzelte die Brauen, sichtlich enttäuscht und ärgerlich. »Ich meine, daß es viel sicherer wäre, wenn ich ihn jetzt gleich umlege!«

»Was Sie meinen, ist mir egal – und Sie werden von mir bezahlt. Also schaffen Sie ihn hinunter in den Keller. Und keine Gewalttätigkeiten bitte – ich weiß genau, was ich zu tun habe.«

Díaz setzte die Waffe seinem Opfer an die Schläfe. Es war Howard klar, daß er auf den kleinsten Anlaß lauerte, ihn abzuknallen; er machte daher nicht die geringste Bewegung und stand vor Furcht wie versteinert.

»Kommen Sie schon!« rief Shirley aus der Eingangshalle.

»Los!« befahl Díaz und nahm die Pistole von Howards Kopf.

Der lief steifbeinig los, die Arme an die Seiten gepreßt. Díaz ging dicht hinter ihm und drückte ihm die Waffe in den Rücken.

Shirley Montgomery öffnete eine Tür unter dem Treppenaufgang gegenüber der Eingangstür. Howard konnte ein paar Stufen erkennen, die ins Untergeschoß führten.

Als er näher trat, suchte er Shirleys Blick, doch sie wandte sich ab. Er trat durch die Tür und ging, dicht gefolgt von Díaz, hinunter.

»Ärzte verblüffen mich«, sagte Shirley, während sie das Kellerlicht anmachte und die Tür hinter sich schloß. »Die bilden sich immer ein, bei ihrer Arbeit gehe es gezielt um die Heilung von Kranken. In Wahrheit ist aber, wenn man sich um die ungesund lebenden Leute kümmert, gar nicht genug Geld oder menschliche Arbeitskraft da, um sich derer anzunehmen, die wieder auf die Beine kommen können.«

Als Howard in ihr ruhiges, hübsches Gesicht und auf ihre gepflegte Kleidung schaute, konnte er nicht glauben, daß das dieselbe Frau war, die er immer so bewundert hatte.

Sie unterbrach sich, um Díaz einen langen schmalen Gang hinunterzuweisen, der vor einer schweren Eichentür endete. Sie schlüpfte an beiden vorbei, schloß die Tür auf und schaltete dahinter das Licht ein, das einen großen quadratischen Raum erleuchtete. Howard wurde hineingeschubst und konnte noch zur Linken einen offenen Durchgang und eine Werkbank sehen und zur Rechten eine weitere schwere geschlossene Tür. Dann ging das Licht aus, die Tür schlug zu, und er befand sich in totaler Dunkelheit.

Für ein Weilchen blieb er bewegungslos stehen, starr vom Schock und wegen der Finsternis, die ihn umgab. Er vernahm leise Geräusche: Wasser, das durch Rohre floß, das Geräusch der sich einschaltenden Heizung und Schritte über seinem Kopf. Die absolute Dunkelheit blieb; er hätte nicht einmal sagen können, ob seine Augen nun offen oder geschlossen waren.

Als seine Erstarrung nachließ, tastete er sich zu der Tür

zurück, durch die man ihn hereingestoßen hatte. Er suchte den Türknopf und versuchte daran zu drehen. Dann zog er an der Tür. Es gab keinen Zweifel, daß sie abgeschlossen war. Er tastete die Kanten ab und suchte nach Scharnieren. Doch als ihm einfiel, daß die Tür sich zum Gang hinaus geöffnet hatte, gab er es auf.

Er wandte sich von der Tür ab und bewegte sich mit winzigen Schritten seitlich, wobei er mit den Händen behutsam die Wand abtastete. Er kam zur Ecke und bog in einem Winkel von neunzig Grad ab. Er ging in vorsichtigen kleinen Schritten weiter, bis er die Öffnung zu dem Durchgang fühlte. Drinnen in dem anschließenden Raum tastete er nach einem Wandschalter und fand schließlich auch einen. Er betätigte ihn – aber nichts tat sich.

Er drang weiter in den Raum vor und tastete die Wände ab, um sich einen Eindruck zu verschaffen. Seine Finger stießen auf Metall und dann auf Glas. Weiter unten erfühlte er ein Waschbecken, anschließend dann eine Toilette. Der Raum war seiner Schätzung nach nur wenige Quadratmeter groß.

Howard kehrte in den Hauptraum zurück und setzte dort seine Erkundung fort. Auf der anderen Seite des Durchgangs fand er eine Tür, die sich öffnen ließ. Dem Geruch nach mußte das eine Art Wandschrank aus Kiefernholz sein. Innen erfühlte er ein paar gefüllte Kleidersäcke, die an einer Art Garderobenstange hingen.

Dann war er, sich weiter die Wand des Hauptraumes entlangtastend, in der Ecke angelangt und bog wiederum um neunzig Grad ab. Nach gut einem Dutzend vorsichtiger kleiner Schritte stieß er an die Werkbank, die vielleicht knapp einen Meter tief in den Raum hineinragte. Er tastete diese Werkbank ab und stieß unten auf Schubladen. Die Werkbank war nach seiner Schätzung etwa drei bis vier Meter lang. Nachdem er versucht hatte, sie abzumessen, kehrte er mit den Händen wieder zur Wand zurück. Dort ertastete er neben der Werkbank Regale, auf denen

Büchsen herumstanden, von denen er sich vorstellte, es seien vielleicht Farb- oder Lackdosen. Als er sich dann weiter die Wand entlangtastete, fühlte er bald die nächste Ecke.

Nun hatte er also die vierte Wand vor sich. Etwa in ihrer Mitte fand sich eine weitere schwere Tür, die sorgsam verschlossen war. Er fand ein Schlüsselloch – aber ein Schlüssel steckte nicht darin; auch Scharniere konnte er nicht feststellen. Howard setzte seine schweigende Wanderung fort und kam dabei in die nächste Ecke. Nach wenigen Minuten war er dann wieder an der Eingangstüre.

Er ließ sich auf Hände und Knie nieder und erforschte den Fußboden. Dieser war aus Beton. Howard erhob sich wieder und machte sich Gedanken darüber, was er tun könnte. Aber es fiel ihm zunächst nichts ein. Vielmehr überkam ihn plötzlich ein überwältigendes Gefühl von Todesangst, als ob er ersticken müsse. Niemals bisher hatte er Klaustrophobie gekannt, diese furchtbare Angst vor dem Eingesperrtsein. Aber jetzt überfiel sie ihn mit wahrlich zerschmetternder Wucht. »Hilfe!« schrie er – schrecklich hallte das Echo in seinen Ohren. Er verlor die Nerven, ertastete wieder die Tür und hämmerte wild mit seinen Fäusten dagegen. »Bitte!« schrie er dabei und hörte erst auf, als er den Schmerz in seinen Fäusten spürte. Wimmernd barg er die schmerzenden Hände an der Brust. Er ließ sich gegen die Tür sinken und lehnte den Kopf daran. Und dann kamen die Tränen.

Jason Howard konnte sich nicht daran erinnern, nach dem Ende seiner Kindheit jemals geweint zu haben – noch nicht einmal nach dem Tode seiner Frau Danielle. Nun aber brachen, so schien es, alle die in langen Jahren unterdrückten Tränen aus ihm heraus, als er da in der totalen Finsternis dieses Kellers gefangen war. Er hatte völlig die Fassung verloren, sank langsam auf dem Boden zusammen und kauerte, schluchzend und an seinen Tränen würgend, hinter dieser Tür wie ein eingesperrter Hund.

Die Heftigkeit dieses Ausbruchs überraschte ihn selbst. Und nach vielleicht zehn Minuten begann er allmählich wieder Fassung zu gewinnen. Er war verblüfft und zugleich beschämt über sich – er hätte nicht geglaubt, daß er jemals derart seine Haltung verlieren würde. Schließlich setzte er sich auf, lehnte sich mit dem Rücken an die Tür und wischte sich die letzten Tränen vom Gesicht.

Er verlor sich nicht länger in hilfloser Verzweiflung, sondern begann über den Raum nachzudenken, in dem er gefangen war. Er bemühte sich, Standort und Abmessungen der Dinge abzuschätzen, die er auf seinem Erkundungsgang entdeckt hatte. Er sagte sich, daß es da doch eigentlich noch weitere Lichtschalter geben müsse. Er erhob sich also, tastete sich zu dieser zweiten Tür, die er gefunden hatte, und fuhr dann mit den Händen zu deren beiden Seiten die Wände auf und ab; aber hier war kein Lichtschalter.

Dann bewegte er sich quer durch den Raum auf den Durchgang zum Waschraum zu. Er fand auch hinein und suchte dort wieder nach dem Lichtschalter. Er knipste ihn ein paarmal an und aus, aber nichts geschah. Dann suchte er nach einer Lampe oder Fassung in der Überlegung, daß er vielleicht die Birne auswechseln könne, falls er im Hauptraum etwa eine Deckenbeleuchtung finden würde. Aber da war nirgends eine Lampe oder Fassung feststellbar, weder über dem Waschbecken noch irgendwo an der Decke. Entmutigt kehrte Howard in den Hauptraum zurück.

Plötzlich schrie er – er war direkt auf eine offenbar freistehende Säule geknallt und hatte sich an deren Metallummantelung die Nase verletzt. Er torkelte umher und fühlte die Nase sofort anschwellen. Er tastete sie ab und merkte an dem verschobenen Grat, daß sie gebrochen war. Und wieder schossen ihm die Tränen aus den Augen – doch diesmal als natürlicher Reflex und nicht gefühlsbedingt. Als er sich wieder so weit gefangen hatte, um weitergehen zu können, hatte er die Orientierung verloren. Er machte wieder ganz kleine Schritte, bis er mit ausgestreckten Armen an eine Wand stieß. Diese entlang tastete er sich dann weiter bis zu der Werkbank.

Er kauerte sich davor, zog die Schubladen heraus und erkundete sie mit den Händen. Er stieß darin auf Büchsen, von denen er annahm, daß sie Farbe oder Lack enthielten, aber keinerlei Werkzeuge. So erhob er sich wieder und tastete die Wand oberhalb der Werkbank ab. Rechter Hand erfühlte er ein schmales Regal mit kleinen Behältnissen und Schachteln. Weiter zur Mitte war er dann mit den Händen wieder an der Wand. Er hoffte nun, hier auf ein Steckbrett oder etwas in dieser Art zu stoßen, in dem sich vielleicht Schraubenzieher, Hammer und Zange und dergleichen finden würden. Statt dessen fühlte er plötzlich gerundetes Glas unter den Fingern. Doch er war nicht in der Lage zu erkennen, worum es sich da handelte. Als seine Finger ihre Erkundung fortsetzten, stellte er fest, daß das Glas in ein Metallgehäuse überging, aus dem wiederum dünne Röhren herauskamen. Ihm wurde klar, daß er hier offensichtlich den Stromzähler vor sich hatte.

Am linken Ende der Werkbank angelangt, fühlte Howard darüber wieder die Wand ab. Auch dort waren Ablagebretter mit Gefäßen aus Plastik und Keramik, wohl Blumenschalen oder so, aber keine Werkzeuge.

Entmutigt fragte er sich, was er sonst noch tun könne. Er überlegte, ob er nicht irgend etwas zum Draufklettern finden könne, um den oberen Teil der Wände unterhalb der Decke nach einem vielleicht dort befindlichen verdunkelten Fenster abzutasten. Dann fiel ihm der Stromzähler wieder ein. Er kletterte auf die Werkbank, ertastete den Zähler und verfolgte dann die dünnen Röhren mit den Kabeln darin bis zu einem weiteren kleinen Metallkasten. Er tastete dessen Oberfläche ab und stieß auf einen versenkten Ring mit einem Scharnier. Als er daran zog, öffnete sich der Kasten.

Er wußte jetzt, daß er den Sicherungs- und Schalterkasten des Hauses gefunden hatte. Behutsam langte er hinein und hoffte, dabei keinen Schlag zu bekommen, indem er zufällig auf eine stromführende Leitung traf. Schließlich fühlte er die untere Reihe ab, wahrscheinlich Unterbrechungsschalter. Howard überlegte ein paar Minuten lang, wie er wohl diese Entdeckung am besten nutzen konnte. Er beschloß, erst noch einmal die Werkbank zu überprüfen. Dabei fand er, daß der Unterbau auf der einen Seite keine Schubladen hatte, sondern ein Türchen davor und daß im Inneren nur ein Brett eingelegt war, das man herausziehen konnte. Er nahm alles, was er darin an Büchsen und kleinen Behältern fand, heraus und entfernte dann auch das lose eingelegte Zwischenbrett. Nun hatte er einen Platz, um sich dort zu verstecken. Wenn er sich zusammenkauerte, war er gerade groß genug für ihn.

Er krabbelte wieder aus dem Unterschrank heraus, tastete sich zu dem Schaltkasten zurück und legte dort alle Kippschalter in der unteren Reihe um. Dann klappte er den Deckel des Schaltkastens wieder zu, kletterte in den geleerten Unterschrank der Werkbank und zog das Türchen hinter sich zu. Wenn die dort oben sich inzwischen zur Ruhe begeben hatten, würde der plötzliche Stromausfall ihnen gar nicht auffallen.

Nach etwa fünf Minuten, so schätzte Howard, hörte er, wie sich eine Tür öffnete. Dann konnte er Stimmen wahrnehmen und erspähte durch einen Schlitz in der Tür zu seinem Versteck einen Lichtschein. Gleich darauf wurde ein Schlüssel in der Tür zu seinem Verlies gedreht, und die Tür öffnete sich. Als er seine Augen an den Spalt drückte, konnte er zwei Gestalten erkennen, von denen die eine eine Taschenlampe in der Hand hielt und den Lichtstrahl durch den Raum wandern ließ.

»Er hat sich versteckt!« meinte Juan Díaz.

»Das brauchen Sie mir nicht zu sagen!« antwortete Shirley ärgerlich.

»Wo ist denn Ihr Sicherungskasten?« fragte Díaz.

Der Strahl der Taschenlampe wanderte zu der Wand über der Werkbank.

»Sie bleiben hier stehen!« befahl der Mann. Er trat weiter in den Raum hinein und befand sich nun zwischen Howard und der Lichtquelle, die offenbar von Shirley Montgomery gehalten wurde. Howard vermutete, daß der Killer seine Waffe in der Hand hielt.

Er spannte alle Kräfte an und stützte sich an der Rückwand seines Verstecks ab. Sobald er das Geräusch hörte, mit dem die Kippschalter wieder hochgeschaltet wurden, drückte er sich mit aller Kraft seiner vom Jogging gestählten Beine ab und stieß die Tür des Unterschranks auf. Sie traf den über die Werkbank gebeugten Kubaner völlig überraschend und mit voller Wucht in den Unterleib. Er stöhnte auf und taumelte zurück in Richtung auf den eingebauten Kleiderschrank.

Jason Howard verlor keine Zeit. Er kletterte blitzschnell aus seinem Versteck und rannte zur Tür, ehe Shirley auch nur die Chance hatte, sie zuzuwerfen. Dabei stieß er die Frau in vollem Ansturm zu Boden. Sie schrie laut auf, als ihr Kopf auf den Zementboden knallte; die Taschenlampe fiel aus ihrer Hand.

Howard, der bei dem Zusammenprall ebenfalls gestürzt war, kam wieder auf die Beine und rannte durch die Tür den Gang entlang der Treppe zu. Glücklicherweise war dieser Teil des Hauses wieder beleuchtet. Er griff nach dem Treppengeländer und nutzte es, um seinen Schritten mehr Schwung zu verleihen. In diesem Augenblick hörte er ein dumpfes »Plopp« und verspürte im gleichen Moment einen stechenden Schmerz im Oberschenkel. Sein rechtes Bein kippte weg unter ihm, doch mit letzter Kraft gelang es ihm, sich wieder aufzurichten und die Treppe weiter emporzuhüpfen. Er war nun gleich in der Eingangshalle; er durfte jetzt nicht aufgeben.

Er zog sein rechtes Bein hinter sich her und taumelte zur

Ausgangstür. Hinter sich konnte er hören, wie jemand die Treppe hochstürzte.

Es gelang ihm, die Tür aufzureißen, und er taumelte in die kalte Novembernacht hinaus. Es war ihm klar, daß ein Schuß ihn getroffen hatte, und er fühlte auch schon, wie das Blut sein Bein hinablief.

Er hatte erst etwa die Hälfte des Weges zwischen der Einfahrt und der Haustür geschafft, als Juan Díaz ihn einholte und mit einem Hieb des Pistolenknaufs auf die Kiesplatten streckte. Howard fiel auf seine Knie und Handflächen. Bevor er sich aufrichten konnte, drehte ihn sein Verfolger auf den Rücken. Wieder war dessen Schußwaffe direkt auf seine Stirn gerichtet.

Plötzlich waren die beiden Männer in grelles Licht getaucht. Der Kubaner zielte mit der Waffe auch weiter auf Jason Howard, mit seiner anderen Hand aber versuchte er, die Augen vor dem Licht der aufgeblendeten Autoscheinwerfer zu schützen. Man hörte, wie sich Autotüren öffneten, und dann das typische Geräusch von Gewehrschlössern, die entsichert wurden. Der Kubaner zog sich wie ein in die Enge getriebenes Tier ein paar Schritte zurück.

»Keine Bewegung, Díaz!« rief eine Stimme mit ausgeprägtem Süd-Boston-Akzent, die Howard nie vorher gehört hatte. »Machen Sie keine Dummheiten. Wir wollen weder mit Ihnen noch mit Ihren Leuten in Miami Ärger haben. Alles, was wir wollen, ist, daß Sie still und leise in Ihr Auto steigen und wegfahren. Wie steht's damit?«

Díaz nickte, während er mit der linken Hand immer noch seine Augen vor dem grellen Licht abzuschirmen versuchte.

»Dann also los!« befahl die Stimme.

Nachdem er ein paar zögernde Schritte nach rückwärts getan hatte, wandte sich der Kubaner ab und ging zu seinem Wagen. Er ließ den Motor an, legte den Gang ein und fuhr schließlich davon.

Jason Howard wälzte sich wieder auf den Bauch. Sobald Juan Díaz davongefahren war, rannte Carol Donner auf ihn zu und warf sich vor ihm auf die Knie.

»Mein Gott, du bist ja verletzt!« Ein großer Blutfleck war an seinem Oberschenkel zu sehen.

»Ja, scheint so«, sagte er vage. Zuviel hatte sich in so kurzer Zeit ereignet. »Aber es tut eigentlich nicht sehr weh«, fügte er dann hinzu.

Aus der Dunkelheit trat eine weitere bekannte Gestalt – Bruno DeMarco, eine Schrotflinte unter dem Arm.

»Bitte nicht!« schrie der Arzt und versuchte sich aufzurichten.

»Keine Sorge«, beruhigte ihn Carol. »Er weiß jetzt, daß du ein Freund von mir bist!«

Da trat Shirley Montgomery in die Tür ihres Hauses. Ihre Kleidung war in Unordnung, und ihr Haar stand nach allen Seiten ab. Für einen Moment musterte sie die Szenerie. Dann trat sie zurück und warf die Tür zu. Man konnte hören, wie sie sie abschloß und verriegelte.

»Wir müssen ihn ins Krankenhaus bringen«, sagte Carol und deutete auf Jason Howard.

Ein zweiter Muskelmann tauchte auf, und behutsam hoben die beiden ihn hoch.

Man trug ihn um die grellen Scheinwerfer des Fahrzeugs herum, das sich als weißer, überlanger Lincoln mit einer Fernsehantenne hinten entpuppte. Die beiden Rausschmeißer hievten Dr. Howard auf den Rücksitz, wo ein Mann mit dunkler Brille, straff zurückgekämmtem öligem Haar und einer unangezündeten Zigarre in der Hand saß. Es war Arthur Koehler, Carol Donners Chef, wie Howard erfuhr, als ihn Carol, die nach ihm eingestiegen war, vorstellte. Die beiden Muskelmänner stiegen vorn ein, und die schwere Limousine fuhr an.

»Ich bin wirklich froh, daß ihr gekommen seid«, sagte er. »Aber wie kam es denn dazu?« Er zuckte zusammen, als der Wagen auf die Straße hinausholperte.

»Deine Stimme«, erläuterte Carol Donner. »Bei deinem letzten Anruf konnte ich an deiner Stimme merken, daß du in Bedrängnis warst.«

»Aber wie konntest du denn wissen, daß ich hier draußen in Brookline bin?« fragte er.

»Bruno ist dir nachgefahren«, berichtete sie. »Und nachdem du angerufen hattest, habe ich mit meinem liebenswerten Chef hier telefoniert!« Sie tätschelte Arthur Koehlers Schenkel.

»Laß das sein!« knurrte der; es war seine Stimme gewesen, die Juan Díaz eingeschüchtert hatte.

»Ich habe ihn gebeten, dich zu beschützen, und er hat sich unter einer Bedingung dazu bereit erklärt: Ich müsse noch wenigstens zwei Monate bei ihm auftreten oder so lange, bis er einen passenden Ersatz hätte.«

»Ja, und dann hat sie mich doch auf einen Monat heruntergehandelt!« beklagte sich Koehler.

»Ich bin Ihnen wirklich sehr dankbar«, versicherte Howard.

»Und du hörst dann tatsächlich mit dem Tanzen auf, Carol?«

»Sie ist eine verdammte Göre«, meinte Koehler.

»Ich bin verblüfft«, bekannte der Arzt. »Ich dachte immer, Mädchen wie du könnten nicht so einfach aufhören, wenn sie das wollten.«

»Was soll denn das heißen?« fragte sie empört.

»Ich kann dir sagen, was er meint«, lachte Arthur Koehler, der sich dabei nach vorn beugte und nun seinerseits Carols Schenkel tätschelte. »Er meint, du wärst 'ne kleine Nutte!« Er lachte laut, aber sein Lachen ging in einen Hustenanfall über, so daß ihm Carol mehrfach auf den Rükken klopfen mußte, bis er sich wieder beruhigt hatte. »Das kommt von diesen schwarzen Dingern hier«, sagte er und hielt seine Zigarre in die Höhe. Dann warf er im Halbdunkel des Wagens Howard einen belustigt fragenden Blick zu: »Meinen Sie vielleicht, ich hätte sie mit Ihnen nach

Seattle gehen lassen, wenn sie wirklich 'ne Hure wäre? Überlegen Sie doch mal vernünftig, Mann!«

»Es tut mir leid«, sagte Howard. »Ich dachte nur...«

»Bloß, weil ich da auftrete, dachtest du, ich sei eine Nutte«, sagte Carol schon etwas weniger empört. »Na gut, ich will zugeben, daß das so völlig abwegig nicht ist. Immerhin trifft es auf ein paar der Mädchen zu – auf die meisten allerdings nicht. Für mich war das eine große Chance. Mein Familienname ist auch nicht Donner, sondern Kikonen. Wir stammen aus Finnland, und wir Finnen haben schon immer ein weniger verkrampftes Verhältnis zur Nacktheit gehabt als ihr Amerikaner.«

»Und außerdem ist sie eine Nichte von mir«, ergänzte Koehler, »die Tochter der Schwester meiner Frau. Und daher habe ich ihr einen Job verschafft.«

»Sie beide sind verwandt?« fragte Howard verblüfft.

»Wir geben es nicht gerne zu«, antwortete Arthur Koehler und mußte wieder heftig lachen.

»Laß jetzt gut sein«, meinte Carol.

Doch er fuhr fort: »Wir haben eigentlich auch was dagegen, daß jemand aus der Familie nach Harvard auf die Uni geht. Das schadet bloß dem Image.«

»Du hast in Harvard studiert?« fragte Jason Howard überrascht, sich an Carol wendend.

»Ich bin gerade dabei, meinen Doktor zu machen; mit dem, was mir die Tätigkeit im ›Club Cabaret‹ einbringt, zahle ich die Kosten meines Repetitoriums.«

»Na, ich hätte wohl selbst auf die Idee kommen können, daß Alvin Hayes nicht mit einer gewöhnlichen Stripteasetänzerin zusammengelebt hätte«, mußte Howard einräumen. »Ich bin Ihnen beiden jedenfalls von Herzen dankbar für Ihr Eingreifen. Ich weiß bei Gott nicht, was geschehen wäre, wenn Sie nicht gekommen wären. Allerdings wäre es mir noch lieber gewesen, Sie hätten Díaz nicht laufenlassen – was Shirley Montgomery betrifft, wird sich ja wohl die Polizei darum kümmern.«

»Machen Sie sich da mal keine Sorge«, antwortete Arthur Koehler mit einer wedelnden Bewegung seiner Zigarre. »Ich habe von Carol erfahren, was da in Seattle ablief. Díaz wird nicht mehr lange unbehelligt bleiben. Aber ich will auch Ärger mit den Leuten dort in Miami vermeiden. Die Geschichte mit Díaz wird schon geregelt – da habe ich so meine Verbindungen. Andernfalls werde ich ausreichende Informationen für die Polizei in Miami liefern, um ihn hochzunehmen. Das Material genügt, um den Burschen auf die eine oder andere Weise aus dem Verkehr zu ziehen. Glauben Sie mir das.«

Jason Howard schaute Carol an. »Und wie kann ich mich bei dir revanchieren?«

»Ach, da fällt mir bestimmt etwas ein«, lachte sie fröhlich.

Arthur Koehler bekam erneut einen seiner Lachanfälle. Als er sich wieder gefangen hatte, kurbelte Bruno die Trennscheibe herunter und fragte kichernd: »Na, Wüstling, wohin sollen wir Sie denn bringen? In die Notaufnahme vom GHP-Krankenhaus vielleicht?«

»Bloß das nicht«, antwortete Howard. »Für den Augenblick habe ich die Nase voll von Privatversicherungs-Krankenhäusern. Fahrt mich bitte ins Allgemeinkrankenhaus von Massachusetts!«

EPILOG

Dr. Jason Howard konnte es noch nie leiden, krank herumliegen zu müssen, aber im Augenblick gefiel es ihm sehr. Man hatte ihm erst einmal drei Tage Bettruhe verordnet, nachdem man ihm die Kugel aus dem Bein geholt hatte. Der Schmerz hatte bereits erheblich nachgelassen, und das Pflegepersonal war gleichermaßen tüchtig und freundlich. Einige konnten sich noch gut daran erinnern, daß er selbst einmal als Assistenzarzt hier tätig gewesen war.

Das beste an diesem Krankenhausaufenthalt war freilich, daß Carol einen großen Teil jedes Tages an seinem Bett verbrachte, indem sie ihm vorlas oder ihm lustige Geschichten erzählte oder einfach so in kameradschaftlichem gemeinsamem Schweigen neben ihm saß.

»Wenn du wieder ganz gesund bist«, sagte sie schon am zweiten Tag, während sie Blumen in einer Vase ordnete, die Claudia und Sally geschickt hatten, »sollten wir, meine ich, nochmals ins ›Salmon Inn‹ fahren.«

»Warum denn das, um Himmels willen?« Nach allem, was sie da erlebt hatten, konnte er sich nicht vorstellen, noch einmal dorthin fahren zu wollen.

»Ich möchte noch mal den Teufelsfall hinunterfahren«, sagte Carol fröhlich. »Aber diesmal lieber am Tag.«

»Du machst Witze!«

»Nein wirklich – das muß ein Mordsspaß sein im hellen Sonnenlicht!«

Sie wandten ihre Köpfe zur Tür, von der ein leichtes Hüsteln ertönte. Currans zerknautschte Erscheinung wirkte hier im Krankenhaus wie am falschen Platz. In den schweren Händen drehte er verlegen einen Regenhut, der aussah, als sei ein Laster darübergefahren.

»Ich hoffe, daß ich Sie nicht störe, Dr. Howard«, sagte er mit einer an ihm ganz ungewohnten Höflichkeit.

Howard konnte sich vorstellen, daß er sich hier im Krankenhaus ähnlich verlegen fühlte wie er selbst bei seinem damaligen Besuch in der Polizeizentrale.

»Aber überhaupt nicht«, antwortete er, setzte sich auf und fuhr fort. »Kommen Sie rein, und nehmen Sie Platz.«

Carol holte einen Stuhl von der Wand und rückte ihn an das Bett. Curran setzte sich und knetete weiterhin seinen Hut in den Händen.

»Was macht das Bein?« fragte er.

»Bestens«, antwortete Howard. »Nahezu reine Fleischwunde, ganz unproblematisch.«

»Da bin ich aber froh.«

»Pralinen?« fragte Carol und hielt ihm eine Packung hin, welche die Sekretärinnen des GHP geschickt hatten.

Curran beäugte das Angebot aufmerksam, nahm sich dann eine schokoladenüberzogene Kirsche und ließ sie im Mund verschwinden. Genüßlich kauend, sagte er dann: »Ich dachte mir, daß Sie gern wissen würden, wie es mit dem Fall weiterging.«

»Aber sicher«, antwortete Dr. Howard, während Carol auf die andere Seite des Bettes hinüberging und sich auf dessen Kante setzte.

»Zunächst einmal haben sie Juan Díaz in Miami geschnappt. Der hat eine ellenlange Vorstrafenliste – das können Sie sich gar nicht vorstellen. Eines von Fidel Castros Geschenken an Amerika. Wir versuchen seine Auslieferung hierher zu erwirken wegen des Mordes an Miß Brennquivist und ihrer Zimmerkollegin, aber da werden wir vielleicht kein Glück haben, weil vier oder fünf andere Bundesstaaten, darunter Florida selbst, ihn wegen ähnlicher Taten auf der Liste haben.«

»Könnte nicht sagen, daß es mir um ihn leid tut«, bekannte Howard.

»Der Bursche ist ein Psychopath«, sagte Curran.

»Und wie steht es bei GHP?« fragte Dr. Howard. »Konnten Sie nachweisen, daß diese Auslösesubstanz für das ›Todesgen‹ den Augentropfen beigemischt worden war, die man auf der Station für Augenkrankheiten verwendet?«

»Wir arbeiten daran in engem Kontakt mit der Staatsanwaltschaft. Das ist eine Mordsgeschichte«, antwortete Curran.

»Wieviel wird denn Ihrer Meinung nach davon an die Öffentlichkeit dringen?«

»Das kann man im Augenblick noch nicht genau sagen. Einiges wird natürlich herauskommen. Die Hartford-Schule wurde geschlossen, und die Eltern dieser Kinder sind natürlich nicht blind. Außerdem, sagt der Staatsanwalt, gibt es einen Haufen hiesiger Familien, die der GHP Klagen in Millionenhöhe anhängen werden. Das ist das Aus für Shirley Montgomery und ihre Mannschaft.«

»Shirley...« sagte Howard nachdenklich. »Wissen Sie, eine ganze Weile sah es so aus – wenn ich dann nicht Carol kennengelernt hätte –, als ob ich mich mit dieser Dame auf etwas Ernstes einlassen würde...«

Carol drohte ihm scherzhaft mit der Faust.

»Mir scheint, da ist noch eine Entschuldigung von mir fällig«, wandte sich Curran an Dr. Howard. »Zunächst gingen Sie mir, da bin ich ganz ehrlich, reichlich auf die Nerven. Aber jetzt sieht es so aus, als sei es Ihnen zu verdanken, daß die tödlichste Verschwörung, von der ich je gehört habe, aufgedeckt werden konnte.«

»Nun ja, es war viel Glück dabei«, entgegnete Howard. »Wenn ich nicht zufällig mit Hayes in der Nacht seines Todes zusammengetroffen wäre, hätten wir Klinikärzte angenommen, daß wir es mit einer neuen Epidemie zu tun hätten.«

»Dieser Hayes muß ein richtiger Schlauberger gewesen sein«, meinte Curran.

»Er war ein Genie«, sagte Carol mit Nachdruck.

»Wissen Sie, was mich am meisten an der Geschichte beschäftigt?« fragte Curran. »Bis zum Schluß war Hayes davon überzeugt, daß er an einer Entdeckung arbeite, die der Menschheit nützlich sei. Wahrscheinlich hielt er sich für einen Helden der Wissenschaft, so wie Salk mit seinem Mittel gegen die Kinderlähmung. Vielleicht träumte er vom Nobelpreis und so, hielt sich für einen Retter der Menschheit. Ich bin ja nun kein Wissenschaftler, aber mir kommt das ganze Forschungsgebiet von Hayes verdammt gefährlich und ganz schön unheimlich vor. Sie verstehen, was ich meine?«

»Ich verstehe sehr gut, was Sie meinen«, antwortete Dr. Howard. »Die ärztliche Wissenschaft hat immer vorausgesetzt, daß ihre Forschungen Leben retten und Leiden verringern. Aber heute haben diese Forschungen ein bedrohliches Potential – sie können in die eine oder auch die andere Richtung gehen.«

»Soweit ich es verstehe«, meinte Curran, »hat Hayes einen Wirkstoff entdeckt, der die Menschen innerhalb weniger Wochen altern und sterben läßt – und dabei hat er danach keineswegs gesucht. Das läßt mich fürchten, daß ihr Wissenschaftler irgendwie außer Kontrolle geraten seid. Liege ich da falsch?«

»Ich traue mich nicht, Ihnen zu widersprechen«, mußte Howard zugeben. »Wir wissen vielleicht heute mehr, als uns guttut, als wir verkraften können. Es ist so, als ob man ständig in den verbotenen Apfel beißt.«

»Ja, und dann werden wir auch folgerichtig aus dem Paradies vertrieben«, ergänzte Curran. »Gibt's denn eigentlich keine staatliche Aufsicht für Leute wie Hayes?«

»Da liegt's ziemlich im argen«, antwortete Howard. »Es gibt einfach zu viele Interessenkonflikte. Außerdem sind sowohl Ärzte als auch Laien immer geneigt, anzunehmen, daß medizinische Forschung grundsätzlich von vornherein gut ist.«

»Prächtig«, schnaubte Curran. »Das ist doch so, wie wenn ein fahrerloses Auto mit hundert Meilen in der Stunde die Autobahn entlangrast.«

»Das ist bestimmt der beste Vergleich, den ich seit langem gehört habe«, sagte Howard.

»Na ja«, meinte Curran und zuckte mit seinen breiten Schultern. »Zumindest können wir uns GHP vornehmen. In Kürze wird formelle Anklage erhoben. Natürlich hat man den ganzen Verein erst einmal gegen Kaution freigelassen. Aber der Fall ist weitgehend klar, zumal die Oberbosse sich gegenseitig die Schuld in die Schuhe schieben und es keiner gewesen sein will. Es scheint, als ob sich unser Freund Hayes zunächst an einen gewissen Ingelbrook gewandt hätte.«

»Ingelnook«, berichtigte ihn Howard. »Einer der Vizepräsidenten der GHP, zuständig für die Finanzen, soweit ich weiß.«

»Dürfte stimmen«, meinte Curran. »Offenbar sprach ihn Hayes auf Gründungskapital für eine Gesellschaft an.«

»Das ist mir inzwischen klar«, sagte Dr. Howard.

Curran schaute ihn scharf an. »So, Sie wissen das schon? Und wieso, wenn ich fragen darf?«

»Das ist doch unwichtig jetzt. Bitte fahren Sie fort.«

»Na gut«, sagte Curran. »Hayes muß jedenfalls Ingelnook irgend etwas davon erzählt haben, daß er dabei sei, eine Art von Elixier zur Erhaltung der Jugendlichkeit zu entwickeln.«

»Das wäre ein Antikörper gewesen gegen diese den Ausstoß des ›Todeshormons‹ auslösende Substanz.«

»Jetzt Moment mal«, sagte Curran. »Wollen Sie mir nicht vielleicht lieber gleich die ganze Geschichte erzählen, statt ich Ihnen?«

»Entschuldigen Sie bitte«, sagte Howard. »Es ist nur so,

daß jetzt endlich alles einen Sinn bekommt. Bitte, fahren Sie fort.«

»Offenbar fand Ingelnook das ›Todeshormon‹ erheblich interessanter als das Jugendlichkeits-Elixier«, setzte der Kriminalbeamte seinen Bericht fort. »Denn er hatte sich vermutlich schon seit längerer Zeit den Kopf darüber zerbrochen, wie man bei der GHP-Versicherung die Kosten senken könne, um wettbewerbsfähig zu bleiben. Bis jetzt sind offenbar nur sechs Leute in diese Verschwörung verwickelt, aber es könnten leicht mehr werden. Sie sind verantwortlich dafür, daß bestimmte Patienten ›ausgeschieden‹ wurden, bei denen man der Meinung war, daß die von ihnen verursachten Kosten für Pflege und Betreuung ihren ›angemessenen Satz‹ überstiegen. Sauber, was!«

»Also hat man sie umgebracht«, sagte Carol schaudernd.

»Und dabei haben sie sich einfach eingeredet, daß das ein ›ganz natürlicher Prozeß‹ sei«, ergänzte Curran.

»Eine prächtige Entschuldigung für Mord«, warf Dr. Howard bitter ein, »wir müssen ja schließlich alle mal sterben!« Dabei standen ihm die Gesichter einiger seiner jüngst verstorbenen Patienten geisterhaft vor Augen.

»Wie auch immer – es ist das Ende der GHP«, sagte Curran. »Selbst wenn wir einmal die Straftatbestände ganz außer acht lassen, liegen ja auch noch die Verstöße gegen den ärztlichen Ehrenkodex und die Versicherungsverpflichtungen auf dem Tisch. Ich sehe da nicht die geringsten Chancen für ein Weiterbestehen der GHP. Mir scheint, daß Sie sich nach einem neuen Job umsehen müssen.«

»Sieht ganz so aus«, sagte Howard und setzte dann mit einem Blick auf Carol hinzu: »Nun, Carol steht vor dem Abschluß ihrer Ausbildung in klinischer Psychologie. Wir haben daran gedacht, eine gemeinsame Praxis zu eröffnen. Ich hatte mir ohnehin schon überlegt, wieder eine

Privatpraxis aufzumachen. Zumindest für die nächste Zeit habe ich die Nase voll von der Arbeit bei medizinischen Großunternehmen.«

»Das klingt gar nicht schlecht. Da kann ich mein Köpfchen und meine Pumpe ja bei derselben Adresse warten lassen!«

»Wir werden Sie gern als unseren ersten Patienten begrüßen!«